KB027005

비틀거리는 소

FURUERU USHI
by Hideo AIBA

ⓒ 2013 Hideo AIBA
All rights reserved.
Original Japanese edition published by SHOGAKUKAN.
Korean translation rights in Korea arranged with SHOGAKUKAN
through THE SAKAI AGENCY and ERIC YANG AGENCY.

이 책의 한국어판 저작권은 에릭양 에이전시를 통한 저작권사와의 독점 계약으로
㈜문학동네, 엘릭시르에 있습니다.
저작권법에 의해 한국 내에서 보호를 받는 저작물이므로 무단 전재와 복제를 금합니다.

이 도서의 국립중앙도서관 출판예정도서목록(CIP)은
서지정보유통지원시스템 홈페이지(http://seoji.nl.go.kr)와
국가자료종합목록 구축시스템(http://kolis-net.nl.go.kr)에서 이용하실 수 있습니다.
(CIP제어번호: CIP2020042435)

비틀거리는 소

震える牛

相場英雄
아이바 히데오 장편소설
최고은 옮김

엘릭시르

등장인물

다가와 신이치	경시청 수사1과 계속수사반 형사.
미야타 지로	경시청 수사1과장.
이케모토 고지	경시청 수사1과 제3강력계 형사.
다치하라 교조	경시청 수사3과(절도 담당) 형사.
야지마 다쓰오	경시청 특명수사대책실 이사관.
몬마 다스쿠	미야기 현경 수사1과 형사.
아카마 유야	수의사. 나카노 역 앞 선술집 강도 사건 피해자.
니시노 마모루	산업폐기물 처리업자. 나카노 역 앞 선술집 강도 사건 피해자.
나쓰요	선술집 스낵엔젤의 마담. 일명 치 마담.
아베 사나에	무라카미 사에코. 롯폰기의 고급 클럽 마담.
쓰루타 마스미	인터넷 미디어 《비즈투데이》 기자.
다카모리 겐지	알프스스포츠 도쿄 지사장.

가와이 와타루 도토상업뱅크 기자.

고마쓰 다카시 전직 미트박스 공장 생산관리과장.

가시와기 도모히사 옥스그룹 회장.

가시와기 노부토모 옥스마트 슈퍼 사업본부장. 가시와기 도모히사의 아들.

다키자와 분페이 옥스그룹 이사, 경영기획실장.

구스미 옥스마트 총무부 특명 담당. 전 경시청 4과 형사.

핫타 도미유키 미트박스 대표이사.

미우라 오사무 국회의원.

가시와기 도모쓰구 문부과학성 장관. 옥스그룹 가시와기 회장의 동생.

다가와 사토미 다가와 신이치의 부인.

다가와 고즈에 다가와 신이치의 딸.

차례

프롤로그

지금까지 수차례 경제적인 이유가 국민 건강보다 우선되었다. 비밀주의가 정보 공개의 필요성보다 우선되었다. 그리고 정부 관료는 도덕이나 윤리적 의미뿐 아니라, 재정적 또는 관료적 정치적 의미를 가장 중요시해 행동했다.

형광펜으로 몇 번이나 밑줄을 그은 구절이 남자의 눈앞에 있었다. 페이지를 넘긴 남자는 컴퓨터 자판을 두드려 애독서의 구절을 파일에 입력했다.

우리가 직면한 중대 과제는 시장의 도덕관념 결여와 효율성 사이에서 온당한 결론을 찾는 것이다. 자유를 구가하는 경제 시스템은 종종 그 자유를 부정하는 수단이 되기도 한다. 20세기의 특징이 전체주의 체제와의 투쟁이었다면, 21세기의 특징은 과도한 기업 권력을 억제하기 위한 투쟁이리라. 극한까지 추진된 시장 자유주의는 편협하고 근시안적이며 파괴적이다. 더욱 인간적인 사상으로 대체해야 할 필요가 있다.

무더위 속에서 남자의 등줄기를 타고 싸늘한 땀이 흘러내렸다.

책장을 넘긴 남자가 찾던 항목을 발견했다. 마지막 말을 파일에 입력할 필요가 있었다.

애초에 소비자란 우리 모두를 말한다. 소비자는 이 나라 최대의 경제 집단이자, 어떠한 경제 결정이 있을 때마다 영향을 받는다. 소비자는 중요시되어야 하는 유일한 집단이다. 그러나 이런 의견은 무시되기 쉽다. 정부에서는 어떠한 때라도 소비자의 ① 알 권리 ② 선택할 권리 ③ 의견이 반영될 권리 ④ 안전을 요구할 권리를 옹호해야 한다.

자판에 손을 올려놓았을 때, 책상에 놓아둔 휴대전화가 부르르 진동했다. 화면에 익숙한 이름이 떴다.

남자는 문서 파일을 저장한 뒤 재빨리 메일을 열었다. 방금 작성한 파일을 메일에 첨부하고 나서 외워둔 주소를 입력하고 보내기 버튼을 눌렀다.

전화가 계속 진동했다. 통화 버튼을 눌렀다. 귀에 익은 남자 목소리가 들렸다. 당장 와달라고 했다. 드디어 직접 이야기를 들어줄 기회가 온 것이다. 상대는 주소를 부른 뒤 즉시 오라고 말했다.

남자는 책상 옆에 둔 숄더백을 끌어당겨 손을 집어넣었다. 즐겨 쓰는 물건을 찾았지만 보이지 않았다.

"잠깐만."

남자는 지갑에서 도시락 가게 영수증을 꺼내 뒷면에 낯선 주소를 적기 시작했다.

제1장 계속

1

1층 구내식당에서 오늘의 정식을 먹은 다가와 신이치는 5층 사무실로 돌아왔다.

이곳에서 근무한 지도 벌써 일 년 구 개월이 지났다. 6층에서 처음 이동했을 때에는 구청 호적과 같은 규칙적인 생활에 당황했지만, 최근에는 이 단조로운 리듬이 몸에 배었다. 볼록 나온 아랫배를 문지르며 자리에 앉았다. 냉방이 잘되지 않는 방이라 이마에 맺힌 땀을 손수건으로 훔쳤다.

다가와의 자리, 수사1과 계속수사반은 모두 여섯 명으로, 경시청과 도도부현都道府縣 경찰본부의 연계 역을 맡은 수사공조과 옆 공간을 빌려 쓰는 상태가 오랫동안 계속되어왔다.

신설된 수사1과 특명수사대책실은 마흔 명의 정예를 거느

렸지만, 다가와는 여전히 별 못 보는 부서에 있었다.

살인 사건 공소시효 폐지를 계기로 창설된 특명수사대책실이 큰 사건을 담당하는 한편, 다가와는 미궁에 빠질 기색이 짙은 미해결 안건만을 다뤘다.

책상 서랍을 열고 애용하는 접이식 칼 히고노카미를 꺼냈다. 이제는 일과가 된 연필 깎는 시간이었다.

치안센터 근무를 거쳐 경찰서 형사과에 배속되었을 때, 정년을 앞둔 경위에게 받은 물건이었다. 사십 년 넘게 사용된 주머니칼은 반복해서 갈린 까닭에 날이 얇아져 있었다.

탐문 수사의 신이라 불린 선배 형사는 수사를 시작하기 전에 연필을 깎아서 수첩에 세세한 데이터를 기록했다. 그 모습을 어깨너머로 배우면서 다가와도 연필을 깎는 습관이 몸에 배었다.

관할서를 세 번 옮긴 끝에 경시청 수사1과 제3강력계에 배속되어, 십삼 년 동안 근무했다. 경사에서 경위로 승진한 뒤로도 사건에 계속 쫓겼다. 이 주에 한 번 집에 갈 수 있으면 그나마 다행이었다. 하지만 그런 바쁜 나날은 이미 먼 옛날 일이 되어버렸다.

두 번째 연필을 집으려던 순간이었다. 귀에 익은 목소리가 들렸다.

"또 연필 깎아?"

"오래된 습관이라서요."

고개를 돌리자 미야타 지로의 모습이 보였다.

실눈에 다부진 체구의 미야타는 언뜻 보기에는 차가운 인상이었다. 주문 제작한 정장 소매 속으로 검은 문자판의 시계가 얼핏 보였다. 보랏빛 꾸러미를 옆구리에 낀 그가 의미심장한 미소를 짓고 있었다.

"일 가져왔어."

다가와는 꾸러미를 응시했다. 서류철 대여섯 권 분량이었다.

"지난 사건 서류 정리도 아직 안 끝났어요."

"또 머리털깨나 빠질지도 모르지만, 자네한테 딱 맞는 사건이라서 말이야."

"머리카락 얘긴 그만하세요."

"술 한잔하면서 스트레스 풀면 되잖아."

"알코올성 간 질환이 와서 지금 여기 있는 건데요."

"특명에 맡길 수 없는 사건이라 그래."

"이유가 뭡니까? 사연 있는 사건은 사양하겠습니다."

"그만 구시렁거리고 하라면 해. 상사 명령에 불복종하는 거야?"

냉정해 보이는 겉모습과 달리 미야타는 늘 몽니를 부렸다. 그는 외모와 성격의 갭으로 사람의 마음을 휘어잡아, 개성 강한 350명의 정예 형사를 통솔하고 있었다. 하지만 자세한 설명도 듣지 않고 덜컥 맡을 수는 없었다.

"꼴 보기 싫으면 언제든 일선으로 돌려보내주시든가요."

"내 임기중엔 어림도 없어."

미야타가 웃옷에서 긴자에 있는 유명 문구점의 봉투를 꺼내 책상에 내려놓았다.

"자네 애용품을 가져왔어. 부속품도 잘 챙겼고. 이걸로 거래는 성립된 거지?"

미야타는 부하 개개인의 취향뿐 아니라 가정 사정까지 훤히 알고 있었다. 세심한 마음 씀씀이와 냉철한 분석 능력으로 그는 논커리어*가 꿈꿀 수 있는 최고의 자리인 수사1과장까지 올랐다. 다가와와 마찬가지로 치안센터에서 시작해 경찰서 형사과 절도계와 조직폭력배, 강력범 담당을 거쳐 본부로 올라온 역전의 용사였다.

"그런 문제가 아니잖습니까."

"혼자가 부담스러우면 누구 하나 붙여줄게."

"부탁드립니다. 정말 서류 처리할 게 산더미라니까요."

다가와가 부루퉁한 표정을 짓자 미야타가 태연스레 꾸러미를 내려놓았다. 이대로 순순히 명령을 따르기는 싫었다. 미

---

* 어떤 시험으로 채용되었느냐에 따라 커리어와 논커리어로 구분된다. 커리어는 승진 속도가 빠르고 관리직의 대다수를 차지하는 반면, 논커리어는 현장 실무자가 많고 퇴직할 때까지 과장급 정도밖에 승진하지 못하는 경우가 많다.

야타의 왼쪽 손목을 보며 입을 열었다. 문자판에 깃털 로고가 보였다.

"과장님 시계는 늘 휘황찬란하네요. 브라이틀링입니까?"

"그래. 내 유일한 취미지. 시계는 거짓말을 안 하니까."

"그런 건 얼마나 합니까?"

"소형차 한 대 값이지. 우리 집사람한텐 입도 벙긋하지 마. 몰래 챙겨둔 비상금을 탈탈 털었거든."

입가에 미소를 지으며 미야타가 작은 방을 나섰다.

문구점 봉투를 뜯자 양복 상의 안주머니에 쏙 들어가는 크기의 수첩이 나왔다. 다가와가 좋아하는 검은 가죽 수첩이었다. 그 옆에는 리필용 속지도 있었다.

미야타다운 선물이었다. 눈앞의 서류꽂이를 보았다. 너덜너덜한 표지에 한껏 두꺼워진 수첩이 스무 권도 더 있었다.

"아이고, 인기 많아서 참 피곤하시겠습니다."

인파 속에서 지명수배범을 찾아내는 '미아타리 수사반'의 젊은 형사가 다가와의 뒤를 지나치며 말했다.

"시끄러워."

젊은 형사에게 쏘아붙인 다가와는 새 수첩을 펼쳤다.

밤낮 가리지 않고 수사에 매진하다 보니 어느샌가 마흔일곱이 되었다. 서른다섯에 경위로 승진했을 때 마흔까지 경감 시험에 합격하겠노라고 의욕을 불태웠지만, 고된 현장 업무에 시달리다 보니 시험공부에 시간을 낼 여유가 없었다.

꾸러미 안의 서류는 옛 서식인 B5가 아니라 A4였다. 비교적 새 안건이었다. 최근 사건이라면 그나마 해결하기 수월하겠지.

매듭을 푼 순간 실날같은 기대는 금세 실망으로 바뀌었다.

붓펜으로 기록된 죄목은 1과가 맡은 미해결 사건 중에서도 가장 흉악한 부류에 드는 난제였다.

2

나카노 역 앞 선술집 강도 살인 사건.

도쿄 도 나카노 구, JR나카노 역 북쪽 출구 상점가에서 일어난 사건이었다. 이 년 전 9월 16일, 새벽 2시 반이었다.

당시 다가와는 다른 특별수사본부에 있었다. 인적 없는 회의실에서 탐문 수사 자료를 정리하고 있을 때, 통신지령본부에서 긴급 연락이 들어왔다. 현장이 자신의 집과 가까운 곳이어서 더욱 기억에 남았다.

현장은 역 북쪽 출구와 상업 빌딩인 나카노 브로드웨이의 중간 부근으로 선술집과 파친코 가게가 밀집한 모퉁이였다.

전국에 체인점이 있는 술집 '구라타야'에서 끔찍한 사건이 일어났다. 새 수첩을 펼치고 방금 깎은 연필로 요점을 간추렸다.

보통 몸집에 보통 키의 남자가 머리부터 발끝까지 검은색 옷에 복면을 뒤집어쓰고 "머니, 머니"라 외치며 계산대를 덮쳐 매상 58만 엔을 빼앗았다. 범인은 예리한 흉기로 점원의 왼손을 공격한 뒤에 계산대 근처에 있던 손님의 목을 차례로 찔러 살해했다.

외국인 강도 살인은 지난 십 년 동안 매년 수차례 발생하였다. 사건 요지의 마지막 항목에 "흉기(비공개—엄중 보안)"라고 적힌 짧은 글이 있었다.

예리한 날붙이, 점원의 목격 정보: 기다란 회칼 형태의 것

다가와의 뇌리에 초밥 가게나 횟집에서 쓰는 기다란 요리칼이 떠올랐다.

페이지를 넘긴 다가와의 얼굴이 구겨졌다. 현장 사진이 첨부되어 있었다. 칸막이 좌석은 물론, 주변 벽에도 대량의 혈흔이 튀어 있었다.

첫 번째 피해자는 수의사 아카마 유야(31), 두 번째 피해자는 칸막이 좌석에서 살해된 산업폐기물 처리업자 니시노 마모루(45)였다. 검시관의 부검 소견은 대량 출혈에 의한 쇼크로, 거의 즉사였다. 두 사람 모두 반복하여 같은 곳을 찔린 까

닭에 날붙이의 형태를 특정하기가 불가능했다는 글이 덧붙어 있었다.

다가와는 이맛살을 찌푸리며 페이지를 넘겼다.

노가타 경찰서에 설치된 특별수사본부에서는 같은 서 형사과 그리고 살인 사건을 담당하는 본부1과 제2강력계와 절도와 강도 사건을 담당하는 제6강력계가 신속히 움직였다.

현장 부근의 나카노도리, 와세다도리 그리고 신메지로도리, 환상7호선에 긴급배치가 깔렸다. 도범 사건을 담당하는 본부3과도 가세해 방대한 범행 수법 데이터베이스와 대조해 보기도 했다. 다음 페이지에는 초동수사의 개요가 있었다.

외국인에 의한 강도 살인으로 단정→현장 부근의 골목, 나카노 브로드웨이 근처에 대량의 피가 묻은 복면을 발견(비공개—엄중 보안, 지문 검출 실패). 도쿄에서 다발했던 외국인 절도단으로 상정하고 수사를 개시한다.

타당한 예측이었다. 서류 오른쪽 위를 보니 당시 특별수사본부 지휘관의 이름이 있었다. 그것이 바로 미야타가 다가와에게 사건을 넘긴 이유였다.

제2강력계 담당 관리관에 커리어인 야지마 다쓰오의 이름이 적혀 있었다.

현재 야지마는 제2계 관리관에서 특명수사대책실의 이사관으로 승진했다.

그는 미야타의 전임자 덕에 출세했다. 전임 1과장은 공안부 경력을 가진 이색적인 인물로, 동아시아 각국의 스파이나 요주의 인물을 감시하는 외사2과에 오랫동안 몸담고 있었다.

형사와 공안의 인사 교류의 일환으로 1과와 감식과의 관리관직을 거쳐 1과장으로 발탁됐다. '외국인 절도단' 가능성이 가장 먼저 거론된 것은 그런 까닭일 것이다.

특명수사대책실에서 이 건을 가져오면 야지마의 얼굴에 먹칠을 하는 꼴이다. 나아가 1과 내부에 공연한 마찰을 초래하리라는 판단을 미야타는 내렸다. 그 결과가 다가와의 책상에 산더미처럼 쌓인 서류철이었다.

"피해자 아카마, 니시노에게 원한을 가진 사람은 발견되지 않았음."

다가와는 계속해서 자료를 읽어 내려갔다.

범인은 두 피해자에게서 신원을 알 수 있는 물건을 죄다 가져갔다. 특별수사본부의 자료에 의하면, 아카마는 센다이에 거주하는 어머니가 가출 신고를 해서 사건이 발생한 지 사흘 뒤에 신원이 밝혀졌다. 니시노는 신주쿠 경찰서의 순경이 순찰을 돌다 아파트 우편함에 우편물이 쌓여 있는 걸 수상쩍게 여기고 수사본부에 조회를 부탁한 덕분에 열흘 후 신원이 판명됐다.

다가와는 새로 뜯은 접이식 메모지에 연필로 글자를 적었다. 계명戒名을 적은 첫 페이지는 이내 작은 글씨로 빼곡해졌다.

3

"동일본 대지진으로 피해를 입은 점포들도 완벽히 복구했습니다. 지진의 영향이 서서히 줄어들고 있고, 개인 소비도 증가하는 추세라 저희 회사의 실적 역시 착실하게 상승하리라 확신합니다."

다키자와 분페이는 기자회견실에 늘어선 기자와 카메라맨들을 보았다. 실내에는 서른 명쯤 되는 사람이 꽉 들어차, 또렷한 목소리로 발언하는 남자를 주시하고 있었다.

다키자와는 옥스마트의 총수 가시와기 도모히사 최고경영책임자 겸 회장의 목소리에 귀를 기울였다.

더블슈트를 빼입은 풍채 좋은 남자가 말을 이었다.

"불황이 장기화된 탓에 대규모 쇼핑센터는 신규 출점을 동결했습니다만, 도심부를 대상으로 한 저가 점포망의 구축으로 다음 분기 이후에는 수익 증대를 기대해도 될 것 같습니다."

도쿄증권거래소 3층 201호 회견실에서 열린 업적 발표는 별일 없이 담담하게 진행되었다. 다키자와는 왼쪽에 앉은 가시와기 노부토모의 옆모습을 힐끗 보았다. 가시와기 회장의 장남이자 옥스마트 대표이사 겸 슈퍼 사업본부장은 기자회견의 사전 질문지를 뚫어져라 들여다보고 있었다.

“가까운 시일 내에 식품 아웃렛도 선보일 예정입니다. 신선식품은 취급이 어려우니 통조림이나 즉석식품 중에 유통기한이 반년쯤 남은 상품을 중심으로 할 예정입니다.”

다키자와의 눈앞에 선 몇몇 기자의 눈빛이 바뀌었다. 골치 아픈 결산 원고보다 세간의 이목을 모을 이야깃거리가 기사 쓰기에는 편하기 때문이었다. 방송국에서도 특집 방송을 내보내겠지. 회장의 발언은 다키자와가 주도한 회의에서 나왔던 이야기 그대로였다.

“창업 정신인 ‘늘 고객 곁에’를 잊지 않고 앞으로도 사업을 확대할 계획입니다.”

양질의 와규를 축산 농가에서 직접 매입하여 저렴한 가격으로 판매하는 것이 선대 회장이 만든 사업 모델이었다.

선대 회장은 경트럭에 노란 페인트로 칠한 냉장 컨테이너를 싣고 긴키 지방의 주택가와 아파트 단지를 돌며 행상을 했다. ‘늘 고객 곁에’라는 경영 이념은 여기서부터 시작됐다.

상업고등학교를 졸업하고 가시와기 상점에 입사한 지 삼십팔 년이 지났다. 지금은 도쿄증시라는 큰 무대에 가시와기 부자와 나란히 섰다. 다키자와는 쉬지 않고 달려온 반평생을 반

추했다.

매입부장, 슈퍼 사업 담당이사, 다양한 직책을 거쳐 현재는 이사이자 경영기획실장이었다. 직함은 달라졌어도 다키자와는 변함없이 충실한 가신으로 가시와기 집안과 회사를 모셔왔다.

동일본 대지진이 발생한 3월 이후로 도호쿠 지방 점포망 재구축에 눈코 뜰 새 없이 바빴지만, 이제는 비상사태에서 벗어나 한숨 돌릴 수 있었다. 앞으로 십 년 안에 노부토모의 경영권 승계를 마무리하는 것이 그의 마지막 임무였다.

곁에 앉은 가시와기 회장이 헛기침을 했다. 정신이 든 다키자와가 기자석 선두에 앉은 《일본실업신문》 담당 기자를 보았다. 눈짓을 보내자 베테랑 기자가 고개를 끄덕였다.

"간사사幹事社인 《일본실업신문》입니다. 이쯤에서 마무리해도 되겠습니까?"

추가 질문은 없었지만, 출구 근처에 있던 보브컷의 여성 기자가 다키자와를 노려보았다.

《일본실업신문》의 말에 따라 기자들이 일제히 출구로 몰려갔다. 그간의 접대로 《일본실업신문》 담당은 말귀를 잘 알아듣는 기자가 되었지만, 저 기자는 요주의 인물이었다. 다키자와가 가시와기 회장에게 나지막이 속삭였다.

"회장님, 성가신 기자가 한 명 있습니다."

"누군데?"

"인터넷 미디어《비즈투데이》의 쓰루타 기자입니다."

다키자와는 보디가드처럼 가시와기 회장 옆에 딱 붙어서 회견장을 나섰다. 여러 회견장이 이어진 3층은 기자 말고도 기업의 홍보 담당 직원들이 돌아다니고 있어서, 막차 시간 직전의 종착역처럼 혼잡했다.

"회장님, 언제부터 재계 활동에 전념하실 생각입니까?"

다키자와의 어깨 너머로 해외통신사의 기자가 물었다. 옆에 있던 노부토모의 표정이 갑자기 어두워졌다.

"하는 일도 없는데 왜 이렇게 바쁜지 모르겠습니다. 재계 활동과 사업을 당분간 병행해야 할 것 같군요."

"노부토모 씨의 CEO 승진은 아직입니까?"

"아직 멀었습니다."

여유롭게 웃으며 가시와기 회장이 엘리베이터 쪽으로 걸음을 옮겼다. 다키자와도 뒤를 따랐다.

"회장님, 서두르셔야 합니다."

다키자와가 인파를 헤치며 가시와기 회장과 노부토모를 이끌었다. 회견장 옆 복도와 마찬가지로 엘리베이터 홀도 북적거렸다. 다행히 쓰루타 기자의 모습은 보이지 않았다. 홀 왼편에 엘리베이터가 도착하자 다키자와는 가시와기 회장과 노부토모를 태웠다.

4

도쿄증권거래소 지하 주차장에 운전기사가 대기하고 있었다. 다키자와가 렉서스 조수석 문을 열려는 순간 등 뒤에서 여자 목소리가 들렸다.

"회장님, 질문이 있습니다."

돌아보자 자동차 그늘에서 쓰루타가 튀어나왔다. 다키자와가 강한 어조로 말했다.

"이런 식으로 취재하는 건 도의에 어긋나지."

"회장님께 묻고 싶은 게 있습니다."

"뭔가?"

가시와기 회장의 얼굴이 여유 넘치는 비즈니스맨에서 냉철한 경영자로 변했다. 그가 얼어붙은 눈으로 쓰루타를 보았다.

'늘 고객 곁에'라는 경영 이념은 소비자의 귀에는 더없이 달콤한 말이었지만, 동업자에게는 사형선고나 마찬가지였다. 도매업자에게 압력을 가해 동업자에게 가는 상품 공급을 늦춘다. 동종 매장의 인접 부지에 점포를 내서 상대가 백기를 들 때까지 공격의 고삐를 늦추지 않는다. 강하게 밀어붙이는 게 옥스마트 스타일이었다. 불도저식으로 전선을 확대해 수많은 라이벌을 도산시키고 문 닫게 한 이가 가시와기였다.

"회장님, 상대하실 필요 없습니다."

쓰루타가 재빨리 다키자와를 지나쳐 차 문을 잡았다.

"일부 쇼핑센터에서 임차인에게 징수하는 마진 비율을 내렸다고 들었는데, 모든 점포에 적용하는 겁니까?"

"그런 얘기는 못 들었네만."

"그럴 리가요."

"그쯤 하지."

다키자와는 쓰루타의 손목을 잡아 차에서 떼어냈다.

"갑자기 왜 이런 식으로 취재하는 건가?"

"다키자와 씨하고는 상관없는 일입니다. 회장님, 단독 인터뷰를 요청합니다."

쓰루타가 굴하지 않고 차 안의 가시와기 회장을 붙들고 늘어졌다. 다키자와가 문과 쓰루타 사이에 끼어들어 억지로 문을 닫았다.

"경호원 불러야겠어?"

다키자와가 조수석에 올라탔다.

"출발해."

운전기사에게 지시를 내리고 나서, 다키자와는 사이드미러로 뒤를 보았다. 어스름한 주차장에서 차를 노려보는 쓰루타의 모습이 보였다.

"사업본부장, 어디서 정보가 샌 거지?"

가시와기 회장이 쇼핑센터를 담당하는 노부토모를 추궁했

다. 가시와기는 쉰여덟으로, 다키자와보다 두 살 많았다. 평범한 회사원이라면 정년퇴직을 앞두고 시들시들할 나이지만, 체력은 물론 두뇌 회전도 전혀 떨어지지 않았다.

"바로 알아보겠습니다."

휴대전화를 꺼낸 노부토모가 가느다란 목소리로 대답했다. 다키자와가 바로 구원투수로 나섰다.

"그 기자를 추궁해서 어디서 얻은 정보인지 알아내죠."

"그럴 필요까지 있나."

"무슨 말씀이십니까. 요새 저 여자 너무 과하더라고요."

"세상 무서운 줄 모르는 게 마키코하고 닮았어."

무서운 얼굴의 가시와기가 숨을 내쉬었다. 다키자와에게만 보이는 표정이었다.

십 년 전, 사이타마 교외에 대형 쇼핑센터를 열었을 때, 가시와기는 장녀 마키코를 신임 점장으로 임명했다. 영업을 시작한 지 이 주쯤 됐을 때 늦게까지 야근하던 마키코는 금품을 노리고 침입한 괴한에게 피습당해 즉사했다. 불과 서른 살이었다.

뒷좌석에서 여느 때와 같은 가시와기의 목소리가 들렸다.

"마진 건도 그렇고, 넌 대체 뭘 한 거냐? 그 여자는 어떻게 됐어?"

거울로 뒷좌석을 보니 통화를 마친 노부토모가 우물거리고 있었다.

“내가 네 혼담을 성사시키느라 얼마나 애를 먹었는데, 그걸 깨버릴 작정이냐?”

“그런 거 아닙니다.”

다키자와가 중재에 나섰다.

“남자 나이 서른여덟이면 한창때죠. 자잘한 일은 모른 척 넘어가주십시오. 미디어 쪽은 책임지겠습니다.”

“오냐 오냐 하니까 기어오르는 거 아냐. 내가 재계에서 얼마나 밑밥을 던져놨는지 자네도 알잖나. 경제동우회 부회장 선출까지 앞으로 얼마 안 남았어.”

유통업계의 대부는 어느새 평소 얼굴로 돌아와 있었다.

다키자와는 들고 있던 수첩을 보았다. 쓰루타가 쓴 기사였다. 지난 며칠간 홍보부와 대책 회의를 열게 한 골칫거리였다.

이 주 전, 쓰루타는 옥스마트의 가전제품 판매 전략을 쉽게 풀이한 기사를 내보냈다. 옥스마트의 가전제품 직영점인 옥스전자가 어떻게 단기간에 국내 매출 1위를 기록했는지, 그 이면을 파헤친 것이다.

기사는 다키자와가 다른 가전제품 양판점에서 스카우트한 인재들과 공들여 세운 작전을 적나라하게 폭로했다. 쓰루타는 옥스마트에 위협적인 존재가 되었다.

다키자와가 세운 전략은 전국을 면으로 나누어 점유율을

높이는 방법이었다. 오셀로의 말을 백에서 흑으로 일제히 뒤집는 듯한 불도저식 작전이라 할 수 있었다.

먼저 퍼시픽전기, 선스일렉트릭 등 국내 가전제품 최상위권 회사의 공장에 옥스의 택배 트럭을 대기시키는 물류 작전을 펼쳤다.

운송비 부담이 없어진 각 회사에서 거래량을 늘리기 시작했다. 그후에 옥스전자는 노골적으로 가전제품 판매 경쟁사를 제거해나갔다. 전국 각지에 점포가 있는 강점을 활용해 제조사 측에 우선 홍보용 사은품을 제공하게 교섭했다.

가전 사업에 뛰어들고 이 년 뒤, 업계 최상위인 퍼시픽전기가 요구를 받아들였다.

비디오카메라나 슬림형 텔레비전 부속품, 고가의 보조배터리나 텔레비전 거치대를 무상으로 옥스전자에 제공하기 시작했다.

겉으로는 다른 가전 양판점과 판매 가격이 같았지만, 고객이 본격적으로 흥정에 나서면, 제조사에서 무상으로 제공한 홍보 상품을 건넸다. 일이만 엔은 나가는 부속품이라 사은품 공세는 빠르게 효과를 나타냈다.

다른 제조사도 홍보 예산을 옥스전자에 집중적으로 제공하게 되면서 전국에 판매망을 가진 양판점 세 곳이 경영 파탄에 빠졌다.

쓰루타는 기사에서 이 전략이 독점금지법 위반, 즉 '우월한 지위의 남용'에 해당할 가능성이 크다고 지적했다. 대규모 소매업자가 납품업자에게 자신의 지위를 이용해 리베이트를 강요한다는 점을 규탄한 것이다. 사실 이는 후발 주자인 옥스전자의 기사회생 작전이었지만, 경쟁사를 제거한 이상, 쓰루타의 주장에는 정당성이 있었다. 실제로 다키자와와 담당자는 공정거래위원회의 비공식 청문을 받았다.

그 밖에도 가전 사업 부문에서 세간에 알리고 싶지 않은 건이 있었다. 옥스전자가 지방 도시와 대도시에 새로 지점을 낼 때 개최하는 '이익환원내람회'의 존재였다.

일주일 동안 체육관을 통째로 빌려서 잘 나가는 가전제품을 90퍼센트 할인해 판매했다. 대형 프랜차이즈에 경계심이 높은 지역의 중견·중소 양판점에 상품 조달력과 기업의 저력을 과시하면서 암암리에 폐업을 촉구하는, 골목 상권에는 큰 위협이 될 수밖에 없는 행태였다. 그 실태가 드러나면 독점금지법 제2조 9항 제3호의 '부당염가판매규제'에 저촉되어 처분받는다. 공정거래위원회에서는 이윤을 생각지 않는 저렴한 가격으로 고객을 유치하는 행위를 문제시하며 감시를 게을리하지 않았다. 공정거래위원회의 청문이 시정 권고, 혹은 단숨에 배제 권고로 바뀔 우려가 있었다.

쓰루타의 펜은 거침이 없었지만, 결정적인 점이 하나 빠져 있었다. 그녀는 '자유경쟁'이라는 이름의, 목숨을 건 혈투를 이해하지 못했다. 옥스가 공격의 고삐를 늦추면 경쟁사들은 즉시 반격을 개시할 것이었다. 기업 이기주의다, 강압적이다 하는 비난을 받더라도 성장을 멈출 수는 없었다.

백미러 너머로 회장의 표정을 살폈다. 팔짱을 끼고 노부토모가 부하 직원에게 내리는 지시를 듣고 있었다. 이 부자를 끝까지 지켜내야 한다. 다키자와는 말없이 고개를 끄덕였다.

5

경시청 본부를 나선 다가와는 다카다노바바 역을 경유해 집에서 가까운 세이부신주쿠선의 작은 역에 내렸다. 열차가 떠나자 후끈한 열기가 뺨을 덮쳤다. 달력상으로는 9월이었지만, 도심에 가까운 작은 동네는 여전히 열기에 휩싸여 있었다.

오후 6시, 승강장과 개찰구 주변은 부 활동을 마치고 돌아오는 사립고등학교 학생들로 북적거렸다.

열차 건널목을 지나 아라이야쿠시마에 역 북쪽 출구 상점가로 걸음을 옮겼다. 작은 서점을 지나치자 운동부로 유명한 사립 도쿄학원의 교문이 보였다. 교문 앞에는 운동복 차림의 학생들이 몰려 있었다.

큰길 반대편에는 마파두부나 고기야채볶음 같은 정식을 파는 중화요릿집이 있었다. 주방 옆으로 난 작은 창문에서 밥을 볶는 고소한 냄새가 났다. 평소와 다름없는 광경이 다가와의 눈앞에 펼쳐졌다.

"부인에게 안부 전해줘."

고등학생 무리 너머로 파란 모자를 쓴 청과물 가게 주인이 손을 흔들었다. 그의 부인과 다가와의 아내는 어릴 때부터 친구로, 일이 바쁠 때는 다가와의 딸 고즈에를 돌봐주기도 했다.

일 년에 몇 차례 얼굴이나 보는 사이였던 청과물 가게 주인과는 지역 자치회 청소 봉사와 사회인 야구를 같이 하면서 가까워졌다.

좁은 골목을 가로지르자 신축 저층 아파트 1층의 낡은 간판과 빛바랜 녹색 차양이 보였다. 뭘 튀기는지 차양 안쪽에서 기름 소리가 났다. 상속세를 감면받기 위해 점포를 임대 아파트로 재건축한 정육점이었다. 새 건물과 낡은 간판이 부자연스러웠지만, 상점가의 미관을 해치지 않으려고 주인이 고심 끝에 고안한 해결책이었다.

"기구치 씨, 나 왔어."

다가와가 반찬 코너에서 고로케를 튀기는 주인에게 말을 걸었다.

"주문한 물건 다 됐어."

"매번 너무 적게 주문해서 미안하네."

"우리가 남이야? 무슨 그런 소리를 해."

기구치가 힘들게 튀김을 튀겨내는 동안 그를 쏙 빼닮은 아들이 대나무 잎에 싼 고기를 포장했다.

"얼마야?"

"3500엔입니다. 좀더 넣었어요."

"원산지가 어디야?"

튀김 코너를 보며 말하자 기구치가 웃음을 지었다.

"이와테 오슈와규야. 요새 많이 들여오는 브랜드지. 대지진 이후에는 방사선량이 어쩌고저쩌고 난리도 아니었지만, 축산 농가는 별 탈 없어서 다행이지."

작은 역 앞 상점가라 해도 대지진의 영향을 피해 갈 수는 없었다. 기구치의 가게에서도 일시적으로 소고기 판매량이 바닥으로 곤두박질쳤지만, 지금은 단골손님들이 번갈아 찾아와 고기나 직접 만든 반찬을 사 가고는 했다. 다가와는 고기를 받아 거리로 나왔다.

아내의 친정 근처에 가정을 꾸린 지도 벌써 이십삼 년이 지났다. 고등학교 졸업까지 니시타마의 무기질적인 단지에서 자란 다가와에게 옛 정취가 물씬 풍기는 상점가의 풍경은 고향이 되어주었다.

가방과 고기를 들고 좁은 차도를 따라 걸었다. 대학 입학과 동시에 독립한 딸은 이 동네를 '현실판 3번가의 석양'이라 불렸지만, 다가와는 다양한 사람과 관계를 맺고 있는 느낌이 편안했다.

연두색 버스가 큰길을 지나갔다. 다가와는 큰길에서 왼쪽으로 꺾어 골목으로 들어갔다. 골목 중간쯤, 신축 주택 네 채가 늘어선 모퉁이에 다가와의 집이 있었다.

가장 안쪽의 검은 문을 열자 커다란 가죽 구두가 보였다. 복도 끝에서 아내의 천진난만한 웃음소리가 들렸다.

"왔어요?"

뒤이어 굵직한 남자 목소리도 들렸다.

6

주방 식탁에는 3인분의 식기와 핫플레이트가 차려져 있었다. 사 온 고기를 건네자 사토미가 살짝 인상을 쓰며 봉지 안을 들여다보았다.

"원산지가 어디예요?"

"이와테 오슈와규래."

예전에는 딸의 지정석이었던 자리에 다부진 체구의 남자가 맥주를 따라 마시고 있었다.

"먼저 한잔했습니다."

"오늘은 비번이야?"

"과장님이 가서 도우라고 하셔서 먼저 실례했습니다."

이케모토 고지는 미안한 기색도 없이 맥주를 마시고 있었다. 수사1과 제3강력계인 그는 경위치고는 젊은 서른두 살로, 형사로서 한창 물이 오를 나이에 접어들고 있었다.

"어떻게 매번 스키야키 먹는 날은 귀신같이 알아가지고."

"저는 그저 과장님 명령으로 도와드리러 왔을 뿐입니다."

이케모토가 허리를 곧추세우더니 경례를 붙였다.

"얘기는 나중에 하고, 일단 고기부터 먹어요."

사토미가 큰 접시에 고기를 담아 가져왔다.

"오늘도 일하느라 고생 많았어."

사토미가 무알코올 맥주를 다가와의 잔에 따랐다.

"아직도 금주중이십니까?"

"간 권위자가 향후 삼 년간은 절대로 마시지 말라고 했거든."

다가와는 맥주맛 음료를 한 모금 마셨다.

이 년 전, 수사 도중에 몸이 붓고 피로가 가시지 않아 본부에서 가까운 대학병원을 찾았다. 검사 결과, 알코올성 간 질환이라는 진단을 받았다. 간 수치가 정상에서 다섯 배나 높은 270까지 올라가 있었다.

"난 차라리 잘됐다고 생각했어요."

핫플레이트에 고기를 구우며 사토미가 말했다. 고기가 노릇하게 구워질 즈음 소스를 부었다. 고기 익는 달짝지근한 냄새에 간장 졸이는 향이 더해졌다.

“걸핏하면 외박을 해대서 천벌을 받은 거지.”

검사 당일에 병원 측에서 긴급 입원을 권했다. 석 달의 입원 생활을 마치고 제3강력계를 떠났다.

“일선으로 보내달라는데 통 안 들어준단 말이야.”

“본부에는 탐문 수사의 달인이 필요하니까요.”

핫플레이트의 고기를 단숨에 채 가며 이케모토가 말했다.

다가와가 사건 현장 주변을 꼼꼼하게 조사하는 탐문 수사와 사건 관계자 사이의 관계를 철저하게 훑는 신변 조사에 능한 건 사실이었다. 하지만 술을 마시며 상대와 거리를 좁히는 다가와 특유의 수사 방법은 간 질환을 계기로 접을 수밖에 없었다.

“과대평가야.”

고졸로 밑바닥부터 시작한 다가와는 커리어처럼 사건 전체를 부감하는 능력이 없었다. 이케모토처럼 도주범을 끈질기게 쫓을 체력도 없었다. 누구나 꺼리는 지루한 탐문 수사와 신변 조사에서 활로를 찾았을 뿐이었다.

“오늘 스키야키는 수첩 갱신 기념으로?”

핫플레이트에 실곤약을 넣으며 사토미가 물었다. 다가와가 마지못해 고개를 끄덕였다. 다가와 집안에는 수사의 시작과 끝에 전골 요리를 먹는 전통이 있었다.

수사에 들어가면 집에 들를 시간이 없다. 짧은 시간이나마 가족과 대화를 즐기고자 하는 다가와의 마음 씀씀이였다. 수사가 끝났을 때 먹는 전골은 집에 자주 들어오지 못한 걸 사과하는 뜻이었다.

"과장님 선물은?"

"새 수첩과 대량의 리필 속지. 여전히 내가 뭘 좋아하는지 너무 잘 아신다니까."

"또 옷이 망가지겠네."

사토미가 한숨 섞인 목소리로 말하자마자 이케모토가 호쾌하게 웃음을 터뜨렸다.

"우리 중에 양복 제일 자주 바꾸는 사람이 선배님이니까요."

"눈 깜짝할 사이에 수첩이 불어나서 점점 옷이 망가지잖아."

일선 경찰서에서 근무할 때부터 늘 메모하는 습관이 있었다.

선배 형사의 가르침을 충실히 지킨 결과, 탐문 수사를 하러 방문한 집의 평면도부터 가족 관계, 근무처, 자동차 번호, 하다못해 아이의 자전거 등록 번호까지 세세하게 기록했다. 사건 하나가 해결되기까지 수첩 서너 권을 채우는 일도 드물지 않았다.

"그럼 편하게 말씀 나누세요."

사토미가 자기 그릇을 싱크대로 가져갔다. 이케모토가 집으로 찾아오는 건 본부에서 하기 힘든 이야기를 전하기 위해서였다. 바깥일에는 관여하지 않는다, 수사에 관련된 정보도 듣지 않는다. 사토미는 결혼 초부터 그 원칙을 철저히 지켰다.

커다란 그릇을 든 이케모토가 고개를 꾸벅 숙였다. 사토미가 앞치마로 손을 닦으며 방긋 웃었다. 다가와는 그저 미안할 따름이었다.

7

"선물로 들어온 위스키와 소주는 늘 두는 자리에 있으니까 마음껏 마셔."

"건강 회복하시면 다시 3계로 돌아오셔야죠."

"지금의 생활 리듬에도 만족하고 있어."

진심이었다.

수사의 최전선에서 물러난 일 년 구 개월 동안 집에서 잠들고 일어났다. 그런 생활을 하다가 흉악범을 쫓는 현장으로 돌아가 경찰서에서 먹고 자며 일을 계속할 수 있을까. 불안한 것도 사실이었다. 다가와가 대답하지 않자 이케모토가 겸연쩍은 표정으로 말문을 열었다.

"나카노 역 사건으로 배속됐죠? 특명에 맡길 수 없는 사건이라 그런가."

다가와의 예상대로 이케모토도 미야타 1과장과 전임 과장의 사연을 아는 것 같았다.

"제2강력계에 있던 친구한테 들었는데, 외국인 절도단 범행설이 나온 데는 이유가 있다고 하더라고요."

다가와가 턱을 까닥해 계속하라고 신호를 보냈다.

"전임 과장이 역대 과장에게 심술을 부린 결과랍니다."

"그게 무슨 소리야?"

"진다이지 일가족 살인 사건이 복선이에요."

그 사건은 미해결 사건 중에서도 특대급 사건이었다.

십 년 전 연말, 미타카 시 진다이지의 한적한 주택가에서 일어난 참극이었다. 휴가를 보내던 일가족 네 명이 누군가에게 난자된 엽기적인 범행으로, 현재도 야지마가 이끄는 특명수사대책실에서 수사하고 있었다.

범인의 혈액형이나 발자국, 현장에 남은 의류까지 샅샅이 조사했지만, 여러 용의자가 수사선상에 떠올랐다 사라지기를 반복해 아직도 범인을 검거하지 못했다.

"초동수사부터 삐끗했다는 얘기가 돌더라고요."

시간이 지나도 사건이 해결될 기미가 보이지 않으면, 수사 방향이 잘못되었다, 즉 삐끗했다는 은어로 야유하는 치들이 나타나기 마련이다. 실제로 1과나 제3강력계에서도 뒷말이 끊이지 않았다.

"처음 말이 나온 데가 공안이래요."

"공안이라고?"

"당시 공안에 있던 전임 1과장이 아버지의 시신에 주목한 모양입니다."

"관계자도 아닌데 어떻게 거기까지 알았대?"

다가와가 고개를 갸웃거렸다. 살인 사건이 발생했을 때 시신을 볼 수 있는 건 감식과와 관리관, 주임 경감 등 수사본부에서도 극히 일부에 불과했다. 보안 유지를 위해서다. 일선 경찰서의 수사관은 감식과에서 찍은 시신 사진조차 볼 수 없었다.

"상대는 비밀경찰이니까요."

말을 마친 이케모토가 인상을 쓰며 위스키를 들이켰다.

"살해된 아버지의 배가 십자로 갈라져 있었대요."

"그거랑 공안이 무슨 상관인데?"

"한국 범죄 조직의 범행 성명과 일치한다나요."

"피해자와 접점은?"

"살해된 아버지가 회계사였습니다. 일반 기업인 줄 알았던 기업 고객이 한국계 조직폭력배의 일본 거점이었던 거죠. 억지로 계약을 해지해서 원한을 산 겁니다. 배를 십자로 가르는 수법은 인천 폭력 조직 특유의 사인으로 배신자에 대한 보복이라더군요."

"그렇군."

"상대 조직에는 군인 출신, 그중에는 특수부대 경험자도 있답니다."

다가와는 팔짱을 끼고 생각에 잠겼다. 공안 출신의 전임 1과장이 이 건을 마음에 품고 있었다면, 나카노 술집 강도 살인사건이 일어났을 때 본인의 전문 분야에서 나온 불량외국인에 관한 정보에 집착했을 가능성은 충분히 있었다.

"뭔가 성가신 사건입니다. 공안의 담당일지도 모르고요."

"싫으면 나 혼자 할게. 경시청 사정은 그다음 일이야."

"저도 알죠. 그래서 여기 온 거 아닙니까."

이케모토가 입을 앙다물고 다가와의 얼굴을 뚫어져라 들여다보았다.

계속반으로 옮겼을 당초에는 미해결 사건 파일을 펼칠 때마다 의욕이 사그라들었다. 남의 손때가 묻은 사건이었기 때문이다.

첫 번째는 이타바시의 아파트에서 노인이 교살된 사건을 맡았다.

피해자는 일가친척 없는 예순셋의 유복한 여성이었다. 생전에 패물을 좋아했다는 증언을 바탕으로 '금품을 목적으로

한 우발적 범행'으로 방향을 잡고 초동 수사를 시작했다. 고가의 다이아몬드 반지와 목걸이 여러 점이 없어진 사실도 강도설을 뒷받침했다. 도합 백 명의 수사관이 일제히 움직였지만, 수사는 사건이 발생한 지 삼 년이 지나도록 유력한 용의자를 찾지 못한 채 난항을 겪고 있었다.

사건을 인수한 뒤로 다가와는 피해자의 교우 관계를 처음부터 다시 조사했다. 착수한 지 이 개월째, 그는 지역 마을회관에서 정기적으로 열렸던 하이쿠 발표회에 주목했다.

그곳에서 피해자에게 호감을 보였던 전직 기업 임원인 80세 노인의 존재가 드러났다. 이 주 동안 노인의 집과 근처 주택가에 매일 출근 도장을 찍었다. 그 결과, 일방적으로 교제를 요청하다 거절당한 노인이 분노를 이기지 못하고 피해자를 목 졸라 살해했다는 사실이 밝혀졌다. 세상을 떠난 아버지에게 수갑을 채우는 것 같아 마음이 무거웠다.

다음으로 착수한 사건은 신주쿠 구 도쓰카 경찰서 관내의 주택가에서 삼 년 반 전에 일어난 강도 살인이었다. 백주대낮에 피해자의 집에 침입한 강도가 감기로 일찍 집에 돌아와 쉬고 있던 중년 회사원과 맞닥뜨리자 몸싸움을 벌였다. 강도는 현관에 있던 야구방망이로 집주인을 살해하고 도주했다.

수사본부는 강도 사건 데이터베이스에서 흉악한 수법의 강도 상습범 세 명을 골라냈지만, 두 명에게는 확실한 알리바이가 있었고 나머지 한 명은 복역중이었다.

다가와는 현장이 두 관할서 사이의 경계선 근처라는 사실을 주목했다. 이웃한 우시고메 경찰서의 치안센터 중 현장과 가장 인접한 곳을 찾았더니, 고등학교를 중퇴한 불량소년 패거리가 용의선상에 떠올랐다. 다른 사건으로 체포되어 소년원에 있던 리더 격 소년을 추궁하자 범행을 자백했다. 상습범에 집착했던 수사본부의 실책이자 관할서끼리 벌어진 구역 다툼이 정보를 차단한 나쁜 사례였다.

그 밖에도 세 건의 사건을 해결로 이끌었다. 수사를 진행하는 과정에서 다가와는 사건을 제 것으로 소화했다는 자부심이 생겼다.

이번 사건에서는 두 사람이 목숨을 잃었다. 그들에게는 유족이 있었다. 범인 체포 소식을 기다리는 사람들을 위해서라도 앞으로 몇 달은 수사에 집중할 작정이었다.

다가와는 텀블러에 남은 무알코올 맥주를 단숨에 들이켰다.

8

"쓰루타 씨, 새 보도자료가 들어왔어요."

"내가 쓸 테니까 거기 놔둬."

도쿄 역 마루노우치 출구가 내려다보이는 고층 빌딩 한켠에서 쓰루타 마스미가 취재 메모를 컴퓨터에 입력하고 있었다.

옥스마트 가시와기 회장의 벌레 씹은 표정이 뇌리에 떠올랐다. 늘 냉정하고 침착한 그의 표정이 바뀌었다는 건 정보의 신빙성이 높다는 뜻이었다. 어제 기다린 보람이 있었다. 도카이 지방의 도매상과 주고쿠 지방의 중견 슈퍼 등 다양한 정보원에게서 얻은 취재 데이터를 짜맞춰봤을 때도 마진에 관한 정보는 상당히 민감한 화제임이 틀림없었다.

"쓰루타 기자님."

선이 고운 남학생이 어두운 표정으로 쓰루타의 뒤에 서 있었다.

"되도록 빨리 완성해달라는데요."

쓰루타는 보도자료를 낚아채 의자를 돌렸다. 파티션 옆에서 석간을 들고 그녀의 눈치를 살피던 편집장 하다와 눈이 마주쳤다.

"할 거예요."

쓰루타는 일부러 큰 소리로 그렇게 말한 뒤 컴퓨터를 노려보았다.

신규 출점 알림—클로스킹

보도자료에는 일본 최대의 패스트패션 사업을 펼치는 클로스킹의 이름이 보였다. 통칭 '클로킹'이라 불리는 클로스킹은 저렴한 캐주얼웨어를 주력 상품으로 삼아, 십 년 만에 주식 시가총액을 세 배나 상승시켰다.

발표 자료에는 니가타와 센다이 외의 지방 중점 도시에 개점하는 신규 점포 스무 곳이 열거되어 있었다. 모두 간선 국도변에 300대 규모 주차 공간을 확보한 대형 점포였다.

화면을 신규 작성으로 전환해 신규 출점 수, 출점 도시의 이름, 점포의 특징을 적은 마흔 줄 정도의 짧은 기사를 이십 분 만에 완성했다.

엔터 키를 누른 뒤 쓰루타가 의자를 빙글 돌렸다.

"편집장님, 검토 부탁드립니다."

"원고 작성 완료"라 적힌 상자에 자료를 던지기 직전, 쓰루타는 다시 한번 보도자료의 글자를 훑어보았다. 신규 점포의 인근에는 모두 옥스마트의 쇼핑센터가 있었다.

화면을 바꾸어 옥스마트의 홈페이지에 들어갔다.

점포 안내 항목을 클릭해 보도자료와 비교해보았다. 클로킹에서 신규 출점 중 가장 힘을 쏟은 곳은 니가타와 센다이였다.

쓰루타는 전화 수화기를 들고 클로킹 홍보부 직통 번호를 눌렀다. 사근사근한 목소리의 베테랑 차장이 전화를 받았다.

"문의드리고 싶은 게 있는데요."

"말씀하십시오."

"신규 출점이 모두 옥스마트 근처네요?"

"음, 저희 부서에서 답할 사안이 아닌 것 같습니다. 괜찮으시다면 점포 기획 담당자와 이야기하시겠습니까?"

"그럼 부탁드립니다."

클로킹의 움직임은 부자연스러웠다. 합리적인 전략으로 급성장한 기업이 이런 대규모 출점을 주먹구구식으로 진행할 리가 없었다. 쓰루타는 스케줄표 여백에 "클로킹=옥스"라는 글자를 써넣었다. 가시와기의 벌레 씹은 표정을 떠올리며 그녀는 주먹을 꽉 쥐었다.

9

새로운 사건에 배속된 이튿날, 다가와는 본부에서 가져온 자료를 꼼꼼히 기록했다. 직접 손으로 한 글자씩 개요를 적다 보면 사건이 서서히 제 것이 되는 느낌이 들었다.

오전부터 오후까지 다가와는 눈 돌리지 않고 열심히 메모와 씨름했다. 범행 시각, 현장, 범인의 예상 도주 경로까지 빠짐없이 적었다.

어제저녁에 사건 현장인 가게에 들르겠다는 연락을 해놓았다. 사건 당일 범인에게 왼손을 베였고 현재는 점장으로 승진한 직원이 수사에 협력하기로 했다.

사건 발생은 지금으로부터 이 년 전이었다. 살인 사건의 경우, 발생한 지 일 개월까지를 제1기라 부른다. 이때 용의자를 좁히지 못하면 수사는 난항을 겪게 된다는 게 수사관의 상식이었다.

증언은 애매해지고 증거는 서서히 풍화된다. 사건 관계자를 찾아내는 것 자체가 뼈를 깎는 고된 작업의 연속이다. 이번에는 다행히 실제로 범인과 접촉한 당사자를 만날 수 있었다. 사건은 묻히지 않았다. 다가와는 옷장에서 양복을 꺼내 1과의 형사만 착용할 수 있는 빨간 배지를 옷깃에 달았다.

비좁은 차도를 따라 아라이야쿠시마에 역 방향으로 걷던 다가와는 세이부신주쿠선의 열차 건널목을 넘었다.

손목시계를 보았다. 시각은 오후 3시 10분이었다. 술집 매니저와 만나기로 한 시간은 3시 40분, 시간은 아직 충분했다. 역 앞 반찬 가게 그늘에서 이케모토가 나타났다.

"고생하십니다."

"정말 같이 가도 되는 거야?"

"과장님이 잘 말해두었으니까요. 오랜만에 둘이서 데이트나 하죠."

헌칠한 이케모토를 데리고 다가와는 걸음을 옮겼다.

역 앞의 치안센터를 지나면서 차도는 다소 넓어졌다. 파친코 가게와 정식집, 두부 가게가 나란히 늘어선 남쪽 출구 상점가는 북쪽 출구와 마찬가지로 세월의 흔적이 느껴졌지만, 모두 평범하게 영업을 계속하고 있었다.

상점가를 300미터쯤 지나자 오른쪽에 아라이야쿠시 바이쇼인이 보였다. 육아와 눈병 치유에 효험이 좋고 맑은 물이 퐁퐁 솟는 우물로 유명한 사찰에 어린 고즈에의 손을 끌고 몇 차례 찾아온 적이 있다. 하지만 본부의 근무 시간이 늘어나면서 점차 발길이 뜸해졌다.

"모처럼 왔으니까 참배나 할까요."

"기도한다고 범인이 하늘에서 뚝 떨어지는 것도 아닌데. 가자."

다가와는 옛 사찰을 지나 JR나카노 역 방향으로 걸음을 옮겼다. 이케모토는 신기한 듯 주변을 두리번거렸다. 도심과 무사시노를 잇는 간선도로 중 하나인 와세다도리를 지나면 상점가의 색깔도 바뀌었다.

아라이야쿠시 쪽은 센베 가게나 사탕 가게 등으로 참뱃길 분위기가 물씬 풍겼지만, 나카노 역과 이어지는 일대는 어수선한 음식점의 색채가 강해졌다. 또한 아파트와 상업 빌딩이 일체화된 나카노 브로드웨이에는 애니메이션을 좋아하는 젊은이로 넘쳐났다.

다가와는 이케모토를 데리고 골목으로 들어갔다. "쇼와신도 상점가"라고 적힌 간판 아치문을 지나, 가라오케바와 닭꼬치 가게가 늘어선 골목으로 들어갔다.

다가와는 걸음을 멈추고 안주머니에서 수첩을 꺼냈다. 속지를 펼쳐 도주 경로에 관한 기록을 찾았다.

"탐문 수사 도사님 레이더에 뭔가 걸린 모양이죠?"

"시끄러워."

사건 현장인 술집에서 범인이 도주할 수 있는 경로는 먼저 나카노 역 방향으로 이어지는 선몰 상점가를 지나는 남쪽 직진 코스가 있었다.

두 번째는 선몰 상점가에서 나카노 브로드웨이 입구 옆의 작은 골목을 지나 나카노 선플라자와 인접한 나카노도리로 빠지는 서쪽 도주로였다. 이 경로는 유류품이 있던 까닭에 가장 중요시되었지만 도주로로 확정된 건 아니었다.

마지막은 쇼와신도 상점가의 복잡한 골목을 지나 와세다도리 방향으로 빠지는 북쪽 경로였다.

"일이 성가시게 됐네요. 죄다 수상한데요?"

어느샌가 이케모토가 수첩을 내려다보고 있었다. 다가와는 주변을 둘러보았다.

"취해서 난리 치는 젊은 녀석들을 도주범으로 잘못 봤어도 이상할 건 없지."

"목격자 찾기가 쉽지 않겠어요."

다가와가 인적 드문 골목길을 따라 나카노 역 방향으로 향했다.

길 양쪽에 자전거가 방치되어 있어서 군데군데 두 사람이 지나기도 어려운 지점이 있었다. 거만한 태도의 중년 남자와 어깨가 부딪힌 이케모토가 노골적으로 싫은 티를 냈다.

골목을 따라 20미터쯤 가자 삼각형의 나카노 선플라자가 보였다. 길 왼쪽에는 전국에 체인을 가진 노래방이 있었다. 요금이 적힌 현란한 색의 간판이 길에 나와 있었다.

도로 반대쪽에 있는 술집의 보라색 바탕의 간판에는 "해물 전문 주점 쓰키노마이"라는 글자가 적혀 있었다. 그 옆으로 PC방 간판이 고목나무에 기생하는 버섯 같은 모습으로 붙어 있었다.

"홍콩이나 방콕 뒷골목 같네요."

"이 가게 앞이군."

전봇대에 붙은 "나카노 구 나카노 5가"란 주소를 확인한 다가와가 선물 상점가 쪽으로 걸음을 옮겼다.

오렌지색 간판에 전위적인 글자체로 적힌 "구라타야"라는 글씨가 보였다. 문제의 현장이었다. 다가와와 이케모토는 반쯤 열린 셔터 아래를 지났다.

이 어스름한 통로 끝에서 강도 살인 사건이 일어났다. 다가와가 지나온 좁은 골목으로 두 희생자의 시신이 실려 나왔다. 걸음을 멈추고 합장한 뒤 안으로 들어갔다.

10

어스름한 통로 끝에 합판으로 만든 카운터가 있었다. 다가와처럼 키가 작은 매니저의 모습이 보였다.

카운터 옆에는 2미터 높이의 담배 자동판매기가 설치되어 있었고, 그 안쪽이 테이블 같았다. 다가와와 이케모토가 경찰 수첩을 꺼내 매니저에게 내밀었다. 매니저가 전표 정리하던 손을 멈추고 미소를 지었다.

"죄송합니다. 담당이 바뀌었습니다."

이케모토가 장난스레 말했다.

"상관없습니다. 경찰 드라마 재방송을 보는 것 같네요."

나는 그 재방송 속에서 단서를 찾아내야 한다고. 그런 말이 목구멍까지 올라왔지만, 다가와는 꿀꺽 삼켰다.

"제가 도움이 될지 모르겠네요."

매니저가 천장에 매달린 방범 카메라를 가리켰다.

"그 사건 후에 설치했습니다."

"저희 때문에 죄송합니다."

다가와는 고개를 숙이며 주변을 둘러보았다.

"방범 카메라를 제외한 나머지는 당시와 똑같습니까?"

"네. 이 상처도요."

매니저는 왼손 손등을 다가와에게 내밀며 말했다. 엄지부터 새끼손가락까지 우둘투둘한 흉터가 길게 나 있었다.

"고통이 심하셨겠군요. 몇 바늘이나 꿰매셨습니까?"

"열다섯 바늘입니다. 그나마 손가락 인대를 비껴가서 다행이죠."

흉터를 힐끗 보고 나서 다가와는 수첩의 흉기 항목을 보았다. 범인은 길이가 긴 날붙이를 가지고 있었다. 흉터를 보니 예리한 나이프나 식칼이 틀림없었다. 범인이 카운터에 올려놓은 직원의 손을 흉기로 베었다는 진술이 메모에 있었다.

"범인이 이 위치에 서 있었습니까?"

다가와는 연필을 쥔 오른손으로 매니저가 있는 방향을 가리켰다.

"네. 오른손에 든 흉기를 제 손등에 휘두른 뒤에 왼손으로 현금을 움켜쥐었습니다."

"흉기는 어떻게 쥐고 있었습니까?"

"어떻게 쥐다니요?"

"연필을 흉기라 생각하고 쥐어보십시오."

매니저가 의아해하는 표정으로 연필을 받았다. 연필 끝이 엄지와 검지 사이로 튀어나와 있었다. 바나나를 먹을 때와 같은 손 모양이었다.

"이런 식이었습니다."

매니저가 자신 없는 표정으로 말했다.

실제로 자신에게 위험이 닥쳤을 때, 시야에 들어온 상황이라도 뇌가 기억하는 건 이삼십 퍼센트에 지나지 않는다. 증언자가 착각할 가능성을 없애기 위해서도 탐문 수사는 면밀히 하는 것이 다가와의 신조였다.

"정말 그렇게 쥐었습니까?"

"이상합니까?"

"잠깐 실례하겠습니다."

다가와가 매니저의 왼손을 잡고 흉터를 가리켰다. 흉터의 중심은 깊게 파여 있었다. 엄지 주변의 상처가 특히 깊었고, 약지 쪽으로 난 흉터는 얕아 보였다.

"이상하네."

다가와는 매니저에게 연필을 받아 쥐었다. 연필심이 아래로 오도록 주먹을 쥐었다. 드라큘라 백작의 심장에 못을 박는 자세였다.

"역수 쥐기라는 방식입니다."

다가와는 쥔 연필을 카운터의 영수증 파일에 꽂듯 휘둘렀다.

"이렇게 쥐면 칼의 궤도와 상처가 일치할 텐데요. 평범하게 쥐면 약지 주변의 상처가 깊었을 테고요."

"듣고 보니 그랬던 것 같습니다."

매니저의 상처는 범인이 흉기를 쥐는 방식이 특이하다는 사실을 알려주는 증거였다.

흉기를 역수逆手로 쥐었다면, 처음에 칼날이 살에 닿는 엄지 부근의 상처가 깊어진다. 똑바로 쥐었다면 엄지 부근에는 긁힌 상처만 나고, 칼날이 지나는 약지 부근에 상처가 깊이 남았을 터였다.

다가와는 수첩의 흉기 항목의 여백에 "흉기를 역수로 쥠"이라고 적어 넣었다.

양아치가 상대를 위협할 경우에는 칼끝을 들이댄다. 하지만 이 가게의 경우는 사정이 달랐다. 흉기를 역수로 쥐는 경우는 잠든 상대 또는 쓰러진 상대의 숨통을 확실히 끊어놓기 위한 것이다. 흉기를 거꾸로 들고 휘두르면 힘이 엄청나게 들어간다.

수사 자료에서는 얻지 못했던 수확이었다. 옆에 있던 이케모토가 말문을 열었다.

"그래서 사투리 억양이 느껴지는 영어로 머니, 머니라고 했다고요?"

"때마침 고엔지점과 아사가야점의 매상을 수금한 직후였으니, 뒤를 밟은 건지도 모르죠."

"말투에 특이한 점은 없었습니까?"

"신주쿠나 이케부쿠로 부근에서 무리 지어 다니는 아시아인 같은 느낌이었습니다."

"중국이나 한국인입니까? 아니면 베트남이나 태국……."

“거기까지는 모르겠습니다. 하지만 당시나 지금이나 중국인 갱단이며 불량유학생이 많지 않습니까.”

두 사람의 대화를 들으며 다가와는 수첩에 물음표 표시를 했다. 흉기를 든 방식과 마찬가지로 매니저의 진술은 정확성이 부족했다.

공안 출신인 당시 수사1과장과 수사 지휘관이었던 야지마는 중국인 또는 한국인이 범인일 가능성을 주장했다. 하지만 다가와는 섣불리 외국인 범행이라 단정 지을 단계는 아니라고 생각했다. 애초에 범인은 마스크를 뒤집어쓰고 있었다. 일부러 외국인 같은 발음으로 말했을 가능성도 있었다. 이제는 주변 가게에서 탐문 수사를 하는 수밖에 없었다.

매니저가 현금출납기의 버튼을 눌러 현금 수납함을 열었다.

“이런 식으로 현찰을 내밀었습니다.”

매니저는 가공의 지폐를 모으는 시늉을 하더니 다가와에게 내밀었다. 메모를 보니 피해 금액은 모두 58만 엔이었다.

“범인은 돈을 어떻게 했습니까?”

“입고 있던 검은 청바지 주머니에 쑤셔 넣었습니다.”

“돈을 세어보던가요?”

다가와의 물음에 매니저는 순간 눈을 감았다 바로 입을 열었다.

“그대로 주머니에 넣었습니다. 틀림없습니다.”

"지폐는 만 엔권이었습니까, 아니면 천 엔권?"

"만 엔권이었습니다. 현금출납기의 만 엔권 자리에서 꺼냈으니까요."

매니저가 명쾌하게 말하며 검은 현금출납기를 가리켰다. 이 기억은 틀림없는 모양이었다. 다가와는 수첩의 금액 항목에 동그라미 표시를 했다.

"전국적인 체인망을 가진 술집이니 메뉴 관리 같은 것도 보통 일이 아니겠네요."

다가와는 느닷없이 화제를 바꿨다. 눈앞의 매니저가 고개를 갸웃거렸다. 이케모토도 마찬가지였다.

"본사의 재료 구입비, 단품 메뉴의 가격도 쉬지 않고 바뀝니다. 최근에는 디플레이션이 심해져서 잘 나가는 메뉴는 경쟁사의 동향을 살피면서 빈번하게 가격을 내리고요."

"닭튀김이라든지 해산물 샐러드 같은 거요?"

"네."

매니저가 지난 일 년 동안의 주요 메뉴 가격 추이를 술술 설명했다.

"대단하시군요."

합격이었다. 매니저의 기억력에 틀린 곳은 없었다. 다만 그것은 눈에 보이는 부분, 그것도 한정된 요소에 한해서였다.

11

다가와는 손목시계를 보았다. 오후 3시 55분이었다.

"장사 준비를 해야 할 시간 아닙니까?"

"신경 쓰지 마십시오. 주방에 진공 포장된 식재료들이 있어서 준비하는 데 얼마 안 걸립니다."

"진공 포장요?"

이케모토가 얼빠진 목소리로 물었다.

"본점에서 식재료를 손질해 진공 포장합니다. 주력 메뉴인 곱창조림 등 가공업자가 납품한 냉동식품도 일괄 구입하거든요. 지점에서는 주문이 들어올 때마다 팩을 뜯어서 조리하면 됩니다."

영업 준비를 해야 할 시간이 아닌지 걱정이 되었을 뿐이었는데, 매니저는 의외의 답변을 내놓았다.

300엔 언저리의 술안주를 매장에서 매번 조리하는 건 수지타산이 맞지 않는다는 뜻이다. 어디를 가나 간이 세고 화학조미료를 듬뿍 넣은 음식은 영 별로였다. 기구치 정육점처럼 만든 이의 얼굴을 볼 수 있는 곳이 마음이 놓였다.

수첩을 뒤적이며 다가와가 말을 이었다.

"피해자에 대한 질문입니다만, 아카마 씨와 니시노 씨는 어디 앉아 계셨습니까?"

“이쪽으로 오십시오.”

카운터 출구에 커다란 자판기가 있어서 다가와가 서 있는 위치에서는 통로와 테이블이 보이지 않았다. 다가와가 몸을 기울여 매니저를 찾았다.

“이쪽입니다.”

목소리가 들리는 방향으로 걸음을 옮겼다. 카운터에서 네 발자국쯤 왼쪽으로 가니 어둑한 통로가 보였다.

“저를 공격하고 나서 범인은 이쪽으로 왔습니다.”

매니저가 막힘없이 말했다. 통로의 폭은 겨우 1미터 정도였다. 통로 왼쪽에는 맹장지 두 장만 한 블라인드가 걸려 있었다.

“블라인드군요. 사건 당시에도 걸려 있었습니까?”

“네. 피가 묻은 블라인드는 처분했습니다.”

매니저가 룸 옆에 있는 끈을 잡아당겨 블라인드를 걷었다.

붙박이 테이블과 불편해 보이는 의자가 보였다. 효율적으로 손님을 들어앉혀 매상을 올리는 구조인 것 같았다. 좌석을 가리키며 이케모토가 물었다.

“이 자리에 아카마 씨가 있었습니까?”

“네.”

자리에 앉은 다가와는 수첩에 카운터와 테이블의 위치 관계를 나타내는 간략한 평면도를 그렸다.

"매상을 강탈한 범인이 이쪽으로 왔다는 거죠? 블라인드는 어떤 상태였습니까?"

"기억이 안 납니다. 하지만 카운터에서 나와보니 이미 아카마 씨가 천장을 보고 쓰러져 있었습니다."

다가와는 수사 자료에 있던 사진을 떠올렸다.

의자에 앉아 있다 미끄러진 자세로 아카마는 좁은 통로에 너부러져 있었다. 왼쪽 경동맥이 끊어진데다 칼날이 목 안쪽을 깊이 후비고 들어갔다. 지혈할 새도 없이 아카마는 대량 출혈로 인한 쇼크로 숨졌다.

"니시노 씨는 어디에 있었습니까?"

"옆방입니다."

매니저가 통로 안쪽으로 들어갔다. 아카마가 앉아 있던 룸과 같은 구조였다.

"니시노 씨가 피습당하는 장면을 목격하셨습니까?"

다가와가 묻자 매니저가 입을 막으며 고개를 끄덕였다.

"니시노 씨가 있던 룸의 블라인드는 어떤 상태였습니까?"

"소리에 놀랐는지, 니시노 씨가 블라인드 너머로 상반신을 내민 순간에 범인과 눈이 마주쳤고, 직후에 바로 피습당했습니다."

"니시노 씨는 이쪽에 앉아 있었습니까?"

"이쪽입니다."

매니저가 입구에서 떨어진 자리를 가리켰다. 룸에 들어간 다가와가 블라인드를 내렸다.

"대충 이런 구도였을까요?"

다가와가 벌떡 일어나 블라인드를 어깨에 얹은 채 통로로 상반신을 내밀었다. 매니저가 고개를 끄덕였다.

"흉기는 어떻게 쥐고 있었습니까?"

"아까 형사님이 말씀하신 대로 거꾸로 쥐고 있었던 것 같습니다."

"범인은 매니저에게 받은 돈으로는 만족하지 못하고 룸까지 침입한 겁니까?"

카운터 방향의 비좁은 통로를 보며 다가와가 묻자 매니저가 연신 고개를 끄덕였다.

"두 분의 지갑과 휴대전화 그리고 작은 숄더백도 강탈했습니다."

"탐욕스러운 강도군요."

미야타에게 받은 자료에도 매니저의 이야기와 같은 내용이 기록되어 있었다.

"여기서도 범인이 '머니, 머니' 하고 위협했습니까?"

"아뇨. 아무 말도 없었습니다."

"그럼 느닷없이 공격한 겁니까?"

"아카마 씨를 해치는 장면은 못 봤지만, 니시노 씨에게 달려들 때는 말없이 흉기를 휘둘렀습니다. 그건 똑똑히 기억합니다. 그러고 나서 재킷 안주머니에서 지갑과 휴대전화를 꺼내 가져갔습니다."

매니저가 명확하게 말했다. 다가와가 고개를 갸웃거렸다.

"정말 못 들으셨습니까?"

"못 들었습니다."

매니저가 다시 대답했다. 다가와는 수첩을 든 채 팔짱을 꼈다. 거친 사포로 뺨을 문지른 듯한 불쾌한 느낌이었다.

12

비좁은 통로에 선 다가와가 아카마와 니시노가 앉아 있던 자리를 보았다.

"이상하군."

다가와는 빠른 걸음으로 카운터로 돌아왔다. 의아스러워하는 표정의 매니저가 뒤를 따랐다.

"머니, 머니."

다가와는 범인이 맨 처음 매니저를 공격한 카운터에서 그렇게 말했다. 눈치 빠른 매니저가 재빨리 담배 자판기를 지나 카운터 안쪽으로 들어갔다.

"그런 식이었습니다. 범인의 키가 조금 더 크긴 했지만요."

매니저의 말로 검은 마스크를 뒤집어쓴 범인의 신장은 170에서 180센티미터 사이였다. 다가와가 카운터 앞에서 펄쩍 뛰었다. 하지만 담배 자판기 때문에 통로는 보이지 않았다.

"여기서 테이블석을 좀 봐."

키가 큰 이케모토가 카운터 앞으로 왔지만 금방 고개를 저었다.

"자판기에 가려서 안 보입니다."

"여기서는 룸이 보이지 않는군요. 이 자판기는 사건 당일에 어디 있었습니까?"

"여기입니다. 위치가 바뀐 적은 없습니다."

"범인은 어째서 룸 쪽으로 간 걸까요?"

"글쎄요."

다가와는 고개를 갸웃거렸다. 범인은 돈을 빼앗았다. 대략적인 목적은 달성했다. 돈뭉치를 힐끗 보고는 주머니에 쑤셔 넣었다고 했다.

"욕심이 많았던 거죠."

매니저가 얼굴을 찌푸리며 말했다. 다가와는 카운터에서 손을 떼고 룸이 있는 좁은 통로로 다시 걸음을 옮겼다.

"아카마 씨가 있던 룸의 블라인드가 내려져 있었는지, 걷혀 있었는지는 모르겠지만 좌우지간 범인은 아카마 씨에게도 금품을 빼앗기 위해 공격했다."

다가와는 연필을 거꾸로 쥐고 블라인드 앞에서 휘둘렀다.

"이변을 감지한 니시노 씨가 상반신을 내민 순간 찌른 건가."

다가와는 옆방으로 이동해 다시 한번 거꾸로 쥔 연필을 휘둘렀다.

"니시노 씨를 찌른 뒤에 범인은 지갑을 빼앗았죠. 지갑을 열어보던가요?"

매니저가 세차게 고개를 저었다.

"잔인하고 탐욕스러운 범인이 현장에 있던 손님까지 차례로 해쳤다는 건가."

다가와는 강도나 절도범 검거의 프로가 아니었다. 수사1과에서 강도 사건을 담당하는 제6강력계나 절도범 전문인 수사3과에 소속했던 경험도 없었다.

일선 경찰서에 있었을 때도 절도계에 있던 건 겨우 일 년 남짓이었다. 때문에 이러한 사건에서 범인의 심리 상태가 어떠한지 상상하기란 쉽지 않았다. 이케모토를 쳐다보자 그가 어깨를 으쓱했다.

"내가 너무 과민한가."

다가와가 혼잣말처럼 중얼거렸다. 동시에 수첩을 뒤졌다. 막상 현장을 둘러보니 인계받은 수사 자료에 위화감이 들었다.

아까 아카마와 니시노를 차례차례 찌른 범인이 다짜고짜

공격했다는 이야기를 들었을 때도 그랬다. 게다가 카운터에서는 담배 자판기 때문에 룸 쪽이 보이지 않는다. 머리숱이 빠지기 시작한 이마에 땀방울이 송골송골 맺혔다. 더위 때문이 아니었다. 다가와가 손수건으로 땀을 훔치며 말을 이었다.

"한 가지 더 묻겠습니다. 돌아가신 아카마 씨와 니시노 씨는 단골이었습니까?"

"두 분 다 처음 오신 손님이었습니다."

"처음 온 손님인 줄은 어떻게 아셨습니까?"

"개업 당시부터 오 년 동안 이곳에서 일했습니다. 두 분 다 제가 알기로는 처음 방문하신 고객이었습니다."

"이 년 전에도 수사관에게 그 얘기를 하셨습니까?"

"아니요. 안 물어보셔서요."

다가와는 얼굴을 찌푸렸다. 아까부터 느껴졌던 위화감이 점차 불길한 예감으로 바뀌고 있었다. 해변에서 넘어져 입에 모래 알갱이가 들어간 듯한 감각이었다.

"두 분 다 기다리는 사람이 있는 듯한 눈치였습니다."

"그렇게 말씀하시는 근거는?"

"오전 1시 반에 예약을 하셨거든요."

"그렇게 늦은 시간에요?"

"연예인이나 방송업계 분들은 늘 늦은 시간에 술자리를 가지시니까요."

"두 사람이 각자 예약을 잡은 거죠?"

"확인해보겠습니다."

매니저는 다시 카운터로 들어가 선반에서 낡은 노트를 꺼냈다.

"이거네요. 사건이 일어나기 전에 예약이 들어왔으니까……."

노트를 보자 다양한 필체로 적힌 글자들이 눈에 띄었다.

"사건 하루 전, 자정이 지나기 전에 예약 전화를 받은 모양입니다."

"모양입니다?"

"당시 아르바이트 직원이 예약을 받았습니다."

매니저는 노트 구석에 적힌 동글동글한 글자를 가리켰다. "9/15 마루야마"라는 이름 옆에 "아카마 님 01시 30분 2명/접수: 16시 08분", "니시노 님 01시 30분 2명/접수: 16시 11분"이라고 적혀 있었다.

그 옆에는 1에서 20까지 번호가 붙은 테이블표가 붙어 있었다. 아카마는 "1", 니시노는 "2" 자리에 이름이 적혀 있었다. 다가와는 예약 시간을 수첩에 적었다.

아카마는 센다이 시에 거주하는 수의사이고, 니시노는 신주쿠 구 오쿠보에 거주하는 산업폐기물 업자였다. 두 사람 사이에 연결 고리가 있는 것 같지는 않았다. 하지만 예약 시간은 고작 삼 분밖에 차이가 나지 않았다. 다가와가 고개를 갸웃거렸다.

"두 사람이 직접 예약 전화를 걸었을까요?"

"글쎄요. 거기까지는 모르겠군요."

매니저가 어깨를 으쓱했다.

"이 마루야마라는 분과 연락이 될까요?"

"대학을 휴학하고 인도에 갔습니다. 어디 있는지는 모르겠고요."

가슴속에 피어난 위화감은 이제 결정적인 의문으로 바뀌었다.

"가게에 들어온 뒤에 두 사람의 분위기가 어땠습니까?"

다가와의 물음에 매니저가 팔짱을 끼고 생각에 잠겼다.

"안쪽 큰 룸에 단체 손님이 두 팀 있었는데……. 잠깐만요."

매니저가 다른 노트를 꺼내 팔랑팔랑 페이지를 넘겼다.

"당일 들어온 주문 내역을 인쇄해드리겠습니다."

매니저가 현금출납기의 키보드에 데이터를 입력했다.

"매상 데이터는 본부에 기록되어 있거든요."

매니저가 키보드를 두드린 지 일 분쯤 지나자 현금출납기에서 인쇄된 종이가 나왔다. 종이를 뽑은 매니저가 연신 고개를 끄덕였다.

"아카마 씨는 오전 1시 20분에, 니시노 씨는 1시 35분에 오셨습니다."

다가와가 손을 뻗자 매니저가 영수증을 내밀었다.

"직원이 휴대용 단말기로 주문을 받으면 기록에 남습니다. 기록에 아카마 씨는 아무것도 주문하지 않았고, 니시노 씨는 생맥주 한 잔을 주문했다고 합니다."

"두 사람 모두 누군가를 기다리고 있었던 거군요. 이 기록, 가져가도 되겠습니까?"

"그러십시오."

다가와는 종이를 수첩 주머니에 넣었다. 스멀스멀 피어오르던 위화감이 다가와의 가슴속에서 급격히 부풀었다. 의혹은 모습을 바꾸어 가슴속에서 검은 덩어리가 되었다.

"두 사람이 가게를 찾는 데 어려움을 겪었던 것 같지는 않았습니까?"

"무슨 말씀이십니까?"

"아니, 이 부근은 골목이 뒤엉켜 있지 않습니까. 도중에 길을 잃거나 한 것 같지는 않았습니까?"

"니시노 씨는 저희 홈페이지에 실린 지도를 출력해 가져오셨고, 아카마 씨는 작은 쪽지에 주소를 적어 오셨습니다."

매니저가 명쾌한 어조로 말했다. 다가와가 고개를 갸웃거렸다.

"두 분 다 예약을 직접 했는지는 확실치 않지만, 각자 일행이 있었던 것 같군요."

다가와가 카운터에 놓인 예약 노트를 가리켰다. 매니저가 고개를 끄덕였다.

"각자 기다리는 사람이 있었지만, 그 사람은 오지 않았고 그사이에 피습당했다."

다가와가 머리에 떠오른 말을 입 밖으로 냈다.

"그게 어쨌다는 겁니까?"

"그들이 기다리던 사람들이 먼저 도착한 일행에게 연락한 낌새는 없었습니까? 이를테면 가게에 전화해 일행이 도착했는지 물었다거나……."

"그날은 만석이라 정신이 없기는 했지만, 그런 전화를 받은 기억은 없습니다."

"여러모로 참고가 되었습니다. 문 열기 전에 바쁘실 텐데 협조해주셔서 감사합니다."

다가와는 공손히 고개를 숙인 뒤 출구로 걸음을 옮겼다. 다른 직원들이 출근한 것인지 반쯤 열려 있었던 셔터가 올라가 있었다.

"단순한 강도 살인이 아닌 것 같지?"

석양이 번지기 시작한 골목길로 나온 순간, 다가와가 그렇게 말했다.

"그런 분위기가 농후해졌네요."

"심야에 불러냈고, 둘 다 일행은 오지 않았어. 부자연스럽지 않아?"

이케모토가 미간을 찌푸렸다. 다가와는 양복 깃을 정리한 뒤 현란한 빛깔의 간판을 올려다보았다.

13

다가와와 이케모토는 각자 구라타야와 나란히 자리한 해물 전문점 쓰키노마이와 그 맞은편에 있는 노래방을 찾았다. 하지만 둘 다 사건이 일어난 후에 생긴 점포라 단서를 얻기는 물리적으로 불가능했다. 이케모토가 어깨를 으쓱했다.

다가와는 먼저 찾았던 구라타야의 오렌지색 간판을 보며 한숨을 쉬었다. 그때 호리호리한 체격의 남자가 양손에 장바구니를 들고 쓰키노마이와 PC방의 간판 아래를 지나갔다. 남자는 쓰키노마이가 자리한 상가 빌딩으로 들어갔다. 다가와와 이케모토가 서로 마주 보았다.

"저기 술집이 하나 있었지?"

두 형사는 남자의 뒤를 쫓았다. 쓰키노마이의 입구 옆에 어둑한 현관이 있었는데, 거기에 먼지 쌓인 우편함이 보였다.

어두운 현관을 지나 다가와가 건물 안쪽으로 들어갔다. 5미터쯤 들어가자 칙칙한 보라색 간판이 보였다. 가게 이름은 '스낵 엔젤'. 간판 옆에 빈 병이 담긴 상자와 생맥주 탱크가 있었다. 복도 안쪽에는 다른 출입구가 있었는데, 구라타야와 노래방이 인접한 골목이 보였다. 다가와가 손잡이를 잡았다.

"계십니까."

녹슨 문을 열자 가게 안쪽에서 희미한 불빛이 보였다. 자세히 들여다보자 아까 보았던 남자가 있었다. 하얀 와이셔츠에 검은 베스트를 입었다. 바텐더의 차림새였다.

"7시부터 영업합니다."

바텐더는 담배를 물고 장부를 적고 있었다. 다가와가 경찰수첩을 꺼냈다.

"노가타 서에서 나왔습니까?"

남자가 싫은 티를 내며 물었다. 이케모토가 위압적인 태도로 어깨를 으쓱했다. 다가와는 파트너의 옆구리를 쿡 찌르며 카운터로 다가갔다.

벽에 달린 유리 선반에는 싸구려 위스키며 소주병이 다닥다닥 놓여 있었다. 3000엔 정도만 내면 몇 시간이고 있을 수 있는 가게 같았다.

"본부에서 나왔습니다. 이번에 구라타야 사건을 담당하게 됐습니다."

남자가 찬찬히 뜯어보듯 얼굴과 수첩을 번갈아 보더니 말문을 열었다.

"사건이 일어난 뒤에 우리 가게에도 형사님이 찾아왔습니다.”

“이 가게도 그때 영업하고 있었죠?”

“오전 1시에 문을 닫으니까, 정확히 말하면 사건 직전까지 영업하고 있었다고 해야겠죠.”

“그날도 오전 1시에 닫으셨습니까?”

남자가 장부를 뒤적였다. 영업일지도 겸하는 모양이었다. 그가 열 장 정도 뒤로 넘기다 동작을 멈췄다.

“아뇨. 그날은 자정에 닫았습니다. 마담이 손님이 없으니까 일찍 퇴근하라고 해서 0시 반에 나갔습니다. 은근히 구두쇠거든요. 신주쿠에서 여자와 약속이 있던 날이라 기억이 납니다.”

“찾아온 형사에게 그 얘기를 했습니까?”

“했죠.”

“직원은 선생님뿐입니까? 여자 직원은 없습니까?”

다가와의 물음에 남자가 다시 노트를 보았다.

“아르바이트 직원이 있었는데 저랑 같이 퇴근했습니다. 마담은 손님하고 2차를 나갔고요. 여기 2라고 적혀 있어요.”

다가와가 노트를 들여다보았다. 분명히 날짜 뒤에 작은 숫자가 보였다.

“사건이 발생했을 때 이곳에는 아무도 없었던 거군요.”

“치 마담이 있었습니다. 아마 3시쯤에 나갔을 겁니다. 항상 뒷정리는 그 누님이 하거든요.”

"정말입니까?"

"구라타야에서 남자가 튀어나오는 걸 봤다는 얘기를 들었습니다."

"뭐라고요?"

다가와가 무의식적으로 수첩을 꺼냈다. 이케모토가 카운터에 두 손을 올리고 몸을 기울였다.

14

"치 마담의 이름이 뭡니까?"

다가와가 연필을 들고 물었다.

"나쓰요입니다."

생각지도 못한 오산이었다. 이 인물을 찾아가면 매니저의 진술을 더욱더 보강해줄 이야기를 들을 수 있을지도 모른다. 한편으로는 배 속 깊은 곳부터 분노가 치솟아 올랐다.

사건 당일 오후, 바텐더의 증언을 들은 뒤로는 찾아온 경찰이 없었다고 했다.

강도 살인 같은 흉악 범죄가 발생하면, 그 직후에 기동수사대가 현장 일대를 수색하고, 이튿날 이후로는 수사1과와 관할서 수사관이 2인 1조가 되어 탐문 수사를 펼친다.

주택 지도를 가지고, 무슨 정 몇 번지부터 몇 번지까지는 어느 반, 그 옆 구역은 다른 반이 담당하는 식으로, 인해전술로 목격 정보를 끈기 있게 찾아낸다.

지도상의 주택이나 상점을 빠짐없이 돌면 현지 수사는 끝난다. 이때 5인 가족이 거주하는 세대라면 가족 모두에게, 상점이라면 모든 종업원에게 증언을 듣는 것이 수사의 철칙이다.

종일 집에 있는 경우가 많은 노인이라면 무슨 소리를 듣거나 수상한 자를 보았을 가능성도 커진다. 반대로 회사원은 집에 돌아오는 길에 수상한 자와 마주쳤을 공산도 있다.

상점도 마찬가지다. 오전 근무와 오후 근무는 접하는 사람이 다르다. 사람이 많으면 기억에 혼란이 발생하기도 하고, 수사관에게 입을 다무는 이도 나오기 마련이다. 이러한 까닭에 반드시 모든 사람을 만나야 할 필요가 있다.

이 사건은 탐문 수사의 정확도가 너무나도 형편없었다. 대충 매뉴얼대로 탐문 수사를 했을 뿐이었다.

신참 시절, 다가와는 수사를 제대로 하지 못해 담당 구역의 모든 사람의 증언을 듣지 못하면 수사본부에 발을 들일 수도 없었다. 최근에는 수사 지휘관이나 탐문 수사 책임자가 이런 기초 수사를 경시하는 경향이 있다. 그래서 범인 검거율이 떨어지는 것이다.

다가와는 화를 꾹 눌렀다. 눈치 빠른 이케모토가 입을 열었다.

"치 마담의 본명은 어떻게 됩니까?"

"잘 모르겠습니다. 예전에는 아카사카에 있었다고 하던데, 흘러 흘러 이런 데까지 왔다고 하더군요."

거기까지 말하더니 남자가 갑자기 입을 다물었다. 이케모토의 등 뒤에서 쉰 목소리가 들렸다.

"나 왔어."

돌아보자 갈색 머리의 여자가 서 있었다. 여자는 의아해하는 표정으로 다가와와 이케모토를 보았다.

화장기 없는 얼굴에 눈썹이 없었다. 형광등 불빛을 받은 머리카락에도 윤기가 없었다. 여자의 얼굴에는 피로가 짙게 배어 있었다. 실제 나이는 서른다섯 정도겠지만, 피부에 탄력이 없어서 쉰이 넘은 것처럼 보였다.

"누구?"

"경시청에서 나온 형사님들이에요. 구라타야 사건 수사래요. 이분이 나쓰요 씨예요."

"그래서?"

나쓰요가 바텐더와 이야기를 이어갔다.

"경시청 수사1과의 다가와라고 합니다."

"경찰은 질색이에요. 특히 생활안전과라면."

"수상한 남자가 가게에서 튀어나왔을 때의 상황을 자세히 말씀해주시죠."

이케모토가 매서운 눈빛으로 여자를 노려보았다. 다가와가 카운터 아래로 이케모토의 정강이를 걷어찼다.

"맥주 한잔할 수 있을까요?"

카운터에 천 엔짜리 지폐를 올려놓으며 다가와가 나쓰요에게 말했다.

"이렇게 찾아오는 게 불편하신 줄은 압니다."

나쓰요에게 앉으라 권하며 정중하게 부탁했다. 나쓰요는 마지못한 표정으로 자리에 앉았다. 다가와가 나쓰요의 잔에 맥주를 따랐다.

"어떤 경위로 그 남자를 목격하신 겁니까?"

"빈 탱크."

"무슨 뜻입니까?"

"가게 입구 간판 옆에 있잖아요. 그거 말하는 거예요."

맥주를 반쯤 마시더니 나쓰요가 그렇게 대답했다.

"뒷정리는 늘 내가 해요. 그날도 설거지를 하고 음료를 보충했죠. 아르바이트하는 애는 시급이지만, 나는 월급이니까."

나쓰요가 괴로운 표정으로 맥주를 들이켰다. 불평불만 덩어리 같은 여자였지만 진술 내용은 구체적이었다.

"빈 탱크를 밖에 내놓으면 다음 날 업체에서 채워놓는다. 그 말씀이죠?"

"맞아요."

"탱크를 통로에 내놓았을 때 남자를 목격하신 거군요. 어느 쪽으로 갔습니까?"

"선몰 상점가 방향요. 당황한 것 같던데요?"

다가와는 열심히 내용을 적었다.

"이곳은 조금 안쪽에 있는데 어떻게 남자가 도망치는 방향까지 아셨습니까?"

"무전취식인 줄 알았어요. 가난한 학생들이 그 가게에서 자주 그러거든요. 심심해서 뒤를 밟았죠."

다가와가 메모를 하던 손을 멈추고 여자의 얼굴을 보았다. 허풍을 떠는 것 같지는 않았다. 자그만 변화라도 놓치지 않겠다는 듯 이케모토도 나쓰요를 말없이 쏘아보고 있었다.

"뒤를 밟았다고요? 선몰까지?"

"그래요. 나중에 거기 매니저한테 사례라도 받을까 했죠. 원래 일 끝나고 혼자 자주 갔거든요. 그 사건이 일어난 뒤로는 한동안 안 갔지만."

어마어마한 목격자 증언이었다. 세 가지였던 예상 도주 경로를 눈앞의 무뚝뚝한 여자가 하나로 줄여버렸다.

"그 남자가 선몰에서 어디로 갔습니까? 나카노 역 방향? 아니면 브로드웨이?"

"브로드웨이 방향으로 갔어요. 그 뒤에 입구 근처에서 왼쪽으로 꺾더니 손에 든 뭔가를 버렸죠."

다가와는 수첩의 다른 페이지를 펼쳐 유류품에 대한 기록을 찾았다. 기동수사대가 발견한 마스크는 나쓰요가 말한 바로 그곳에 버려져 있었다. 마스크에 대한 건 매스컴에 공표하지 않았다. 나쓰요는 그 물건이 마스크라고 하지는 않았지만, 증언의 신빙성은 높았다.

"얼굴은?"

"못 봤어요. 어두웠고 달려갔으니까."

"옷차림이라든지 신발 같은 건 생각나지 않으십니까?"

"검은 셔츠 같았어요. 발은 못 봤고요."

다가와는 일단 질문을 멈추고 열심히 기록을 했다. 그러자 나쓰요가 입을 열었다.

"그 남자, 나카노도리에서 기다리던 차에 탔어요."

다가와가 마른침을 삼켰다. 이케모토의 목에서도 꿀꺽하는 소리가 났다.

"차종은?"

"벤츠 쿠페였어요."

"메르세데스 벤츠요."

"맞아요."

"무슨 색이었는지 기억하십니까?"

"어두워서 정확히는 기억이 안 나요. 하얀색이나 붉은색은 확실히 아니었고요."

"번호판에 적힌 지역은 어디였습니까?"

"분명 네리마였을 거예요. 아, 맞다. 확실하지는 않지만 여자가 운전했던 것 같아요."

얼굴이 경직되는 걸 느꼈다. 실행범에게 공범이 있던 건가.

"여자의 얼굴을 봤습니까?"

"못 봤어요. 하지만 차가 미끄러지듯 출발하는 모습이 인상에 남았거든요. 이 부근에서 그런 차를 타는 애들은 대부분 호스트예요. 신주쿠의 호스트들이 여기 많이 살거든요. 걔들은 운전을 뭣같이 하는데, 그 벤츠는 달랐어요."

"그래서 여자라고 생각했군요."

"그뿐 아니에요. 뒷좌석과 뒤창 사이에 토시가 있었어요."

"토시?"

"자외선 차단용 토시요. 남자는 그런 거 안 쓰잖아요."

수사본부가 이 정보를 이 년 전에 입수했다면 수사 방침은 크게 달라졌을 것이다. 다가와는 입술을 깨물었다. 아까 구라타야에서 느꼈던 의혹이 결정적으로 굳어졌다.

벤츠를 모는 공범이 존재했다. 과연 그런 인물이 선술집을 털까. 거기다 매상금뿐 아니라 손님의 지갑까지 노리고 살해할 정도로 사정이 궁했을까?

"사진을 보면 어떤 차량인지 골라내실 수 있겠습니까?"

"할 수 있을 것 같아요."

"조만간 연락을 드릴 테니 경시청 본부까지 와주시겠습니까?"

"내가 가야 해요?"

"사건 해결의 중요한 단서가 될 수도 있습니다. 부탁드립니다."

다가와가 두 손으로 카운터를 짚고 고개를 숙였다. 왼쪽에서 당황한 듯 이케모토도 고개를 숙였다.

15

6층으로 돌아간 이케모토와 헤어져 다가와는 5층의 제 자리에 앉았다. 시간은 이미 오후 6시가 가까웠다. 다가와는 수첩을 꺼냈다. 수첩을 펼쳐 새로운 정보를 검토했다.

먼저 흉기를 쥐는 방식이었다. 다가와가 옆자리의 동료에게 말했다.

"미안한데, 인터넷에서 '역수로 쥐기'라는 말을 검색 좀 해 줄래?"

"오케이."

옆자리의 동료는 수사3과에서 오랫동안 절도 사건을 담당했던 다치하라 교조 경위였다.

들리는 소문으로는 수사 방침을 둘러싸고 참사관을 폭행한 바람에 계속수사반으로 보내졌다. 다가와와 마찬가지로 외골수로, 경시청 관내는 물론 수도권의 주요 절도범의 범행 수법은 모두 꿰고 있다고 했다. 나이는 다가와보다 세 살 어린 마흔넷이었다.

"여기."

다치하라가 화면을 인쇄해 다가와에게 건넸다.

전직 자위대 레인저 부대원이 쓴 글로, 사진도 첨부되어 있었다. 종이에는 대형 서바이벌 나이프를 바로 쥔 사진과 문제의 역수逆手로 쥔 사진이 있었다. 리버스 그립reverse grip이라고도 적혀 있었다.

"성가신 사건을 맡았다면서?"

"그렇게 됐어. 범인이 범행 당시 흉기를 이렇게 쥐었어."

다가와는 해설을 보았다. "일본의 고류 무술 외 국내외 다양한 군대의 특수부대에서 교육"이라고 적혀 있었다.

칼을 거꾸로 쥐면, 접근전에서 주먹을 이용해 상대를 때릴 수 있는데다 직후에 바로 벨 수 있다고 설명하고 있었다.

"예전에 야마노테선 열차 안에서 한국인 소매치기단과 대치했을 때, 몇 명인가가 그런 식으로 칼을 휘둘러서 죽는 줄 알았어."

"군대 경험자였어?"

"응. 그런 식으로 칼을 쥐는 놈은 많이 없으니 용의자를 좁히기도 어렵지 않을 거야."

다가와의 등 뒤에서 다치하라가 자료를 보고 있었다.

"타당한 견해야."

절도 사건 전문의 베테랑 형사가 단정적인 어조로 말했다. 다가와는 수첩을 펼쳐놓고 팔짱을 꼈다.

"금전적인 문제를 겪는 남자가 술집을 털었다. 그리고 그 자리에 있던 손님을 해치고 지갑을 강탈했다."

"석연치 않은 말투네. 다른 정보라도 들어왔어?"

"술집을 턴 놈이 벤츠 쿠페를 타고 달아날까?"

"무슨 소리야?"

"목격자가 있었어."

"벤츠를 봤대?"

"벤츠 타고 다니는 놈이 고작 58만 엔 때문에 강도 짓을 할까?"

"처음부터 잘못 짚었을 공산이 크군."

"기초 수사가 전혀 안 됐어."

다가와가 현장 주변에서 탐문 수사한 내용을 다치하라에게 설명했다.

"특별수사본부의 지휘관이 누구였는데?"

"야지마 이사관."

"성가시게 됐네."

조직도상으로 수사1과에서 다가와의 직속 상사는 야지마 이사관이었다. 나이는 마흔넷, 커리어 총경이었다.

"과장님이 직접 지시한 안건이라고는 해도, 보고서는 일단 야지마한테도 올려야 할 거 아냐."

"그 둘 관계가 어색한 거 알지? 중간에서 나만 죽어나는 거지."

"강도 살인은 무슨, 계획 범죄라고, 이 멍청아. 그렇게 말하는 꼴이지."

다치하라가 목소리를 낮추고 말했다. 입은 웃고 있었지만 눈에는 동정하는 기색이 역력했다.

"나도 그 가능성을 고려하고 있어. 강도 살인으로 단정 짓고 수사했으니, 피해자들 사이의 연관 관계도 제대로 안 알아본 거지."

숨진 아카마와 니시노에 관해서는 직업이나 본적지, 당시 주소 등 최소한의 정보밖에 없었다. 왜 술집에 있었는지, 그 중대한 요소가 자료에는 쏙 빠져 있었다.

"피해자들 사이의 관계를 철저하게 다시 훑어봐야겠네. 어떤 사람이야?"

다가와가 수사 자료를 펼쳐 피해자의 프로필을 다치하라에게 내밀었다.

"둘 다 거의 같은 시간대에 같은 술집을 예약했어. 추측이지만, 누군가가 두 사람을 유인하기 위해 예약한 거야."

"접점은?"

"현재로서는 없어. 하지만 그걸 믿을 수 있겠어?"

특별수사본부에서 기록한 파일을 두드리며 다가와가 말했다. 다시 모래알을 씹는 듯 불쾌한 감각에 휩싸였다. 맑은 물로 입을 헹구듯 사건을 근본부터 다시 살펴봐야 했다. 다가와는 양복 상의를 걸쳤다.

제2장 신변 조사

1

5층에서 6층으로 이어진 계단을 뛰어 올라간 다가와는 특명수사대책실로 향했다. 창가 책상을 보니 야지마가 젊은 수사관과 마주 보고 있었다.

야지마는 미간을 찌푸리고 턱을 내민 자세로 수사관을 노려보고 있었다. 현장 경험이 일천한 그가 논커리어에게 허세를 부릴 때 늘 짓는 표정이었다. 다가와는 귀를 기울였다. 오년 전 다마 지역의 약국에서 발생한 살인 사건의 경과 보고를 받는 모양이었다.

다가와가 헛기침을 하며 젊은 수사관의 어깨 너머로 분위기를 살폈다. 야지마가 지도를 보며 고개를 끄덕였다.

"이사관님, 잠깐 드릴 말씀이 있는데요."

"급한 일입니까?"

냉철한 인상을 주는 안경 너머로 야지마의 눈이 불편한 빛을 띠었다.

"일전에 과장님이 맡기신 건에 관한 일입니다."

"나카노 사건 말이죠."

"현장을 둘러보고 왔습니다. 주변을 탐문 수사한 결과, 새로운 사실을 발견했습니다."

다가와는 새로운 목격 증언이 나왔다는 것과 가까운 시일 안에 해당 차량을 조회해 수배하려 한다는 이야기를 했다.

"그 목격자는 믿을 수 있는 사람입니까?"

"거짓말은 아닙니다. 매스컴에 공표되지 않은 범인의 유류품을 알더군요."

"특별수사본부에서는 외국인, 특히 군대 경험자의 범행이라 보고 있습니다. 목격자가 뭔가 잘못 알았겠죠. 모순되지 않습니까?"

"진술에 신빙성이 있습니다."

"그래서 당시 책임자에게 한마디하러 온 거군요."

다가와는 단호하게 고개를 저으며 대략적인 탐문 수사 결과를 보고하려 했을 뿐이라고 주장했다. 그러나 야지마의 표정은 더욱더 굳어졌다. 손수건을 꺼내더니 안경을 벗어 알을 벅벅 닦기 시작했다.

"탐문 수사가 중요한 사건은 아니었습니다. 특수부대 경험자를 범인으로 상정하고 인터폴을 경유해 각국에 조회를 요청했고요."

"새로운 목격 정보가 나온 건 사실입니다."

"한솥밥 먹는 식구한테 그런 소리를 듣다니 서운하군요. 이제 와서 수사를 원점으로 되돌릴 생각입니까?"

"아닙니다. 저는 그저 재수사 결과를 보고드리려던 것뿐입니다."

"다가와 씨는 과장님과 각별한 사이였죠. 같은 논커리어라고 나한테 싫은 소리 하려는 겁니까?"

"정말 아닙니다. 탐문 수사에서 부자연스러운 정보가 나왔으니, 피해자의 신변 조사를 다시 해야 한다고 생각합니다. 누군가가 피해자 두 사람을 가게로 유인한 흔적이 있습니다. 출장 수사를 허락해주십시오."

"미야타 과장님이 나를 영 껄끄럽게 여기는 걸 모를 줄 압니까."

"그런 얘기가 아니잖습니까. 어쨌든 피해자들 사이의 관계를 조사해야 합니다."

"지금 다마 살인 사건이 거의 해결 단계에 왔습니다. 경비는 그쪽에 집중적으로 투입할 예정입니다. 그 목격자의 증언을 뒷받침해주는 완벽한 증거가 있다면 출장을 허가하겠습니다.”

“하루라도 빨리 가봐야 합니다.”

“그렇게 긴급한 사안이면 자비로 다녀오면 되겠군요.”

야지마가 일부러 느릿느릿하게 말했다.

다가와는 입술을 깨물었다.

“아까 보고 계속하지.”

야지마가 젊은 수사관에게 손짓을 했다. 다가와는 고개를 숙이고 자리를 떴다.

욕설이 나오려는 걸 간신히 참았다. 야지마에게 형사의 자질로 뒤진다고 생각한 적은 한 번도 없었다. 하지만 수직적인 경찰 조직 안에서 커리어 상사의 말은 절대적이었다.

2

자리로 돌아와 인계받은 자료를 펼쳐 니시노의 정보를 찾았다. 생활 반경이 센다이였던 아카마보다는 도쿄에 거주했던 니시노를 먼저 조사하는 편이 효율적이겠다 싶었다.

니시노는 신주쿠 구 오쿠보에서 산업폐기물 처리 회사를 운영했다. 생전의 사진을 보았다. 짧은 머리에 각진 얼굴의 사내였다. 그늘에서 사냥감을 노리는 여우 같은 눈매가 마음에 걸렸다. 그것도 니시노를 우선하기로 한 이유 중 하나였다.

다가와는 책상에 놓인 내선 전화의 수화기를 집었다. 일선 경찰서에 있을 때 옆자리였던 남자가 같은 건물에 있었다.

"지금 통화 가능한가?"

"말씀하세요."

수화기 너머에는 일선 경찰서 시절에 크고 작은 도움을 준 조직범죄대책 제4과 폭력범특별수사 제2계의 이노우에 경사가 있었다.

"어떤 사람의 배후 관계를 알고 싶은데. 그쪽에 걸리는 게 있을 거야."

다가와는 니시노 마모루의 이름, 생년월일, 본적지를 말했다.

"데이터베이스에 접속하는 동안 기다리세요."

이노우에가 전화를 통화 보류 상태로 돌렸다. 일 분쯤 기다렸더니 다시 목소리가 들렸다.

"니시노는 조직폭력배 일원이네요."

이노우에가 간토 지방을 기반으로 하는 광역 폭력단의 이름을 말했다. 니시노는 그 산하 단체에 소속되어, 산업폐기물 처리 사업을 하고 있다고 했다.

"이 년 전에 살해됐네요. 아, 이 건을 맡으셨군요."

"거래처, 가족 관계, 여자관계 등등 알아봐줘. 사소한 거라도 상관없으니까."

"너무 기대는 마세요. 우리 리스트에도 정보가 얼마 없네요."

"부탁할게."

"성인이 되고 조직폭력배가 된 뒤로는 전과가 없네요. 고등학생 때는 꽤 망나니였던 것 같은데."

"니가타 출신이라고 했지?"

"고등학교를 중퇴한 뒤에 양아치들 상대로 거하게 칼부림을 해서 니가타 소년분류심사원에 들어갔네요."

"알았어. 난 니가타 소년분류심사원 쪽을 알아볼게."

수화기를 내려놓은 다가와가 양복에서 휴대전화를 꺼냈다.

아까 야지마에게 자비로 가라는 소리를 들었다. 자비로 가는 건 상관없지만, 니가타에 가는 거면 사적인 볼일도 함께 처리해야겠다고 생각했다. 집으로 전화를 걸자 아내인 사토미가 받았다.

"니가타로 출장 갈 건데 당신도 같이 갈래?"

"같이 가. 고즈에 이사한 집도 들여다볼 겸 가고 싶었어."

"덩치 큰 사내 녀석하고 동행해야 하는데 상관없지?"

"나야 좋지."

다가와는 니시노의 정보를 열심히 수첩에 기록했다. 그후 본부를 나와 다시 나카노의 현장 주변으로 향했다.

스낵 엔젤이 자리한 건물을 중심으로 선물 상점가 그리고 술집을 스무 곳 돌았다.

폐업하고 새 점포가 들어선 다섯 곳은 허탕으로 끝났다. 나머지 열다섯 곳도 사건을 기억하는 사장이나 종업원이 스무 명 이상 있었지만, 스낵 엔젤의 치 마담 나쓰요가 진술한 내용 이상의 수확은 건지지 못했다.

니가타에서 니시노와 범인의 연결 고리를 찾을 수 있을지는 미지수였다. 그렇지만 실마리가 나온 이상, 반드시 확인해야 했다.

집으로 향하는 발걸음이 제3강력계에 있었던 시절처럼 빨라진 걸 알아챘다. 이마와 목덜미에도 땀방울이 맺혀 있었다. 늦여름의 무더위 때문이 아니었다. 사건과 마주했을 때의 열기가 몸 안쪽에서 솟아올랐다.

3

이튿날, 오전 6시에 일어난 다가와는 사토미와 함께 가볍게 아침 식사를 했다. 오전 7시, 유급휴가를 낸 이케모토가 집으로 찾아왔다. 세 사람은 사토미가 출근용으로 모는 파란 혼다 피트에 올라, 간에쓰 고속도로와 호쿠리쿠 고속도로를 타고 니가타 시로 향했다.

"어떤 사건인지는 몰라도 이런 수사는 언제든 대환영이야."

자동차가 현縣 중앙의 나가오카 분기점을 지났을 즈음, 뒷좌석에서 자다 깬 사토미가 말했다. 시간은 오전 9시 50분이었다.

토요일 아침이라 길이 막힐까 걱정했는데 차량 흐름은 원활했다. 조수석에 앉은 이케모토는 군마 현 다카사키 언저리부터 드르렁 코를 골고 있었다.

고속도로 옆으로 펼쳐진 에치고 평야에는 드넓은 논이 양탄자처럼 깔려 있었다. 근무중만 아니라면 창을 활짝 열고 전원의 공기를 폐 가득히 들이마시고 싶었다.

"고즈에한테 이상한 놈팡이가 들러붙은 건 아니겠지?"

"걱정돼?"

"아직 스물셋이잖아."

이케모토가 콧구멍을 벌름거렸다.

"아직 없는 것 같으니까 마음 놔."

외동딸인 고즈에는 도쿄의 명문 고등학교에 다녔다. 부모와 달리 이과 과목에서 뛰어난 성적을 냈다. 다가와와 사토미는 고즈에가 수도권의 국립이나 사립 일류 대학에 진학하리라 막연히 생각했다.

고등학교 3학년이 되었을 때, 고즈에가 니가타의 의과대학에 진학하겠다는 이야기를 꺼냈다. 장애를 가진 아이들의 케어에 대해 진지하게 배우기 위해 전문적인 공부를 하고 싶다고 했다.

다가와가 한창 바빴을 시절, 사토미와 고즈에는 지역 상점가에 있는 청과물 가게 가족과 친하게 지냈다. 청과물 가게의 둘째 아들은 걷기조차 힘든 난치병을 앓고 있었다. 고즈에의 소꿉친구였는데, 중학교에 진학하기 직전에 인플루엔자에 걸려 폐렴 합병증으로 고작 일주일 만에 세상을 떠났다. 딸의 결심 이면에 친구의 그림자가 드리워져 있다는 걸 아는 다가와는 딸의 결정을 존중했다. 그렇게 고즈에는 국립 니가타 의대에 입학했다.

아라이야쿠시마에의 집을 떠나 사 년이 훌쩍 지났을 무렵, 고즈에는 대학 부속 연구 기관인 아동 간호 시설에 취직했다. 학창 시절에 자취하던 아파트에서 직장 근처로 이사한 게 바로 얼마 전 일이었다.

"이번에 이사한 집은 방 세 개에 주차장도 딸렸는데 월세가 5만 엔이래."

"우리 동네에서는 원룸도 못 구하는 가격이군."

다가와가 그렇게 대답하자마자 조수석의 이케모토가 눈을 번쩍 뜨고 과장되게 두 손을 뻗었다.

"니가타 현경으로 재취직할까요. 월세 5만 엔이라니, 연봉이 낮은 지방공무원에게는 매력적이네요."

"자네처럼 많이 먹으면 그 돈이 그 돈이지."

"고즈에는 좀 여성스러워졌겠죠?"

"허튼수작 부렸다가는 다시 발도 못 붙일 줄 알아."

주거니 받거니 하는 두 남자를 보고 뒷좌석의 사토미가 호호 웃었다.

니가타 인터체인지에서 호쿠리쿠 고속도로를 벗어나 내비게이션을 따라 니시 구 데라오에 있는 고즈에의 아파트로 향했다. 논밭 가운데로 우회로가 뚫려 있었고, 주변에는 전국적인 프랜차이즈 음식점이나 자동차 용품점이 나란히 늘어서 있었다.

"동네가 영 개성이 없네."

"차가 없으면 생활할 수 없다고 했던 말이 이해가 가네."

아라이야쿠시마에 상점가나 고엔지에서 인생의 대부분을 보낸 사토미가 불만스레 말했다.

우회로를 타고 시가지를 빠져나온 차가 완만한 언덕 위에 자리한 아파트 주차장으로 들어갔다. 채광이 좋은 사 층짜리 건물이었다.

"아, 고즈에 차네."

다가와가 재빨리 경차를 가리키며 말했다.

"어떻게 그렇게 금방 알아?"

"이게 직업이잖아. 우린 일하러 갈게. 저녁나절까지는 돌아올 거야."

사토미가 차 문을 열자 아파트 계단에서 자그마한 체구의 고즈에가 뛰어 내려오는 모습이 보였다. 사토미가 내리고 고즈에가 뒷좌석에 올라탔다.

"아빠, 혹시 우리 집에는 오다가다 들른 거예요?"

이케모토를 보며 고즈에가 말했다.

"저녁때 올게."

다가와가 인상을 찌푸리며 대답하자 고즈에가 깔깔거리며 웃었다. 눈꼬리가 내려간 표정이 처음 만났을 무렵의 사토미와 판박이였다.

4

니가타 인터체인지에서 호쿠리쿠 고속도로를 타고 산조쓰바메 인터체인지에서 빠져나왔다. 톨게이트를 지나자마자 다가와가 얼굴을 찡그렸다.

"여기도 이러네."

"도주범을 쫓아 전국 여기저기를 도는데, 어디나 마찬가지더라고요."

앞창 너머로 보이는 풍경은 전국적인 체인망을 가진 프랜차이즈뿐이었다. 저마다 수십 대 규모의 주차 공간을 확보하여 자동차가 중심이 되는 사회를 체현한 듯한 구조였다.

"전국 어디든 마찬가지야. 지역 고유의 얼굴이 보이지 않아.”

“왜 이런 풍경에 그렇게 질색하시는 겁니까?”

주류 할인 판매점을 쳐다보던 이케모토가 물었다.

“자넨 가마타 출신이지? 내가 거기서 탐문 수사를 한다면, 복작거리는 역전 거리와 중소형 공장들의 풍경이 가장 먼저 떠오를 거야.”

“그것밖에 없으니까요.”

“난 탐문 수사를 할 때 가장 먼저 동네의 풍경과 냄새에 주목해. 역에 내린 순간, 범인의 인생 역정과 학창 시절의 모습을 그 동네의 풍경 속에서 찾지.”

“너무 비효율적인 방법 아닙니까?”

“선배에게 배운 방법이라 난 이거 말고는 몰라.”

가마타 같은 공장 지대에서는 거리를 지나는 공장 직원의 뒷모습에서, 아라이야쿠시마에 같은 상점가라면 가게 주인이나 손님 사이에서 쫓는 인물의 흔적을 찾는다.

“최근 들어 이런 옛날 방법이 점점 안 통해.”

다가와가 턱을 까닥해 주변의 현란한 간판들을 가리켰다. 내비게이션이 이끄는 대로 인터체인지 출구에서 국도 8호선으로 나왔다.

간선도로 양쪽은 자동차 회사의 쇼룸이며 남성 정장 판매점, 소고기덮밥 가게, 그리고 저렴한 의류로 급성장을 이룬 클로킹의 점포로 뒤덮여 있었다.

"먼 길 따라 여기까지 왔는데도 니시노의 얼굴이 보이지 않잖아."

"주변인은 분명히 있을 테니 서두르지 말고 차근차근 알아보죠."

요즘 젊은이답게 이케모토가 초연한 말투로 말했다.

"잠시 후 좌회전입니다."

무기질적인 여자 목소리를 따라 다가와가 핸들을 꺾었다. 예전에는 지역 경마장이 있던 자리를 지나 강폭이 좁은 시나노가와 강을 건너 시내 중심부로 들어갔다. 앞창 너머의 풍경이 겨우 구시가지로 바뀌었다.

"이곳은 수상 교통으로 번성한 나루터 취락이었군."

"시나노가와 강이 있으니까요."

중심부로 이어진 도로 양쪽에는 낡은 격자문의 상가와 음식점, 여관이 보였다. 하지만 적극적으로 경관을 보존하는 관광지와 달리, 그곳은 대부분의 건물이 무너질 때까지 방치되는 것처럼 보였다.

옛 도시의 흔적이 남아 있는 일대를 지나자 철물점과 양품점, 서점, 청과물 가게 등의 간판이 보였지만, 거의 영업하지 않았다. 전형적인 유령 상가의 모양새였다.

"다음 신호등 앞에 주차장이 있습니다. 우회전하십시오."

다가와는 내비게이션이 안내한 방향을 보았다. 콘크리트 덩어리가 아케이드 위로 튀어나와 있었다.

"지역 백화점이었나?"

"도쿄라면 몰라도 지방에서는 버티기 힘들죠."

이케모토도 폐허가 된 빌딩을 올려다보며 말했다.

널찍한 주차장 한쪽에 차를 세웠다. 다가와는 다시 콘크리트 덩어리를 올려다보았다. 유리창 여러 장이 깨진 채 방치되어 있었다. 옥상 근처로 둥근 원 안에 "길吉"이라 적힌 로고의 흔적이 어렴풋이 보였다.

"인터체인지 주변의 프랜차이즈 매장 때문인가 보군."

"자본의 차이가 엄청나니까요."

차 문을 잠그던 다가와의 코를 맛있는 냄새가 자극했다.

"카레?"

이케모토가 상호가 적힌 빨간 휘장을 가리켰다. 자세히 보니 낡은 휘장에 "중화요리 다이코쿠야"라고 적혀 있었다.

"수사가 일단락되면 들러볼까?"

"좋죠. 이런 동네 식당은 실패하는 법이 없거든요."

그때 가게에서 여드름이 난 고등학생 무리가 나왔다.

"니시노도 저렇게 라면을 먹으러 왔을까."

무기질적인 국도 주변 풍경에 진저리가 났던 다가와는 그제야 니시노의 흔적을 찾은 듯한 기분에 휩싸였다.

5

롯폰기의 고층 빌딩 32층. 창 너머로 푸른 신주쿠교엔을 바라보는 쓰루타 마스미의 귀에 문 열리는 소리가 들렸다.

"쓰루타 씨, 오래 기다리셨죠."

문 옆에는 클로킹의 홍보차장이 서 있었다.

그 뒤로 푸른 옥스퍼드 셔츠에 슬림한 면바지, 클로킹의 정석 스타일로 차려입은 남자가 나타났다.

"집행 임원인 쓰쓰이입니다."

쓰쓰이는 창업자인 다케다 잇사쿠가 대형 상사에서 헤드헌팅해 온 실력파였다. 자리에 앉은 홍보차장이 하얀 봉투를 테이블에 내려놓았다.

"자료는 드리겠습니다. 단, 출처가 저희 쪽이라는 사실은 비밀로 해주시길 바랍니다. 비밀유지의무 계약이 있어서요."

차장이 눈치를 살피듯 쓰루타를 바라보고 있었다. 쓰루타는 일부러 한숨을 푹 내쉬었다.

"빚을 하나 졌다고 생각해도 되겠죠?"

"인터넷 매체 중에서 이런 부탁을 드릴 수 있는 건 쓰루타 씨밖에 없습니다."

차장이 혀를 날름 내밀더니 쓰루타에게 봉투를 건넸다.

"자료에 있는 수치를 그대로 쓰지는 마십시오."

쓰루타는 서류의 수치를 훑어보았다.

수도권의 대동맥인 국도 16호선, 그리고 기타칸토 쇼핑몰 지대라 불리는 도치기 현의 사노에서 군마 현 오타에 이르는 옥스마트의 주요 시설 이름이 왼쪽 열에 기록되어 있었다.

"마진율은 매장마다 다릅니다. 반년마다 재계약을 했거든요."

각 지역 매장 옆에는 날짜와 자세한 수치가 표시되어 있었다.

"16호선 라인과 오타 지역은 왜 차이가 나는 거죠?"

"5.5%", "6.8%"라고 적힌 숫자를 보며 쓰루타가 물었다.

"매장 면적이 다릅니다. 대형 매장일수록 매상이 잘 나올 거라는 논리에 따라 수치가 높게 설정됐죠."

쓰쓰이가 대수롭지 않다는 듯 말했다. 쓰루타는 다른 매장 정보를 살펴보았다. 니가타 점은 7%, 센다이 중앙점도 7%였다.

"월 매상에서 옥스리얼티가 징수해 가는 마진율입니다."

쓰루타는 다른 매장의 마진율도 보았다. 도카이, 간사이, 주고쿠, 규슈 등 옥스의 거점 쇼핑센터가 있는 매장은 니가타나 센다이와 같은 마진율이 설정되어 있었다.

"클로킹처럼 분기마다 최고 수익을 경신하는 기업이라면 충분히 소화할 수 있지 않나요?"

이번에 담당 임원을 만나러 온 건, 어째서 옥스마트의 거점 쇼핑센터 근처에 잇달아 대형 매장을 신규 출점하는지 이유를 묻기 위해서였다.

"리먼 사태 전까지는 그렇게 힘들지 않았죠. 그날을 경계로 갖가지 질서가 우르르 무너져 내렸습니다. 저희 같은 소매업이나 옥스마트 같은 대형 유통업체도 마찬가지죠."

"무슨 상관이 있는 거죠?"

"기자님은 운전을 하십니까?"

"폭스바겐 폴로를 몹니다. 수도권이나 고신에쓰* 정도의 거리는 차로 취재를 다녀올 수 있으니까요. 그게 무슨 상관이죠?"

"휘발유 가격이 치솟았을 때를 기억하십니까?"

"2008년이었죠. 일반 휘발유가 185엔까지 치솟았죠. 폴로는 고급 휘발유 사양이라 196엔이었고요. 경리부에서 경비 지원 못 해준다고 열차를 타라더군요."

"쓰루타 씨 같은 분이 수백만 단위로 나오면 저희에게는 엄청난 타격이 됩니다."

쓰쓰이가 가죽 바인더를 펼치며 말했다.

"당시의 중요 데이터입니다."

---

* 야마나시, 나가노, 니가타 현의 총칭.

바인더에서 떼어낸 종이를 쓰쓰이가 쓰루타에게 건넸다.

"급격한 하락세네요."

"옥스마트의 주요 쇼핑센터에 입점했던 클로킹 매장의 방문자 수입니다."

쓰루타는 그래프의 가로축을 보았다.

2008년 1월부터 연말까지 눈금으로 표시되어 있었다. 세로축에는 만 명 단위의 숫자가 적혀 있었다. 연초부터 그래프가 떨어지기 시작해, 휘발유 가격이 최고치를 찍은 8월부터는 급격한 하락을 기록했다.

"휘발유 가격이 완만하게 떨어지면서 사태도 잠잠해졌을 텐데요."

"하지만 실상, 고객들은 한번 발길을 끊은 쇼핑센터에 돌아오지 않았죠."

쓰루타는 다시 그래프를 보았다. 8월에 급격하게 하락한 방문자 수는 저공비행을 계속하고 있었다.

"고객의 발길이 끊어진 쇼핑센터에 높은 마진율을 부과하면 수지가 안 맞지 않나요?"

"저희는 해외의 경쟁사들과 치열한 시장 점유율 경쟁을 펼치고 있습니다. 동시에 투자가들의 매서운 감시하에 놓여 있죠. 매년 지불하는 마진만 수십억 엔입니다. 이 자금을 신규 매장 출점으로 돌리는 쪽이 고객과 주주의 이익을 위하는 길이라는 결단을 내렸습니다."

쓰쓰이가 단호하게 말했다. 산뜻한 외모의 임원이 아니라, 사업 최전선에서 버텨온 노련한 비즈니스맨의 얼굴이었다.

6

지도에 의지해 다가와는 좁은 골목을 걸었다. 옛날 분위기의 요정과 요릿집이 즐비한 일대를 지나 걸음을 멈췄다. 오래된 상점가로 들어가 길 중간쯤에서 왼쪽으로 꺾자, 비좁은 골목이 나타났다.

"골목을 들어서서 다섯 번째 집 오른쪽이라고 했지."

녹슨 함석지붕의 단독주택이 보였다. 문패에는 '니시노'라는 이름이 매직으로 흐릿하게 적혀 있었다. 초인종을 누르자 안쪽에서 쉰 여자 목소리가 들렸다. 다가와는 미닫이문을 열었다. 그러자 계단 옆에서 늙수그레한 여자가 얼굴을 내밀었다.

"들어오세요."

집 안으로 들어가자 복도가 삐거덕거리는 소리를 냈다. 계단 옆의 문을 지나 거실로 들어간 다가와와 이케모토는 불단을 향해 나란히 향을 올렸다.

"먼 길 오시느라 고생하셨어요."

다가와는 노부인을 보았다. 목이 늘어난 회색 트레이닝복을 입고 있었다. 세월의 흔적이 역력한 뺨도 탄력이 없었다. 나이는 일흔아홉. 니시노의 어머니는 흑백영화에 나오는 옛날 사람처럼 기력이 쇠한 모습이었다.

"범인은 찾았나요?"

"아직 잡지는 못했습니다만 새로운 단서가 나왔습니다. 그래서 아드님에 대해 여쭙고자 찾아뵈었습니다."

노부인의 눈동자에 실망의 빛이 스쳐 지나갔다.

"세상을 떠나기 전에 뭔가 특별한 일은 없었습니까?"

"죽기 전 삼 년 가까이 일이 바쁘다며 거의 집에도 들르지 않았어요."

"사업상 문제가 생겼다는 얘기는 없었습니까?"

"우리 아이가 무슨 일을 했는지는 아시죠?"

"그중에서 어머님이 들으신 얘기는 없습니까?"

"없었어요."

한숨을 내쉬더니 노부인은 입을 다물었다.

"아드님은 조직원이기는 했지만 문제를 일으킨 적은 없었습니다."

"그래도 야쿠자는 야쿠자죠."

"실례지만 아드님이 생활비를 보냈습니까?"

"매달 10만 엔쯤은 보냈어요."

노부인의 이야기를 수첩에 적으며 다가와는 생각에 잠겼다.

니시노는 조직폭력배 담당인 4과의 리스트에도 특기할 만한 범죄는 저지르지 않았고, 고향의 노모에게도 생활비를 꼬박꼬박 보냈다. 야쿠자라는 특성상 일반인보다 원한은 많이 샀을 테지만, 잔인한 수법으로 살해당할 만한 인물 같지는 않았다.

애초에 경쟁 조직의 암살자에게 살해되었다면, 소속된 조직에서 가장 먼저 보복에 나섰을 터다. 사건 발생 후, 그런 종류의 사건은 발생하지 않았다.

"찾아온 사람은 없습니까?"

"잠깐 기다려봐요."

노부인이 자리에서 일어나 등 뒤에 있는 작은 선반의 서랍을 열었다.

"마모루가 죽고 이 주쯤 뒤에 이 사람이 집에 찾아왔어요."

노부인이 지역 신용금고의 수첩에서 화려한 명함을 꺼냈다.

"조직 사람이라는데, 조의금이라며 50만 엔을 주고 갔어요."

명함에는 간토 지방을 주름잡는 폭력 조직을 상징하는 문양과 행동대장의 이름이 적혀 있었다. 뒷면에는 부인의 말대로 이 년 전 사건이 일어난 직후의 날짜가 가느다란 굵기의 펜으로 적혀 있었다. 수첩에 명함의 이름을 적은 다가와가 노부인을 보았다.

"그리고 이 사람이 향을 피우고 갔어요."

노부인이 명함 한 장을 더 내밀었다.

미트박스 대표이사 핫타 도미유키

"친구십니까?"

"아뇨. 사업상 아는 사이라고 했어요."

다가와는 명함에 적힌 회사명과 핫타라는 이름을 메모했다. 뒷면에는 행동대장의 방문으로부터 이 주 후의 날짜가 적혀 있었다.

"아드님이 센다이에서도 일하신 적이 있습니까?"

명함에는 센다이 시 아오바 구의 주소가 적혀 있었다. 노부인이 고개를 저었다.

"전국을 돌아다녔다고 들었으니, 센다이에도 갔던 적이 있겠지요."

"또 찾아온 사람은 없었습니까?"

"아무도 안 왔어요."

핫타는 조직과 관련된 사람일지도 모른다. 다가와는 메모에 "4과 이노우에에게 조회 요청"이라고 적어두었다. 수첩을 덮은 다가와가 노부인을 보았다.

"아무리 사소한 일이라도 상관없습니다. 아드님이 뭔가 달라졌다거나 하는 점이 없었습니까?"

"달라진 점……. 잠깐만요."

노부인이 빛바랜 천장을 보았다.

"정말 별거 아닌 일이긴 한데……. 죽기 이삼일 전이었나, 갑자기 전화가 왔어요."

노부인이 불단 근처의 연두색 구형 전화기를 보며 말했다.

"어떤 이야기를?"

"별 얘기는 없었는데, 뜬금없이 곱창조림을 먹지 말라고 하더라고요."

"곱창조림요?"

"별거 아니죠?"

"아닙니다. 곱창조림이면 내장이 들어가는 그거 맞죠?"

"우리 집 특별 요리거든요."

노부인은 그렇게 말하더니 띄엄띄엄 이야기를 시작했다.

니시노가 초등학교 3학년일 때 교통사고로 남편을 잃은 뒤로는 여자 혼자 손으로 두 남매를 키웠다고 한다. 근처 정육점에서 일하던 그녀는 일주일에 한두 번 소나 돼지의 곱창을 얻어 왔다.

"보시다시피 사는 게 궁색해서요."

다가와는 니시노와 같은 세대였다. 고도성장기에 어린 시절을 보냈지만, 아버지는 중소 부품 회사의 계장이었고 식탁에 고기반찬이 오르는 적은 드물었다. 사토미와 결혼한 뒤 아라이야쿠시마에의 기구치 정육점에 가보기 전까지는 구로게 와규*의 맛도 몰랐다.

"왜 곱창조림을 먹지 말라고 하던가요?"

"모르겠어요. 통화했을 때 뭔가 엄청 급해 보였어요."

"그 밖에 다른 점은 없었습니까?"

노부인이 어두운 표정으로 코를 훌쩍였다.

"그런 쪽으로 빠지긴 했지만 심성은 착한 아이였어요. 엄마한테는 불효만 했으니까 하코네의 근사한 여관에 데려간다고 하더군요. 그런 소리는 처음 한 거라 아직도 기억이 나네요."

다가와는 수첩에 "하코네, 근사한 여관"이라고 적었다.

"근사한 여관이라. 참 가슴이 아프시겠습니다."

'근사한'이라는 단어에 다가와의 레이더가 날카롭게 반응했다. 하지만 노부인에게 충격을 줄 수는 없기에 신중하게 말을 골랐다.

"아드님 사업이 꽤 잘됐던 모양입니다."

"그건 아닐 거예요. 전부터 저 혼자 먹고사는 정도였거든요. 그런데도 생활비를 보내줬죠."

"그러면 뭔가 큰 거래라도 성사시킨 걸까요?"

---

* 일본 소 품종의 하나.

"그런 데 쓸 돈이 어디 있냐고 했더니 곧 큰돈이 들어올 거라고 했어요."

"구체적으로는 얼마쯤이라고 했습니까?"

"거기까지는 말 안 했어요."

다가와와 이케모토가 마주 보았다. 탐문 수사 결과, 우발적인 강도 살인이라는 기존 예상은 뒤엎어졌다. 이번에는 피해자가 큰돈을 손에 쥐기 직전에 살해됐다는 증언이 나왔다. 계획 살인, 원한, 금전에 관련된 갈등일 가능성도 나타났다.

"아드님이 산조에 있었던 시절에 알고 지내던 사람은 없습니까?"

"사사 씨라고 있어요."

"어디 사시는 분입니까?"

"예전에 산조 경찰서의 소년과에 계셨던 분인데, 여러모로 신세를 많이 졌죠."

"지금은 어느 서에 계십니까?"

"산조 경찰서 부서장으로 계실 거예요."

다가와는 니시노의 집을 나왔다.

핫타라는 인물, '곱창조림을 먹지 마라', '근사한 여관'이라는 발언 외의 수확은 없었다. 발길을 재촉해 주차장에 도착했다. 손목시계를 보니 오전 11시 45분이었다.

"점심 먹을 시간이네요. 인터체인지 옆 햄버거 가게나 패밀리레스토랑에서 적당히 때울까요?"

"난 그런 음식은 영 입에 안 맞아. 화학조미료 범벅이라 혀가 마비되는 것 같더라고."

"아까 카레라멘 하는 집이 있었죠? 지역 맛집일지도 모르겠네요."

이케모토가 아까 보았던 식당을 가리켰다.

"좋지. 옛날 생각나네."

다가와와 이케모토는 맛있는 냄새에 이끌려 식당으로 들어섰다.

7

점심을 먹은 다가와와 이케모토는 산조 경찰서로 향했다. 시나노가와 강 근처, 시의 교외로 가는 길에 옥스마트의 노란 간판이 눈에 들어왔다.

"상점가는 다 문을 닫고 교외의 대형 쇼핑센터만 살아남았군. 니시노의 모친은 어떻게 장을 보지?"

"택배 서비스나 인터넷 주문이 있잖아요."

"그 연세에 컴퓨터를 다룰 줄 알겠어? 휴대전화도 없는 것 같던데."

"그건 그러네요."

“편리해 보이는 서비스는 많지만, 그건 인프라가 갖춰진 도시에나 해당되는 얘기지. 그 모친은 전형적인 쇼핑 난민이었어.”

핸들을 잡으며 다가와가 투덜거렸다.

니시노의 본가 주변은 그림으로 그린 듯한 유령 상가였다. 교외까지 도보, 게다가 노인의 걸음으로는 왕복 한 시간 가까운 거리가 될 것이었다.

노란 간판 옆을 지났을 때, 옥스마트 입구에 택시를 기다리는 줄이 보였다. 노인들이 장바구니를 들고 작은 택시에 타고 있었다.

“정말 쇼핑 난민이 따로 없네요.”

“그렇지?”

“차가 없으면 생활이 불가능하다니, 이게 무슨 도시예요.”

다가와는 지금도 니시타마의 주거 단지에서 생활하는 먼 친척 노인의 얼굴을 떠올렸다.

그 단지도 지역 상점이 줄줄이 폐업한 까닭에, 현재는 시청 상공과에서 운행하는 소형 버스가 연로한 주민의 유일한 교통수단이었다. 인터넷이나 택배와 무관한 세상에서 사는 노인이 생활에 불편을 겪는 것은 도쿄나 지방이나 마찬가지였다.

“동일본 대지진 때도 지방 노인들이 고생을 했지.”

다가와가 스스로도 놀랄 만큼 강한 어조로 말했다.

대지진 때, 사토미의 고모 부부가 이재민이 되었다. 미야기 현 동부에 있는 히가시마쓰시마 시에 사는 부부의 집이 쓰나미로 반파됐다. 간신히 남은 2층 부분에서 생활했던 노부부는 극단적으로 휘발유가 부족한 상황 속에서 이웃 이시노마키 시 교외에 있는 옥스마트까지 편도 한 시간 반 거리를 도보로 오갈 수밖에 없었다.

지역 상점가가 예전처럼 제 기능을 했다면, 재해를 당한 노부부가 그런 고생을 할 필요는 없었으리라. 이곳 노인들의 모습이 꼭 남 일 같지가 않았다.

다가와가 단숨에 당시의 상황을 이야기하자 이케모토는 연신 고개를 끄덕였다. 다가와가 말을 이으려던 순간, 이케모토가 입을 열었다.

"저기입니다."

옥스마트의 입체주차장 앞으로 콘크리트 건물이 보이기 시작했다.

대형 쇼핑센터와 마찬가지로 경찰서 건물은 전국 어디를 가도 밋밋하다. 다가와가 넓은 주차장 구석에 차를 세웠다. 입구로 걸어가자 경찰 제복 차림의 남자가 손을 흔드는 모습이 보였다.

"다가와 씨죠?"

나이 지긋한 대머리 경찰관이었다. 점심을 먹고 나와 산조 경찰서의 대표번호로 전화를 걸자, 사사와 금방 연락이 닿았다. 부드러운 말씨의 남자였다. 유도나 검도로 단련했는지 가슴팍이 제법 탄탄했다. 강인한 외모와 반대로 온화한 미소가 인상적이었다.

"경시청 수사1과의 다가와입니다."

"딱딱한 인사는 접어두시죠. 저희 서에 경시청 분들이 찾아오시는 일은 거의 없으니까요. 그나저나 점심은 어떻게들 하셨습니까?"

"다이코쿠야라는 가게에서 먹고 왔습니다."

"카레라멘을 드셨습니까?"

"추억의 맛이 나는 카레가 일품이더군요."

"저희 지역 맛집이 마음에 드셨다니 영광입니다. 자, 들어오시죠."

사사 부서장은 경무과 옆을 지나 부서장실로 두 사람을 안내했다.

"수사공조과를 통해서 저희 쪽에 연락을 주셨다면 여기까지 오시지 않아도 됐을 텐데요."

"저희도 이런저런 사정이 있어서요. 니가타에 있는 딸을 만난다는 구실로 왔습니다."

"니시노의 무엇이 궁금하십니까?"

다가와는 문제아였다던 니시노의 소년 시절 이야기를 듣고 싶다고 말했다.

"근본이 나쁜 건 아닌데, 야구 선수의 꿈이 좌절되어서 그만……."

"야구 선수요?"

"고등학생 때 야구 선수였습니다. 꽤 재능이 있어서 나가오카의 유명 사립고등학교에 운동 특기자로 입학했죠."

"고시엔 단골 에치고 고등학교입니까?"

이케모토의 물음에 사사가 고개를 끄덕였다.

"1학년 때는 주전을 노릴 정도였습니다. 하지만 2학년 봄에 연습하다 아킬레스건이 끊어졌죠."

"그래서 좌절한 거군요."

"에치고 고등학교의 운동 특기자 제도는 꽤 살벌해서, 재활에 이 년이 걸린다는 진단을 받자마자 학비 무상 혜택이 사라졌습니다."

"그래서 중퇴했군요."

"그때부터는 전형적인 패턴이었습니다. 제가 막 이곳에 부임했을 때, 지역 폭력배들과 시종일관 분쟁을 일으키는 불량배가 되어 있었죠."

다가와가 메모하던 손을 멈추고 이케모토와 마주 보았다.

"혹시 칼을 휘두르기도 했습니까?"

"그런 적은 없었습니다. 워낙 주먹이 세서 늘 이겼였죠."

사사는 오른 주먹으로 왼 손바닥을 퍽 쳤다.

"니시노와 시비가 붙었던 양아치 중에 칼잡이는 없었습니까?"

"그런 사람은 없었던 걸로 기억합니다."

"혹시나 해서 여쭤보는 건데, 칼을 이렇게 쥐는 녀석이 있었습니까?"

다가와가 연필을 역수로 잡으며 물었다.

"특이하네요. 외국 군대나 자위대 관계자가 쓰는 방식입니까?"

"부서장님, 죄송합니다만 이 일은 비밀로 해주십시오."

"범인의 비밀이군요."

수첩의 '나이프' 항목에 다가와가 가위표를 했다.

"이 행동대장이라는 사람을 아십니까?"

다가와가 광역 조직 간부의 이름을 말했다.

"조직의 경조사 담당 아닙니까? 전 모르는 사람입니다."

"그럼 센다이의 핫타라는 사람은 아십니까?"

미트박스라는 회사명을 말하며 사사의 안색을 살폈다. 하지만 표정은 영 석연치 않았다. 그들은 산조라는 작은 도시와 인연이 없는 것 같았다. 다가와가 수첩 윗부분을 보며 말했다.

"부서장님, 니시노와 곱창조림이라는 말을 듣고 뭔가 떠오르는 건 없으십니까?"

"곱창조림요?"

"네. 니시노의 모친에게 들은 얘기로는, 죽기 직전에 전화를 걸어서 좋아하던 곱창조림을 이제 먹지 말라고 했다더군요."

"글쎄요. 짚이는 게 없는데요."

"사업상 큰돈이 들어온다거나 하는 이야기를 들은 적은 없으십니까?"

"전혀 없습니다."

사사가 민망한 듯 연신 고개를 숙였다.

"니시노는 어떤 경위로 상경한 겁니까?"

"평소처럼 번화가에서 싸움이 붙었을 때, 우연히 산하 조직을 시찰하러 왔던 조직의 2인자의 눈에 띄어 스카우트되었다고 합니다."

"지역 조직에서도 골머리를 앓았던 어린애를요?"

"그 바닥도 만년 인력난에 시달리니까요. 사람 부리는 것도 험하고 규율도 엄격하지 않습니까. 하지만 니시노는 고향의 어머니에게 생활비를 보낼 정도까지는 성공했죠. 상경한 지 오 년쯤 지났을 무렵 귀성해서 만났을 때 그러더군요."

"그랬군요."

다가와는 두툼해진 수첩을 안주머니에 넣었다.

"도움이 못 돼서 죄송합니다. 뭔가 생각나는 게 있으면 다시 연락드리겠습니다."

다가와는 쓴웃음을 지으며 부서장실을 나섰다. 차 문을 열었을 때 휴대전화 진동이 울렸다. 작은 화면에는 조직범죄대책4과의 이름이 표시되어 있었다. 이노우에 경사였다.

"야쿠자야?"

"아닙니다. 관련 기업까지 싹 조사해봤는데 먼지 한 톨 안 나오더군요. 완전히 일반인입니다."

이노우에가 담담하게 말했다. 다가와는 핫타의 이름 옆에 적힌 '야쿠자'에 가위표를 했다.

"역시 친구나 아는 사람인 게 아닐까요?"

이케모토가 어깨를 움츠리며 말했다.

"또 다른 피해자인 아카마의 신변 조사를 할 때 뭔가 나오기를 빌어보자고."

수첩에 남은 미트박스라는 글자를 바라보며 다가와는 그렇게 말했다.

8

"손님을 모으는 건 어디까지나 옥스마트입니다. 하지만 휘발유 가격이 안정돼도 한번 멀어진 고객들은 돌아오지 않았죠."

쓰루타는 클로킹 집행 임원 쓰쓰이의 얼굴을 보았다.

쓰쓰이가 차가운 눈빛으로 말을 이었다.

"대규모 쇼핑센터를 건립해 옥스마트는 일세를 풍미했고, 호기심으로 몰려든 손님들은 그 편리함에 반했습니다. 그리고 신규 출점이 이어졌죠. 저희는 거기에 주목했고요."

취재 수첩을 펼치고 쓰루타는 이야기의 요점을 서둘러 받아 적었다.

"저희 회사의 시가총액이 폭발적으로 증가한 요인 중 하나가 쇼핑센터 전략이라는 건 인정합니다. 하지만 방문 고객 수가 떨어진 건 엄연한 사실입니다. 저희는 지속적으로 마진율 인하 교섭을 해왔지만, 상대는 들은 척도 하지 않았죠."

"옥스 측 담당은 누구죠?"

"슈퍼 사업본부장 겸 쇼핑센터 사장인 가시와기 노부토모 씨로, 회장님 아드님이죠."

쓰루타가 받아 적던 손을 멈췄다. 뇌리에 슬림한 정장을 빼입은 느끼한 남자가 떠올랐다.

"그 재벌 2세가 클로킹에만 야박하게 굴었나요?"

"힌트를 하나 드리죠. 쓰루타 씨는 저희 회사 대형 매장 출점 보도자료를 보시고 이렇게 취재를 요청하셨습니다. 다른 회사들은 어떨까요?"

쓰쓰이가 의미심장한 목소리로 입가에 미소를 머금었다.

"제 얘기는 일반론입니다. 지금으로부터 십 년 전, 전국의 오래된 백화점 대부분이 점포 통폐합을 실시해 재편을 끝냈습니다."

쓰루타는 역사 깊은 몇몇 백화점의 로고와 색색의 포장지를 떠올렸다.

"하지만 백화점은 대형 쇼핑센터를 이기지 못했습니다. 고객의 요구를 파악하지 못했기 때문이죠. 쇼핑센터도 마찬가지입니다. 뱃머리를 잘못 잡은 큰 배와 함께 침몰할 수는 없습니다."

취재 수첩을 덮은 쓰루타는 아까 건네받은 엑셀 서류를 가방에 넣고 자리에서 일어났다.

큰 배를 일격에 침몰시킬 어뢰는 아니었다. 하지만 자신의 후각으로 찾아내, 유통업계의 제왕에게 던진 '마진율'이라는 직격탄에는 큰 배를 서서히 침몰시킬 정도의 가능성이 숨겨져 있었다. 편집부로 날아온 익명의 고발 메일을 실마리로 반 년 이상 취재를 진행한 끝에 간신히 전체 상이 보이기 시작했다.

"이 자료는 제가 잘 쓰겠습니다."

《일본실업신문》이라는 대형 매체에 몸담고 있을 때에는 이런 기사를 쓰고 싶어도 쓸 수 없었다. 막대한 광고비와 사무국으로 들어오는 이벤트 협찬금 때문이었다. 현재 소속된 신흥 매체는 해외의 투자 펀드와 유복한 독립 기업의 경영자들이 운영 자금을 대고 있었다. 때문에 눈치 보지 않고 일본 기업의 치부를 폭로할 수 있었다. 쓰루타는 오랜만에 자신의 취재 능력을 보여줄 기회가 찾아왔다고 생각했다.

9

니가타 시 데라오로 돌아왔을 때에는 오후 3시 반이 지나 있었다. 다가와는 고즈에의 집으로 향했다. 이케모토가 가족끼리 단란한 시간을 보내라며 빠지려 했지만, 다가와가 틈을 주지 않고 바로 집으로 끌고 갔다. 현관문을 열자마자 사토미의 목소리가 들렸다.

“고즈에, 이 커튼은 별로야. 길이가 너무 짧잖니.”

“생각보다 층고가 높더라고.”

안으로 들어가자 창가에 물방울무늬 커튼이 보였다. 사토미의 말대로 기장이 짧았다.

“방범상 좋지 않아.”

다가와가 한마디 거들자, 사토미가 두 손을 허리에 얹고 의기양양한 표정을 지었다.

“저도 그런 것 같은데요.”

“하나 사줄게. 저녁 찬거리 사는 김에 나가서 둘러보자.”

“야호!”

이번에는 고즈에가 사토미와 같은 포즈로 외쳤다.

"둘 다 내 지갑을 노렸던 거야?"

자그마한 체구의 두 여자가 마주 보며 웃음을 터뜨렸다. 이케모토도 억지로 웃음을 참고 있었다.

"난 하던 청소 마저 할 테니까 아빠랑 둘이서 다녀와."

"저도 정리하는 걸 돕겠습니다."

이케모토가 양복을 벗고 와이셔츠 소매를 걷어붙였다.

"알았어. 가는 김에 회하고 생선구이도 사 올게. 아빠가 사준대."

"역시 둘이 짜고 연기했구나!"

다가와가 입을 삐죽거리자 고즈에가 착 달라붙어 팔짱을 꼈다. 이케모토가 히죽히죽 웃고 있었다.

다가와가 현관을 나왔고, 고즈에는 제 엄마처럼 타박타박 발소리를 내며 주차장으로 따라왔다.

"후루마치가 이 근처에서는 제일 번화가지? 예전에 수사하러 몇 번 와본 적이 있어."

자동차 기어를 주행으로 옮기며 다가와가 물었다.

"가메다로 가요. 옥스마트에 다 있으니까."

"옥스마트?"

"후루마치는 문 닫은 가게가 많아요. 가격도 비싸고요. 아빠 지갑 생각해서 하는 소리예요."

"길은 알아?"

다가와는 딸의 제안을 따라 우회 도로를 향해 차를 몰았다.

"아직 본부에 계세요?"

"본부에서 놔주질 않네."

"니가타에도 수사 때문에 오신 거죠? 어려운 사건이에요?"

"그래. 산조까지 갔지만 딱히 성과는 없었어."

"엄마가 걱정하시더라고요. 이제 예전처럼 무리하면 안 된다고."

"피해자의 모친을 만났는데, 유족 얼굴을 보면 참 그렇더라고."

"역시 아빠는 프로예요."

제법 어른스러워졌다고 생각하며 고즈에의 얼굴을 보았다. 사토미의 아버지는 고엔지에서 오랫동안 식당을 운영했고, 사토미는 음식 배달을 하러 종종 경찰서에 드나들었다. 당시 부서장이 중신을 들어, 반쯤 강제로 혼사가 정해졌다. 다가와가 스물넷, 사토미가 스물둘일 때였다. 일찍 결혼해 가정을 꾸리는 것이 경찰의 미덕으로 여겨지던 시절의 전형적인 케이스였다.

"장은 항상 옥스마트에서 보니?"

"싸거든요. 후루마치나 혼마치 상점가도 참 좋은 곳이에요. 생선 가게나 정육점 분들하고도 친해졌고요. 하지만 이 동네

토박이 친구들이 말하길 식당은 점점 문을 닫고, 옷 가게나 그릇 가게도 점점 사라지는 추세래요."

"왜?"

"저거 때문에요."

고즈에가 유리창 너머로 우회 도로를 따라 프랜차이즈 의류 브랜드와 소고기덮밥 가게가 늘어선 풍경을 가리켰다. 그 너머로 신사복과 잡화 대형 매장의 현란한 원색 간판이 보였다.

"니가타 시내도 이래?"

"교수님 따라서 가끔 출장 나가는데, 어디나 사정은 비슷해요. 그나마 예전 모습이 남아 있는 건 모리오카나 아이즈와카마쓰 정도고요."

다가와는 산조의 풍경을 떠올렸다. 고객을 빼앗긴 지역 백화점은 시내 한복판에 콘크리트 폐허로 흉물스럽게 남아 있었다. 지금 유리창 너머로 보이는 풍경은 전국 어디나 변함없어서, 지역 고유의 표정은 한 자락도 찾아볼 수 없었다. 전통적인 상점가에서 나고 자란 고즈에도 같은 감각을 공유하고 있었다.

"항상 전공 서적을 사러 갔던 후루마치의 대형 서점도 얼마 전에 없어졌어요. 교외의 대형 매장은 편리하지만 난 별로예요. 동네를 망치고 있잖아요."

고즈에가 차창 밖을 내다보며 강한 어조로 말했다.

사토미와 마찬가지로 고즈에도 얌전한 성격이었다. 하지만 이따금 깜짝 놀랄 발언을 했다. 지금도 그랬다.

'동네를 망치고 있다.'

우회 도로를 빠져나오자 도로 곳곳에 옥스마트의 노란 안내판이 보였다. 오른쪽으로 꺾으니 거대한 요새를 연상시키는 건물이 보였다.

"서부권 최대의 쇼핑센터래요."

옥스마트 직영 슈퍼, 스포츠용품점, 생활용품점 등등 다양한 로고가 주차장과 접한 벽면에 그려져 있었다.

"휴경지였던 곳에 이런 큰 쇼핑몰이 느닷없이 생겼지 뭐예요."

"진짜 크네."

"부지 면적이 도쿄 돔의 두 배래요."

고즈에가 어느샌가 휴대전화로 검색하며 말했다.

"나카노 브로드웨이나 선몰 상점가가 몇 개는 들어갈 규모네."

"커튼 사고 혼마치의 생선 가게에 갈래요?"

"옥스마트에도 신선 식품 매장이 있잖아."

"생선 가게 아주머니가 여기 앞바다에서 잡은 생선을 골라주시는 편이 확실하거든요."

"혼마치는 서민 동네 같은 곳이야?"

"니가타 시민의 부엌이라고 할 수 있죠."

고즈에가 다가와의 팔을 붙잡고 입구를 향해 걸음을 옮겼다. 그때였다. 검은 렉서스가 천천히 두 사람 곁을 지나쳤다.

뒷좌석에는 풍채 좋은 초로의 남자와 호리호리한 체구의 남자가 타고 있었다. 렉서스는 주차장에서 뒷문 방향으로 이동했다.

"옥스마트 회장하고 아들이에요. 전에 텔레비전에서 봤어요."

고즈에가 속삭이듯 말했다. 풍채 좋은 남자가 재계에서 정력적으로 활동하는 가시와기 회장인 듯했다. 신문이나 방송에서 종종 보았던 유통업계의 유명인이었다.

"시찰 나온 건가?"

"그렇겠죠. 저기 직원들 마중 나온 거 보세요."

다가와의 손을 잡은 고즈에가 주차장 너머로 보이는 상품 반입구를 가리켰다. 차가 멈춰 서자 남자 두세 명이 달려가 문을 열었다. 뒷좌석에서 두 명, 조수석에서 한 명이 내렸다. 대학병원에서 유명 교수가 회진을 돌 때처럼 니가타점 직원으로 보이는 유니폼 차림의 남자들이 손을 비비며 유통업계의 보스를 안내했다.

10

"지난달 니가타점 일반 브랜드 2500 품목의 매상은 지난해 같은 달에 비해 3퍼센트 증가했습니다."

어두운 회의실에서 중년의 점장이 파워포인트로 프레젠테이션을 했다. 다키자와는 옆에서 눈을 감고 있는 가시와기 회장을 보았다.

입술이 들썩이고 있었다. 입력된 수치를 웅얼거리며 데이터베이스에 등록할 때의 표정이었다.

"하지만 일반 브랜드가 가격을 일제히 인하한 데에 대한 반동으로 자체 브랜드가 하락세를 보인 탓에 니가타점의 매출액은 지난해에 비해 약간 감소했습니다."

가시와기 회장의 입술은 여전히 약하게 움직이고 있었다.

"그럼 다음 분기의 실적에 대해……."

"잠깐."

가시와기가 눈을 번쩍 뜨며 외쳤다. 다키자와도 불벼락이 떨어지리라 예상했던 바였다. 가시와기의 호통은 프로젝터의 화면까지 뒤흔들 정도로 우렁찼다.

"대충 계산해봤는데, 객단가가 7퍼센트 가까이 떨어진 거 아닌가?"

가시와기가 돌연 오른쪽에 앉은 노부토모를 보며 물었다.

노부토모의 표정도 점장과 마찬가지로 딱딱하게 굳어 있었다.

"니가타는 손가락만 빨며 이익률 저하를 방치했고, 사업본부는 그걸 용인한 거군?"

다키자와는 가지고 있던 자료를 보았다. 옥스마트는 일반 브랜드라 불리는 식품과 생활용품의 가격을 일제히 인하했다.

전국 규모의 가격 인하를 달갑지 않게 여기는 식품과 생활용품 기업을 구매 담당 임원이 잘 구슬려, 반년 동안 닛로제분의 즉석 면과 타이거식품의 조미료를 전국 매장에서 20퍼센트 할인했다.

당초에는 매스컴의 홍보 효과로 매장 방문 고객 수와 매출도 상승했다. 하지만 자사에서 기획한 자체 브랜드 상품이 큰 타격을 입었다.

"프라이스유니언이 우리 전략을 모방하기 시작한 탓에……."

점장이 훌쩍거리며 항변했다. 업계 2위의 종합 슈퍼인 프라이스유니언 그룹은 옥스마트보다 가격 인하 기간을 이 주 더 늘렸다.

"자네는 우리 회사에 들어온 지 몇 년이나 됐나?"

"이십 년입니다."

"이 바닥에서는 변명하는 순간 진다는 거 몰라?"

가시와기의 목소리가 갑자기 온화해졌다. 다키자와는 온몸이 긴장하는 걸 느꼈다.

“자네는 내일부터 본사 경비 부문으로 이동하게.”

점장이 입을 떡 벌린 채 돌처럼 굳었다. 가시와기의 시선이 점장의 옆에 있는 남자에게 향했다. 다키자와가 입을 열었다.

“부점장인 사카이입니다.”

“자네라면 다음 분기에 어떻게 니가타점의 이익을 회복시킬 텐가?”

갑자기 새 점장으로 임명된 사카이가 순간 전 점장을 보더니 헛기침을 했다.

“정석적인 방법이지만, 먼저 자체 브랜드 상품을 리뉴얼하고, 전단지를 효과적으로 뿌려서…….”

가시와기가 다시 눈을 감고 설명에 귀를 기울였다. 다키자와는 전 점장을 보았다. 벌겋게 핏발 선 눈으로 가시와기를 노려보고 있었다.

“내보내.”

다키자와는 니가타점 직원에게 귓속말로 지시한 다음 파일을 뒤적였다. 방금 점장에서 밀려난 남자는 지바 현 마쓰도시의 자택에 아내와 중학생, 초등학생인 자녀 둘을 두고 니가타에서 홀로 생활하고 있었다.

경비부로 밀려나면 급여도 지금의 60퍼센트 수준으로 떨어진다. 주택 융자 상환, 아이들의 교육비도 감당하기 힘들어진다. 인사는 가시와기의 독단으로 이루어졌다. 과거에도 몇 차례나 노동기준감독서에 신고가 들어갔지만 가시와기는 콧방귀도 뀌지 않았다. 최종적으로는 나라의 담당 간부를 고액 연봉으로 영입해 고문으로 앉혀놓고 노동기준감독서의 말단 직원에게 무언의 압력을 가했다.

경비 부문의 자회사 옥스시큐리티의 실적은 나쁘지 않았다. 하지만 경시청이나 경찰청에서 높은 연봉을 받는 인재를 영입하는 까닭에, 전 점장처럼 옥스에서 좌천된 직원에게 그 여파가 전가되었다. 조금 전까지 부하였던 직원에게 팔을 잡힌 전 점장이 난폭하게 손을 뿌리치더니 가시와기를 노려보며 밖으로 나갔다.

과거에도 몇 번이나 이 같은 장면을 보아왔다. 강압적이다, 오만하다, 비판받는 상명하복식 경영이었지만, 가시와기는 그런 완강한 방식으로 옥스마트를 업계 1위 자리에 올려놓았다. 외부에서 영입해 온 우수한 인재라도 자신과 뜻이 맞지 않으면 즉시 해고했다.

"다음은 복합 쇼핑몰 사업 부문 보고하게."

새로운 점장의 설명이 끝나자 가시와기가 입을 열었다. 동시에 노부토모가 자리에서 일어났다. 그는 슈퍼 사업본부장과 니가타점처럼 대형 복합 쇼핑몰을 관리 운영하는 옥스리얼티의 사장도 겸임하고 있었다. 본업인 슈퍼 사업이 피라미

드의 정점으로, 그 산하에는 부동산 사업인 리얼티를 비롯해 경비, 유통 등 약 서른 개의 자회사가 딸려 있었다. 다양한 자회사를 설립한 당초 목적은 비용 절감이었다. 하지만 옥스마트 자체가 거대화하며 자회사들도 비대해졌다. 강력한 그룹 기업망은 크나큰 세력으로 변화하여, 거래 기업과 하청업자가 거역할 수 없는 존재로 성장했다. 노부토모는 이제 곧 그 정점에 서리라.

회의실을 채운 간부 스무 명의 눈이 프로젝터 스크린 앞의 노부토모를 주시했다.

11

"알프스스포츠가 구로사키스포츠로, 의류업체 클로킹이 센터모드로, 드러그스토어가 마쓰자키에서 드래프트약품으로 교체되었지만, 기존의 마진율을 유지하기로 했습니다."

노부토모가 내뱉은 마진율이라는 단어에 다키자와는 며칠 전의 광경을 떠올렸다. 쓰루타 기자가 가시와기에게 갑작스레 취재를 요청한 예민한 사안이었다.

"신규 임대 매장의 매상은 어떤가?"

"일주일간 진행한 오픈 기념 세일 전략이 효과를 발휘했는지 아직 떨어지지는 않았습니다."

"앞으로도 그 상태를 유지하게. 다음, 니가타 특산품 구매에 대한 이야기를 들어볼까."

가시와기가 턱을 까닥하자 노부토모가 파일을 덮고 다음 담당자와 교대했다.

니가타점에서는 큰 파란이 없었지만, 임대 매장의 교체는 극도로 조심스러운 사안이었다. 다음 시찰에서는 어느 매장을 돌아보기로 했더라 생각하며 다키자와는 황급히 수첩을 뒤적였다.

이 주 뒤로 잡힌 시찰은 아오모리 현 쓰가루였다. 마진율을 둘러싼 갈등이 가장 심한 지역이었다. 불황이 장기화한 도호쿠 북쪽 지방에서는 매상 부진으로 고통받는 임대 매장의 불만이 극에 달해 있었다. 쓰가루는 그나마 사정이 나은 편이었다. 쓰나미에 휩쓸린 해안 지역의 쇼핑센터에서는 임대 매장과의 교섭 갈등이 더욱더 첨예해지고 있었다. 앞으로 이 주 안에 해결할 수 있을까. 노부토모가 땅이 꺼져라 한숨을 내쉬고 있었다.

"반년 뒤에 다시 오겠네. 그때는 더 반가운 소식을 들려줬으면 좋겠군. 오늘은 여기까지 하지."

회의실의 시선이 밖으로 나가는 가시와기의 뒷모습을 좇았다. 가시와기와 노부토모를 회의실 밖까지 배웅한 다키자와가 새롭게 점장이 된 사카이를 불렀다.

"이걸로 자네 전임자를 잘 달래주게. 그게 새로운 점장의 첫 일이야."

다키자와는 지갑에서 현금 30만 엔을 꺼내 사카이의 주머니에 찔러 넣었다.

"전임자를 좋게 보내주지 못하면서 무슨 점장을 하겠나."

사카이는 차려 자세로 그 자리에서 꿈쩍도 하지 않았다. 뒤통수로 쏟아지는 뜨거운 시선을 느끼며 다키자와는 가시와기를 뒤따랐다.

점장 교체는 우울한 행사다. 전임자의 스트레스를 최대한 줄이고 새로운 점장의 인망을 높이지 않으면 매장 전체의 사기가 떨어진다. 전임 점장이 고발 기사라도 쓰는 날에는 끝장이다. 전임 점장을 따라 숙련된 시간제 근무자가 줄줄이 퇴사하는 사태도 발생해서는 안 된다. 사비로 지출한 30만 엔은 성가신 업무를 신임 점장에게 떠넘기고 조직 전체를 지키기 위한 보험이었다.

"다키자와, 다음 일정 전까지 비는 시간이 있나?"

회의실에서 물류 층으로 내려가는 엘리베이터 앞에서 느닷없이 가시와기 회장이 물었다.

"지역 재계 인사들과의 간담회까지 아직 한 시간쯤 여유가 있습니다."

"정육 부문을 둘러봐도 되겠나?"

"물론입니다."

사카이가 고개를 끄덕이더니 엘리베이터 반대쪽의 계단으로 달려갔다. 미리 준비를 하러 가는 것 같았다. 엘리베이터가 도착하자 가시와기 회장이 혼잣말처럼 중얼거렸다.

"오랜만에 정육 현장을 보고 싶어서. 초심을 잊으면 안 되지."

엘리베이터가 3층에서 1층에 도착하자 먼저 내려간 사카이가 일행을 맞이했다.

"이쪽으로 오시죠."

사카이가 매장 주방으로 이어지는 스테인리스 문을 공손하게 열었다. 채소와 어패류 집하장을 지나자 다시 커다란 스테인리스 문이 보였다.

"고기는 어디서 들여오나?"

"북쪽의 구로게와규입니다. 고시히카리 볏짚을 먹여 키운 품종이죠."

사카이가 가시와기를 정육 코너로 안내했다. 신입 사원이나 시간제 근무자를 포함해 총 스무 명 가까운 직원이 일제히 고개를 숙였다. 가시와기는 정육 코너 구석으로 가서 꼼꼼하게 손을 닦은 뒤 마스크를 착용했다.

"가져와보게."

정육 코너의 젊은 직원이 용수철처럼 달려가 전용 냉장고에서 갈빗살이 붙은 고깃덩이를 스테인리스 테이블에 올려놓았다.

"육질이 좋군."

가시와기의 눈이 빛나고 있었다. 다키자와는 고깃덩이를 보았다. 도축한 지 사나흘쯤 되었을까. 양질의 와규 특유의 달콤한 냄새가 코끝을 간지럽혔다.

"역시 떡은 떡집에서 맞춰야지."

가시와기 회장은 마블링이 적당하게 퍼진 고깃덩이를 보고 있었다. 감상한다고 해도 좋았다.

"사업본부장도 오랜만에 구경 좀 해볼 텐가?"

다키자와가 옆에 있는 노부토모를 보았다. 하지만 노부토모는 생기 없는 눈동자로 천장을 올려다볼 뿐이었다.

"뭐 하나?"

팔꿈치로 쿡 찌르자 노부토모가 제정신을 차린 듯 고개를 끄덕였다.

이 주 뒤로 닥친 아오모리 시찰 건에 정신이 팔린 건가. 다시 노부토모를 보았지만 그의 시선은 여전히 천장 언저리를 헤매고 있었다. 그때 다키자와의 양복 안주머니에서 휴대전화 진동이 울렸다. 메시지가 온 모양이었다.

—조만간 찾아뵙겠습니다.

간단한 메시지였다. 보낸 사람의 이름을 확인한 다키자와의 얼굴이 일그러졌다.

"무슨 일인가?"

"거래처에서 미팅 제안이 왔습니다."

"비서를 통하지 않고 직접?"

"아, 네."

다키자와가 애매한 미소를 지으며 가시와기의 물음을 흘려 넘겼다. 독불장군 가시와기보다 더 만만치 않은 거래처의 이름을 다시 한번 휴대전화 화면으로 확인하며, 다키자와는 어깨에 힘이 들어가는 걸 느꼈다.

제3장 어스름한 빛

1

간다스루가다이의 언덕길을 내려온 쓰루타는 메이지 대학 근처의 빌딩으로 들어갔다. 알프스스포츠 도쿄 지사의 응접실에 앉아 기다리자, 지사장인 다카모리 겐지가 나타났다.

자사에서 판매하는 이탈리아 고급 브랜드의 폴로셔츠를 입은 그는 예전과 다름없이 젊어 보였다. 그녀의 기억이 틀리지 않았다면, 다카모리는 마흔넷이었다.

"자네가《일본실업신문》그만뒀단 얘기 듣고 깜짝 놀랐어."

"새 명함입니다."

"옥스마트하고 마찰이 있다고 들었는데 사실이야?"

"오늘 그 일 때문에 찾아뵈었어요."

"유통경제부에 있었으면 지금쯤 런던이나 뉴욕 특파원으

로 갔을 텐데, 대체 무슨 일이야?"

쓰루타는 입술을 꽉 물었다.

오 년 전, 《일본실업신문》 긴키 총국에서 연수를 마치고 도쿄 본사 유통경제부로 발령이 났다. 입사하자마자 간사이 기반의 스포츠용품 대기업인 알프스스포츠의 간담회에 편집위원과 함께 참석하여, 당시 홍보부장이던 다카모리와 안면을 텄다.

"신문사에 염증이 나서요. 오늘은 이 건으로 찾아뵈었습니다."

쓰루타는 엑셀로 작성된 일람표를 꺼냈다. 자료를 보자마자 다카모리의 미간에 깊게 주름이 패었다.

"이런 게 어디서 났나?"

"그건 말씀드릴 수 없습니다. 알프스스포츠의 데이터도 참고하고 싶어서요."

"우린 이렇게 높지 않아. 주요 매장은 이 표보다 0.5퍼센트에서 1퍼센트가량 낮지. 이거 클로킹의 데이터인가?"

"알프스도 높은 마진율에 못 버티고 쇼핑센터에서 철수해서 독자적인 점포망을 구축하시는 거죠?"

"다른 곳도 사정은 비슷할 거야."

다카모리가 간결하게 이야기를 이끌어나갔다.

쇼핑센터에 입점할 때는 자리와 매장 면적에 비례해 임대료를 지불한다. 주차장 입구 근처나 또는 클로킹처럼 고객이 많이 찾는 브랜드 인근 매장은 임대료도 덩달아 올라가는 시스템이라고 했다.

급행열차가 정차하고, 도심까지 교통편이 편리한 역세권 집의 월세가 비싸고, 보통 열차만 정차하는 역의 건물 임대료가 저렴한 것과 기본 구도는 비슷하다고 했다.

"쇼핑센터는 자신이 파멸시킨 지방 상점가와 같은 길을 걷게 될지도 모르지."

"하지만 알프스가 철수한 뒤에 옥스마트 주요 쇼핑센터에는 다른 기업이 입점했습니다. 니가타와 센다이에는 쿠로사키스포츠, 오카야마에는 이와타스포츠가요."

"쇼핑센터는 간신히 저수준 균형을 유지하고 있네. 자비로 점포를 개발하는 것보다 입점하는 쪽이 초기 비용이 적게 드니까 들어온 것뿐이지."

"그뿐이라고요?"

"손님이 떨어진 점포를 다시 번창시키려면 통상의 세 배 이상의 에너지가 들지. 우리 이탈리안 브랜드 같은 전략 상품이 없으면 힘들어."

다카모리가 자신의 탄탄한 몸을 둘러싼 셔츠를 가리키며 말했다.

"그렇게 차별화한 매장이 없는 한, 쇼핑센터 전체의 방문객을 원상태로 되돌리기란 불가능해."

"그럼 옥스마트 센다이점과 니가타점은 어떻게 되는 건가요?"

"클로킹이 빠지고 알프스도 나갔어. 그 분야의 2위, 3위 매장이 들어와도 예전 수준까지 매출을 끌어올릴 수는 없겠지. 이건 단언할 수 있어."

"그렇게 되면 옥스는 어떻게 되죠?"

"본업인 슈퍼마켓에서는 매출이 전혀 안 나. 매출 대비 영업 이익은 고작해야 1퍼센트인데, 그에 비해 쇼핑센터 사업은 30퍼센트 이상 이익이 나지. 지주회사로서 옥스마트의 영업 이익을 20퍼센트나 책임지는 게 쇼핑센터야."

다카모리가 천천히 말을 이었다.

"쇼핑센터 사업은 부동산 개발업과 마찬가지야. 항상 대규모 점포를 개발해서 매출을 본체인 슈퍼 사업에 쏟아부어야 하는 숙명이랄까."

슈퍼 사업은 전형적인 박리다매 구조다. 거대 그룹이라고 해도 순이익은 얼마 되지 않는다. 초대형 쇼핑센터를 짓고 유명 임대 매장을 유치하여 임대료 그리고 매상에 상응하는 로열티와 마진으로 수익을 거두는 게 옥스마트의 영업 전략이었다.

게다가 일본 전국에 새로운 상권을 개척하지 않으면, 어느샌가 사업 사이클은 벽에 부딪히게 된다. 토지 가격이 영원히 상승하리라 예측했던 과거 은행과 마찬가지로, 상권이 계속해서 확대되어 임대료와 로열티 수입이 끊임없이 들어온다는 전제가 무너져버리면, 조직이 거대해진 만큼 경영은 힘겨워진다. 극한의 자전거조업*이었다.

"2004년 당시 업계 1위였던 슈퍼 다이요도 벽에 부딪혔지."

다이요라는 이름에 쓰루타는 고베 지국에 출장을 갔던 때를 떠올렸다. 주력 매장 중 한 곳이 폐점하게 되었다는 단신 기사를 썼다.

"하루 이틀 사이에 옥스마트의 자금 상황이 악화되지는 않을 거야. 하지만 확대 노선은 완전히 막혔다고 보면 돼. 우리도 장사꾼인데 침몰하는 배에 계속 타고 있을 순 없잖아."

다카모리가 클로킹의 담당 집행 임원과 같은 이야기를 했다.

"대점법과 그후의 법 개정이 제대로 기능하지 않았나요?"

"허점투성이 법이잖아, 전부."

다카모리는 2000년에 큰 사건이 있었다고 말했다. 대점법이 폐지되면서 지방 도시가 본격적으로 파괴되기 시작되었다는 것이다.

종래의 '대규모소매점포법', 줄여서 대점법은 500평 이상

* 만성적으로 자기 자본이 부족하여 타인 자본을 잇따라 거두어들여서 가까스로 계속하는 조업을 비유적으로 이르는 말.

의 점포 출점 시에 지방상공회와의 협의를 의무화하여, 소규모 자영업자를 지켜온 법률이었다. 하지만 미국과 일본 간의 통상 마찰 격화와 그후 미국 대형 소매업체의 일본 진출이라는 충격적인 사건이 일어났다고 다카모리는 말했다. 또한 소매업의 입김이 세지던 일본 재계에서 주도적으로 규제 완화를 요구했다. 그러한 대의명분에 규제가 철폐되자 봇물 터지듯 출점이 가속화했다고 다카모리가 자조하듯 말했다.

"분명 도시계획 3법이 개정 도입되었죠?"

기억의 단초를 더듬던 쓰루타가 2006년에 시행된 새로운 법률을 떠올렸다.

"그게 허점투성이 법이었다니까."

지방 도시의 중심부가 급격히 쇠퇴하기 시작하자 초조해진 정부에서 새로운 규제를 신설했다. 그 규제의 어디가 허점이라는 거지? 쓰루타가 고개를 갸웃거렸다.

"개정 3법 중 하나인 대형점입지법은 대형점리치법이라는 이름으로 불렸지."

다카모리가 얼굴을 찡그렸다. 정부는 법 개정으로 중소 상점을 지키려 했지만, 대규모 자본의 공세로 지방 상점가에는 더이상 버틸 체력이 남아 있지 않았다고 한다. 출점 규제라는 법망을 피해 갈 수 있도록 일부 지역 변호사나 건설업체가 암암리에 손을 썼다고도 했다. 어쩌다 이익을 본 사람들이 부자가 되면서 '리치'라고 불리게 되었다고 했다.

"법이 개정되어도 1만 평 이하면 출점에 영향은 없지. 그리고 기존 매장이라면 규제 대상이 아니니까 새로운 법 도입 전에 서둘러 개점을 계속했지."

현재 쇼핑센터에 가망이 없다고 판단한 알프스스포츠와 클로킹은 규제를 아슬아슬하게 피하는 수준의 면적으로 신규 점포를 내기 시작했다고 했다.

"우리나 클로킹이나 상장기업이라 투자자가 항상 눈을 번득이고 있지. 기존 점포의 매출이 조금이라도 떨어지면 사분기마다 주가는 하한가를 치고. 그러니까 매장을 확대하거나 할인을 해서 매출을 반드시 전일 대비 플러스로 만들어야 해."

"하지만 요즘 같은 불황에는……."

다카모리가 미간을 찌푸렸다. 젊은 임원의 어조는 점차 무거워졌다.

다카모리는 기존 점포의 매상을 플러스 상태로 유지하기 위해 동업자 사이의 저가 경쟁이 치열해지고 있다며 한숨을 쉬었다.

"저가 경쟁을 계속하면 평효율이 떨어지는 건 순식간이야. 지금은 평효율의 악화가 매장 면적의 증가 속도를 훨씬 웃돌고 있어. 동업자가 나가떨어질 때까지 치킨 게임을 계속해야 하는 거지."

쓰루타는 열심히 다카모리의 이야기를 받아 적었다.

"내 조부 세대 분들은 옥스마트가 그런 이미지와 겹친다고 하더군."

"이미지?"

"볼링장 말야. 어릴 적 우리 아버지와 형이 볼링에 푹 빠져 있었어. 간선도로를 따라 우후죽순으로 생겨났던 볼링장이 붐이 끝나니 다 망했지. 건물은 폐허가 되었고."

"옥스마트의 쇼핑센터도 그렇게 될 것이다?"

"거기 슬로건이 '늘 고객 곁에'잖아. 다르게 말하면 매출이 안 나는 곳에서는 바로 발을 빼는 '스크랩 앤드 빌드'이고, 이게 '곁에'라는 캐치프레이즈의 본질이야. 지금 대형 쇼핑센터 개발을 일시 중지한 것도 그 일환이지."

쓰루타는 다카모리가 남긴 말 중에 가장 인상 깊었던 "폐허가 된 볼링장"이라는 말을 수첩에 적었다.

폐허라는 단어가 전류처럼 몸 중심축을 타고 지나갔다. 스크랩 앤드 빌드라는 말도 적었다. 지방 도시나 상점가는 스크랩 대상도 아니라는 건가.

"옥스마트는 교언영색을 동원해 지방에 진출해. 유휴지에서 고정자산세를 거둘 수 있다, 일자리 창출이 가능하다는 말로 지방 유지를 유혹하지. 막상 대형 상업 시설이 들어오면 지역 상점가는 고객을 송두리째 빼앗기는 건데. 그러다 매출이 떨어지면 그들은 곧바로 다른 지역을 찾아 떠나지."

다카모리가 강한 어조로 단언했다.

"아까도 말했듯 저가 경쟁으로 소매업계 전체가 피폐해졌기 때문에 약속했던 일자리도 감소하는 추세야. 인건비를 가장 먼저 삭감하니까. 그리고 세수가 늘어난다 해도, 지방자치단체가 상하수도나 도로 설비에 거액의 선행 투자를 한 셈이니 계산해보면 지역사회에는 마이너스지. 그런 상황에서 쇼핑센터가 철수하면 어떻게 되겠어?"

"문을 닫은 상가와 폐허만 남겠죠."

그렇게 말한 쓰루타의 머릿속에 고향 마을의 모습이 떠올랐다.

"결국 토지를 제공한 땅 주인과 쇼핑센터를 유치한 상공 전문 의원과 지방의원, 건설 회사만 단물 빠는 거야. 개정 도시계획 3법의 정보는 초기 단계부터 의원 선생님들이 유출시켰거든. 상당한 뒷돈이 움직인 건 틀림없어."

다카모리는 구체적으로 여야당 중진 의원의 이름을 거론했다. 그들이 특정 건설업체와 컨설턴트회사와 결탁하여, 공무원을 포섭하고 규제를 강화한 개정법을 역이용해 단물을 빨았다고 강조했다.

"알프스스포츠에서도 그 정보를 악용했고요?"

"그건 상상에 맡기지. 나한테도 입장이라는 게 있잖아. 양해해줘."

다카모리는 숨을 내쉬었다. 옥스마트나 클로킹, 알프스스포츠 그리고 지방자치단체까지 모두 취해 있었다. 숙취로 눈을 뜬 아침에 갖가지 자책감에 휩싸이듯, 온 일본이 이제 잔치의 뒤처리를 본격적으로 해야 할 것임을 통감했다.

"일본은 인구 감소 일로를 걷고 있어. 매년 평균 80만 명씩 인구가 줄고 있지. 지방 대도시 두세 곳이 사라지는 것이나 마찬가지야. 더는 성장의 여지가 없어. 대규모 화전식火田式 상업이 주특기니 옥스마트의 다음 목표는 중국이나 인도겠지."

쓰루타가 신흥국의 이름을 수첩에 적었을 때 다카모리가 목소리를 낮췄다.

"왜 그렇게 옥스마트에 집착하는데?"

"적이니까요."

"적? 무슨 뜻이야?"

쓰루타가 고개를 세차게 저은 뒤 테이블에 놓아둔 수첩과 볼펜을 집어 가방에 넣었다.

"귀사에 폐가 될 기사는 쓰지 않겠습니다. 시간 내주셔서 감사합니다."

쓰루타는 응접실에서 나왔다. 건물 밖 간다스루가다이의 거리로 나오자 학생들로 주변이 북적거렸다. 웃옷에서 손수건을 꺼내 입가를 닦았다.

"적을 무찔러야 하니까."

덩치 좋은 학생들 사이를 지나치며 쓰루타가 손수건 안쪽에서 중얼거렸다.

2

니가타에서 돌아온 이튿날, 경시청 5층 자리에서 다가와는 수첩 정리에 몰두했다.

나카노의 선술집 구라타야에서 살해된 산업폐기물 처리 업자 니시노 마모루의 신변 조사에서는 딱히 건진 게 없었다. 다가와는 니시노의 어머니에게 얻은 유일한 단서인 '곱창조림'과 '고급 여관'이라는 글자를 응시했다. 죽기 직전에 니시노가 남긴 단어였다.

하지만 아무리 수첩을 다시 읽어도 역수 쥐기와 함께 범인에게 이어지는 실마리는 찾을 수 없었다. 니시노의 집에 찾아온 핫타라는 남자의 회사 미트박스를 홈페이지에서 확인했지만 지방의 유력한 축산물 가공업자라는 사실 말고 다른 단서는 없었다.

수첩을 바라보고 있는데 옆자리의 전화가 울렸다. 다치하라가 수화기를 들었다.

"다가와 씨, 손님이라는데?"

"응접실에서 기다리라고 전해줘."

다가와는 묵직한 파일을 들고 일어났다. 약속 시간은 오후 1시 반이었다.

다가와가 응접실로 들어가자 스낵 엔젤의 나쓰요가 지루한 표정으로 제 손톱을 뚫어져라 바라보고 있었다.

"일단 이것부터 받으시죠."

교통비와 수사 협조에 대한 사례비가 든 갈색 봉투와 영수증을 건네자 나쓰요가 귀찮은 듯 봉투 속을 힐끗 보았다.

"오래 걸려요?"

"차종만 확인해주시면 금방 끝납니다."

교통수사과의 메르세데스 벤츠의 파일을 펼치며 다가와가 억지웃음을 지었다.

나쓰요의 증언이 유일한 단서였다.

"쿠페라고 하셨죠. 이 타입이었습니까?"

다가와가 붙여놓은 메모지를 찾아 파일을 펼쳤다. 먼저 4인용 대형 쿠페 CL65로 배기량은 6000cc, V12형 엔진이 탑재된 강인한 차량이었다.

"이것보다는 평범한 느낌이었어요."

나쓰요가 무뚝뚝하게 대답했다. 그다음 SLK55는 5500cc, V8 엔진이었다. 크기 자체는 마쓰다의 소형 오픈카 로드스타급이었지만 탑재된 엔진은 차원이 달랐다.

"이렇게 작지 않았어요. 이런 고급 차는 얼마나 해요?"

"1000만 엔쯤 합니다. 세 번쯤 다시 태어나야 살까 말까 한 고급 차죠."

다가와가 농을 던졌지만 나쓰요는 표정 하나 바꾸지 않았다. 처음 가게에서 만났을 때에는 더 떨어질 곳도 없을 정도로 타락한 자신의 처지 때문에 성격이 삐뚤어진 줄만 알았는데, 아무래도 이게 나쓰요의 원래 성격인 듯했다. 다가와는 다시 파일을 넘겼다. 이번에는 E클래스의 쿠페. 3500cc, V6엔진이었다.

"이쪽은 평범한 편입니다만……."

"이거예요. 틀림없어요. 달아난 남자는 조수석에 탔고요."

나쓰요가 단언했다. 무뚝뚝한 말투였지만 오히려 이런 말투가 신빙성을 높여주었다. 연식마다 형태가 다른 쿠페의 페이지를 펼쳤다. 하지만 나쓰요는 이 년 전에 출시된 타입이 확실하다고 단언했다.

"달아난 남자를 태웠는데도 천천히 출발했다고 했죠?"

"맞아요."

증언에 거짓은 없었다. 차종을 특정하는 데 성공했다.

"번호는 기억나십니까?"

"네리마 번호였던 것 말고는 기억 안 난다고 했잖아요."

"아, 그랬죠."

"자외선 차단용 토시도 있었고, 출발하는 모양새를 보아 하니 여자가 운전했던 게 분명해요."

"감사합니다."

"돈 받아놓고 이런 소리 하기는 좀 그렇지만, 형사님은 좋은 사람 같으니까 말해도 될까요?"

"말씀하시죠."

"전에 생활안전과가 싫다고 했죠? 시비 거는 인간이 몇 명 있어요."

경찰 조직은 늘 내부에서 견제를 되풀이한다. 말단 중에는 단속 대상자에게 온갖 위세를 부리며 스트레스를 해소하는 이도 적지 않았다.

"난 월급 받는 몸이라 마담이 뼛속까지 부려먹는다고 했잖아요. 그래서 문 닫고 정리하면 늘 두세 시예요."

"힘드시겠군요."

"문 닫는 시간에도 노가타 경찰서 사람들이 들어와서 뒷구멍으로 손님을 받는 거 아니냐, 매춘을 하는 거 아니냐고 시비를 걸어요."

다가와는 연신 고개를 숙였다.

"전에는 술을 멋대로 가져간 적도 있어요. 뭐라고 하니까 영업 허가를 취소하겠다고 협박하는 거예요."

"정말 죄송합니다. 다음부터 주의시키겠습니다."

"그런 말이 아니라……. 당한 게 많아서 사건 직후에 내가 본 얘기를 경찰에 안 한 거예요."

나쓰요는 그렇게 말하더니 느닷없이 고개를 숙였다.

"아닙니다. 제대로 조사를 안 한 저희 잘못이죠."

"가슴에 응어리가 사라진 것 같아요. 다음에 놀러 와요. 서비스 듬뿍 드릴 테니까."

눈앞의 나쓰요가 싱긋 웃었다. 처음 보는 미소였다. 무뚝뚝한 태도의 근저에는 그녀 나름의 양심의 가책이 있었던 게 분명했다. 미간에 있던 주름도 어느샌가 사라지고 없었다.

"고맙습니다."

나쓰요를 보내고 빈 응접실에서 다가와는 다시 파일을 펼쳤다.

이 년 전, 나카노의 선술집 구라타야에서 세 명을 해친 범인은 아케이드 상가를 지나, 대기하고 있던 벤츠를 타고 도주했다. 중고 매물도 600만 엔은 나가는 고급 차였다. 58만 엔의 매상과 피해자의 지갑을 훔친 범인이 고급 차를 타고 도주하는 게 상식적으로 말이 되는 걸까.

나이프를 역수로 쥐는 외국인 군대 경험자가 범인일지도 모른다. 하지만 매상을 노린 범행이었다는 당시 특수수사본부의 견해는 완전히 헛다리였다고 다가와는 확신했다.

3

"매번 너무 자극적이야. 이번에는 한술 더 떴는데?"

"페이지뷰가 올라가면 문제없는 거잖아요. 저번에는 20만이 넘었어요."

"용케도 취재했어."

대형 모니터에 비친 쓰루타의 원고를 읽은 하네다 편집장이 여봐란 듯 엔터 키를 눌렀다.

이 주 전, 옥스마트 산하 옥스전자의 급성장에 관한 기사를 내보낸 직후, 다키자와 실장의 거센 항의를 받았다. 동석한 하네다 편집장은 뭐라고 말도 못 하고 식은땀만 흘렸다.

"교열 끝났어요. 지금 톱뉴스에 올렸어요."

자리로 돌아오자 쓰루타는 대형 모니터에 막 뜬 기사를 클릭했다.

거대 유통업 사양세—역회전 시작한 옥스마트의 성장 전략

인터넷 미디어 《비즈투데이Biz.Today》의 로고 옆으로 깜빡이는 "New!"라는 글자와 함께 스스로도 자극적이라 생각한 헤드라인이 실려 있었다. 그 옆에는 카메라를 노려보는 자신의 사진이 있었다.

쓰루타는 클로킹이나 알프스스포츠에서 얻은 정보를 바탕으로 옥스마트가 사업을 확대해온 거대 쇼핑센터가 기로에 서 있다는 논조의 기사를 썼다.

높은 마진이 명운을 가른다.

먼저 패스트패션이나 스포츠용품, 잡화 등 소비자에게 호소력이 높은 브랜드가 전국 각지의 옥스마트 쇼핑센터에서 철수하기 시작했다는 말로 포문을 열었다. 또한 이들 유력 브랜드가 연이어 쇼핑센터 부근에 본사 직영 매장을 내기 시작한 배경으로, 임대료와 별개로 매상에 따라 임대인인 옥스마트가 가져가는 마진이 있다는 사실을 밝혔다.

떠나간 고객 —쇼핑센터는 제2의 볼링장이 되는가.

기름값 폭등을 계기로 쇼핑센터의 집객력이 떨어졌고, 이것이 우량 임차인과 옥스의 관계 악화를 불러왔다, 익명으로 인용하는 형태로 다카모리의 발언을 기사에 삽입했다. 마지막은 다카모리가 비유한 폐허가 된 볼링장과 가까운 미래의 쇼핑센터의 모습이 중첩될 우려가 있다는 말로 끝맺었다.

화면을 전환한 쓰루타는 아이디를 입력하여 관계자만 열람

할 수 있는 페이지뷰 정보를 보았다.

사람들이 어느 기사를 읽고 있는지 실시간으로 집계하여 그래프로 나타낸 화면이었다. 쓰루타의 기사가 급격한 상승세를 보이고 있었다.

커피를 한 모금 마셨을 때 인턴으로 일하는 대학생이 쓰루타를 불렀다. 바로 반격에 나선 건가. 수화기를 들었다.

"일방적으로 이러는 법이 어디 있나."

옥스마트의 다키자와였다.

"도쿄증권거래소에서 취재를 했는데도 답이 없으셨잖습니까. 굳이 의리를 지킬 필요는 없죠."

"《일본실업신문》에서는 기본적인 상도덕도 없나?"

"이미 관둔 지 오래됐습니다. 편집위원과 아는 사이시라니 제 욕이라도 하시든지요."

"클로킹이 유출한 건가?"

느닷없이 다키자와의 말투가 말 안 듣는 아이를 어르듯 바뀌었다.

"출처를 밝힐 수는 없죠."

"드러그스토어 마쓰자키의 데이터를 섞은 건가?"

"유도신문에 안 넘어갑니다."

"앞으로 삼 년 동안 그쪽 회사에 민영방송국 한 개분의 광고 예산을 편성해줄 수도 있는데."

"지금 하신 말씀, 그대로 기사에 추가해도 되겠습니까?"

쓰루타는 전화에 직접 연결해 통화 내용을 녹음하고 있던 IC레코더를 수화기에 대고 재생했다.

"민영방송국 한 개분의 광고 예산을 편성……."

"앞으로 이딴 식으로 마구잡이로 취재했다간 우리도 가만있지 않을 거야."

쓰루타가 수화기를 던지듯 내려놓았다.

"나 커피 리필 좀 부탁해."

머그컵을 들어 올리자 옆에 있던 인턴이 다가왔다.

"제보가 들어온 것 같은데요."

인턴의 손에서 메일 복사본을 낚아챈 쓰루타가 내용을 훑어보았다.

비즈투데이 쓰루타 님

무료 메일 주소로 보낸 메일이었다. 자신의 신분을 밝히고 싶지 않은 독자가 쓰는 상투적 수법이었다. 본문의 내용은 다음과 같았다.

여당의 황태자 가시와기 문부과학성 장관의 친형이 운영하는 기업이 왜 야당의 거물 미우라 의원의 지역구에 대규모 쇼핑센터를 건설했는지 아십니까? 그 열쇠는 미트박스가 쥐고 있습니다.

쓰루타는 키보드를 두드려 의원의 이름을 검색창에 입력했다. 이내 미야기 현에서 선출된 중견 의원 미우라 오사무의 번들번들한 얼굴 사진이 떴다. 이력을 훑어보니 현縣 의원 출신으로 국회의원에 당선되어, 농업과 건설 행정에 다대한 공헌을 했다는 경력이 적혀 있었다.

화면을 뚫어지게 바라보는 쓰루타를 보고 동료 기자가 모니터를 들여다보았다.

"미우라 의원과 가시와기 문부과학성 장관은 사이가 안 좋죠?"

"최악이지. 가시와기는 옥스그룹 둘째 어르신이지만 미우라는 한미한 농가의 막내로 태어났으니까."

"구체적으로 얘기 좀 해주세요."

"보수 동맹의 당수 선거 때는 같은 파벌이었는데 이권을 둘러싸고 대립했어. 당 본부에서 서로 고함을 지르며 싸워댔고, 가시와기가 민정당으로 이적한 뒤에도 예산위원회에서 난투극을 벌였지."

쓰루타는 취재 수첩을 꺼냈다. 미야기 현 센다이 시 교외에 옥스마트가 대형 쇼핑센터를 건설한 게 삼 년 전 일이었다. 니가타나 오카야마 등 다른 지역 대도시에 비해 진출 시기가 확연히 늦었다.

익명 제보를 힐끗 본 쓰루타는 되도록 빨리 연락을 취하고 싶다는 내용과 휴대전화번호, 메일 주소를 첨부해 답장을 보냈다.

책상 서랍을 열었다. 작은 액자에 든 미소 띤 사진이 보였다.

"철저하게 털 거야."

작은 소리로 그렇게 말하고 나서, 쓰루타는 다시 익명 제보를 보았다. 의미심장한 메시지 뒤에 낯선 이름이 보였다.

"미트박스?"

인터넷 검색창에 그 이름을 입력한 뒤, 쓰루타는 엔터 키를 눌렀다.

4

도쿄로 돌아오자마자 다키자와는 하마마쓰 정의 옥스마트 본사 안을 발바닥에 땀이 나도록 뛰어다녔다.

임원들의 방이 있는 층에 도착했을 때는 이미 오후 2시 반이 지나 있었다. 경영기획실장이라는 문패가 걸린 방 앞에 중년의 여자 비서가 어두운 표정으로 서 있었다.

"실장님, 손님이 방에서 기다리십니다."

비서가 다키자와에게 명함을 내밀었다.

"왜 호출을 안 했나."

"그게, 계속 연락을 드린다고 했는데……."

"기다리신 지 얼마나 됐지?"

"삼십 분쯤 됐습니다."

다키자와가 문을 열었다. 여윈 남자가 소파에 앉아 있었다. 니가타점을 시찰했을 때 메일을 보낸 장년의 남자였다.

"핫타 씨. 오래 기다리시게 해서 죄송합니다."

다키자와는 남자를 보며 90도로 허리를 굽혔다. 핼쑥한 뺨이 엷은 웃음과 함께 일그러졌다.

삼 년 반 전, 옥스마트는 대도시 중에 유일하게 대규모 쇼핑센터가 입점하지 않은 센다이 지역에 주목했다.

하지만 입점을 위해 각계각층에 협조를 구한 직후부터 간섭이 시작됐다. 가시와기 회장의 동생인 가시와기 도모쓰구 중의원 의원이 원인이었다. 지역 재계와 한창 갈등을 빚던 무렵, 핫타가 오늘처럼 불쑥 다키자와를 찾아왔다. 그때 그에게 엄청난 빚을 졌다.

"일 때문에 근처에 들른 김에 찾아왔습니다."

쌍꺼풀이 진 커다란 눈이 훑어보듯 다키자와를 바라보았다. 차라리 야쿠자를 상대하는 편이 마음은 편했다.

핫타가 담배를 꺼내 일회용 라이터로 불을 붙였다. 센다이시를 거점으로 도호쿠 각지에서 다방면으로 사업을 확장하는 기업을 자수성가로 일궈낸 남자가 천천히 연기를 내뿜었다.

"도심지 소비자를 노린 저가 상품 전문 매장을 내신다고 들었습니다. 어느 정도 규모를 예상하십니까?"

"사설 철도 노선을 중심으로 일단 쉰 곳 정도를 고려하고 있습니다."

핫타가 가방에서 서류를 꺼내 홍보 책자를 다키자와의 앞에 놓았다.

"새로운 매장에 저희 제품을 써보시면 어떻겠습니까?"

"신제품입니까?"

"센다이 주변 매장에 납품하는 제품의 소형판입니다. 성능은 기존 제품보다 우수하고요."

"검토한 뒤에 연락드리겠습니다."

"새 매장에는 반찬 코너도 만드실 거죠? 수도권의 바쁜 주부와 회사원이 주요 고객층이라는 기사를《일본실업신문》에서 봤습니다. 옥스에서 주문하시면 제조 회사의 전용 라인을 풀가동시켜 납품하겠습니다."

핫타의 입 모양이 일그러지며 니코틴에 찌든 누런 앞니를 드러냈다.

"새 매장의 구체적인 내용이 정해지는 대로 담당자에게 연락하라고 하겠습니다."

"이 자리에서 결정을 내려주시면 안 되겠습니까?"

"조금만 기다려 주십시오. 은혜는 잊지 않을 겁니다."

식품 회사나 의류 브랜드의 담당자가 이런 이야기를 꺼냈으면 곧바로 출입 금지령을 내렸으리라. 하지만 상대는 핫타였다.

옥스에서 더러운 일은 모두 도맡아 했다. 블랙컨슈머나 조폭을 상대한 적도 있었다. 하지만 핫타만큼은 당해낼 수가 없었다.

"품질은 틀림없는 제품이라 따져볼 것 없이 쓰셔도 됩니다. 커터를 바꾸면 소시지나 햄버그스테이크 같은 기존 제품뿐 아니라 남은 정육을 이용해 고로케도 만들 수 있습니다."

핫타가 느릿한 어조로 세일즈 토크를 이어나갔다.

다키자와는 핫타의 일그러진 입가를 보았다. 정육의 조달 경로가 더욱 다양해졌다는 이야기, 새로 입수한 첨가물의 효능과 신형 기계로 생산할 수 있는 새로운 상품이 얼마나 저렴한지를 거침없는 말솜씨로 강조했다. 이처럼 임기응변에 강한 성격이 회사 성장에 큰 역할을 했다. 하지만 옥스마트를 통해 이 남자가 만들어낸 가공 제품을 구입하는 고객은 자세한 사정을 알 길이 없다. 핫타는 일방적으로 이야기를 마치고 일어났다. 다키자와는 문을 열고 핫타를 로비에서 엘리베이터까지 데려갔다.

"조만간 한잔하시죠."

"좋죠."

마음에도 없는 소리를 하며 다키자와는 핫타를 배웅했다. 다시 사무실로 돌아와 비서에게 신형 기계의 홍보 책자를 건넸다.

"반찬 코너 담당자한테 전해주게."

"무슨 기계인데요?"

"디플레이션의 비밀 병기지."

"네?"

"수상한 먹거리를 만드는 블랙박스랄까."

다키자와의 말에 비서가 고개를 갸웃거렸다.

"왜 저 손님만 특별 취급하시죠?"

오랫동안 다키자와와 함께한 베테랑 비서가 물었다.

"센다이 때문에."

"아, 저분이 지역사회를 설득해주신 분이시군요."

"요새는 자기가 정치 상인인 줄 알아."

"실장님도 껄끄러워하는 분이 계시군요."

"도모쓰구 장관하고 미우라 의원이 견원지간이잖아."

가시와기 도모쓰구는 일 년 전부터 문부과학성 장관을 맡고 있었다. 아버지와 잘 맞지 않아서, 대학 졸업 후 즉시 일본 보수 연합의 거물급 의원의 비서로 들어가 서른두 살의 나이에 중의원 의원에 처음으로 당선되었다. 재계 재편 후에 현

여당인 일본민정당으로 이적했고, 정무조사회 회장을 거쳐 현 내각에서 두 번째 입각을 이루었다.

한편, 센다이 기반의 미우라 오사무 의원은 보수 연합 시절에 도모쓰구가 소속했던 파벌의 사무총장이었다. 이 둘은 견원지간이라 옥스마트도 미우라에게 단단히 찍혔다.

"센다이 때는 별의별 일이 다 있었지."

다키자와가 방에 자욱이 깔린 담배 연기를 손으로 휘휘 부채질했다. 머릿속에 담배와는 다른 종류의 연기가 피어오르기 시작한 것을 느끼고 온몸이 굳어졌다.

5

"미안해. 갑자기 회의가 잡혀서."

"괜찮아. 약속도 없이 찾아왔잖아."

오테마치의 빌딩 15층. 쓰루타는 대학 동기인 가와이 와타루와 마주 앉아 있었다.

땀 얼룩이 밴 빳빳한 와이셔츠 차림의 가와이가 작은 테이블에 봉투를 올려놓았다.

가와이는 쓰루타와 같은 '기자'였지만 취재 대상은 기업의 흥망이었다. 도토상업뱅크라는 오래된 신용 조사 회사에 취직하여 오 년 전부터 도쿄 본사에서 전국의 문제 기업의 동향을 살피고 있었다.

"갑자기 이렇게 위험한 기업 데이터가 필요하다고 해서 깜짝 놀랐어."

가와이가 땀을 닦으며 봉투에서 조사 자료를 꺼냈다.

"1975년에 창업해서 핫타 사장이 자수성가로 일궈낸 기업이야. 재무 상황에는 아무 문제 없고."

문서에는 자본금이나 종업원 수에 관한 자세한 자료가 적혀 있었다. 최근 십 년의 자료를 보니 매년 사업 내용이 확대되었고, 기업 평가도 최고 등급인 A를 받았다.

"조폭 산하 기업이라 위험한 거야?"

"그보다 더 질이 안 좋아. 사장인 핫타는 센다이에서 정치 상인이라 불리는 인물이야."

가와이가 주변에서 미팅을 하는 다른 조사원들에게 들리지 않게 작은 소리로 속삭였다.

"원래 도카이 지방 가난한 농가의 막내로 태어나서 친척이 하는 센다이의 정육점에 일꾼으로 보내졌다고 들었어."

가와이가 핫타 사장의 프로필을 가리켰다. 도카이의 산간 지방에 있는 중학교가 최종 학력이었다.

"눈썰미가 좋은 아이였대. 일하던 곳에서 마음에 들었는지 분점 형식으로 센다이에 작은 정육점을 내준 게 서른 살 때고. 그후에 정육뿐 아니라 햄버그스테이크나 소시지 같은 가공품도 취급하면서 종업원이 오백 명까지 늘어났어. 알음알음 지역 상공회나 현청, 현 의회 관계자와 관계를 만들어 결국 미우라 의원의 측근이 되었지."

"왜 사업 실적이 급격히 상승한 거야?"

"자세한 건 모르지만 원가가 싼 제품을 효율적으로 조달해서 잘 팔았기 때문 아닐까. 식품 가공업에는 여러 가지 꼼수가 있으니까."

"그렇구나. 그래서 그런 제보가 들어온 거였어."

"그 제보자는 분명 유착의 내용을 아는 사람일 거야."

"아직 답장이 없어."

"옥스마트의 뉴스 재밌게 읽었어. 하지만 너무 몰아붙이지는 마. 이런 위험한 업자에 관한 메일까지 오는 거 보면 심상치 않아."

"바라는 바야."

"다키자와 실장은 조직폭력배하고도 연결된 인물이고, 미트박스도 마찬가지야. 선배한테 들은 이야기인데, 여기도 그쪽하고 엮여 있대. 그래서 정치 상인이라 불리는 거고."

가와이의 목소리가 한층 더 낮아졌다.

"핫타 사장은 땀을 흘리지 않는대."

"사람을 잘 조종한다는 뜻이야?"

"어둠에 숨어서 사냥감을 노리는 독사 같아서. 그래서 땀을 안 흘리는 거지."

"나 혼자 싸우는 게 아냐."

"그거하고 일은 구분해서 생각해야 해. 걱정돼서 하는 소리야."

"넌 내 마음 알 거야."

쓰루타는 억지웃음을 지으며 조사 자료를 가방에 넣었다.

6

나쓰요를 배웅한 다가와는 그길로 수사1과로 향했다. 제3강력계 구역에서 누드 화보를 보고 있던 이케모토의 어깨를 툭 쳤다.

"부탁 하나 들어줄 수 있어?"

"부르실 줄 알았죠. 뭘 하면 됩니까?"

다가와가 작은 목소리로 말했다.

"이 차 좀 찾아줘."

교통수사과의 두툼한 파일을 펼쳐 나쓰요가 지목한 E클래스 쿠페가 실린 페이지를 이케모토에게 내밀었다.

"검색 범위는 도쿄 23구, 네리마 구 번호였다는 것밖에 몰라."

"불완전한 번호네요. 뭐, 알아서 하겠습니다."

전국의 간선도로와 고속도로에는 자동차 번호 자동 판독 장치, 통칭 N시스템이 설치되어 있다. 살인 사건 수사 말고도 현재진행형의 도주범을 추적하는 데 위력을 발휘한다. 검색 설정을 할 때 각 육운국陸運局의 이름과 네 자리 숫자를 입력한다. 하나라도 빠지면 검색은 난항을 겪을 수밖에 없다. 따라서 조회 시에는 '완전'인지 '불완전'인지가 중요해진다.

"일단 차량 소유주를 알아봐주겠어?"

"알겠습니다."

다가와는 메모를 이케모토에게 건넨 뒤 서둘러 친정인 수사1과를 빠져나왔다.

5층으로 돌아와 자리에 앉은 다가와는 팔짱을 끼고 생각에 잠겼다. 조만간 도주범을 태운 벤츠의 소유주가 밝혀질 것이다. 범인까지 이어질지는 아직 알 수 없지만, 한 치 앞도 보이지 않던 사건에 어스름한 빛이 들기 시작한 것은 분명했다.

그동안 또 다른 피해자의 신상을 샅샅이 조사해야 한다. 도주에 이용한 차량이 벤츠라는 사실이 밝혀진 까닭에, 특별수사본부에서 세운 무차별 강도 살인 가능성은 한없이 작아졌다.

니시노의 신상 조사에서는 '곱창조림'이라는 키워드, 큰돈이 들어올 예정, 조문을 온 핫타라는 인물 말고는 별다른 수확이 없었다. 또 다른 피해자인 아카마 유야의 신상 조사에서 뭔가가 나올지도 모른다. 파일을 펼친 다가와는 아카마의 사진을 바라보았다.

대충 기른 머리와 작은 눈, 거뭇거뭇하게 난 수염은 언뜻 단정하지 않아 보였다. 하지만 눈꼬리가 내려간, 졸린 듯한 눈매가 서글서글한 성격을 나타내는 것 같았다.

사진 뒤에는 아카마의 이력이 적혀 있었다.

은행원의 장남으로 태어난 아카마는 고향 센다이의 명문 고등학교를 나와 이와테 대학 농학부 수의학과에 진학했다. 졸업 후에는 미야기 현의 축산과 낙농 전문 진료소에 취직하여, 도호쿠 지방을 중심으로 비육肥育 지도와 진료 업무를 담당했다.

아카마의 근무처에 전화를 걸었다. 사건을 담당하게 되었다고 전하고 그의 교우 관계를 알고 싶다고 말했다. 여자 직원이 도호쿠 사투리 억양이 희미하게 느껴지는 소장에게 전화를 돌렸다.

"용의자를 찾아낸 건 아닌 모양이군요."

"아카마 씨가 왜 도쿄 나카노에 있었는지 짐작 가는 데는 없으십니까? 나카노에 연고라도 있었던 겁니까?"

"내가 아는 바로는 여기서 나고 자랐습니다."

"뭔가 사건에 휘말린 건 아니고요?"

"그건 아닙니다. 정말 우직한 친구였어요."

"누구에게 원한을 산 적도 없고요?"

"그건 더더욱 말이 안 되죠."

소장은 아카마에 관한 일화를 들려주었다. 기온이 영하로 떨어진 어느 날 밤, 난산으로 고통받는 어미 소를 밤새 간호한 아카마가 외양간에서 그대로 쓰러져, 분만을 마친 어미 소가 얼굴을 핥아 깨울 때까지 두 시간이나 코를 골며 곯아떨어져 있었다고 했다.

"뭔가 생각나시면 이쪽으로 연락 주십시오."

수화기를 내려놓은 다가와는 수첩을 뒤졌다. 같은 시각, 같은 장소에서 살해된 니시노 마모루는 조직폭력단에 소속된 산업폐기물 처리업자이며, 아카마는 농가의 신임을 한몸에 받았던 우수한 수의사였다. 두 사람 사이에 접점은 전혀 없었고 교집합도 찾아볼 수 없었다.

금품을 노린 단순 강도 살인이었나. 두 사람 사이의 교집합 같은 건 처음부터 존재하지 않는 것이 아닐까.

특별수사본부의 수사 방향을 훑어보며 다가와는 끙, 신음 소리를 냈다. 만일 E클래스 쿠페가 도난 차량이라면?

한국이나 중국의 특수부대 경험자가 '역수'로 살인을 저지르고, 공범이 도난 차량에서 도주 준비를 하고 있었다고 생각하면 모두 앞뒤가 맞는다. 하지만 나쓰요의 증언이 이를 부정했다. 강도 살인범과 도난 차량에 탄 공범이 차를 천천히 출발시켰을 가능성은 한없이 낮았다.

수첩을 책상 위로 던져놓고 다가와는 내선 전화의 수화기를 집었다.

"야지마 이사관님, 잠깐 드릴 말씀이 있습니다만."

다가와는 직속 상사에게 센다이로 출장을 가겠다는 뜻을 밝혔다.

"그런 불확실한 건으로 출장을 가는 건 경비 낭비입니다. 더 확실한 증거가 나오면 보고하세요."

강한 어조로 말하더니 야지마는 그대로 전화를 끊었다. 지당한 말씀이었다.

"못 보고 지나친 게 있을지도 몰라."

책상에 던져놓은 수첩을 다시 집어 다가와는 열심히 자신의 글씨를 눈으로 훑었다.

7

애용하는 칼 히고노카미를 집어 들고 다가와는 연필을 깎기 시작했다.

—길을 잃었을 때는 연필을 깎으면서 호흡을 가다듬어.

선배 형사의 말을 떠올리는데 등 뒤에서 성큼성큼 누군가가 다가왔다.

"알아냈습니다."

이케모토였다.

"어딘데?"

"네리마 육운국 관내입니다."

이케모토가 양복 안주머니에서 서류를 꺼냈다. 교통수사과 담당자의 직인이 찍혀 있었다.

"메르세데스 벤츠, 이 연식의 E클래스 쿠페 소유주는 도내에 백오십 명. 그중에 화이트와 레드, 실버 등의 색을 제외하면 나머지는 스무 대, 그중 열다섯 대는 남성 명의입니다. 참고로 열 대는 회사 경영자와 프로야구 선수, 두 대는 목격자의 말대로 호스트가 소유하고 있었습니다. 혹시 몰라서 생활안전과에 있는 친구를 경유해서 호스트의 알리바이까지 조사해봤는데 수상한 점은 없었습니다."

이케모토의 말을 들으며 다가와는 천천히 서류를 훑어보았다.

"네리마 관내의 쿠페 중 그레이와 블랙은 다섯 대입니다. 그중에 여성 소유주는 한 명뿐이고요. 목격자의 증언이 틀림없다면 말이죠."

"목격자는 정확히 증언했어. 자외선 차단용 토시까지 기억하고 있는 걸 보면 틀림없어."

이케모토가 서류의 한 부분을 가리켰다.

"아베 사나에라."

주소는 스기나미 구 아사가야미나미였다. JR주오선을 중심으로 자리한 고급 주택가로 현장에서 가까웠다.

"이 서류는 내가 가져갈게. 일단 이 사람을 만나봐야겠어."

"참고로 독신입니다. 다니는 회사도 알아놨고요."

"뭐라고?"

"이런 비싼 차를 살 정도니, 자영업자가 아니면 유흥업일 거 아닙니까. 생활안전과 친구가 저한테 갚아야 할 빚이 좀 많거든요."

"어딘데?"

"롯폰기 클럽의 마담입니다."

다가와는 서류를 낚아챘다. 개인 자료였다. 생활안전과의 어느 반에서 독자적으로 작성한 자료에는 사진까지 첨부되어 있었다.

"비싼 가게야?"

"네. 자리에 앉기만 해도 기본 4만 엔, 아가씨 두어 명이 붙으면 10만 엔은 훌쩍 넘을걸요."

다가와가 아베의 얼굴을 뚫어져라 보았다. 빼어난 미인은 아니었다. 다소 길쭉한 얼굴에 서늘한 눈매였다. 나이는 서른 둘이나 셋일까.

"본명은 무라카미 사에코, 긴자의 유명 클럽을 거쳐 오 년 전에 '에스컬레이드'에 스카우트됐대요. 저녁 먹고 같이 가볼까요?"

다가와가 손목시계를 보았다. 이미 오후 6시 반이 지났다.

"술은 마시지 마. 근무중이야."

"술 한 잔에 무너질 선배님은 아니잖아요."

이케모토가 농을 던진 직후였다. 그의 휴대전화가 요란하게 울렸다. 이케모토가 번호를 보자마자 미간을 찌푸렸다.

"관리관인데요."

이케모토가 서둘러 계속수사반 밖으로 나갔다.

다가와는 수첩에 무라카미 사에코, 즉 아베 사나에의 개인정보를 기록했다. E클래스 쿠페의 잔상이 머릿속에 떠올랐다. 이 아베라는 여자가 도주를 도운 건가. 하얀 얼굴과 어스름한 나카노의 거리 풍경이 몇 번이나 머릿속에서 얽혔다.

8

구내식당에서 식사를 마친 뒤, 다가와는 롯폰기 교차로로 향했다. 롯폰기도리와 가이엔히가시도리를 지나는 차량 통행량은 예전이나 지금이나 여전히 많았지만, 수사를 위해 이곳을 찾았을 때와 비교해 행인의 수는 눈에 띄게 줄어든 것처럼 보였다.

데이트 장소로 유명한 양과자 전문점 옆의 좁은 언덕길로 내려왔다. 턱시도 차림의 젊은 남성과 금발머리를 틀어 올린 여성들이 전단지를 돌리고 있었다.

이쿠라 방향으로 좁은 골목을 따라 이 분 정도 걷자 테라스석을 갖춘 레스토랑이 보였다. E클래스 쿠페의 소유주 무라카미 사에코, 즉 아베 사나에는 이 레스토랑 지하의 고급 클럽 에스컬레이드에 있었다.

사전에 손님인 척 전화를 걸었다. 고객 접대중이라 가게에는 밤 9시 30분 전후로 나온다고 했다. 다가와는 손목시계를 보았다. 오후 9시 38분이었다.

레스토랑의 테라스를 지나 빌딩 안으로 이어지는 통로 안쪽으로 들어가자, 어깨를 훤히 드러낸 젊은 여자 세 명이 서 있었다.

"어서 오세요."

긴 머리를 구불구불 만 여자가 다가와를 맞이했다. 교차로에서 전단지를 돌리던 여자와 달리 값비싼 드레스를 입고 있었다. 말투도 차분했다.

"가게가 이 아래였던가? 오랜만에 와서 가물가물하네."

취한 척 묻자 여자가 공손히 고개를 숙이더니 가냘픈 손가락으로 엘리베이터 버튼을 눌렀다. 지하 1층에는 검은 양복을 입은 종업원이 대기하고 있었다. 다가와가 경찰수첩을 꺼냈다.

"시끄럽게 하고 싶지 않네. 카운터로 안내해주게."

"알겠습니다. 이쪽으로 오시죠."

"볼일이 끝나면 바로 가겠네."

가게로 들어가자 고급스러운 내벽이 보였다. 유화도 걸려 있었다.

"이쪽으로 앉으시죠."

플로어 바로 앞 통로 쪽에 검은 카운터석이 보였다. 정면의 선반에는 고급 브랜디와 싱글몰트가 놓여 있었다. 그 옆으로는 유리 냉장고가 있었는데, 샴페인과 와인이 저장되어 있었다. 나카노의 스낵 엔젤과는 너무나 다른 느낌이었다.

"맥주나 글라스 샴페인이라도 한잔하시겠습니까?"

희미한 민트 향이 나는 물수건을 건네며 종업원이 다가와 의 얼굴을 들여다보았다.

"일하는 중이니 우롱차나 한 잔 주게."

"수사 내용을 여쭤봐도 되겠습니까?"

"그냥 마담한테 좀 물어볼 게 있어."

"어떤 마담 말이십니까?"

종업원이 탐색하는 듯한 눈으로 물었다. 고급 클럽에서는 오너 밑으로 여러 명의 월급 마담을 두는 경우가 있다. 에스컬레이드도 그런 시스템인 듯했다.

"사에코 마담을 찾는데 오늘 나왔나?"

종업원이 조용히 휴게실인 듯한 방으로 걸어갔다.

우롱차를 마시며 다가와는 주변을 둘러보았다. 손님은 드문드문 들었지만, 이미 스무 명쯤 되는 중년 사내가 네다섯 개의 테이블에 자리를 잡고 있었다.

안쪽으로 나선 계단이 보였다. VIP룸으로 이어지는 계단인 모양이었다.

"기다리셨죠? 무라카미 사에코라고 합니다."

등 뒤에서 허스키한 목소리가 들렸다. 무라카미 사에코, 즉 아베 사나에는 헌칠한 키의 여성으로 슬림한 재킷을 걸치고 있었다. 타이트한 스커트 아래로 늘씬하게 뻗은 다리가 보였다. 긴 얼굴 아래쪽에 도톰한 입술이 자리하고 있었다. 입가에는 웃음기가 감돌았지만, 시원스러운 눈동자는 날카롭게 다가와를 바라보고 있었다. 다가와는 사에코에게 옆자리를 권했다.

"이 차에 대해 여쭤볼 게 있어서 찾아왔습니다."

"무슨 일이신가요?"

"자세히 말씀드릴 순 없지만, 사건에 관련된 일로 궁금한 게 있습니다. 무라카미, 아니 아베 씨. 이 차량과 같은 종류의 차를 가지고 계시죠?"

사에코가 작게 웃음을 터뜨렸다. 겉보기에는 차가운 분위기였지만 웃으니 콧잔등에 주름이 잡혀서 딴사람처럼 서글서글한 인상으로 바뀌었다. 이런 모습으로 손님의 마음을 사로잡는 것이리라. 누님처럼 시원스러운 성격으로 남자를 교묘하게 조종하는 타입 같았다.

"네, 가지고 있었어요."

"가지고 있었다고요?"

"처분했어요. 누가 스프레이로 장난을 쳐놨더라고요."

"중고로 팔았다는 말씀입니까? 그게 언제죠?"

"일 년 반 전, 아니 이 년 전이었나."

카운터 뒤, 싱글몰트 병이 늘어선 부근을 보며 사에코가 그렇게 대답했다. 다가와는 그 시선을 좇았다. 시선은 싱글몰트 병에서 떠나, 이번에는 대기실 방향, 다가와의 뒤쪽을 바라보고 있었다.

"정확한 날짜를 기억하십니까?"

"업자에게 일임했던지라……."

"관련 서류는 가지고 계십니까?"

"죄송합니다. 이사할 때 상자 몇 개를 잃어버려서요."

사에코가 입을 내밀며 곤란한 표정을 지었다.

"그렇군요. 지금 타시는 차는 뭡니까?"

"이거예요."

사에코가 휴대전화를 꺼내 작은 화면을 다가와에게 내밀었다. 옅은 핑크색 손톱 사이로 교통수사과의 파일에서 본 소형 하드톱 차량이 보였다.

"SLK350이군요. 3500cc에 V6 엔진."

"잘 아시네요."

마담이 억지웃음을 지었을 때 검은 양복의 종업원이 다가와 입을 가리고 마담의 귓가에 뭐라고 속삭였다.

"이 정도면 될까요? 지명이 들어와서요."

사에코가 웃음을 지으며 말했다. 하지만 서늘한 눈동자는 얼른 가라고 말하고 있었다.

"시간 내주셔서 감사합니다."

다가와는 자리에서 일어나 서둘러 출구로 향했다.

지상으로 올라간 다가와는 가게의 여자들이 보이지 않는 곳에 다다랐을 즈음 휴대전화를 꺼냈다.

"네. 계속반입니다."

다치하라가 전화를 받았다.

"차량 조회 부탁해."

다가와는 수첩에서 자료를 찾아 아베의 이름과 차종을 불렀다.

통화를 끝낸 다가와는 가이엔히가시도리에 있는 24시간 영업 카페에 들어갔다. 블랙커피를 주문하고 나서 큰길이 잘 보이는 2층 자리에 앉았다.

수첩을 꺼내 자료를 정리하다 보니 한 시간이 지났다.

다가와가 커피를 추가로 주문하러 자리에서 일어나려던 순간이었다. 휴대전화가 울렸다.

"나 다치하라야. 알아냈어. 이 년 전 9월 20일에 폐차됐다고 뜨네. 차량 명의자는 아베 사나에고. 네리마 구 업체에서 폐차했네."

"폐차했다고? 사고 차량이야?"

"아니, 사고 데이터는 없던데. 업자 연락처는 문자로 보낼게."

"고마워."

통화를 마친 다가와는 사에코의 얼굴을 떠올렸다. 갑작스러운 형사의 방문에도 그녀는 침착하게 대응했다. 하지만 벤츠 이야기를 꺼내자마자 시선이 흔들리며 아베 사나에의 민낯이 드러났다.

"빙고."

아까 아베는 "처분했다"라고 했다. 다가와가 정확한 일시를 묻자 거짓으로 답했다.

중고 시장에 나온 차량을 구입한 새 주인이 사고를 내서 폐차됐을 가능성도 고려하지 않은 건 아니다. 하지만 계속반의 동료는 분명히 아베 사나에의 이름을 말했다.

폐차하는 것과 중고 시장에 내놓는 건 천지 차이다. 새 차

일 때 1000만 엔 가까이 나가는 차량을 중고 시장에 내놓으면 다소의 흠집과 연식을 감안해도 400만 엔 정도는 받을 수 있었을 것이다. 하지만 폐차하면 아무것도 손에 쥐지 못한다.

월급 마담이 그 정도로 주머니 사정에 여유가 있었을까. 여기저기 불황이 휩쓸고 있다. 고급 외제 차를 폐차하고 새로 벤츠를 살 여유가 있을 리 없었다. 누군가 거액의 원조를 해주고 있다고 생각하는 게 자연스러웠다.

다가와는 다시 아베 사나에의 얼굴을 떠올렸다. 중고로 팔았느냐고 물은 순간 시선이 허공을 맴돌았다. 누군가를 감싸고 있는 게 분명했다.

다가와는 수첩을 펼쳤다. "역수", "곱창조림", "고급 여관", "벤츠"라고 적힌 페이지를 찾아 "역수"와 "벤츠"를 화살표로 연결했다.

롯폰기 고급 클럽의 마담에게 원조를 하는 자가 선술집의 매상을 노리는 건 부자연스럽다. 나카노에 불러들인 니시노와 아카마를 살해하는 것이 목적이고, 금품 탈취는 단순 강도로 보이기 위한 위장이다.

다가와는 수첩의 빈 공간에 니시노, 아카마라고 적었다. 하지만 이번에는 다른 모순이 떠올랐다. 현재로서는 니시노와 아카마 사이에 명확한 연결 고리가 없었다.

다가와는 수첩을 읽고 또 읽었다.

벌써 오후 11시가 지나 있었다. 롯폰기 일대는 아자부 경찰서의 단속 강화로 오전 1시면 모든 술집이 문을 닫았다. 변칙적인 형태이기는 했지만, 오랜만의 잠복근무였다.

9

날짜가 바뀌어 오전 1시 10분이 되었다. 다가와가 빌딩 그늘에서 에스컬레이드의 엘리베이터를 지키는 동안 이케모토가 합류했다.

"지검에 보낼 서류에 빠진 게 있어서요. 관리관에게 이제껏 시달리다 왔습니다."

이케모토가 다가와의 시선이 향하는 곳을 노려보며 말했다. 카페에서 시간을 때우면서 이케모토에게 문자로 사에코와 만난 것, 그리고 그녀가 명백한 거짓말을 했다는 사실을 이야기해두었다.

다가와와 이케모토는 지하에서 올라오는 중년 남자들의 뒷모습을 보았다. 1시 25분이 되자 닛산 엘그란드, 마쓰다의 MPV가 비상등을 깜빡이며 정차했다.

"차가 도착했군."

손님과 2차를 나가지 않는 접대부는 가게에서 불러준 차를 타고 퇴근한다. 젊은 접대부가 줄지어 나왔다. 화려한 헤어스타일과 대조적으로 복장은 수수했고, 고즈에 또래의 여성도 있었다.

차들이 연이어 출발했다. 그 직후, 풍채 좋은 장년의 남자와 팔짱을 끼고 사에코가 나타났다.

등 뒤에는 다가와를 안내한 검은 옷의 종업원이 있었다. 그가 지나가던 택시를 재빨리 불러 세웠다. 택시가 출발하자 다가와가 빌딩 그늘에서 튀어나갔다.

"아까는 신세졌네."

말을 걸자 남자가 긴장한 듯 움찔했다.

"형사님 아니십니까. 어쩐 일이시죠?"

남자가 다가와와 이케모토를 번갈아 보았다.

"야식 먹을 텐가?"

"네?"

"옷 갈아입고 나오게."

이케모토가 남자의 어깨를 툭툭 쳤다. 남자가 마지못한 얼굴로 고개를 끄덕이더니 가게로 뛰어 내려갔다.

당사자가 아니라 외부에서 정보를 끌어내 서서히 거리를 좁혀간다. 그러는 동안 저 남자 같은 인물에게는 친절하게 대응하면서 단단히 못을 박아둔다. 그것이 다가와의 수사 방식이었다.

"저기, 제가 별로 드릴 말씀이 없을 것 같은데요."

"갑자기 수첩 들이밀며 찾아온 무례에 대한 사과라고 해두지."

폴로셔츠와 면바지로 갈아입은 남자와 함께 롯폰기 교차로 방향으로 걸어갔다. 그후 다가와는 교차로의 대형 은행 지점 옆 소고기덮밥 가게가 있는 빌딩 6층으로 남자를 데려갔다.

"다가와 씨, 오랜만입니다."

좁은 빌딩 꼭대기 층에 있는 바 '리모네'였다.

제3강력계 시절에 다가와가 종종 정보 제공자를 데려왔던 비밀 아지트였다. 다가와는 턴테이블 옆 칸막이석에 남자를 앉혔다.

"잘 알려지지 않은 곳인데, 밥이 아주 맛있어."

"저기, 저는 정말 드릴 말씀이……."

"갑자기 들이닥쳐서 미안한 마음에 사는 거라니까. 아직 식사 안 했지?"

다가와가 카운터에 있는 히로타 사장에게 눈짓을 했다. 바텐더가 남자 앞에는 생맥주를, 다가와와 이케모토 앞에는 우롱차를 놓았다.

"에스컬레이드 종업원은 예의가 바르더군."

"사장님이 워낙 교육을 잘 시키셔서요."

"내가 수사하면서 웬만한 클럽에는 다 가봤는데 그중에서도 제일이야. 손님들도 고상하고."

"과잉 영업을 안 하니까 자연스레 좋은 분들이 찾아주시더라는 이야기를 들었습니다."

남자가 맥주를 마시며 조금씩 이야기하기 시작했다.

"사에코 마담 말고 다른 마담은 몇이나 있나?"

"두 분 계십니다."

"사에코 마담 매상이 제일 좋지?"

"역시 아시는군요."

다가와가 예쁜 접대부 중에 우수한 인재가 없다는 자신의 지론을 펼쳤다.

"사에코 마담은 저희한테 용돈도 주시고 평소에도 잘 챙겨주십니다. 누님 같다고 할까요."

"그래서 각계의 거물이 찾는군."

"그렇죠. 가게 한복판에 있던 나선 계단 보셨습니까?"

"VIP룸이지?"

"오늘도 기요타 선수가 다녀가셨죠."

남자가 유명 프로야구 선수의 이름을 댔다. 기요타 고키는 지난 몇 년 동안 억 단위의 연봉을 받았다. 1000만 엔대의 쿠페를 사에코에게 선물로 줬다 해도 이상할 건 없었다.

"연예인은 없나?"

남자는 거물 엔카 가수 구로다 미쓰오의 이름을 말했다. 구로다급이라면 일 년에 억 단위로 벌어들이리라.

"한 잔 더 하지?"

남자가 머뭇거리며 스카치 미즈와리를 주문했다.

"IT 재벌이나 청년 실업가는 없나?"

"IT업계 분들은 요새 안 오시지만, 실업계에도 사에코 마담 팬이 많습니다. 소매업이나 제조업계의 사장님들도 자주 찾아오시죠."

"예를 들면?"

"야구 선수나 연예인 같은 유명인이 아니라 성함까지는 말씀드리기 곤란합니다."

"그럼 회사 이름이라도."

"도미타자동차의 임원이나 도쿄증시 1부 상장기업 관계자가 자주 오시죠."

"그렇군. 나이 많은 영감들은 아니겠지?"

"요즘 상장기업은 세대교체 시기라 젊은 임원이 많습니다."

남자의 말을 들은 직후, 다가와는 전화를 받는 척 화장실로 들어가 남자가 말한 VIP의 이름을 수첩에 적었다.

"기요타 고키, 구로다 미쓰오, 도미타자동차"라고 적은 뒤, 다가와는 팔짱을 끼고 생각에 잠겼다.

날이 밝자마자 이들의 사건 당일 알리바이를 조사해야 한다.

'역수', '곱창조림', '고급 여관'. '벤츠' 중에 벤츠는 대충 윤곽이 드러났다. 새로 추가된 인물 중에서 누가 나이프를 역수로 잡았을까. 그리고 피해자인 니시노와 아카마 사이에는 어떤 연결 고리가 있는 것일까. 어렴풋하기는 하지만, 조금씩 대략적인 윤곽이 보이기 시작하는 것 같았다.

10

다가와는 롯폰기에서 돌아와 세 시간쯤 눈을 붙이고, 일어나자마자 서둘러 본부로 출근했다. 자리에 앉아 전화번호부를 펼쳐놓고 여기저기 전화를 돌렸다.

"그렇군요. 기요타 선수는 9월 15일부터 후쿠오카 원정 경기였다고요."

"그날은 연장전으로 넘어가서 15일 오후 11시가 지나서야 구장을 나왔습니다. 이 정도면 되겠습니까?"

다가와가 자세한 일정을 묻자 구단 직원이 노골적으로 불쾌한 기색을 내비쳤다.

수화기를 내려놓은 다가와는 스포츠 신문의 스크랩과 수첩을 펼쳐 '기요다'의 이름 옆에 가위표를 했다.

"열심이군."

다가와의 등 뒤에서 하품을 참으며 다치하라가 나타났다. 다가와는 어젯밤 일에 감사 인사를 했다.

"나도 도울까?"

"괜찮아. 1과에서 한 명 지원 나오기로 했어."

"현관에서 야지마를 만났는데 슬쩍 떠보던데?"

"왜?"

"당시 특수수사본부 지휘관이었으니 속이 타들어가겠지."

"아무 말도 하지 마."

"당연하지. 자존심 센 이사관님 편을 뭐 하러 들겠어."

다치하라는 지루하다는 표정으로 자리에 앉더니 자신의 자료 파일을 읽기 시작했다.

점착식 메모지를 붙여놓은 전화번호부를 넘겼다. 이번에는 엔카계의 거물 구로다 미쓰오의 차례였다. 아침 일찍 전화했을 때는 매니저가 없어서 대답할 수 없다고 했다.

"번거롭게 해서 죄송합니다."

수화기 너머에서 남자의 쉰 목소리가 들렸다. 남자는 제작 매니저 겸 기획사 대표이사라고 했다.

"조직범죄대책4과 과장님에게 말씀 많이 들었습니다. 무척 우수한 형사님이라고 하시더군요."

"별말씀을요."

매니저는 일부러 경시청의 높으신 분 이야기를 꺼냈다. 괜한 소리 말라는 신호였다.

"그래서 구로다의 뭐가 궁금하신 겁니까?"

다가와는 나카노 사건이 일어난 일시를 말했다. 수화기 너머로 서류를 넘기는 소리가 들렸다. 이십 초 정도 지났을 때 매니저가 말문을 열었다.

"그 시간에는 나고야에 있었습니다."

"무슨 일로 가셨습니까?"

"전날 저녁부터 호텔에서 디너쇼가 있었거든요."

"언제 끝났는지 확인 가능할까요?"

"그건 왜 물으십니까?"

"나고야라면 사건이 일어난 시간까지 도쿄로 돌아올 수 있으니까요."

"지금 구로다를 의심하시는 겁니까?"

"아닙니다. 어떤 관계자의 신변을 조사하는 중에 우연히 구로다 선생님의 존재가 드러나서 만일에 대비해 확인하려는 겁니다."

다가와는 온화한 목소리로 말했다. 여기서 심기를 불편하게 했다가는 조직범죄대책4과에 하소연을 할 테지. 돌고 돌아 야지마 이사관의 귀에라도 들어가는 날에는 일이 복잡해진다.

"정식 조서에 이름이 올라가는 겁니까?"

지금까지 거만했던 제작 매니저의 말투가 바뀌었다.

"어디까지나 참고인 조사라 혼자 참고하는 정도입니다."

"정말이시죠?"

"네."

"사실 구로다는 나고야에 만나는 여자가 있습니다. 디너쇼가 끝난 뒤에 그 여자와 사카에에 있었습니다."

다가와는 수첩에 "내연녀"라고 적었다.

"호텔입니까?"

"구로다 명의의 아파트입니다."

"방범 카메라가 달린 아파트입니까?"

"당연하죠. 구로다가 사준 최신식 아파트입니다."

"협조 감사합니다."

"조서로 작성하면 기자들이 바로 눈치챕니다."

다가와는 구로다의 이름 옆에도 가위표를 했다. 나중에 아파트 관리인에게 정식으로 수사 의뢰를 하여 방범 카메라 영상을 확인하면 사실 여부를 알아낼 수 있으리라.

다시 전화번호부를 펼쳤다. 도미타자동차의 젊은 임원은 얼마 전에 부사장으로 취임한 도미타 하루오였다.

회사 정보를 살펴보니 당시 도미타는 북미 본사 사장으로 근무중이었고, 일본에는 한 번도 귀국하지 않았다. 혹시나 해서 총무부에 확인했지만 결과는 마찬가지였다. 연필을 책상에다 거칠게 던지자 옆자리의 다치하라가 장난스러운 말투로 물었다.

"용의자들이 사라졌어?"

"어, 하나도 남김없이. 이렇게 된 이상 3과 이케모토한테 맡겨야겠어."

"어떻게?"

"그 친구 특기. 체력으로 승부해야지."

휴대전화로 이케모토에게 지시를 내리자 다치하라가 슬쩍 다가왔다.

"하나 물어봐도 돼?"

"뭔데?"

"나카노 사건, 범인과 공범이 탄 차가 벤츠 쿠페였다고 보고 수사하는 거지?"

다치하라가 고개를 갸웃거리며 말을 이었다.

"보통 현장에 자기 차를 몰고 갈까?"

"하지만 아베 사나에는 차량을 폐차했으면서 중고로 팔았다고 거짓말을 했어."

다가와가 쏘아보자 다치하라가 어깨를 으쓱했다.

"폐차까지 하는 신중한 녀석들이 처음부터 자기 차를 썼겠어? 형사 드라마에서도 이럴 때는 도난 차량을 이용하잖아."

"그것도 그렇지."

다가와는 팔짱을 꼈다. 아베가 하루 매출을 얼마나 올리는지는 모른다. 하지만 58만 엔을 훔친 강도 살인범을 도주시키기 위해 고급 클럽의 마담 자리를 위태롭게 하면서까지 자기 차량을 사용하는 건 상식적으로 납득이 가지 않았다.

"드라마뿐 아니라 영화나 소설에서도 범죄자는 제 흔적을 지우려고 하잖아. 그 여자, 뭔가 사정이 있었던 게 아닐까?"

"알아봐야지."

다가와는 수첩에 "도난 차량?"이라고 적어 넣었다.

나카노의 나쓰요에게 얻은 목격 증언으로 롯폰기의 고급 클럽 마담을 찾아냈다. 실행범인 남자도 현재 찾는 중이다.

하지만 다치하라의 한마디로 커다란 모순이 생겨났다. 방금 적어 넣은 자신의 글씨가 사건 전체를 칭칭 옭아매는 노끈처럼 보였다.

11

JR오사키 역 앞의 빌딩 회의실에서 쓰루타는 백의를 걸친 남자가 내민 플라스틱 접시를 보았다. 신제품 롤케이크 시식이었다.

"맛있네요."

스펀지케이크는 입에서 사르르 녹았고, 롤 안쪽은 촉촉했다. 휘핑크림은 커스터드크림과 적당히 섞여 있었다.

"이게 160엔이라고요?"

"편의점 케이크는 100엔 이하 저가 상품이 주류였죠. 하지만 누구나 약간의 사치는 하고 싶은 법이잖습니까. 약 2000명에게 설문 조사를 했는데, 그중 80퍼센트가 이 가격에 이 맛이라면 구입할 의향이 있다고 응답했습니다."

백의 차림의 남자가 자신만만하게 말했을 때였다. 옆에 놓아둔 가방 속에서 휴대전화 진동이 울렸다.

"잠시 실례하겠습니다."

메시지가 도착해 있었다. 옥스마트의 기사에 즉각 반응을 보이며 미트박스라는 이름을 알려준 인물의 메일 주소가 표시되어 있었다. 쓰루타는 손수건으로 입가를 닦고 일어났다.

"오늘은 감사했습니다. 기사는 하루 이틀 안에 올리겠습니다."

일방적으로 고한 뒤 서둘러 회의실을 나왔다. 복도에서 엘리베이터까지 가는 길에 도착한 메시지를 열었다.

—미트박스는 조사했나?

—물론이죠. 직접 취재할 수 있을까요. 쓰루타.

엘리베이터에 탈 때까지 두 손가락을 놀려 메시지를 입력했다. 엘리베이터가 1층에 도착하는 동안 쓰루타는 메일을 보낸 인물을 상상했다. 옥스마트의 센다이 진출을 둘러싸고 무슨 일이 일어난 걸까. 동료들과 대학 동기들의 도움으로 어렴풋이 윤곽이 보이기 시작했다.

가시와기 도모히사 회장의 동생은 현직 장관이며, 센다이에는 그의 정적인 야당의 거물 의원 미우라가 있다. 가시와기 장관을 훼방 놓기 위해 그의 형이 경영하는 옥스마트의 센다이 진출을 방해하는 것은 미우라 의원으로서는 자연스러운 행동이었다. 이 대립 구도에 신흥 정치 상인이라 할 수 있는 핫타의 개입 사실도 알아냈다.

하지만 메일을 보낸 이는 어째서 이런 정보를 흘린 걸까. 옥스마트의 다키자와 실장이 온갖 수단을 동원하여 조직을 보호하려는 걸까. 혹은 거짓 정보로 쓰루타를 현혹하려는 꿍꿍이인 걸까. 머릿속에서 다양한 생각이 교차했다.

문이 열리고 입구의 홀로 나갔을 때였다. 왼손에 쥔 휴대전화가 울렸다. 반사적으로 수신 버튼을 눌렀다. 아까와 같은 메일 주소가 표시되어 있었다.

"가까이에 있다."

하얀 바닥재, 거대한 유리로 에워싸인 홀에는 열 명 정도의 샐러리맨, 그리고 편한 차림의 학생들이 오가고 있었다. 다시 주변을 둘러보자 저녁 햇살이 쏟아지는 회전문 바깥에 있는 중년 남자와 눈이 마주쳤다.

남자는 허름한 바람막이를 입고 있었다. 배낭을 짊어지고, 커다란 스포츠 가방을 대각선으로 메고 있었다. 머리카락과 수염은 지저분하게 자라 있었다. 일자리와 보금자리를 동시에 잃은 노동자 같은 분위기였다.

마음을 굳힌 쓰루타는 휴대전화를 꽉 쥐고 회전문을 향해 걸어갔다. 두꺼운 유리 너머로 남자가 빤히 그녀를 바라보고 있었다.

12

"시간 내줘서 고마워."

"이런 데까지 불러내고, 무슨 일이시죠?"

가스미가세키의 변호사 회관 지하의 어느 카페에서 다가와가 작은 소리로 말문을 열었다.

"야지마가 여기저기 쑤시고 다니는 모양이야. 본부에는 보는 눈이 많으니까."

"그래서 무슨 일이십니까?"

"자네 장기로 나 좀 도와줘야겠어."

다가와는 에스컬레이드의 종업원이 말해준 모든 단골손님에게 사건 당일 알리바이가 있다는 사실을 말했다.

"그럼 잠복해야겠네요."

"경위인 자네한테 이런 부탁 하기 미안하네만."

"저희 과 애들한테 시킬 수도 없으니까요. 어떻게 하면 됩니까?"

"에스컬레이드를 이삼일 감시해줬으면 해. 그 종업원을 이용해서 알아보는 수도 있지만, 여기서 더 접촉을 시도했다간 경계심만 강해질 것 같고."

"카메라로 몰래 찍으면 됩니까?"

"장비는 있나?"

"물론이죠. 형사총무과에 말해서 빌리면 됩니다."

"미안해. 이제 자네도 야지마에게 찍히겠군."

"어쩔 수 없죠. 조직에 사람이 몇 명인데요. 벤츠를 찾아냈으니 끝까지 해봐야죠."

"하지만 아무리 찾아봐도 니시노, 아카마와 연결 고리가 없어."

"아카마의 신변 조사는 어떻게 하실 겁니까?"

"출장 신청을 했는데 야지마가 거부했어. 확실한 증거가 나오거든 하라고."

"그걸 찾으려고 출장을 간다는 거 아닙니까."

"지금으로선 자네밖에 믿을 사람이 없어."

다가와는 수첩을 뒤져 에스컬레이드 직원의 증언을 찾았다.

"사에코 마담의 단골인 대기업의 젊은 임원을 찾아봐줘."

"알겠습니다."

"앞으로 어떻게 될지는 모르겠지만, 잘 마무리되면 우리 집에서 맛있는 스키야키 대접할게."

"기대하겠습니다. 혼자서 500그램은 거뜬하니까 각오하세요."

"그리고 또 하나."

"뭡니까?"

"자네 생각은 어때?"

다치하라가 지적한 모순점을 설명하자 이케모토가 고개를 갸웃거렸다.

"듣고 보니 벤츠 소유자의 위험 부담이 크네요."

"하지만 폐차한 걸 보면 분명 증거를 인멸하려는 건데."

"어려운 문제네요. 하나씩 부딪치는 수밖에요."

이케모토가 웃으며 말했다.

"그럼 전 장비 신청하러 가보겠습니다."

"오늘 밤부터 부탁하네."

13

오사키 역 앞의 빌딩에서 나온 쓰루타는 제보자와 함께 오 분 거리에 있는 지상 삼십 층 높이의 상업 시설로 들어갔다.

"저녁인데 맥주 한잔하실래요?"

쓰루카의 제안에 남자가 고개를 끄덕였다.

카페와 돈가스 체인점이 늘어선 한 모퉁이에 전국으로 체인망을 갖춘 선술집 구라타야가 있었다. 남자가 오렌지빛 간판을 가리키더니 빠른 걸음으로 가게에 들어갔다.

쓰루타는 남자의 뒤를 따라 안쪽 룸에 앉았다. 곧바로 젊은 종업원이 주문을 받으러 왔다. 쓰루타가 생맥주를 주문하자 종업원은 발을 내리고 주방으로 들어갔다.

"고마쓰 다카시라고 합니다."

중년 남자가 쉰 목소리로 자기소개를 하더니 고개를 꾸벅 숙였다.

"갑자기 이상한 메일을 보내서 실례했습니다. 옥스마트의 기사를 읽고 도저히 가만히 있을 수가 없어서요. 스토커 같은 줄은 알지만, 편집부 건물부터 뒤따라왔습니다."

고마쓰가 말을 이으려던 순간 발을 올리고 종업원이 들어왔다. 종업원은 맥주잔을 테이블에 내려놓고 작은 단말기를 꺼냈다.

"주문하시죠?"

테이블 구석에 있는 메뉴를 집었다. 아침에 편의점에서 샌드위치 하나를 먹은 게 다였다. 쓰루타는 고기 요리 페이지를 뚫어져라 쳐다봤다. 그릴에 구운 비프스테이크와 이탈리안 미트볼 사진이 보였다.

삼십 초쯤 메뉴를 보다 특선 수제 백 퍼센트 소고기 햄버그스테이크, 그릴 소시지, 반숙 달걀이 올라간 해산물 샐러드,

구운 주먹밥을 주문했다. 더 주문할 게 있냐고 눈짓을 했더니 고마쓰가 고개를 저었다.

"먼저 제가 누구인지 말씀드리겠습니다."

고마쓰가 고개를 숙이더니 허리에 찬 파우치에서 구깃구깃한 명함을 꺼냈다.

"미트박스 공장 생산관리과장"이라는 직함이 적혀 있었다. 그렇지 않아도 미트박스에 대해 조사하려던 참이었는데 당사자가 나타났다. 쓰루타가 쳐다보자 고마쓰가 미간을 찌푸렸다.

"부끄럽지만 지금은 실업자 신세입니다. 일용직을 전전하며 센다이의 가족에게 생활비를 송금하고 있죠."

고마쓰의 지저분하게 자란 머리와 삐죽삐죽 난 수염이 눈에 띄었다. 명함에 박힌 사진과 동일 인물이라는 걸 믿을 수 없었다.

"지금 숙식을 해결하고 있는 인터넷 카페에서 쓰루타 씨 기사를 봤습니다."

고마쓰라는 남자의 윤곽이 어렴풋이 보이기 시작했다.

전직 생산관리과장이라는 직함과 변해버린 모습에 고발이라는 두 글자가 쓰루타의 머릿속에 떠올랐다. 빙빙 돌릴 필요 없다. 쓰루타는 곧바로 본론으로 들어갔다.

"옥스마트와 미트박스는 어떤 관계입니까?"

가방에서 도토상업뱅크의 조사 자료를 꺼내 테이블에 올려놓았다.

"서류의 내용대로 미트박스의 가장 큰 강점은 축산 가공과 관련 제품입니다. 미야기의 납품업체와 최대 거래처 관계라 해야겠죠."

고마쓰가 강한 어조로 그렇게 말했을 때 다시 발을 걷고 젊은 여자 종업원이 지글지글 소리가 나는 철판 두 개를 테이블로 가져왔다.

쓰루타가 주문한 햄버그스테이크와 소시지였다. 여자 종업원이 나가자 이번에는 남자 종업원이 해산물 샐러드와 구운 주먹밥을 가져왔다. 주문한 지 오 분밖에 지나지 않았다. 주방이 매뉴얼대로 빠릿빠릿하게 돌아가고 있다는 것이리라.

"드세요."

쓰루타가 권하자, 고마쓰가 구운 주먹밥을 덥석 집었다. 쓰루타는 햄버그스테이크와 소시지를 잘라 고마쓰의 앞 접시에 덜어주었다.

"이것도 좀 드세요."

쓰루타가 김이 모락모락 나는 음식을 권하자, 고마쓰가 단호하게 고개를 저었다.

"그 햄버그스테이크와 소시지는 미트박스에서 만든 겁니다. 재작년에 출시한 상품인데 전국 체인망을 갖춘 선술집과 패밀리 레스토랑에서 대량으로 구입했죠."

"안 드시는 이유가 뭔가요?"

"걸레니까요."

"걸레? 그게 무슨 말씀이시죠?"

"말 그대로 걸레입니다."

고마쓰가 테이블 옆에 놓아둔 가방에서 파란색 파일을 꺼냈다.

"한번 보시겠습니까."

"이게 뭔가요?"

"생산 라인의 일부입니다. 이걸 보여드리기 위해 이곳에 들어온 겁니다."

A4 크기의 파일에는 사진과 설명서가 들어 있었다.

좌측 상단에는 거대한 폴리에틸렌 용기가 찍혀 있었다. 내용물은 생고기였다. 우측 하단의 사진에는 정체를 알 수 없는 시뻘건 물체가 대량으로 찍혀 있었다.

"좌측 상단은 노폐우老廃牛의 저질육, 아래는 내장입니다. 햄버그스테이크용 간 고기를 만드는 사전 공정이죠."

쓰루타는 페이지를 넘겼다. 아까와 같은 구성으로 사진과 설명이 배치되어 있었다. 노폐우란 더는 우유가 나오지 않는 늙은 암소라고 했다.

"상단은 햄버그스테이크에 들어가는 양파와 대체육입니

다. 아래는 혈액이고요."

쓰루타는 손으로 입가를 가리고 조심스레 다음 장을 넘겼다.

"스테인리스 기계 보이시죠? 그게 미트박스 핫타 사장이 개발한 특제 믹서인 매직블렌더입니다."

은빛으로 빛나는 커다란 대야 형태의 투입구에 고깃덩어리, 내장, 혈액을 투입하는 사진이었다. 손이 가늘게 떨렸다. 다음 장에는 각각 특수한 형태의 절단기로 분쇄되어 한데 섞이는 장면을 찍은 사진이었다.

"이 공정에 각종 식품첨가물을 쏟아부어 만든 게 이 제품입니다."

고마쓰가 테이블의 햄버그스테이크를 가리켰다.

"절단기 날을 교체하면 소시지도 만들 수 있습니다. 참고로 저는 생산 라인을 관리하는 일을 했습니다. 하지만 저나 같이 일하는 직원은 절대로 자사 제품을 먹지 않았죠."

쓰루타는 사레에 들린 듯 심하게 기침을 했다. 씁쓸한 액체가 목구멍을 타고 역류했다.

"대체육이 뭡니까?"

간신히 입을 가리며 묻자 고마쓰가 고개를 끄덕였다.

"식용유를 추출하고 남은 찌꺼기인 탈지대두를 원료로 한 가짜 고기입니다."

고마쓰는 재빨리 파일을 넘겨 "특제 햄버그"라 적힌 페이지를 가리켰다.

"탈지대두에 아황산소다수용액을 섞어, 아황산가스를 더하면 섬유 형태의 단백질이 만들어집니다."

서류를 가리키며 고마쓰가 담담하게 설명을 이어나갔다. 쓰루타는 목덜미에 오한을 느끼며 묵묵히 메모를 했다. 귀에 익지 않은 화학약품의 이름이 연이어 등장했다. 형언할 수 없는 불길함을 느꼈다.

"그것을 아황산염, 염화칼슘, 이온교환수지 약품으로 여과시킨 뒤에 감미료, 화학조미료, 소고기 향을 내는 합성 향료, 거기다 용량을 늘리기 위해 물을 넣어 만들어낸 게 이 햄버그스테이크입니다."

다시 위액이 역류하는 듯한 감각에 휩싸여 쓰루타는 황급히 맥주를 마셨다. 입안을 의료용 알코올로 씻어내고 싶은 심정이었다. 쓰루타가 어머니에게 배웠던 햄버그스테이크 만드는 법과 너무나도 달랐다.

"최하 등급의 고기에 대량의 첨가물을 섞어놓고, 거기다 물로 용량을 늘리니 걸레죠. 미트박스의 생산 라인에서는 매달 5톤의 고기가 최종적으로 10톤의 제품으로 탈바꿈합니다."

위로 내려간 맥주가 역류할 것 같았다. 쓰루타는 다시 사레에 들렸다. 연신 가슴을 두드린 뒤에야 간신히 말문을 열었다.

"하지만 이 메뉴에는 백 퍼센트 소고기라고 표시되어 있는데요."

"노폐우의 가죽이나 내장에서 추출한 단백가수분해물로 비슷한 맛을 연출하는 겁니다. 거기에 우지를 첨가해 풍미를 냈으니, 일단 백 퍼센트 소고기와 비슷한 맛을 내기는 하죠. 그러나 나라에서 대체육 사용을 걸고넘어지면 적발될 수밖에 없어요."

"부정경쟁방지법 위반, 허위 표기네요."

"적발이 된다면요. 미트박스처럼 정도가 심한 업자는 소수지만, 많든 적든 식품 가공 현장은 이런 겁니다. 소고기 백 퍼센트의 음식을 500엔에 판매한다는 건 저렴한 수입 소고기를 써도 불가능해요. 원가는 100엔 이하여야 합니다. 그렇지 않으면 이 가게는 이익을 내지 못해요."

디플레이션이 심화되면서 소비자의 저가 선호가 강해진 까닭에 판매자는 납품가를 낮추려 했다. 제조업자는 한층 더 압박을 받았다. 이런 악순환을 이용해, 적극적으로 부재료와 첨가물의 수를 늘린 게 미트박스라고 고마쓰가 단호하게 말했다.

"첨가물이 인체에 유해합니까?"

"기본적으로 관련 기관의 기준을 통과한 것만 씁니다."

"위험성이 있는 건가요?"

쓰루타가 가방에서 수첩을 꺼낸 뒤 고마쓰를 보았다.

"개별 첨가물은 동물실험을 거쳐 발암이나 독성 시험을 통과했습니다. 하지만 그것들을 한꺼번에 섞었을 때의 실험 데이터는 없고, 정부에서도 감시하지 않죠."

수첩 위에서 펜이 멈췄다. 오한이 목덜미에서 등 전체로 퍼져나갔다.

"물을 잔뜩 먹은 걸레 같다고 말한 이유 말고도, 저나 과거 동료들이 자사 제품을 절대로 먹지 않았던 이유가 그겁니다."

고마쓰가 흐트러짐 없는 냉정한 목소리로 말하더니, 남은 주먹밥을 집었다.

"이 구운 주먹밥은 메뉴 중에서 그나마 첨가물이 얼마 안 든 음식입니다. 그래서 먹고 있죠."

"주먹밥도 뭔가 문제가 있나요?"

"세 개에 250엔이면 원가는 80엔쯤 되겠죠. 틀림없이 오래된 쌀을 썼습니다. 오래된 쌀에 유화 성분, 포도액당, 겔화제를 첨가해야 그나마 사람이 먹을 만한 음식이 되죠."

고마쓰는 그렇게 말하더니 주먹밥을 베어 물었다.

"해산물 샐러드는 괜찮겠죠?"

쓰루타가 작은 새우가 든 그릇을 내밀자 고마쓰가 단호하게 고개를 저었다.

"차아염소산나트륨이라는 소독제, 아스코르빈산나트륨이

라는 산화방지제에 담갔던 야채를 먹고 싶지는 않군요."

"오늘 아침에 시간이 없어서 편의점에서 산 햄 샌드위치와 샐러드를 먹었는데요."

"아마 대량의 첨가물이 들어 있을 겁니다. 자른 지 하루가 지났는데도 샐러드 채소가 변색되지 않는 데에는 다 이유가 있습니다."

엄지손가락에 묻은 밥알을 입에 넣으며 고마쓰는 그렇게 말했다. 쓰루타는 저도 모르게 고개를 저었다. 여러 종류의 첨가물을 대량으로 혼합했을 때 발생할 수 있는 위험성은 정부에서도 정확히 파악하고 있지 않다. 쓰루타를 비롯해, 일반 소비자는 아무런 정보도 제공받지 못한 채 편리한 음식을 식탁에 올리고 있다.

눈앞에 놓인 술집의 주력 메뉴도 마찬가지였다. 구라타야를 운영하는 건 도쿄증시 2부에 상장된 기업이었다. 쓰루타를 포함한 고객은 자신들이 걸레라 불리는 햄버그스테이크를 주문하고 있다는 사실을 상상조차 하지 못한다. 옥스마트의 거대 점포망을 통해 저질육으로 만들어진 햄버그스테이크를 전국에 유통하는 건가. 쓰루타는 부르르 전율했다.

어깨가 와들와들 떨리는 건 정체불명의 식품에 대한 공포 때문이었지만, 공포는 점차 분노로 바뀌었다. 저렴한 가격을 앞세우는 슈퍼의 실태는 대체 어떨까. 업계 1위의 옥스마트는 어느 정도까지 소비자를 기만하는 행위를 자행하고 있는 것일까.

"그럼 이 스테이크에도 뭔가 비밀이 있는 건가요?"

쓰루타가 메뉴판의 사진을 가리키자, 전직 생산관리과장이 고개를 끄덕였다.

"성형육이 틀림없습니다. 다양한 저질육을 특수한 식품용 접착제로 이어 붙인 물건이죠. 그렇지 않으면 250그램에 550엔이라는 가격은 불가합니다. 미트박스의 특기 중 하나죠. 이런 가공품은 식품이 아니라 공업 제품의 범주에 속해야 합니다."

고마쓰의 입에서 나온 '공업 제품'이라는 말에 쓰루타는 다시금 전율했다.

"첨가물의 위험성을 더 알려주세요. 그리고 미트박스와 옥스마트는 한통속이죠?"

"기자님, 오해하지 마십시오."

고마쓰가 오른손을 내밀어 쓰루타의 흥분을 가라앉히려 했다.

"원래 식품첨가물이란 식재료의 손상을 줄이기 위해, 또는 상하기 쉬운 식품의 보존을 위해 고안되어 이용된 물질입니다."

"그래도……."

"현대 사회에서 첨가물이 들지 않은 식생활을 하는 건 불가능합니다. 그 실상을 알고 위험성이 높은 것을 피해 가는 지혜를 가지고 있으면 되죠."

그렇게 말하더니 고마쓰가 팔짱을 끼고 입을 다물었다.

"왜 그러시죠?"

"제가 회사를 관두게 된 계기를 말씀드리죠."

고마쓰가 가방에서 사진 한 장을 꺼냈다. 초등학교 저학년으로 보이는 남자아이와 고마쓰 본인이 미소 짓고 있는 사진이었다.

"아들과 친척 집에 놀러 갔습니다. 그때 근처 슈퍼에 들렀다가 진열장에서 저희 제품을 발견했죠. 아들이 사달라고 졸랐지만 차마 사줄 수가 없었습니다."

핏발 선 눈으로 고마쓰가 사진을 들여다봤다.

"자사 제품을 먹지 못하는 인간은 직원 실격이다. 어떻게든 혼합물 투입을 막아야 하는 게 아버지로서의 의무라는 걸 뒤늦게야 깨달았죠."

눈앞의 중년 남자는 사진을 뚫어져라 바라보고 있었다. 아무 말도 할 수 없었다. 무슨 말을 해야 할지 알 수 없었다.

"지난 몇 년 동안 미트박스는 혼합물의 비율을 점점 높여가고 있습니다. 햄버그스테이크에 들어가는 빵가루나 양파의 등 부재료의 양을 늘리거나 소고기와 돼지고기의 비율을 바꾸는 정도였다면 허용 범위 안이죠. 하지만 사장은 아무 가책도 없이 선을 넘었습니다."

세세한 제조 방법은 쓰루타가 알 도리가 없었지만, 일상적으로 접하는 식품인 만큼 햄버그스테이크의 '혼합물 증가'라는 말에서 가슴을 서늘하게 하는 현실감이 느껴졌다.

"우리가 일상적으로 먹고 있는 세계적 패스트푸드도 기본 구조는 같습니다. 대량 구입으로 전 세계에서 노폐우의 저질육을 모아 첨가물을 들이붓는 거죠. 자극이 강한 조미료 때문에 고기 본연의 맛은 느껴지지도 않습니다. 미트박스만큼은 아니지만요."

말을 마친 고마쓰가 주머니에서 휴대전화를 꺼내 버튼을 눌렀다.

"조례중에 몰래 찍은 겁니다."

쓰루타가 휴대전화를 들고 재생 버튼을 눌렀다.

구석진 곳에서 새하얀 공장을 찍은 영상이었다.

벨트 컨베이어로 추정되는 기계 주변에 하얀 작업복과 마스크를 착용한 직원들이 서 있었다. 정면에는 하얀 가운을 걸친 남자가 보였다.

여윈 얼굴에 무디게 빛나는 큰 눈이 인상적이었다. 뱀을 연상시키는 얼굴의 남자가 말문을 열었다. 체격은 왜소했지만 목소리는 중후하고 성량이 풍부했다.

"싸구려 식품에 길들여진 소비자에게 섬세한 미각 따위는 없어."

"옥스마트의 매장을 봐! 반액 세일을 하자마자 몰려들어 줄을 서는 멍청이가 얼마나 많아. 그들이 맛을 구분할 수 있겠나!"

쓰루타는 떨리는 손으로 정지 버튼을 눌렀다.

"저렴하기만 하면 뭐든 상관없다는 소비자에게도 문제는 있습니다. 하지만 고객들은 실태를 너무 모릅니다. 미트박스는 이 기형적인 현실을 역이용하는 디플레이션의 화신입니다. 그런 기업과 파트너 관계를 맺은 옥스마트를 용서할 수 있겠습니까?"

고마쓰는 그렇게 말하더니 피가 나올 듯 세게 입술을 깨물었다.

"슈퍼에서도 패스트푸드점에서도 가격 경쟁이 점점 심화되고 있습니다. 하지만 기업은 이윤을 창출해야 합니다. 그 모순의 여파가 이러한 형태로 식품업계를 덮치고 있죠. 식품첨가물이나 화학조미료로 눈속임한 저질육을 이용해 이윤을 창출하는 것이 기업의 진짜 모습입니다. 매체에서는 앞다투어 200엔 균일 세일이 어쩌고저쩌고하지만, 그 뒤에서 기업은 공업 제품을 팔아 이익을 내고 있는 게 현실입니다."

쓰루타는 고마쓰의 거센 분노에 아무 말도 하지 못했다.

제4장 방해

1

잠복근무를 시작한 지 사흘째 되던 날 오전이었다. 계속수사반에 얼굴을 내밀자마자 이케모토가 다가와의 책상에 갈색 봉투를 펼쳐놓았다.

"알아냈나?"

"일단 보시죠."

이케모토가 어두운 사진을 다가와에게 제시했다. 은테 안경을 낀 풍채 좋은 중년 남자였다.

"게임소프트웨어 회사 모노콕엔터테인먼트 전무 모토하시 다카오, 마흔다섯 살."

다가와는 수첩에 회사와 남자의 이름을 적었다.

"다음은 영화 제작자 시모야마 고자부로, 마흔한 살."

이케모토는 같은 식으로 삼사십 대 기업 간부 다섯 명의 이름을 말했다.

"이름은 어떻게 알아냈어?"

"경찰학교 동기 중에 2과에 있는 녀석이 있거든요. 기업범죄계라 그쪽 정보라면 걸어 다니는《회사사계보會社四季報》*입니다."

"분담해서 확인해보자고."

다가와는 계속반의 캐비닛에서《회사사계보》를 꺼내 상장기업의 임원 세 명을 검색했다. 영화 제작자는 이케모토가 개인 사무소에 전화를 걸었다.

작업을 시작한 지 사십 분이 지났다.

확인 결과, 셋 중 한 명은 사건 당시 규슈 지사에 재직하고 있었고, 다른 한 명은 타이완의 자회사에 출장중이었다. 다가와는 일단 수화기를 내려놓고 히고노카미 칼을 꺼내 끝이 뭉뚝해진 연필을 깎았다. 이제 남은 건 대형 슈퍼 옥스마트뿐이었다.

"이 녀석도 단골이었군."

슬림한 슈트를 입은 남자가 아베와 팔짱을 끼고 있는 사진이었다.

---

* 주식회사 도요케이자이신포사에서 매년 사분기마다 발행하는 기업 정보지로, 상장기업이나 비상장기업에 대한 정보를 제공한다.

“아는 사람입니까?”

“니가타에서 고즈에랑 같이 쇼핑센터에 갔을 때 봤어.”

옥스마트의 임원 정보를 조사하니 젊은 축에 속하는 건 서른여덟 살의 가시와기 노부토모 슈퍼 사업본부장밖에 없었다.

대표번호로 전화하자 총무부로 연결해주었다. 용건을 말하자 느닷없이 굵직한 남자 목소리가 들렸다.

“총무부 특명 담당 구스미인데, 수사1과에서 누구 밑에 있나?”

“현재 미야타 과장과 야지마 이사관 밑에 있습니다.”

“야지마가 나한테 신세 많이 졌어. 녀석이 코흘리개였을 때부터 알고 지냈지.”

“구스미 씨도 1과에 계셨습니까?”

“이 년 있었네. 그 뒤로는 계속 4과에 있었고.”

전화를 받은 건 전직 경시청 소속 경찰이었다. 수직 사회인 경찰 조직에서는 커리어와 논커리어라는 신분 제도와 연차가 모든 걸 정한다. 다가와는 짜증을 참으며, 사업본부장 가시와기 노부토모를 만나고 싶다고 말했다.

“무슨 수사 때문인가?”

“자세히 말씀드릴 수는 없습니다만, 참고삼아 이야기를 들어보려는 것뿐입니다.”

“우리 사업본부장이 무슨 혐의를 쓴 건가?”

"그런 게 아니라, 참고인 자격으로 이야기를 듣고 싶은 겁니다."

"그딴 일로 임원을 불러내겠다고?"

"그럼 정식으로 본부로 모셔 오게 절차를 밟을까요?"

"알았네. 나중에 연락하지."

구스미라는 전직 경찰은 난폭하게 전화를 끊었다.

그는 옥스마트 총무부에서 수사4과에 몸담았던 경력을 인정받아 조직폭력배 대응을 맡고 있을 것이다. 그렇다고 '네, 그러시군요' 하고 물러날 수는 없었다. 다가와가 수첩의 스케줄표를 보고 있는데 전화벨이 울렸다.

"오늘 오후 2시부터 삼십 분쯤 시간을 낼 수 있다는군. 본사로 와주게."

"감사합니다. 이따가 뵙겠습니다."

다가와는 사무적으로 대답한 뒤에 전화를 끊었다.

2

이케모토를 데리고 다가와는 하얀 외벽이 인상적인 지상 이십오 층 높이의 최신 빌딩에 들어갔다. 안내 데스크에 이름을 말하자, 1층 홀 대기 공간에서 기다리라고 했다.

다가와는 안내 데스크 옆 패널을 보았다.

옥스리얼티, 옥스시큐리티, 옥스로지스틱스. 다가와도 잘 아는 슈퍼 사업 말고도 열 개나 되는 기업명이 적혀 있었다. 본업인 슈퍼 말고도 부동산부터 경비, 물류까지 여러 분야의 기업이었다.

"왜 이렇게 옥스 계열사가 많은 겁니까?"

"계열사에 일감을 몰아주면 비용이 절감되니까."

"그렇군요."

이케모토가 고개를 끄덕이고 있는데 뒤에서 목소리가 들렸다.

"다가와 씨?"

돌아보자 짧게 민 스포츠머리에 어깨가 떡 벌어진 양복 차림의 사내가 서 있었다. 나이는 예순 살쯤 되었을까. 총무부 특명 담당 구스미였다.

"내 체면 구기는 짓은 하지 않으리라 믿네."

구스미의 말투는 조폭보다 더 조폭 같다는 소리를 듣는 4과 형사 그 자체였다. 그 말에 이케모토가 반사적으로 구스미를 노려봤다.

일단 경찰을 그만둔 사람이 현장 수사에 참견하는 건 규칙에 어긋난다. 이케모토의 눈빛은 그렇게 말하고 있었다. 그러나 다가와가 공손히 고개를 숙이자, 구스미는 흡족한 미소를 지었다.

다가와와 이케모토는 5층의 임원 전용 응접실로 올라갔다. 구스미가 짙은 갈색 벽이 이어진 복도를 지나, 일곱 평쯤 되는 널찍한 공간의 방으로 두 사람을 안내했다.

3인용 소파에 앉으라고 권한 뒤, 구스미는 문지기처럼 문 앞에 서 있었다. 다가와가 벽에 걸린 유화에 눈길을 주었을 때, 가시와기 노부토모 슈퍼 사업본부장이 모습을 드러냈다. 니가타점에서 차에 탄 모습을 보았을 때와 마찬가지로 슬림한 정장을 입고 있었다.

"바쁘신 중에 감사합니다."

"무슨 일로 절 보자고 하셨죠?"

1인용 소파에 앉자마자 노부토모가 또랑또랑한 목소리로 말했다.

"죄송합니다만, 이 차량에 대해 여쭤보고 싶습니다."

다가와는 메르세데스 벤츠 E클래스 쿠페의 사진을 테이블에 놓았다. 사진을 든 노부토모가 얼굴을 찌푸렸다.

"그렇군요. 사정은 알겠습니다."

노부토모가 문 앞에 대기하고 있던 구스미를 보며 말했다.

"구스미 씨, 이제 나가보셔도 됩니다."

"하지만 실장님이 같이 있으라고 지시하셨습니다."

"이건 제 사적인 문제입니다."

부드러운 인상의 노부토모가 얼굴과 어울리지 않는 강한

어조로 말했다. 구스미가 못마땅한 표정으로 밖으로 나갔다.

"실례했습니다. 이 차는 왜 물으시는 겁니까?"

"이 차량과 같은 타입을 롯폰기 클럽 에스컬레이드의 마담 무라카미 사에코, 그러니까 아베 사나에 씨에게 사주신 적이 있습니까?"

다가와가 사무적인 투로 물었다. 그러자 노부토모가 순순히 고개를 끄덕였다.

"삼 년 전에 결혼을 했습니다. 그림으로 그린 듯한 정략결혼이었죠. 부끄러운 이야기입니다만, 사나에의 뒤를 봐주고 있습니다. 차도 사줬고요."

노부토모가 자조하듯 말했다. 다가와의 뇌리에 사에코의 도톰한 입술이 떠올랐다.

"거의 1000만 엔 가까이 하는 고가의 외제 차인데 이 불황에 대단하시군요."

"돌아가신 어머니가 제 명의로 재산 관리 회사를 세우셨습니다. 주식 배당금이 들어오는데, 세금 대책으로 차 한두 대 살 여유는 있죠."

"그렇군요."

다가와가 고개를 끄덕이자, 노부토모가 뒤통수를 긁적이며 말했다.

"관리 회사에 대해서는 비밀로 해주셨으면 합니다. 부탁드려도 되겠습니까?"

"이유를 물어도 됩니까?"

"세무서와 사이가 별로 좋지 않거든요."

"알겠습니다. 수사 과정에서 알아낸 정보를 외부에 유출하는 일은 절대로 없습니다. 그나저나 이 차량은 현재도 아베 씨가 소유하고 계십니까?"

"누가 스프레이로 장난을 쳐놔서 다른 차로 바꿔줬습니다."

"그게 이 차가 맞습니까?"

다가와는 소형 하드톱의 사진을 꺼냈다. 노부토모가 바로 고개를 끄덕였다.

"대체 무슨 사건인데 차량을 조사하시는 겁니까?"

"이 년 전에 나카노에서 살인 사건이 있었는데, 현장 근처에서 이 차종을 목격했다는 증언이 있었습니다. 만약을 위해 차주 전원에게 여쭈고 있습니다."

다가와는 노부토모의 얼굴을 보았다. 단정한 얼굴에는 아무런 표정 변화도 없었다. 다가와는 사건이 일어난 일시와 범행 시각을 노부토모에게 말했다.

"이 시간대에 어디 계셨는지 말씀해주실 수 있습니까? 다른 분들께도 수사상 확인한 사항입니다."

"이 년 전 9월 16일 오전 2시경이라고요. 잠시 기다리십시오."

노부토모가 작은 키보드가 달린 휴대전화 단말기를 꺼냈다.

"그날은 전날 밤 10시 지나서 에스컬레이드에 갔습니다. 끝나고 식사를 하러 갔죠."

"어디로 가셨습니까?"

이케모토가 재빨리 물었다.

"가부키 정입니다. 세이부 신주쿠 역 근처에 단골 중식당이 있습니다. 새벽 5시까지 영업하는 가게인데, 죽하고 딤섬을 아주 잘하죠."

노부토모가 상호를 말하더니 전화번호를 불렀다.

"형사님들도 한번 가보시죠. 맛집입니다."

"롯폰기에서 신주쿠까지 택시를 타셨습니까?"

"사에코가 운전했습니다. 제가 가는 날이면 술은 입에도 안 대거든요. 형사님들 앞이라 드리는 말씀이 아니고 정말로요."

노부토모가 장난스레 웃더니 작은 키보드를 다시 두드렸다. 그리고 고개를 끄덕이고는 다가와에게 화면을 들이댔다.

"제 개인 블로그입니다. 반찬 코너의 아이디어를 얻고자 여기저기 돌아다니며 맛집 탐방을 하고 있죠. 이날도 기록해놨군요."

화면을 들여다보자, "새로운 메뉴"라는 제목 아래 샤오룽바오를 찍은 사진과 은은하게 느껴지는 고추기름의 풍미가 절묘하다는 코멘트가 있었다. 날짜는 9월 16일, 나카노 역 앞 선술집 강도 살인 사건이 일어난 그날이었다. 갱신 시각은 오전 1시 5분이었다.

다가와는 블로그의 주소와 갱신 시간을 수첩에 기록했다. 그때 응접실 문을 두드리는 소리가 울려 퍼졌다. 문을 열고 들어온 비서가 노부토모에게 속삭였다.

"정례 임원 회의에 참석하실 시간입니다."

다가와와 이케모토는 응접실을 나왔다.

복도로 나오자마자 옆방에서 낯익은 얼굴이 나타났다. 가시와기 회장이었다. 다가와가 고개를 숙이자 가시와기가 얼굴을 찡그리더니 빠른 걸음으로 사라졌다.

"인터넷 매체에서 자극적인 기사를 터뜨려서 지금 심기가 불편하십니다."

다가와의 뒤에 서 있던 노부토모가 말했다.

"기사라고요?"

"있는 소리 없는 소리 지어내서 쓰는 사람들이 있습니다."

노부토모가 쓴웃음을 지었다. 다가와는 다시 고개를 숙인 뒤 복도에서 노부토모와 헤어졌다.

"고작 인터넷 기사로 저렇게 언짢아한다고?"

다가와는 유통업계의 대부라 불리는 가시와기 회장의 얼굴을 떠올리며 고개를 갸우뚱했다. 그와 동시에, 순순히 차량 건을 인정한 노부토모에게도 불신감이 들었다.

"폐차했으니까 이제 걱정 없다는 건가?"

"묘하게 자신만만했죠? 아마 마담이 미리 연락을 넣었을 겁니다. 둘이 입을 맞춘 건 분명해요."

이케모토가 씩씩거리며 말했다.

"그렇겠지."

가시와기 부자의 뒷모습을 보며 다가와가 중얼거렸다.

3

옥스마트 본사에서 나온 다가와와 이케모토는 야마노테선을 타고 신주쿠로 가서 문제의 중식당에 들렀다. 점심 장사가 끝난 식당에서 중년 웨이터가 스포츠 신문의 경마 기사를 보고 있었다. 이케모토가 경찰수첩을 내밀자 웨이터가 황급히 일어났다.

"말 좀 묻지."

다가와는 이 년 전 사건 발생 일자를 말하며 매상 데이터가 있는지 물었다. 웨이터가 후다닥 가게 안쪽으로 달려가더니 옆구리에 장부를 끼고 나왔다.

"이 사람이 단골 맞나?"

다가와가 본부에서 가져온, 경제지에 실린 노부토모의 사진 복사본을 웨이터에게 내밀었다. 웨이터는 연신 고개를 끄덕였다.

"아까 말한 날짜에 결제한 기록이 있는지 확인해줄 수 있을까?"

"알겠습니다."

웨이터는 엄지손가락에 침을 묻힌 뒤 장부를 뒤지기 시작했다. 이내 웨이터가 동작을 멈추고 말했다.

"찾았습니다. 이날은 샤오룽바오에 해산물 죽과 다이콘모치, 새우 교자, 부추 볶음을 드셨습니다. 가시와기 씨는 소흥주, 일행 분은 우롱차를 시키셨고요."

웨이터가 장부를 돌려서 다가와에게 내밀었다. 장부에는 사건 당일의 날짜와 신용카드 전표 복사본이 붙어 있었다. "Nobutomo Kashiwagi"라는 이름이 적혀 있었다. 결제 시간은 범행이 일어난 시각의 오십 분 전인 오전 1시 40분이었다.

"가시와기 씨 본인이 틀림없나?"

"당연하죠. 저희 단골손님이신데요."

"가게에 방범 카메라가 있나?"

"있습니다. 계산대 바로 위하고 가게 입구에 설치되어 있죠. 필요하시면 당시 데이터를 보시겠습니까?"

"조만간 부탁할지도 모르겠네."

다가와는 지불 전표의 신용카드 번호, 당시 주문했던 메뉴 내용을 수첩에 적은 뒤 가게를 나왔다. 세이부신주쿠 역 옆길을 걸으며 다가와가 고개를 갸웃거렸다.

"밤에는 가부키 정에서 나카노까지 오십 분이면 충분히 가지?"

"여자는 우롱차를 마셨다니, 벤츠를 몰 수 있었을 테고요."

걸음을 멈춘 다가와는 품에서 수첩을 꺼냈다. '역수', '곱창조림', '고급 여관', '벤츠', 이 키워드 중에서 '벤츠'는 사에코 마담, 즉 아베 사나에 그리고 가시와키 노부토모와 관련됐을 가능성이 농후해졌다.

"노부토모가 실행범이고 아베 사나에가 도주를 도왔다면 앞뒤가 맞는군."

하지만 '역수', '고급 여관', '곱창조림'이라는 키워드가 어떻게 연결이 되는지는 도무지 짐작이 가지 않았다. 다가와의 뒤쪽, 하쿠닌 정 방향에서 걸어온 젊은이 무리 사이에서 중국어가 들렸다.

"노부토모가 직접 실행하지 않고, 제3자에게 청부했을 가능성도 있지. 아베 사나에가 그를 벤츠에 태워 도주시키고."

"그 가능성도 조사해봐야겠군요. 어쩌면 중식당 종업원이 공범일 수 있습니다."

다가와와 이케모토는 서로 마주 본 뒤 중식당으로 돌아갔다. 문을 홱 열자, 방금 전 만났던 웨이터가 계산대에 잔돈을 채워 넣고 있었다.

"하나만 더 묻지."

다가와는 가게 종업원 중에 중국에서 군대에 몸담았던 경험이 있는 이, 특히 특수부대 경험자가 있냐고 물었다.

"안타깝게도 저희 직원은 모두 일본인입니다. 자위대 경험자도 없고요."

"지난 이 년 동안 칼을 잘 쓰는 종업원이 있던 적은 없나?"

"여기서 쓰는 칼은 중국 식칼밖에 없죠."

"이 가게에서 곱창조림을 파나?"

"곱창은 창업 이래 메뉴에 오른 적이 없습니다. 애초에 물건을 들여놓지를 않으니, 직원 식사로 제공한 적도 없고요."

웨이터가 미안한 듯 대답했다.

"여러 가지로 고맙네."

다가와는 어깨를 떨구고 가게를 나왔다. '역수', '고급 여관', '곱창조림'은 연결되지 않았다. 다시 수첩을 펼쳤다. 지금, 가장 윤곽이 뚜렷해진 건 '벤츠'였다.

"이걸 집중적으로 공략해야겠군."

"세이부신주쿠선을 타면 시간도 얼마 안 걸릴 겁니다."

수첩을 다시 품에 넣은 뒤, 다가와는 휴대전화를 꺼내 메시지를 눌렀다. 다치하라가 알려준 폐차업자를 만나봐야겠다고 생각했다.

주소는 나카노 구와 사이타마 시 사이에 있는 네리마 구였다. 가시와기 노부토모와 아베 사나에가 실행범과 공범일 것이라는 심증은 더욱 굳어졌다. 하지만 어째서 추적이 용이한 자가용을 사용했는지 이해할 수가 없었다. 석연치 않은 마음으로 다가와는 세이부신주쿠 역 개찰구로 향했다.

4

일반 열차만 정차하는 역에 내린 다가와와 이케모토는 역 앞 치안센터에서 폐차업자 '유한회사 스나가 상점'의 주소를 물었다.

젊은 순경이 지도를 펼쳤을 때, 안쪽에서 나온 베테랑 경사가 다가와와 이케모토의 칼라에 달린 빨간 배지를 알아보고 순찰차로 데려다준다고 했다.

역 앞 풍경은 아라이야쿠시마에와 별 차이 없었다. 하지만 역 앞 작은 로터리를 지나면서 도로 폭이 좁아졌다. 칠팔 분쯤 기다리다가 간선도로를 두 개 넘자, 주택가가 사라지고 곳곳에 밭이 펼쳐진 풍경이 나왔다.

"저깁니다."

경사가 앞유리창 너머의 좌측 전방을 가리켰다. 녹슨 크레인과 대형 트럭이 눈에 들어왔다. 조사가 끝날 때까지 기다리겠다는 경사를 돌려보내고 나서, 다가와와 이케모토는 모르타르로 만든 사무실 문을 열었다. 수건을 머리에 두른 청년이 전자계산기를 두드리고 있었고, 그 옆에서는 팔에 토시를 낀 중년 여자가 구형 컴퓨터와 씨름하고 있었다.

"네, 어서 오세요."

한눈에도 억척스러워 보이는 여자가 새된 목소리로 말했다. 이케모토가 경찰수첩을 내밀자 여자의 표정이 어두워졌다.

"우린 불법적인 일 안 해요."

"뭣 좀 물어볼 게 있어서 그럽니다."

다가와가 수첩 사이에서 E클래스 쿠페의 사진을 꺼냈다.

"이 차를 여기서 폐차했다고 하는데, 기록을 좀 볼 수 있을까요?"

"엄마, 그 차잖아요."

그때까지 계산기를 두드리던 청년이 몸을 내밀어 사진을 보았다.

"기억합니까?"

이케모토가 곧바로 물었다.

"그런 고급 차를 폐차하는 건 처음이었는걸요."

"그랬지."

다가와는 수첩에서 에스컬레이드의 마담 사에코의 사진을 꺼내 두 사람에게 내밀었다.

"큰 선글라스로 얼굴을 가리고 있었긴 한데, 이 사람이 맞습니다."

청년이 말했다. 벽 쪽 찬장에서 전표를 꺼내더니, 여자가 다가와에게 서류를 건넸다.

"이 차네요. 누가 보닛과 문에 스프레이로 낙서를 해놨다고 했어요."

파란색 전표에 클립으로 사진이 첨부되어 있었다.

다가와는 사진을 자세히 들여다보았다. 짙은 회색 E클래스 쿠페였다. 보닛 위와 운전석 쪽 차 문에 샛노란 페인트로 이모티콘 같은 것이 칠해져 있었다.

"이 정도는 재도장하면 복원 가능하지 않습니까?"

"딜러에게 맡기면 이삼일 만에 원상 복구해줄 겁니다."

"그런 차를 폐차시켰다고요?"

"게다가 절대로 부품을 빼돌리지 말라고 신신당부를 했습니다. 고철 덩어리로, 저렇게 될 때까지 철저하게 부숴버리라고요."

여자가 사무소 창문 너머를 가리켰다. 대형 트럭 뒤에 이 제곱미터쯤 되는 네모난 고철 덩어리가 보였다.

"서류를 좀 볼 수 있을까요?"

"그럼요. 여기 있어요."

여자가 두꺼운 서류철을 번쩍 들어 다가와 앞에 내려놓았다.

다가와는 폐차 기록 서류 속에서 자동차 번호를 찾았다. 수첩을 펼쳐 다치하라가 조사한 기록과 맞춰보자 두 번호가 딱 맞았다. 소유자의 기록도 '아베 사나에'로 일치했다. 이케모토가 조바심을 내며 물었다.

"의뢰자가 폐차가 끝날 때까지 지켜봤습니까?"

"일행인 남자랑 같이 끝까지 감시하더군요."

이번에는 청년이 대답했다. 다가와가 이케모토와 마주 본 뒤, 방금 전 가부키 정 중식당에서 보여줬던 사진 복사본을 꺼냈다.

"혹시 이 남자입니까?"

"야구 모자를 푹 눌러쓴데다 옷에 달린 후드까지 뒤집어쓰고 있어서 얼굴은 못 봤습니다."

"폐차한 차량의 부스러기가 남은 게 있습니까?"

"진작 제철소 용광로에 들어갔죠. 지금은 어느 빌딩 철골이나 철근이 되었을 겁니다."

다가와는 팔짱을 꼈다. 확신할 수는 없었지만, 아베 사나에와 함께 이 네리마 변두리까지 함께 온 이는 노부토모라 봐야 할 것이다. 야구 모자와 후드로 얼굴을 가린 건 정체를 감추기 위해서다. 다가와는 폐차에 관련된 서류를 모두 복사해달라고 부탁했다.

"형사님, 이 건이 무슨 사건과 관련이 있는 겁니까?"

"수사 증거를 모으는 겁니다. 피해가 가지 않도록 하겠습니다."

복사한 서류를 받아 든 다가와는 이케모토와 함께 간선도로를 향해 걸음을 옮겼다.

"나카노에서 두 명을 살해했을 때, 범인은 대량의 피를 뒤집어썼어."

"벤츠 손잡이하고 좌석에도 혈흔이 묻었을 테고요."

"그래서 모든 증거를 없애기 위해 폐차한 거고. 역시 2세가 거짓말을 한 게 분명하군."

"그럴 공산이 크죠."

이케모토가 흥분한 표정으로 말했다.

"다시 옥스에 가볼까요?"

"일단 증거를 더 모아야지."

"하지만 녀석은 이렇게 쉽게 들통날 거짓말을 했습니다."

"절대로 들통나지 않으리란 자신이 있는 건지도 모르지."

"이참에 참고인 조사까지 가죠."

"안 돼. 수의사인 아카마와 야쿠자인 니시노를 왜 동시에 살해해야만 했는지, 그 동기를 알아낼 때까지 선불리 손댈 수는 없어. 실제로 이렇게 증거를 인멸하고 있으니까."

다가와가 걸음을 멈추고 폐차장을 돌아봤다. 밭 너머로 석양에 물든 고철 더미가 보였다.

5

다가와와 이케모토가 경시청 본부로 돌아오자, 시간은 오후 7시 반이었다. 책상에 다치하라의 메시지가 남아 있었다.

야지마 호출

메모 아래로 오후 7시 15분이라는 숫자가 보였다. 한발 먼저 구내식당으로 간 이케모토와 합류할 작정이었던 다가와는 쯧 혀를 찼다.

옷매무새를 가다듬고 빠른 걸음으로 위층에 올라갔다. 특명수사대책실의 문을 열자 수사관들의 따가운 시선이 느껴졌다.

책상 사이를 지나 창가의 야지마 이사관의 자리로 갔다. 야지마는 주요 일간지를 훑어보고 있었다.

"다가와 씨, 대체 무슨 짓을 저지른 겁니까."

뾰족한 안경테 너머로 야지마가 다가와를 쏘아보며 말했다.

"오늘 오후에 옥스마트 본사에 쳐들어갔다면서요."

"그게 왜요?"

"사전에 언질을 줘야 할 거 아닙니까."

"이유가 뭐죠?"

"그 회사가 경시청의 형제 회사인 방범협회의 최대 고객이기 때문이죠."

"딱히 문제될 일은 없었습니다만."

"없긴 뭐가 없어요. 아주 많습니다. 옥스마트에서 방범협회에 해마다 3억 엔이나 기부하고, 자회사인 경비 회사 옥스시큐리티에는 해마다 경시청이나 경찰청 사람이 많이 가죠."

느닷없이 야지마가 책상을 주먹으로 두드렸다.

"옥스마트의 가시와기 회장은 장녀 마키코 씨를 불행한 사고로 잃은 뒤로 방범에 지대한 관심을 가지고 계십니다. 경시청과 옥스 사이가 나빠져서, 낙하산 자리가 없어지면 내가 책임을 져야 한단 말입니다."

야지마가 본심을 흘렸다.

"오랫동안 쌓아온 관계를 다가와 씨의 난폭한 수사로 망칠 수는 없습니다."

"저는 적절한 수사를 했을 뿐입니다."

"적절? 전직 형사를 협박해놓고 적절?"

야지마의 말을 들은 순간, 다가와의 뇌리에 짧은 스포츠머리를 한 구스미의 얼굴이 떠올랐다. 가시와기 노부토모를 만나지 못하게 하려는 구스미에게 다가와는 정식으로 참고인 조사를 할 수도 있다고 넌지시 운을 띄웠다. 하지만 진심은 아니었다. 수사 기술 중 하나였다. 그걸 가지고 협박 운운하는 건 어폐가 있다.

—녀석이 코흘리개였을 때부터 알고 지냈지.

다가와가 옥스마트를 나온 뒤, '코흘리개'였던 야지마에게 연락해 항의의 뜻을 전한 것이리라.

"방범협회만이 아닙니다. 가시와기 회장의 동생은 문부과학성 장관입니다. 각료 회의에서 국가공안위원장에게 한소리 하면, 총감 목이 날아가겠죠."

"이 사건에 관여하지 말라는 말씀이시라면, 언제든 저를 관할로 돌려보내주십시오."

야지마의 눈을 쏘아보며 다가와가 목소리를 낮췄다.

"목격자 증언의 증거가 나왔습니다."

다가와는 범행 현장 근처에서 사라진 차량이 수상쩍은 형태로 폐차 처분된 사실을 보고했다.

"그 차량에 옥스마트 쪽 사람이 관련되었다는 절대적인 증거가 있습니까?"

"그러니까 지금 그걸 조사중입니다."

"더이상 클레임이 들어오면 그때는 반드시 조사를 중지해야 할 겁니다. 이상입니다."

말을 마친 야지마가 떨리는 손으로 신문을 넘겼다.

"아무리 봐도 폐차 절차가 너무 수상합니다. 과장님께도 보고를 올릴 테니 그렇게 알고 계십시오."

다가와는 내뱉듯 말한 뒤 뒤돌아 특명수사대책실을 나왔다.

6

"실장님, 구스미 씨가 오셨습니다."

구스미가 고개를 꾸벅 숙인 뒤 다키자와의 맞은편 소파에 앉았다.

"오늘 수사1과 계속수사반 다가와 경위, 그리고 1과 현역 형사가 사업본부장님을 찾아왔습니다."

"계속수사반?"

다키자와는 구스미에게 조직의 개요를 들었다.

"차량 사진을 보여주는 걸 보니, 아마 이 건 때문인가 봅니다."

구스미가 그렇게 말하며 두툼한 새끼손가락을 까닥했다. 다키자와는 어떻게 된 일인지 대충 알아챘다.

"자세한 건 제가 사업본부장님에게 직접 듣도록 하겠습니다. 또 무슨 일이 생기면 알려주십시오."

"언제든 불러주십시오. 그러라고 월급 받는 거니까요. 다행히 경시청에 아직 현역 친구가 많습니다."

"다가와라는 형사는 어떤 인물입니까?"

"탐문 수사, 신변 조사의 달인이라고 합니다. 눈에 띄지 않는 일이지만, 증거를 찾아내는 사냥개 같은 형사죠. 지금은 이 년 전 나카노의 술집에서 일어난 강도 살인 사건의 수사를 전담하고 있다고 합니다."

"그런 형사가 사업본부장님을 무슨 일로 찾아온 겁니까?"

"조금 더 알아볼까요?"

"아닙니다. 오히려 의심만 살 겁니다. 그리고 이 일이 사회부 기자에게 새어 나갈 위험성도 있습니다. 지금 회장님은 경제동우회 부회장 선출을 앞두고 계십니다. 지시가 있을 때까지 대기하십시오."

묵례를 하고 자리에서 일어난 구스미가 문 앞에서 돌아보며 말했다.

"실장님, 제 노파심입니다만……."

"말씀하세요."

"그 다가와라는 형사, 건강을 해쳤다고 들었는데도 아직 일선으로 내려가지 않고 본부에 버티고 있습니다. 상당한 실력자 같습니다."

"명심하죠."

다키자와는 책상 앞에 앉았다. 수화기를 들고 노부토모의 내선 번호를 눌렀다. 형사가 찾아온 이유를 묻자, 노부토모가 얼버무리며 말을 흐렸다.

"별일 아닙니다."

"그 여자 때문이지? 회장님 귀에라도 들어가봐, 나한테까지 불호령이 떨어질 거다. 내가 알아서 할 테니 자세히 얘기해봐."

"정말 괜찮다니까요."

"오늘은 바로 귀가해. 형사가 가게에 잠복하고 있을지도 모르니까. 당분간 그 여자는 만나지 말고."

"걱정이 지나치시네요."

노부토모가 거칠게 전화를 끊었다.

노부토모가 롯폰기에 드나들기 시작한 건 혼담이 정해진 직후였다. 총무부 직원을 감시로 붙였는데, 노부토모는 현재 일주일에 사흘만 집에 돌아가고, 나머지는 아베 사나에라는 여자와 함께 보낸다고 했다.

일 년 반 전, 주간지 기자가 냄새를 맡고 총무부에 금품을 요구했다. 다키자와는 총회꾼 대책비로 책정된 예산에서 자금을 마련해 무마시켰다.

구스미의 말이 뇌리를 스치고 지나갔다. 노부토모를 찾아온 형사는 나카노 강도 살인 사건을 조사하고 있다고 했다. 다키자와는 내선 버튼을 눌러 중년의 비서를 불렀다.

"좀 찾아볼 게 있네."

다키자와는 구스미에게 들은 사건을 말한 뒤, 홍보부에 있는 신문과 주간지 스크랩 기사를 가져오라고 지시했다.

비서가 나간 뒤 다키자와는 의자 등받이에 몸을 기댔다.

입사해서 지금까지 사십 년 가까이 옥스마트와 가시와기 집안을 모셨다. 저렴한 소고기 판매부터 시작해 종합 슈퍼로 발돋움했을 즈음, 옥스마트는 식품이나 의류를 판매하는 각종 업자와 대립했다. 저가 공세를 염려한 그들은 상공 전문 국회의원을 동원해 반反옥스마트 진영을 형성했다. 당시 가시와기 회장은 현금 공세로 이에 대항해 세간의 이목을 모았다. 또한 이즈음부터 지방의 토지를 현금으로 사들이는 투기성 행위를 가속했다. 토지 매각을 꺼리는 땅주인은 조직폭력배를 동원해 협박했다. 몇몇 대형 일간지에서 가시와기 회장의 전략을 비판하기 시작하자, 다키자와는 현금을 넣은 사과상자를 들고 나가타 정이나 가스미가세키 그리고 주요 신문사의 논설위원을 찾아다녔다.

임원실의 천장을 올려다보며 다키자와가 한숨을 흘렸다. 또 문제의 싹이 올라왔다.

총무부 직원들과 롯폰기 클럽을 두 차례 찾은 적이 있다. 그 여자는 세심한 배려로 다키자와 일행을 환대했다. 흠잡을 데 없이 완벽한 접대부였다. 신부 수업만 받으며 자란 양갓집 규수에 비해 여자로서의 매력이 몇 배나 뛰어났다.

노부토모는 어릴 적부터 누나 마키코의 그늘에 숨어 소극적으로 지냈다. 그런 사람을 갑자기 경영 제일선에 끌어냈다. 어린 시절에서 지금에 이르기까지 노부토모의 유약한 표정을 떠올릴 때마다 다키자와는 가시와기 집안의 불운을 한탄했다.

노부토모와 마키코를 비교하는 건 너무나도 가혹하다. 아버지를 능가하는 행동력과 통솔력을 겸비한 마키코는 누가 봐도 강인한 여성이었다. 경영 회의에서 아버지인 도모히사에게 대든 적도 여러 번 있었다.

가시와기 회장은 일찍부터 마키코를 후계자로 점찍어 제왕학을 가르쳤다. 한편, 노부토모는 사립대학 영화학과에 진학해 미국 유학을 떠났다. 모든 것이 마키코의 불운한 죽음으로 바뀌었다.

노부토모는 지극히 평범한 사람이었다. 아니, 일반 기업에 근무했으면 충분히 제 능력을 인정받았을 것이다. 하지만 그가 몸담은 기업은 옥스마트였다.

"실장님, 메일 보내두었습니다."

전화 스피커에서 비서의 목소리가 들렸다. 다키자와는 수고했다고 말한 뒤 전화 옆 컴퓨터 화면을 보았다.

주요 일간지 파일

화면을 클릭하자 사건을 보도한 주요 일간지의 사회면, 주간지의 스크랩 기사가 떴다.

외국인의 범행인가?

머니, 머니와 심야의 끔찍한 사건

선정적인 타이틀이었다. 《야마토신문》의 사건 기사를 훑어보았다. 피해자들의 사진 두 장이 실려 있었다.

다키자와는 마우스를 쥐고 두 사람의 얼굴 사진을 확대했다. 둥근 얼굴의 피해자가 아카마라는 수의사였다. 그 옆의 사진을 보았다. 니시노라는 피해자의 직함도 함께 확대됐다. 설마 하는 생각이 들었다. 황급히 서랍을 열어 명함첩을 꺼냈다. 삼 년 전 날짜가 적힌 페이지를 펼쳤다.

니시노 마모루

신주쿠 구 오쿠보. 기사에 실린 이름과 같은 글자가 주소 옆에 적혀 있었다. 명함 오른쪽 구석에는 한자 팔八에 동그라미를 친 자신의 메모가 있었다.

센다이의 미트박스 사장 핫타의 소개라는 뜻이었다. 그 옆에는 "노부토모 동석"이라 휘갈겨 쓴 메모도 있었다.

컴퓨터 화면에 뱀 같은 핫타의 두 눈이 번뜩인 것 같았다. 다키자와는 수화기를 들고 총무부의 내선 번호를 눌렀다.

7

특명수사대책실에서 나온 다가와는 같은 층에 있는 수사1과 과장실로 향하다 복도에서 식사를 마치고 올라온 이케모토와 마주쳤다.

"야지마 씨하고 한판 하셨다면서요?"

"벌써 소문이 났나?"

"식당에서 특명수사대책실 녀석들이 수군거리더라고요."

"미야타 과장님은?"

"아야세의 수사본부에서 돌아오신 걸 봤으니 아마 방에 계실 겁니다."

다가와는 수사1과 사무실을 가로질러 미야타의 과장실로 갔다.

사무실의 옛 동료들이 호기심에 가득 찬 시선으로 다가와를 보았다. 본부에서 상사의 명령에 이의를 제기하는 건 최대 금기였다.

수사 실적, 능력, 말귀를 잘 알아듣는 눈치. 이 모든 면에서 뛰어난 평가를 받는 이에게만 본부에 있을 자격이 주어진다.

상사에게 대들면 조직의 체제를 유지하기 어려워진다. 사무실로 들어가기 전 다가와는 먼저 심호흡을 했다.

"실례하겠습니다."

"크게 한판 벌였다면서? 자네 나이를 생각해야지."

서류에 시선을 고정한 채 미야타가 혀를 찼다.

"일선에서 막 올라온 신입도 아니고, 아랫사람의 모범이 되어야 할 연차잖나."

미야타가 서류에서 시선을 떼지 않은 채 말을 이었다.

"명령만 하시면 언제든 다시 내려가겠습니다."

"누가 다시 내려보낸다고 했나?"

그제야 미야타가 고개를 들어 다가와를 보았다. 입가가 살짝 일그러져 있었다.

"소식 듣고 얼마나 흥분한 상태인지 시험해본 거네."

미야타의 시원스러운 눈매에 희미하게 웃음이 감돌았다.

"뭔가 알아냈나?"

미야타가 평소의 표정으로 돌아와 물었다. 다가와는 수첩을 내밀었다.

"꽤 불룩해졌군."

"과장님이 직접 명령하신 안건 아닙니까. 발로 뛰는 제 생각도 좀 해주십시오."

한숨을 쉬며 다가와는 사건 발생 당시 초동수사의 문제점,

그리고 새로운 목격자가 나왔다는 이야기, 그 증언을 토대로 실행범과 범행을 방조한 가능성이 있는 인물을 찾아냈다고 설명했다.

"그 실행범일지도 모르는 인물이 옥스마트 2세라 이거지?"

"네. 하지만……."

"동기를 모르겠다?"

"피해자 중 한 명의 신변 조사도 아직 끝나지 않았습니다. 키워드의 수수께끼도 아직 해석하지 못했고요."

다가와가 수첩을 펼쳐 '역수', '곱창조림', '고급 여관', '벤츠'라 적힌 항목을 미야타에게 내밀었다.

"숙제가 이렇게 산더미인데 어떻게 자네더러 빠지라고 하겠나."

"이해할 수 없는 일이 너무 많습니다."

"자네 생각대로 해. 보고는 나한테만 올리면 되고."

미야타가 다시 씩 웃었다. 말이 통하는 상사라 다행이었다. 다가와는 안도의 한숨을 내쉬었다.

"본부에 있으면 야지마나 낙하산으로 옥스 쪽에 취직한 퇴직자들에게 정보가 새어 나갈 거야. 분실分室 하나 마련해줄까?"

"부탁드립니다."

"상대는 업계 굴지의 대기업이야. 선불리 건드렸다가는 나뿐 아니라 총감까지 목이 달아날걸. 야지마를 따라 하는 건 아니지만, 모쪼록 그 점을 염두에 두고 신중하게 접근하게."

미야타의 표정이 후배를 잘 챙기는 선배 형사에서 경찰 간부의 얼굴로 바뀌었다. 입을 꾹 다물고 다가와가 고개를 숙였다.

"흠잡을 데 없는 사건으로 만들어."

미야타의 격려와 함께 다가와는 과장실을 나왔다.

5층으로 돌아가는 길에 휴대전화를 꺼내 전화번호부에서 낯익은 이름을 찾았다. 다행히 상대가 금세 전화를 받았다.

"나 다가와야. 수사공조과를 통해 정식으로 의뢰할 테지만, 먼저 도와줬으면 하는 일이 생겨서."

"말씀만 하십시오."

과거 한솥밥을 먹으며 수사본부의 도장道場에서 함께 밤을 지새우기도 했던 동료가 쾌활한 목소리로 대답했다.

8

다가와는 이케모토를 데리고 고지마치 경찰서 인근의, 수사1과 특수범수사계SIT의 비밀차량부대가 상주하는 반 정町의 한 빌딩을 찾았다.

3층에 다섯 평 남짓한 모퉁이 방을 확보한 다가와는 이케모토와 거의 밤을 새워 임시 수사본부를 설치했다. 그리고 아내가 가져온 속옷이며 세면도구를 받은 뒤에 철제 의자를 붙여 만든 간이침대에 누워 찜통같이 더운 방에서 잠시 눈을 붙였다.

아침 7시에 떠나는 도호쿠신칸센을 서둘러 탄 다가와와 이케모토는 휴대전화 알람을 맞춰놓고 도쿄 역에서 출발했다.

도쿄에서 오미야 역으로 이어지는 터널을 빠져나온 직후, 요란하게 울려 퍼지는 휴대전화 알람 소리에 다가와가 벌떡 일어났다. 시계를 보니 오전 9시가 지나 있었다. 옆자리의 이케모토는 아직도 드르렁 코를 골고 있었다.

머리 위 선반에서 스포츠 가방을 꺼낸 다가와가 이케모토의 어깨를 툭 쳤다. 곧 신칸센이 서행하기 시작했다.

신칸센 승강장에 내려온 두 사람의 눈에 특산품인 조릿대 모양 어묵을 파는 가게가 하나둘 보일 즈음, 작은 체구의 다가와보다 더 키가 작은 남자가 몸을 한껏 뻗어 손을 흔드는 모습이 눈에 들어왔다.

미야기 현경 수사1과의 몬마 다스쿠 경위였다. 나이는 다가와보다 다섯 살 어린 마흔두 살로, 다가와와 대조적으로 머리숱이 많고 동안이라 실제 나이보다 훨씬 젊어 보였다. 경시청 수사1과 제3강력계에 일 년간 연수했던 미야기 현경의 형사였다.

"오랜만이야."

"삼 년 만입니다. 센다이에 놀러 오시라고 그렇게 말씀드렸는데."

몬마가 다가와와 이케모토의 가방을 들더니, 이케모토와 힘차게 악수를 나누고 계단을 내려갔다.

"차를 가져왔습니다. 바로 시작하죠."

"지금 담당하고 있는 사건은 없나?"

"네, 걱정 마십시오."

버스 터미널과 택시 승강장 옆에 있는 주차장에는 회색 스카이라인이 주차되어 있었다. 대지진으로 신칸센 승강장이 막대한 피해를 입었다는 소식을 텔레비전 뉴스로 알았다. 다가와는 주변을 둘러보았다. 빠른 걸음으로 걷는 사람들이 보였다. 예전에 여러 차례 방문했던 과거의 센다이와 같은 풍경이었다. 하지만 역 외벽에는 공사용 시트와 비계가 설치된 채였다.

"시내 중심부는 대충 복구된 것 같네."

다가와의 말에 몬마가 고개를 끄덕였다.

"해안 쪽에 비하면 이 정도는 피해를 입었다고도 할 수 없죠."

담담하게 대답한 몬마가 트렁크에 두 사람의 가방을 싣고 재빨리 운전석에 앉았다.

"처이모 부부가 히가시마쓰시마에 사시다 피해를 입어서,

몇 번 현지에 가본 적이 있네."

"그러셨군요. 가족분들은 무사하십니까?"

"덕분에. 그때 자네 보러 센다이에 들르려고 했는데, 침수된 집을 치우다 보니 체력이 바닥나서 꼼짝도 못하겠더군."

"저도 예전에 게센누마 경찰서에 있었습니다. 행방불명자 수색을 도우러 몇 차례 갔었는데, 마을을 본 순간 입이 떨어지지 않더군요."

"방송이나 잡지에서 본 풍경과는 너무나 다르니까……."

다가와가 중얼거리자 몬마가 고개를 끄덕이며 입을 열었다.

"아카마의 집에 미리 연락을 해뒀습니다. 먼저 거기부터 들르죠."

다가와는 안주머니에서 수첩을 꺼냈다. 산업폐기물 처리업자 니시노와 함께 살해된 수의사 아카마 유야의 본가는 센다이 중심부에서 북동쪽에 위치한 이즈미 구 난코다이라는 곳에 있었다.

"수첩은 여전히 불룩하군요."

"버릇이 하루아침에 바뀌겠나. 얼마나 걸리지?"

"막히지만 않으면 이십 분 정도면 도착할 겁니다. 그보다 건강은 괜찮으신 겁니까?"

"얼른 일선으로 보내달라고 해도 사람을 놔주질 않네."

“다가와 씨가 계속수사 담당이라니 인재를 너무 썩히는 거 아닙니까?”

“과대평가 마. 이번 사건도 ‘감퓨터’가 녹슬었는지 헛걸음이 많아.”

“감퓨터라…….”

형사는 저마다 전문 분야가 있다.

다가와처럼 탐문 수사를 잘하는 수사관이 있는가 하면 절도 사건을 전문으로 다루는 수사관도 적지 않다. 저마다 꼼꼼한 수사를 통해 얻은 범죄자의 특성이나 민감하게 감지한 범죄의 냄새를 머릿속에 ‘감’ 데이터베이스로 축적해둔다.

큰 사건이 수사본부 수사관들의 감퓨터에 저장된 데이터를 통해 조기 검거로 이어지기도 한다. 지금 다가와가 맡은 사건은 수사관의 감이 하나로 연결되지 않는 전형적인 사례였다.

몬마가 모는 스카이라인이 시가지를 지나 야트막한 언덕에 들어섰다. 이케모토가 차창 밖 풍경을 신기한 듯 바라보고 있었다. 푸르른 나무들이 여름 햇살을 받아 싱그럽게 빛나고 있었다.

“전형적인 베드타운입니다. 이 근처는 비교적 피해가 적었고요.”

다가와의 시선 끝을 바라보며 몬마가 말했다. 언덕 중턱부터 정상까지 매물로 나온 새 주택들이 규칙적인 구획을 따라

배치되어 있었다. 도쿄 교외나 요코하마의 신흥 주택가와 비슷한 분위기였다.

"이제 거의 다 왔습니다. 성과가 있어야 할 텐데요."

간선도로에서 주택가로 들어가는 길로 운전대를 꺾으며 몬마가 말했다.

"그냥 있는 그대로의 사실을 알아내면 돼."

다가와가 스스로 다짐하듯 말했다.

"저 집입니다."

크림색 외벽의 평범한 이층집이 보였다. 작은 정원 옆에는 녹색 닛산 마치가 주차되어 있었다.

인터폰의 벨을 누르자 무테 돋보기를 낀 아카마 부인이 문을 열어주었다.

현관 옆에 자리한 방으로 세 수사관을 안내하려는 부인에게 다가와가 말했다.

"먼저 향을 피우게 해주십시오."

아카마 유야의 모친이 눈시울을 붉혔다. 니가타에서 니시노의 집을 찾았을 때도 그랬다. 유족과 만나면 늘 마음이 숙연해졌다. 새 불단에 놓인 아카마의 영정을 본 순간, 다가와는 입술을 깨물었다. 향을 피운 일행을 부인이 옆방으로 안내했다. 그곳에는 부인과 닮은 젊은 여성이 있었다.

"유야의 동생인 모토미입니다. 뭔가 도움이 될지도 모르겠다며 휴가를 내고 여러분을 기다리고 있었답니다. 죄송하지만 남편은 은행 지점장이라 시간을 낼 수가 없었어요."

"진작 이렇게 찾아뵈었어야 했는데……."

다가와는 그렇게 말했다. 진심에서 우러나온 말이었다. 초동수사에서 수사 방향을 잘못 짚지만 않았다면, 사건 이튿날에 수사관들이 찾아왔을 것이다.

다가와는 사건의 내용을 부인과 동생에게 전한 뒤, 범인을 찾아낼 가능성이 큰 증거가 나왔다고 말했다. 부인이 관심을 보이며 몸을 내밀었다. 동생 역시 날카로운 눈빛으로 다가와를 바라보았다.

"유야 씨가 누군가에게 원한을 산 적이 있었습니까?"

"원한 때문이었나요?"

"당초에는 강도 살인일 가능성을 제일 우선해서 수사했지만, 무차별적인 범행이라고 할 수 없는 요소가 다수 발견됐습니다. 직장에서 뭔가 문제가 있었다는 이야기를 들어보신 적 없습니까?"

"짚이는 데가 없네요. 오빠는 늘 일하기 편한 직장이라고 했어요. 담당했던 축산 농가분들과도 가깝게 지냈고요."

아카마 모토미가 단호하게 대답했다. 역시 원한에 의한 범행일 가능성은 낮았다. 수첩에서 니시노의 사진을 꺼내 두 사람에게 내밀어도 반응은 없었다.

아카마와 니시노가 동시에 살해되었지만 두 사람의 연결고리는 센다이 주택가에서도 보이지 않았다.

"유야 씨 주변, 동료나 학창 시절 친구, 지인 중에 칼을 쓰는 분은 없습니까?"

갑작스러운 질문에 두 사람이 마주 보더니 고개를 저었다. 수첩으로 시선을 돌린 다가와가 또 다른 키워드 '곱창조림'에 관해 물었지만 아무 반응도 없었다.

다가와는 수첩에서 옥스마트의 가시와기 노부토모의 사진을 꺼냈다. 탁자에 올려놨지만, 어머니와 동생의 표정에는 어떤 변화도 없었다.

다가와는 열심히 수첩을 뒤적였다. 아카마가 마지막으로 거주하던 곳은 이즈미 구의 본가가 아니라, 아오바 구 오마치의 월셋집이었다는 기록이 눈에 들어왔다.

"유야 씨는 아오바 구에 거주하셨죠? 짐은 어떻게 하셨습니까?"

"유야가 쓰던 2층 방에 그대로 두었습니다. 대부분 옷가지하고 스키 장비지만요."

어머니는 침통한 목소리로 말했지만 동생은 달랐다. 아카마 모토미가 팔꿈치로 어머니를 찌르며 말했다.

"엄마, 그 얘기 안 했잖아."

다가와가 몸을 내밀었다.

"오빠가 그렇게 된 뒤에 오빠 집에 빈집털이가 침입했었어요."

"빈집털이라고요? 피해 신고는 하셨습니까?"

다가와가 몬마를 보며 말했다. 몬마는 눈을 동그랗게 뜨고 고개를 저었다.

"장례식을 치르느라 정신이 없어서요. 집주인에게 얘기를 들은 것도, 유품을 어떻게 처분할지 상의하려고 연락했을 때였어요. 사건이 일어난 지 닷새 정도 지났을 때였죠."

"집주인의 연락처를 알 수 있겠습니까?"

다가와의 물음에 아카마 부인이 황급히 응접실을 나갔다.

"빈집털이이긴 했지만 가져간 건 업무용 노트북 두 대뿐이었어요."

"어느 회사 제품입니까?"

"애플요. 한 대는 얇고 가벼운 타입이고, 나머지 한 대는 화면이 큰 제품이었어요."

타이밍이 너무 수상했다. 아카마를 살해한 범인은 그가 가지고 있던 어떤 데이터를 노렸던 건지도 모른다. 이케모토와 몬마도 의미심장한 표정으로 고개를 끄덕였다.

다가와는 모토미의 이야기를 꼼꼼하게 수첩에 적었다.

"그 밖에는 또 없습니까?"

다가와의 말에 모녀가 마주 봤다. 모토미가 말문을 열었다.

"정확한 시기는 기억이 안 나지만, 오빠가 죽은 뒤에 집 주변을 어슬렁거리던 남자가 있었어요."

"인상은 기억이 납니까?"

"야구 모자를 푹 눌러써서 자세히는 못 봤어요. 중년 남자였는데, 마른 편이었어요."

"얼마나 자주 나타났습니까?"

"일주일에 한두 번 꼴이었을 거예요. 영 찝찝해서 마지막에는 현관에서 경찰에 신고하겠다고 큰 소리로 외쳤어요."

"그랬더니요?"

"황급히 도망쳤어요. 그 뒤로 못 봤어요."

센다이까지 먼 길을 온 보람이 있었다. 빈집털이 사건은 무엇을 의미하는 것일까. 명확히 사건과의 연관성을 찾아낸 건 아니지만 새로운 단서임은 틀림없었다. 아카마 유야의 본가 주변을 어슬렁거리던 남자는 누구이며, 무엇이 목적이었을까. 새로운 수수께끼가 모습을 드러냈지만, 결코 헛걸음은 아니었다. 아카마는 어떠한 이유로 인해 계획적으로 살해된 것이다.

네리마의 폐차장에 나타난 남자도 야구 모자를 푹 눌러쓰고 있었다고 했다. 아베 사나에와 함께 온 것으로 추정되는 가시와기 노부토모가 센다이에도 나타났던 것일까. 다가와는 수첩에 '야구 모자'라는 단어를 적었다.

9

아카마 유야의 집에서 나온 다가와 일행은 동생인 모토미와 함께 센다이 중심부로 돌아왔다. JR센다이 역에서 히로세도리로 나오기 직전에 다가와가 수첩을 뒤졌다.

"몬마, 미안한데 이 주소 앞에서 좀 세워주겠나?"

또 한 명의 피해자인 니시노의 본가에서 메모한 미트박스라는 기업명과 주소를 몬마에게 말했다. 핫타라는 인물이 조직폭력배 관계자가 아니라는 건 알고 있었다. 니시노의 모친 말로는 업무상 알고 지내는 사람이라고 했다. 어떤 사이인지 직접 알아볼 작정이었다.

"저 신호 건너편입니다. 조사해볼까요?"

몬마가 간선도로 너머로 보이는 기다란 빌딩을 가리켰다.

"현장 조사에서 나온 이름인데, 자네 아나?"

"가끔 지방지에 광고가 실린 걸 보긴 했습니다만, 자주 보는 이름은 아니네요."

잠시 후 스카이라인이 해당 빌딩 앞에 도착했다. 다가와는 몬마와 모토미에게 차에서 대기하라고 한 뒤에 이케모토를 데리고 1층 안내 데스크로 갔다. 핫타 사장을 만나고 싶다고 말하자, 안내 직원이 바로 5층 사장실로 안내했다.

"무슨 일이십니까?"

눈이 부리부리한 남자가 책상 앞의 소파에 앉으라 권하며 물었다. 다가와는 살인 사건 수사의 일환으로 니시노의 본가를 찾았다고 말했다.

"그 친구가 그렇게 된 뒤로 분향을 하러 그 친구 본가에 들른 건 확실합니다."

핫타가 느긋한 어조로 말했다. 말투는 정중했지만 속내를 떠보는 듯한 눈빛이었다.

"니시노 씨와는 어떻게 알고 지내는 사이입니까?"

"저희 회사와 거래하는 업자였습니다. 성실한 친구라 눈여겨보고 있었죠."

핫타가 차분한 어조로 대답했다.

다가와는 핫타의 등 뒤를 보았다. 벽에는 지역 상공회에서 받은 감사장 그리고 지역 재계 관계자들과 찍은 기념사진이 걸려 있었다.

"저희는 축산물가공업을 합니다. 폐기하는 부위도 많이 나와서 니시노가 처리를 해줬죠."

"사업을 크게 하신다고 들었는데, 일개 하청업자의 집까지 찾아가신 이유가 뭡니까?"

"니시노는 고등학교 때까지 야구 선수였는데, 저희 회사 야구팀에도 자주 참가했습니다. 물론 영업을 위해서였겠지만 매사에 열심인 친구였죠."

"그랬군요. 알겠습니다."

다가와는 수첩을 뒤졌다. 산조 경찰서의 사사 부서장도 니시노가 고등학교 때 야구 선수 생활을 했다는 이야기를 했었다. 핫타의 말에 모순은 없었다.

"참고삼아 여쭙는 겁니다만, 니시노 씨 주변에 칼을 잘 쓰는 인물이 있다는 이야기를 들으신 적이 있습니까?"

"칼요? 살인 청부업자에게 살해된 겁니까?"

"짐작 가는 데가 없으시면 됐습니다. 그리고 세상을 떠나기 직전에 곱창조림 얘기를 많이 했다고 하던데, 뭔가 아시는 게 있습니까?"

"곱창조림이라고요? 저희 회사 제품 중에 냉동 곱창조림이 있기는 합니다만, 딱히 니시노와는 상관이 없는 걸로 압니다."

"니시노 씨와 업무상 가까운 사이셨습니까?"

"그게 무슨 말씀입니까?"

"세상을 떠나기 전에 니시노 씨가 큰돈이 들어올 예정이라고 말했답니다. 금전에 관련된 사건일 가능성도 있어서요."

다가와의 물음에 핫타가 몸을 내밀며 대답했다.

"니시노는 다른 회사와도 꾸준히 교류가 있었으니까요. 딱히 짚이는 데가 없군요. 저희도 오래 거래하기는 했지만 규모가 그리 크지는 않았거든요."

"그러시군요. 여러 가지로 감사합니다. 혹시나 해서 말씀인데 제품 카탈로그를 보여주실 수 있으십니까?"

"살인 사건과 관련이 있습니까?"

"아뇨. 그냥 참고하려는 겁니다."

핫타가 책상으로 돌아가 서랍에서 홍보 책자 여러 장을 가져왔다.

"햄버그스테이크와 소시지가 주력 상품이고, 곱창조림은 아래쪽에 실려 있습니다."

다가와는 홍보 책자를 대충 훑어보았다. 은색 바탕에 "업소용 곱창조림"이라는 글자가 프린트되어 있었다. 체인망을 가진 술집에도 납품하는 것일까. 은색 패키지에 커다랗게 업소용이라 적혀 있었다.

"이것 때문에 일부러 센다이까지 오신 겁니까?"

다시 핫타가 탐색하는 눈빛으로 다가와를 보았다.

"아뇨. 다른 수사도 있어서 겸사겸사 왔습니다. 바쁘신데 죄송합니다."

다가와는 홍보 책자를 내려놓고 자리에서 일어났다.

"빨리 범인을 잡아주십시오."

사장실 문 앞에서 핫타가 말했다.

"최선을 다하겠습니다."

다가와는 이케모토와 함께 엘리베이터를 타고 내려왔다.

"왠지 수상쩍은 사내네요."

"그러게. 속을 들여다보이는 듯한 기분이었어."

다가와는 수첩을 펼쳤다. 하지만 핫타의 발언 자체에 부자연스러운 점은 없었다.

"다시 아카마 유야의 수사로 돌아가지."

엘리베이터 문이 열리자 다가와는 몬마가 기다리는 스카이라인을 향해 빠르게 걸어갔다.

10

지역에서 가장 번화한 고쿠분 정을 지나, 스카이라인이 히로세도리를 따라 시가지 서쪽으로 향했다. 조수석에 앉은 이케모토가 뒤를 돌아보며 모토미에게 물었다.

"유야 씨는 왜 아오바 구에 집을 얻은 겁니까?"

"직장이 가깝고, 연구 때문에 자주 찾는 도호쿠 대학과 접근성도 좋거든요."

"그렇군요."

다가와는 차 안에서도 계속 메모를 했다. 모토미의 기억은 아직도 또렷했고 불분명한 부분도 없었다.

"이 근처군요."

자동차 전시장 모퉁이를 왼쪽으로 꺾어, 골목 두 개를 지나친 곳에다 몬마가 차를 세웠다. 낡은 아파트 앞이었다. 아파트 앞에는 몬마가 미리 연락해놓은 센다이 중앙경찰서의 경찰차가 서 있었다. 제복 차림의 경사가 차에서 내렸다.

다가와와 모토미가 차에서 내리자, 관할서의 경관이 바깥 계단을 통해 일행을 2층으로 안내했다. 계단을 오를 때마다 발소리가 울리는 낡은 건물이었다.

"공교롭게도 현 세입자와 연락이 닿지 않아서, 집 안을 볼 수는 없을 것 같습니다."

삼십 대 중반의 지역과 경관이 205호실 앞에서 송구스러운 표정으로 말했다.

"당시 어떤 분위기였나?"

이케모토가 경사에게 물었다.

"지레 모양의 공구로 문을 억지로 따고 들어갔습니다. 당시에 강력계 형사도 현장 수사에 입회했는데, 프로의 범행은 아니라고 했습니다."

다가와가 수첩에서 눈을 떼며 물었다.

"목격자나 문을 훼손하는 소리를 들은 주민은 없나?"

"유감스럽게도 이 아파트 주민 중에는 집에 있는 사람이 별로 없더군요. 아파트 주민은 물론이고 인근 주민에게도 탐문 수사를 했지만 쓸 만한 정보는 없었습니다."

다가와는 주변을 둘러보았다. 아파트 옆에는 빌딩이 있었고, 이 아파트 역시 1인 가구가 많아서 다른 집에도 사람이 있는 것 같지 않았다. 다가와와 이케모토는 마주 보며 고개를 저었다. 몬마가 조바심을 내며 입을 열었다.

"집에 빈집털이가 든 건 어떻게 알았나?"

"집주인에게 아카마 씨가 살해됐다는 연락을 받은 관리 회사가 집을 확인하러 왔다가 발견한 모양입니다."

수첩에 요점을 적으며 다가와는 고개를 끄덕였다.

하지만 속으로는 영 마뜩지 않았다. 당시에 이 경관을 포함해, 관할서에서 사건을 성실하게 조사한 것 같지 않았다. 다가와가 모토미를 보며 물었다.

"모토미 씨가 집 안을 확인하셨죠?"

"네. 오빠가 아끼던 노트북 두 대가 없어졌어요."

도난당한 물품이 컴퓨터라는 점이 마음에 걸렸다. 금품 목적으로 잠입한 범인이 값나가는 물건을 가져갔을 공산은 있다. 하지만 아카마가 살해되었다는 사실을 아는 인물이 의도적으로 침입했다면 이야기가 달라진다. 당초부터 컴퓨터가 목적이었다고 할 수도 있다.

다가와는 205호실의 열쇠를 보았다. 아카마의 죽음을 아는 인물이 침입한 게 아닐까. 다가와는 자신이 느낀 바를 수첩에 적었다.

"다가와 씨, 당시 담당 형사를 부를까요?"

"신고를 하지 않았으니, 담당 형사도 사건에 집중하지는 않았겠지."

다가와는 수첩을 품에 넣은 뒤 모토미를 보았다.

"집에 드나들 만한 애인은 없었습니까?"

"그러고 보니 죽기 일 년 전에 오랜만에 집에 와서는 좋아하는 사람이 생겼다는 얘기를 했어요."

"그 얘기, 자세히 들려주시겠습니까?"

다가와가 모토미의 얼굴을 바라보았다. 모토미가 살짝 미간을 찌푸리더니 손뼉을 쳤다.

"그러고 보니 오빠가 메시지를 보낸 게 있네요."

모토미가 손가방에서 휴대전화를 꺼내 화면을 켰다.

"이 년 전에 보낸 메시지인데 남아 있을까요?"

"오빠와의 추억이라 따로 저장해뒀어요. 아, 집에 와서 식사하고 가라고 했는데, 오빠가 도쿄에 가야 해서 못 온다고 했어요."

"도쿄요?"

지금까지 조사한 바로 아카마가 도쿄에서 움직인 흔적은 없었다. 왜 나카노에 있었는지도 밝혀지지 않았다.

"좋아한다는 사람이 아무래도 도쿄에 사는 것 같았어요. 아, 여기 있네요. 오빠 여자친구는 이 사람이에요. 이름이 '가와즈'라고 했어요."

모토미가 작은 액정 화면을 다가와에게 내밀었다. 가타카나로 "가와즈"라고 적혀 있었다. 이케모토가 바로 반응을 보였다.

"어떤 한자를 쓸까요? 내 천川? 강 하河? 전체 이름은 못 들으셨습니까?"

"제가 어떤 사람이냐고 짓궂게 물으니까 가오 씨라고 했던 것 같아요. 죄송해요. 저도 정확하게는 모르겠어요."

"가오 씨라고 불렀으면 가오리나 가오루, 아니면 가오루코겠네요."

다가와는 수첩에 그 이름들을 적었다.

"필요할 수도 있으니까 유야 씨의 휴대전화번호와 메일 주소를 알려주시겠습니까?"

"여기 있어요."

모토미가 휴대전화 화면에서 아카마 유야로 저장된 내용을 보여주었다. 다가와는 휴대전화번호, 메일 주소, 직장의 업무용 메일 주소를 적었다.

"여러 가지로 감사했습니다."

수첩을 품에 넣은 다가와가 경사와 경관에게 정중히 인사했다. 직접적인 단서는 얻지 못했지만, 아카마의 주변 인물에 관련된 실마리는 얻었다.

가와즈라는 이름의 여자와 도난당한 컴퓨터가 '역수', '곱창조림'이라는 키워드와 어떻게 연결될지 혹은 전혀 관계가 없는지 지금으로서는 짐작이 가지 않았다. 새롭게 등장한 이름에 매달려보는 수밖에 없었다.

11

"근처를 돌면서 적당히 시간을 보내고 있게."

운전기사에게 그렇게 지시한 뒤 다키자와는 기다란 검은 빌딩을 올려다보았다.

신주쿠 구 오쿠보 2가, 메이지도리와 도야마 단지 사이에 다키자와의 목적지가 있었다. 다키자와는 도로를 가로질러 빌딩 3층 모퉁이에 있는 '오사다플래닝'의 인터폰을 눌렀다.

"직접 이 누추한 곳까지 오시게 해서 송구스럽습니다."

"회사로 오라고 할 수도 없지 않나."

다키자와가 사장인 나가타 노리오에게 말했다. 광역 폭력단의 정보 수집 담당자가 탁한 눈동자로 다키자와를 바라보고 있었다.

"이번에는 무슨 일이십니까? 저번처럼 본부장님을 미행하던 삼류 기자한테 겁 좀 주면 됩니까?"

"아니, 이것 좀 보게."

다키자와가 신문 기사 복사본을 오사다에게 건넸다.

"아, 우리 쪽 사람이 나카노에서 살해된 사건이군요."

오사다가 책상 옆 캐비닛에서 검은 표지의 서류철을 꺼내 페이지를 넘기다 중간에서 멈췄다.

"삼 년 전에 어떤 인물 소개로 명함을 교환했네. 옥스마트의 일부 점포에서 팔고 남은 식자재를 폐기하는 업무를 맡았던 친구지."

"맞습니다. 니시노는 각종 산업폐기물 처리업자였죠."

오사다의 입가에 웃음이 번졌다.

"어떤 친구였나?"

"별다른 활동도 없었고, 굳이 말하자면 눈에 안 띄는 친구였습니다."

오사다가 다시 입가에 비릿한 웃음을 머금었다.

"돈이면 귀신도 부린다고 하던가."

다키자와가 은행의 이름이 들어간 봉투를 테이블에 던졌다. 오사다가 재빨리 봉투를 집어 금액을 확인했다.

"나카노의 술집에서 살해됐다고 했죠. 경찰에서는 강도 살인, 무차별 살인으로 처리되었고요."

"뭔가 아는 게 있나? 적대하는 조직에서 살해한 거야?"

"그런 거면 우리 쪽에서 가만있지 않죠. 조직과는 상관없습니다. 그리고 제가 생각하는 그림은 경찰과 전혀 다릅니다."

"또 다른 피해자는 센다이의 수의사라더군. 니시노와 접점이 없어."

"그럴까요?"

"결론을 말해."

"실장님이 직접 여기까지 걸음하셨고, 니시노가 죽었다. 기사를 읽자마자 머릿속에 그림이 그려지던데요?"

오사다가 페이지 중간을 가리켰다. 다키자와가 오사다의 손끝을 뚫어져라 쳐다보았다.

"일반적으로 생각하는 산업폐기물 처리와 진짜 산업폐기물 처리는 수입 차이가 어마어마하죠."

오사다가 가리키는 곳에는 광역 폭력단의 산하 단체에서 니시노가 맡았던 직함이 적혀 있었다. 그리고 그 아래에는 오사다가 말하는, 수입의 급이 다른 진짜 산업폐기물의 처리 내용이 적혀 있었다. 다키자와가 숨을 삼켰다.

"설마 이것 때문에 두 사람을 죽인 건가?"

"본부장님께 확인해보시죠."

"이 얘기, 밖으로 절대 흘려선 안 돼."

"물론입니다. 대신 월 수당을 좀 올려주셨으면 하는데요."

"총무부에 말해두겠네."

다키자와는 자리에서 일어났다.

하지만 다리가 움직이지 않았다. 지금껏 회사에서 온갖 더러운 일의 뒤처리를 맡아온 그였지만, 이번 일은 틀림없이 인생 최대의 난관이었다. 쓰루타 기자가 여러 차례 규탄한 대로, 독점금지법 등 다양한 법률을 어겨가며 사업을 확장시킨 것도 사실이었다. 그러나 이번 일은 전혀 성질이 달랐다.

"경찰이 움직이고 있습니까?"

"그래."

"수사 방향은 어떻습니까? 저와 같습니까?"

"형식적인 질문만 했다고 들었네."

"꼼꼼하게 처리하셔야 합니다. 경찰 내부의 정보 수집도 해야 하고, 담당 형사에게 압박도 가해야 하고, 할 일이 많으실 겁니다."

"이쪽 일을 사십 년 가까이 해온 나야. 나도 생각이 있네."

그 말을 남기고 다키자와는 사무실에서 나왔다. 차를 부르기 위해 주변을 둘러보았을 때, 품 안에서 휴대전화의 진동이 느껴졌다.

12

아카마가 살던 아파트에서 나온 일행이 주차해놓은 스카이라인으로 돌아왔을 때였다. 몬마 경위의 휴대전화가 울리기 시작했다.

"그게 무슨 말씀입니까? 사전에 분명히 과장님께 허가를 받은 사안이란 말입니다."

무슨 일이 일어난 건가? 다가와가 통화하는 몬마를 바라보았다. 이케모토도 마찬가지였다.

"알겠습니다."

몬마가 못마땅한 표정으로 휴대전화를 주머니에 넣었다.

"밖에서 잠깐 드릴 말씀이 있습니다."

다가와의 옆에 있던 모토미가 신경 쓰였는지 몬마가 그렇게 말했다. 다가와는 문을 열고 인도에 내렸다. 이케모토도 뒤를 따랐다.

"형사부장입니다. 수사 협조를 중지하라는군요."

"경시청 수사공조과를 통해 미야기 현경의 허가를 받았는데 무슨 소린가?"

"모르겠습니다. 다짜고짜 그만두라는군요. 아마 어디선가 압력이 들어온 모양입니다."

"압력?"

다가와의 물음에 몬마가 힘없이 고개를 저었다.

"저는 본부의 내부 정보에 접근할 힘이 없습니다. 누구 짓인지 알아낼 방도가 없네요."

"그게 무슨 소립니까?"

이케모토가 몬마에게 한 발짝 다가서며 물었다.

"출신 고등학교의 벽입니다. 고향은 미야기 현 북부의 구리하라 시 외곽이지만, 고등학교는 이와테 현의 이치노세키 고등학교에 진학했습니다."

"그게 무슨 상관인가?"

"미야기 현경의 요직은 센다이 주오 고등학교 출신자가 꽉 잡고 있습니다. 경찰뿐 아니라 현청이나 지방 은행, 지방지와 방송, 재계까지 그 파벌이 독식하고 있죠."

"그렇군."

몬마의 이야기를 들은 이케모토가 자동차 앞바퀴를 발로 찼다.

"저희 집은 가난한 구멍가게였습니다. 센다이까지 갈 교통비가 아까워서 집에서 가까운 이치노세키 고등학교에 갔죠."

"알았네. 이제부터는 우리가 알아서 하지. 현경 내부 사정에 참견할 수는 없으니까."

"센다이 시내에 집을 산 지 얼마 안 돼서……. 죄송합니다."

몬마는 미야기 현의 일선 경찰서 세 곳을 거쳐 현경 본부에 배속됐다. 연수로 경시청에 파견되었을 때, 본부의 텃세를 견디기 힘들다고 토로한 적이 있었다.

파벌이 견고한 조직에서 명령을 거역하면, 변두리 주재소* 로 좌천될 가능성도 있다. 집을 산 지 얼마 되지 않았다는 몬

* 기본적으로는 치안센터와 비슷한 역할을 하나 경찰관과 그 가족이 사는 관사가 딸려 있어 24시간 경찰관이 주재한다.

마의 말에, 다가와는 현경 조직의 경직된 분위기를 짐작할 수 있었다.

"미안하지만 모토미 씨를 집까지 모셔다드리게."

"물론입니다. 그리고 이거 받으십시오."

몬마가 주머니에서 봉투를 꺼내 다가와에게 건넸다.

"아카마 유야가 담당했던 축산 농가 목록입니다. 간추려뒀습니다. 제가 같이 가야 하는데 일이 이렇게 되어서 죄송합니다."

다가와는 봉투에서 종이를 꺼내 펼쳤다. 복사한 지도와 함께 축산 농가 십여 곳의 이름과 연락처가 인쇄되어 있었다.

"이런 것까지 준비해둔 건가."

"제 힘이 부족한 탓에 죄송합니다."

"마지막으로 하나만 더 부탁해도 되겠나?"

"말씀하십시오."

"싸고 맛있는 식당을 좀 알려주게."

다가와가 장난스레 말하자, 몬마가 그제야 웃음을 보였다.

"역 앞에 패스트푸드나 프랜차이즈 패밀리 레스토랑이 많습니다."

"그런 데는 맛이 너무 자극적이라 별로야. 혀가 얼얼해진다고 할까."

"그러면 아오바 구 이치반 정, 그러니까 여기서 센다이 역

쪽으로 가면 이로하요코초라는 곳이 있습니다. 센다이 공습 후에 노점이 모여 생긴 먹자골목이죠."

"신주쿠의 오모이데요코초 같은 곳인가?"

"맞습니다. 포장마차도 있고, 밥집이며 메밀국수 가게도 있죠. 최근에 해안가 항구 쪽이 복구되면서 싱싱한 생선을 요리하는 술집도 많이 생겼다고 들었습니다. 서민의 골목은 건재합니다."

몬마가 양복에서 꺼낸 수첩에 이로하요코초로 가는 길을 적어 다가와에게 건넸다.

"기회를 봐서 뭔가 알아내면 연락드리겠습니다."

"감찰에게 걸리면 일이 복잡해지니까 무리하지 말게."

몬마가 다시 차에 올라탔다. 이케모토가 트렁크에서 두 사람의 짐을 내리자, 스카이라인이 경적을 한 번 빵 울리고 출발했다. 멀어지는 후미등을 바라보며 다가와가 고개를 갸웃거렸다.

"대체 누가 미야기 현경에 압력을 가한 걸까요? 야지마 씨?"

혀를 차며 이케모토가 말했다. 다가와가 고개를 끄덕였다.

"옥스마트의 구스미가 연락했겠지. 그들에게 우리는 눈엣가시인 모양이야."

어떠한 경로로 다가와가 센다이에 있다는 사실을 알아냈는지 자세한 내용은 알 길이 없었다. 구스미는 커리어인 야지마를 '코흘리개'라고 조롱했다. 어쩌면 야지마의 약점을 쥐고 있을지도 모른다. 다가와의 가슴속에서 옥스마트의 슈퍼 사업본부장 가시와기 노부토모를 향한 의혹이 착실히 커져갔다.

13

센다이 역 앞의 비즈니스호텔에 체크인한 다가와가 갈아입을 옷가지와 수사 자료가 든 스포츠 가방을 들고 로비 옆에 있는 숙박객용 컴퓨터 앞에 앉았다.

"뭘 조사하시려는 겁니까?"

"옥스마트에 대해 알아보려고. 이렇게 대놓고 훼방을 놓는데 적을 알면 백전백승이라지 않나."

"제가 하겠습니다. 요즘 세상에 선배님처럼 독수리 타법을 쓰는 사람이 어디 있습니까."

이케모토가 컴퓨터 앞에 앉아 검색창에 "옥스마트"라고 쳤다.

검색 결과가 나타난 화면 첫머리에 기업 정보와 투자자 정보 등이 적힌 항목이 나타났다. 옥스마트의 공식 홈페이지였다. 다가와가 화면을 뚫어져라 들여다봤다.

"뭐가 알고 싶으십니까?"

이케모토가 마우스를 움직여 커서를 화면 아래로 내렸다. 계열사 홈페이지 외에 옥스마트의 주가 동향에 관한 개인 투자자의 블로그, 옥스마트 가시와기 회장의 재계 활동에 관한 프리랜서 기자의 블로그가 있었다. 다가와가 프리랜서 기자의 블로그를 가리키자 화면에 기사가 떴다.

옥스마트 본사 복도에서 만난 가시와기 회장의 퉁명스러운 얼굴이 떠올랐다. 재계의 총본산인 경제동우회의 차기 부회장 선거를 분석한 기사였다.

"중대한 시기에 형사가 얼씬거렸으니 얼마나 싫었겠어."

다가와가 다시 컴퓨터 화면을 보았다. 개인 투자자의 포스팅 제목이 눈에 들어왔다.

옥스마트 침묵, 이 기사는 확실!

"이케모토, 이 글을 클릭해봐."

이케모토가 제목을 클릭하자, 옥스마트 본사의 주가가 지난 며칠 동안 불안정한 움직임을 보이고 있다는 설명이 보였다. 다가와는 화면을 자세히 들여다보았다. 주가 동향을 그래프로 만든 차트 밑에 제목이 보였다.

거대 유통업 사양세—역회전 시작한 옥스마트의 성장 전략(제공:

《비즈투데이》

자극적인 내용이었다. 옥스마트의 대규모 쇼핑몰 전략이 기로에 섰으며, 주요 매장이 잇따라 철수하고 있다고 했다. 글쓴이의 이름을 보았다. 쓰루타 마스미라는 이름 옆에는 드세 보이는 여자의 사진이 실려 있었다.

"가차 없는 평가네요."

화면을 들여다보던 이케모토가 말했다.

"수사에 도움이 될지도 모르니까 꼼꼼히 읽어봐야겠군."

다가와는 신흥 매체의 기사를 뚫어져라 보았다. 평소에 접해왔던 신문이나 TV 보도와는 비교할 수 없을 정도로 자극적이었다.

다가와나 1과 형사를 쫓는 사회부 기자는 늘 신선한 사냥감을 쫓는 사냥개 같은 존재였다. 하지만 이 기사에서는 사냥감의 신선도가 아니라 기업의 존재 자체를 적대시하는 듯한 강한 의지가 느껴졌다.

제5장 마수

1

이튿날 오전 7시에 호텔에서 나온 다가와는 이케모토와 함께 도호쿠 신칸센과 자이라이센*을 갈아타고 오전 10시가 지났을 즈음 산간 마을에 도착했다.

역에서 버스를 타고 언덕들이 모여 있는 산 중턱 마을에 도착했을 때에는 정오가 지나 있었다.

"몬마가 없으니 힘들군."

"렌터카를 빌릴걸 그랬습니다. 이렇게 교통편이 안 좋을 줄은 몰랐네요."

버스에서 내린 다가와와 이케모토는 지도를 보며 녹색 언

* 신칸센 이외의 철도.

덕을 걷기 시작했다.

몬마가 아카마의 직장에서 얻은 정보에 따르면, 아카마는 이 R고원에 있는 여러 축산 농가에 자주 방문했다. 세상을 떠나기 두 달 전부터 R고원 출장 횟수가 눈에 띄게 늘어났다. 수의사 사무실에도 그 이유는 보고하지 않았다고 한다.

다가와가 다시 확인차 사무실에 전화를 했을 때에도, 아카마는 무척 신중한 성격이라는 말만 되풀이 들었을 뿐이었다. 과거에도 여러 번 비슷한 일이 있었는데, 행동에 수상쩍은 점은 없었다고 했다.

다가와는 완만하지만 끝없이 이어진 언덕을 보고 입을 다물지 못했다.

"제가 짐을 들까요?"

"그 정도는 아냐. 하지만 내 생각보다 훨씬 체력이 떨어졌군. 계속수사반에 들어온 뒤로 걸을 일이 잘 없었으니까."

어깨를 파고드는 가방끈을 연신 고쳐 매며, 다가와는 완만한 언덕길을 삼십 분쯤 걸었다. 앞장선 이케모토가 이삼 분에 한 번꼴로 뒤를 돌아봤다.

이마에 비지땀이 맺히고 숨이 차올랐다. 여름 풀이 햇빛에 빛나는 한가로운 고원이지만 걷기에는 힘들었다. 이윽고 약간 높은 언덕 너머로 단층 건물이 보이기 시작했고, 동시에 느긋한 소 울음소리가 들려왔다.

"저기가 마스부치 농장이야."

아카마가 자주 찾던 농장이었다. 다가와가 코를 킁킁거렸다. 초등학교 소풍으로 낙농가를 찾았던 예전과 달리 코를 찌르는 냄새가 거의 나지 않았다. 축사 뒤편에 모르타르로 만든 건물이 보였다. 사료와 농기구를 넣는 창고 같았다.

축사에 다가가자 파란 작업복을 입은 중년의 남자가 손수레로 사료를 운반하고 있었다.

"안녕하세요."

이케모토가 말을 걸었다. 남자가 수레에서 손을 떼더니 목에 두른 수건을 벗고 인사를 건넸다.

"버스 시간 좀 알 수 있을까요?"

다가와가 일부러 얼빠진 목소리로 말했다. 그러자 남자가 손목시계를 보며 서글서글하게 웃었다.

"다음 버스는 한 시간 반 뒤에나 오는구먼."

수건으로 이마에 맺힌 땀을 닦으며 남자가 웃었다. 파란 작업복 가슴에 '마스부치'라는 이름이 수놓아져 있었다.

"저희는 일 때문에 여기까지 왔습니다. 그나저나 한 시간 넘게 기다려야 한다니 큰일이네요."

"괜찮으시면 차라도 한잔하시겠소?"

"그래도 되겠습니까?"

짐짓 숨을 헐떡이던 이케모토가 싹싹하게 웃으며 말했다.

"되고말고. 사료 주는 중인데 구경하시겠소?"

"네. 제가 소고기 전골을 좋아합니다. 이렇게 말씀드리긴 뭣하지만, 살면서 생산 현장을 구경할 기회가 얼마나 있겠습니까."

"그렇구먼."

검은 털의 소들이 마스부치를 보고 축사 안에서 일제히 고개를 내밀었다. 다가와와 이케모토는 마스부치를 따라갔다.

"몇 마리나 키우십니까?"

"서른두 마리요."

마스부치가 콘크리트 블록으로 나누어진 사료 통에 사료를 넣었다. 그러자 울타리 너머로 소들이 얼굴을 내밀었다.

"소들이 아주 훌륭하네요. 든든하시겠습니다."

이케모토가 장난스러운 말투로 말하자, 마스부치의 어깨가 움찔했다. 그리고 다음 사료 통 앞에서 수레를 세우고 입을 열었다.

"이 소는 일 년 전에 50만 엔에 샀소. 사료 값만 일 년에 40만 엔 들지. 하지만 정성껏 키워서 시장에 내놓아도, 150만 엔 쳐주는 게 고작이오. 아무리 좋은 소라도 200~300만 엔이고. 이 년 키워서 20만 엔 받는 거요. 서른 마리니 이 년에 6000만 엔이고. 어떻게 봐도 돈 되는 일은 아냐."

"사정도 모르고 죄송합니다. 제가 이쪽으로는 영 문외한이라."

이케모토가 뒤통수를 긁적거렸다. 마스부치가 미심쩍은 표정으로 다가와와 이케모토를 보았다.

"당신들 누구요?"

다가와가 주머니에서 경찰수첩을 꺼냈다.

"경시청 수사1과의 다가와라고 합니다. 이 친구는 이케모토고요. 실은 마스부치 씨와 가깝게 지냈던 아카마 씨 얘기를 들을 수 있을까 해서 찾아뵈었습니다."

"우리는 방사선 검사도 모두 통과했고, 윗선에 찍힐 만한 짓은 안 했소."

아카마의 이름이 나오자마자 마스부치가 홱 뒤돌아 다시 수레를 밀었다.

"원자력 발전소에 관한 소문으로 피해를 입으신 줄은 압니다. 하지만 그와는 전혀 상관없는 일입니다. 사무실에 확인해 봤더니 예전에 아카마 씨가 마스부치 씨 농장을 자주 찾으셨더군요."

"그랬지."

"아카마 씨 사건에 수상한 점이 발견돼서 재조사중입니다. 세상을 떠나기 직전에 아카마 씨에게서 뭔가 이상한 점 같은 걸 느끼지 못하셨습니까?"

"난 잘 모르겠소."

마지막 사료 통을 채운 뒤, 마스부치는 종종걸음으로 수레를 밀며 축사를 나갔다.

"누군가에게 원한을 샀다거나 뭔가 문제가 있었다거나, 그런 느낌은 못 받으셨습니까?"

"모른다니까."

마스부치는 벽에 수레를 세워놓더니 농기구와 사료를 보관하는 창고로 들어갔다. 다가와가 마스부치의 뒤통수에 대고 물었다.

"아카마 씨는 계획적으로 살해되었을 가능성이 있습니다."

"강도에게 살해당했다고 들었소. 나는 신문에서 본 것밖에 모르오."

마스부치는 다가와와 눈을 맞추려 들지도 않고 창고로 들어가 안쪽에서 문을 잠갔다.

"마스부치 씨."

다가와가 문 너머의 마스부치를 불렀지만 대답은 없었다.

"대체 뭘 숨기는 거지?"

창고를 쳐다보던 다가와가 이케모토와 얼굴을 마주했다.

"뭔가 아는 게 있는 건 확실하네요."

다가와와 이케모토는 축사로 돌아가 사료를 먹는 흑우들을 보았다.

다가와는 수첩을 꺼내 펼쳤다. '역수', '곱창조림', '고급 여관', '벤츠' 중에서 벤츠는 가시와기 노부토모와의 관련성이 의심되는 상황이었다.

하지만 나머지 세 키워드는 지금까지 수사한 내용과 여전히 연관성을 찾을 수 없었다. 수첩을 들여다보던 이케모토가 말문을 열었다.

"곱창조림이면, 소 곱창도 들어가지 않을까요?"

"이 농장에서는 고급 흑우만 키우잖나. 주력 상품은 어디까지나 소고기겠지."

"역시 상관없는 건가."

다가와가 몬마가 준비해준 축산 농가 목록을 꺼냈다.

"일단 다른 곳도 들러보자고."

스포츠 가방을 다시 어깨에 맨 뒤 다가와는 무거운 발걸음으로 농장을 나섰다. 이케모토는 연신 뒤를 돌아봤지만, 굳게 닫힌 문은 열리지 않았다.

2

R고원의 끄트머리에 있는 정류장에서 버스를 탄 두 형사는 자이라이센의 역에서 내려 일반 열차에 올랐다.

마스부치 농장에서 나와 약 이 킬로미터 떨어진 사토 목장을 찾았다. 아카마의 이름을 말하자, 중년의 농장주는 그리워하는 표정을 짓더니 이내 한숨을 내쉬었다.

이케모토가 보복 범죄일 가능성을 묻자, 사토는 딱 잘라 부정했다. 인근 축산 농가, 특히 마스부치와 뭔가 갈등이 있었는지도 물었지만 그런 일은 없었다고 했다. '역수', '곱창조림', '고급 여관'에 대해서도 이렇다 할 정보는 얻지 못했다.

"여기까지 왔는데 성과가 없다니……."

아득히 멀어지는 R고원의 한가로운 전원 풍경을 바라보며 다가와가 한숨을 쉬었다. 사토 목장에서 나온 다가와와 이케모토는 몬마가 추려놓은 농가 다섯 곳을 돌았다.

"10킬로미터는 더 걸은 것 같네요."

"마스부치는 뭔가 알고 있어."

"설마 그 영감님이 실행범은 아니겠죠?"

이케모토가 고개를 갸웃거렸다. 조사해볼 가치는 있었다. 하지만 지금까지 밝혀진 단서와 마스부치를 잇는 연결 고리가 없었다.

다가와는 수첩을 들여다보았다. 마스부치와 아카마 사이에 접점이 있어도, 또 다른 피해자인 니시노는 접점이 없었다. 하물며 벤츠 소유자인 롯폰기의 마담 무라카미 사에코, 즉 아베 사나에 그리고 가시와기 노부토모와의 연결 고리도 보이지 않았다.

다가와가 한숨을 쉬는 동안에 열차는 목적지에 도착했다.

"벌써 6시 반이네요."

다가와가 손목시계를 보았다. 호텔을 나온 뒤로 계속 걷기만 했다.

"도쿄에 돌아가려면 뭘 타야 하지?"

역사에서 시간표를 보니 신칸센이 정차하는 역까지 가려면 서둘러야 했다. 스포츠 가방을 껴안은 다가와가 반대편 승강장으로 달려가려던 순간, 무딘 통증이 무릎을 덮쳤다.

"여기저기 수명이 다 돼서 큰일이야."

다가와가 얼굴을 찌푸리며 가방을 일단 바닥에 내려놓았다.

"출장비 정산은 과장님이 하실 테니 그냥 하룻밤 자고 가죠."

"그렇게 할까?"

이케모토의 제안에 다가와가 고개를 끄덕이며 개찰구로 향했다. 그때 뒤에서 운동복 차림의 대학생 무리가 두 사람을 앞질렀다. 개찰구를 나온 다가와가 매점 옆 종합 안내소로 향했다.

"역 앞 비즈니스호텔 좀 예약할 수 있습니까?"

컴퓨터 작업을 하던 여자 직원이 두 사람을 돌아보며 미안한 듯 고개를 저었다.

"대학 축구부 전지훈련이 있어서요. 빈방이 없네요."

"여관도 상관없습니다."

"역 앞은 어디나 만실입니다만, 인터체인지 근처에는 비즈니스호텔이 몇 군데 있어요."

직원이 호텔로 전화를 걸어 몇 마디 나누더니 다가와를 보며 말했다.

"루트 호텔이라는 곳에 빈방이 있는데 어떻게 하실래요?"

"다가와라고 합니다. 방 두 개 예약 부탁합니다."

직원이 능숙하게 예약을 해주었다. 다가와와 이케모토는 안내소에서 나와 택시 정류장으로 갔다. 택시 세 대가 손님을 기다리고 있었다.

"이 호텔로 가주십시오."

"십 분쯤 걸립니다."

다가와 또래의 택시 기사가 요즘은 보기 드문 수동 기어를 내렸다. 작은 교차로를 나서자 메밀국수 가게와 잡화점이 보였다. 택시가 인적 드문 상점가를 막힘없이 달렸다. 시청에서 설치한 관광 안내 표지판에 '조시城址 공원'이라는 지명이 보였다. 이케모토가 물었다.

"여기가 성 밑 마을이었습니까?"

"다이묘가 메밀국수를 좋아했는지, 옛날부터 국숫집이 참 많았죠."

역에서 조금 멀어지자 문을 닫은 가게들이 눈에 들어왔다. 지난번 찾았던 니가타의 산조와 마찬가지로, 전국에 퍼진 대형 체인점이 마을을 망치고 있었다.

"문 닫은 가게 천지네요."

"인터체인지 옆에 옥스마트가 들어오면서 소고기덮밥 가게와 전자 제품 판매점, 안경 체인점이 같이 들어왔거든요."

"지금 가는 호텔도 그런 곳에 있습니까?"

"드러그스토어와 안경 체인점 옆입니다."

택시 기사의 대답에 다가와가 얼굴을 찌푸렸다.

우회전한 택시가 신칸센 고가를 지나 간선 국도로 들어섰다. 택시가 자이라이센 선로를 넘었을 때, 원색의 현란한 간판이 다가와의 눈에 들어왔다. 편도 2차선의 간선 국도에서 좌회전하자, 택시 기사의 말대로 보랏빛 드러그스토어, 오렌지빛 안경 체인점 사이에 모스그린의 외벽을 두른 루트 호텔이 나타났다.

국도 맞은편에는 노란색 간판을 단 옥스마트의 쇼핑센터가 자리하고 있었다.

"오늘 저녁밥은 옥스에서 사야겠군요. 감사합니다."

다가와가 영수증을 받아 내렸다. 로비로 들어서자 역에서 본 것 같은 색색의 운동복 차림의 젊은이들이 보였다. 오 분쯤 후, 두 형사는 체크인을 마치고 5층 방에 도착했다.

"잠깐 숨 좀 돌리고 저녁거리를 사러 가자고."

"저는 맥주 한잔 해야겠습니다."

"그러든지."

옆방으로 들어가는 이케모토를 보며 다가와가 문을 열었다. 널찍한 방이라고 생각했는데, 싱글 룸에 억지로 큰 침대를 넣은 듯, 텔레비전 장식장과 침대 사이의 틈이 삼십 센티미터밖에 되지 않았다.

넥타이를 풀며 커튼을 젖혔다.

국도를 사이에 두고 옥스마트의 간판이 보였다. 강렬한 노란색 간판 뒤편 언덕 위로 작은 천수각이 보였다. 정취가 느껴지는 성 밑 마을의 풍경은 완전히 파괴되어 있었다.

3

커피를 두 잔 시킨 뒤에 다키자와는 눈앞의 남자를 보았다.

"역시 데이토호텔이네요. 저쪽에는 여당 간사장님, 그 옆에는 할리우드 배우라니."

입가에 기분 나쁜 미소를 지으며 핫타가 주변을 둘러보았다. 전통을 자랑하는 호텔 로비는 해외에서 온 관광객과 회의실을 이용하는 비즈니스맨으로 왁자지껄했다.

"볼일이 뭡니까?"

컵의 물을 마시며 다키자와가 다시 핫타의 얼굴을 보았다. 입가에는 웃음을 머금고 있었지만, 뱀을 연상시키는 두 눈은 웃고 있지 않았다.

"저번에 말씀드린 기계 건이 어떻게 되었나 싶어서요."

"조금만 더 기다리십시오."

"다키자와 실장님, 뭔가 문제라도 있으신 겁니까?"

"회장님은 아시다시피 남의 얘기를 안 들으시는 분이고, 노부토모 본부장은 아직 후계자 수업중이라 저도 신경 쓸 데가 많습니다."

"본부장님이 뭔가 손쓰기 힘든 일을 벌인 겁니까? 제가 보기에는 그런 것 같은데요."

다키자와는 남은 물을 다 마셨다.

"예전에 산업폐기물 업자를 소개했는데, 기억하십니까?"

산업폐기물 업자라는 말을 듣자마자 다키자와는 위에서 피가 뿜어져 나오는 듯한 감각에 휩싸였다.

"제 직책상 워낙 많은 분을 소개받아서요."

"폐기 식품이나 다 쓴 식용유를 처리하는 업자였죠. 다키자와 실장님과 본부장님에게 직접 소개한 기억이 납니다."

핫타가 짐짓 팔짱을 끼며 말을 이었다.

"아주 성실한 친구였죠. 수도권뿐 아니라 도호쿠 지방에도 발판을 마련하겠다며 여러 차례 센다이까지 찾아왔어요. 그래서 저희 공장 일을 맡겼습니다. 그 연으로 옥스마트에 소개한 거고요."

핫타가 줄줄 말을 늘어놓더니 다시 입가에 이지러진 미소를 지었다. 다키자와는 무릎에 주먹을 올려놓고 생각에 잠겼다. 정보꾼인 오사다와 마찬가지로 핫타 역시 사건의 윤곽을 알고 있는 것이다.

"니시노라는 친구였습니다."

"회사에 가서 명함첩을 찾아보면 기억이 나겠죠."

"하지만 니시노는 이 년 전에 죽었습니다. 나카노의 술집에서 강도를 만나 변을 당했다고 하더군요."

핫타는 웃고 있었다. 무릎 위의 두 주먹이 제 의지와는 상관없이 가늘게 떨리고 있었다.

"경시청에서 재수사에 들어간 모양입니다. 일부러 센다이까지 형사가 찾아왔더군요. 저는 매스컴 보도대로 강도 살인이라고 생각합니다만."

핫타가 나지막이 말했다. 백기를 드는 수밖에 없었다. 더이상 시치미를 뗀들 시간 낭비일 뿐이었다.

"도호쿠 남부뿐 아니라 북부와 니가타점에도 미트박스의 기계를 도입하기로 하죠."

다키자와의 말에 핫타가 연기하듯 손뼉을 쳤다.

"진심이십니까? 이거 도쿄까지 온 보람이 있군요."

"이 얘기는 반드시 비밀로 해주십시오."

다키자와가 무릎에 손을 올리고 고개를 숙였다. 앙다문 어금니에서 삐거덕거리는 소리가 났다.

"비밀로 하다니요?"

"나카노 강도 살인 사건 말입니다."

"니시노는 우연히 강도 살인 사건의 피해자가 되어 사망했잖습니까."

핫타가 소리 죽여 웃고 있었다.

"뻔뻔스러운 부탁이지만, 계약 내용에 저희 쪽 마진을 좀 높여도 되겠습니까?"

사건의 진상이 낱낱이 밝혀져 옥스마트 전체를 위기에 빠뜨릴 바에야, 한 대당 납품 원가가 두세 배 뛰는 게 낫다. 얼마나 바가지를 씌우려는 걸까. 다키자와는 말없이 핫타를 보았다. 핫타가 앞으로 당겨 앉으며 다키자와의 귓가에 뜨뜻미지근한 숨을 내쉬었다.

"제가 노리는 건 수도권이 아닙니다. 중국이죠. 베이징, 상하이의 기존 점포 확장을 신호탄으로 내륙 대도시에 쉰 곳 이상의 출점 계획을 진행중이시라 들었습니다."

"어디서 그 얘기를……."

불황이 장기화하며 인구 절벽에 내몰린 일본 시장을 버리고, 성장 일변도의 중국 시장에서 고수익을 창출하겠다는 새 5개년 계획은 극소수의 관계자만 아는 일급비밀이었다.

"저도 장사꾼입니다. 거래처가 어떻게 돌아가는지는 일찌감치 파악하고 있어야죠. 그뿐입니다."

"회장님과 상의해서 검토하겠습니다."

"저는 옥스마트와 같이 발전하고 싶을 따름입니다. 믿어주십시오."

핫타가 담배에 불을 붙이며 말했다. 다키자와는 다시 한번 무릎을 짚고 고개를 숙였다.

4

다가와는 국도를 건너 노란 건물 안으로 들어섰다.

옥스마트의 중형 점포 입구에 층별 안내도가 있었다. 1층 안쪽이 식품 매장이었다. 식품 매장 앞과 2층 에스컬레이터 앞쪽에 붙어 있는 하얀 종이가 눈에 들어왔다.

"내부 공사중인가?"

"입점 업체가 바뀌는 거 아닙니까?"

입구 바로 앞에는 캐주얼 의류 매장이 있었다. 누구나 아는 클로킹이 아니라 낯선 이름의 가게였다. 그 옆에는 젊은 층을 겨냥한 잡화점과 드러그스토어가 자리하고 있었다. 모두 다가와가 모르는 브랜드였다.

식품 매장으로 이어지는 넓은 통로는 한산했다. 이삼 층으로 올라가는 에스컬레이터 옆을 지나치자 삼십 미터 전방에 식품 매장의 간판이 보였다. 다가와는 걸음을 재촉했지만, 진행 방향 왼쪽에 느닷없이 하얀 벽이 나타났다. 벽에는 아이들이 그린 그림이 붙어 있었다.

"일하는 부모님"이라 적힌 패널에는 지역 초등학교의 이름이 적혀 있었다.

순정 만화풍의 눈이 큰 엄마, 수염 난 얼굴에 곡괭이를 든 아빠의 모습도 보였다.

"안내도에 하얀 종이가 붙어 있던 곳이 여기야."

"그러니까 기존 업체가 나가고 새 업체가 들어오는 거라니까요."

"잠깐만."

다가와가 센다이에서 인쇄한 기사를 수첩에서 꺼냈다. 옥스마트를 혹독하게 비판한 기사였다. 벽에 붙은 그림과 수첩을 번갈아 보던 다가와가 손뼉을 쳤다.

"그게 아냐. 입점 업체가 철수해서 빈 공간을 이렇게 꾸며둔 거야."

다가와가 기사의 한 부분을 이케모토에게 내밀었다. 이케모토의 표정이 바로 어두워졌다. 기사와 함께 읽으니 아이들의 천진난만한 그림을 더는 순수한 눈으로 볼 수 없었다. 이케모토가 진저리 난다는 표정으로 말했다.

"아이들까지 이용해서 공간을 채워야 하는 상황인 거군요."

그림 전시장을 뒤로한 다가와는 식품 매장으로 향했다. 장바구니를 들고 먼저 주류 코너로 갔다. 캔 맥주와 탄산 소주가 늘어선 진열장 한쪽에서 무알코올 맥주 두 캔을 집었다. 이케모토는 드라이 맥주 500밀리리터를 네 캔이나 장바구니에 넣었다.

"너무 마시지 마."

"물 대신 마시는 거죠."

주류 코너 옆에 "특선 반찬"이라는 간판이 보였다. 그릴 소시지와 햄버그스테이크가 수북하게 담겨 있었다.

"엄청 싸네요."

이케모토가 들뜬 목소리로 말했다.

"너무 싼 거 아냐?"

다가와가 손으로 쓴 가격표를 가리키며 말했다.

"이렇게 큰 햄버그스테이크가 100엔밖에 안 한다고? 소시지가 50엔이야."

"중국에서 만든 냉동식품이라 그런 거 아닐까요?"

"저렴한 건 좋지만 이렇게 많이는 못 먹어. 그보다 정육 코너로 가보자고."

다가와의 눈에 노란 현수막이 들어왔다. 황소가 그려진 염색 천에 "옥스미트"라는 글씨가 적혀 있었다. 옥스마트의 원점이었다.

"난 여기서 사야겠어."

"종류가 많네요."

커다란 유리 진열장에는 소, 돼지, 닭, 그리고 양과 오리까지 여러 고기의 다양한 부위가 진열되어 있었다. 매장 오른쪽에는 조리 식품 코너가 있었다.

닭 허벅지살과 날개 튀김, 닭꼬치, 로스트치킨 옆에 양갈비 소테, 돼지고기 생강구이도 있었다. 아까 봤던 햄버그스테이크나 소시지에 비해 가격은 비쌌지만, 원재료가 정육 매장에서 판매하는 상품과 동일한 것 같았다. 다가와는 좋아하는 소고기 요리를 발견했다. 지역에서 생산된 흑우를 썼다는 스티커가 붙어 있었다.

"조림을 살까, 아니면 스키야키 도시락을 살까."

다가와가 팩을 들고 비교했다.

"저는 둘 다 먹을 겁니다. 피곤해서 고기로 에너지 보충 좀 해야겠어요."

"이제 곧 문 닫을 시간이니 할인 스티커 붙여드릴게요."

진열장 너머로 중년의 직원이 웃으며 말했다. 고민 끝에 다가와는 스키야키 도시락을 장바구니에 담았다.

"슈퍼에서 흑우 도시락을 팔 줄은 몰랐네요."

"정육 코너 반찬은 차원이 달라요."

"저쪽에서 파는 음식과는 완전히 다르네요."

다가와가 턱을 까닥해 저렴한 소시지와 햄버그스테이크를

가리켰다. 순간 직원의 미간에 주름이 잡혔다.

"같이 취급하면 섭섭하죠. 옥스의 원점은 정육점이잖아요."

"그게 무슨 뜻입니까?"

다가와의 물음에 직원이 난처한 표정으로 고개를 저었다. 뭔가 사정이 있는 건가. 더 물으려고 입을 열었지만 직원이 어색한 미소를 지으며 말을 돌렸다.

"여기 스티커 받으세요."

직원이 저울 옆에 있는 종이에서 스티커를 한 장 떼서 다가와에게 건넸다.

"원산지가 어딥니까?"

"R고원이에요."

"그렇군요."

"잠깐 이리 좀 와보세요."

직원이 손짓하더니 진열장 한가운데에서 걸음을 멈췄다. 스키야키와 샤브샤브용으로 얇게 썬 고기가 보였다. 은은하게 퍼진 마블링이 인상적이었다.

"보너스가 나오면 최고급으로 사야겠군요."

다가와가 직원에게 미소 지으며 대답했다. 그때, 진열장 안의 고깃덩어리 옆에 붙은 무언가가 시선을 사로잡았다. 반사적으로 걸음을 멈추고 진열장을 가리켰다.

"왜 그러십니까?"

"이케모토, 저거 보이나?"

이케모토가 눈을 부릅뜨더니 어깨를 흠칫했다. 중년의 직원이 웃으며 말했다.

"100그램에 1800엔 하는 특상품이죠. 보는 눈이 있으시네요. 원하시는 대로 썰어드릴게요."

"그게 아니라, 이 사진은 뭡니까?"

"저희 매장하고 특별 계약을 맺은 농가예요. 지역에서 제일가는 축산 농가에서 성심껏 키운 A5등급 흑우죠."

"A5등급 흑우라……."

다가와가 진열장을 가리킨 채 돌처럼 굳었다. 이케모토는 말없이 진열장을 노려봤다.

"고객님? 무슨 일이세요?"

"이 사람, 마스부치 씨 맞죠?"

"그런데요. 잘 아시네요?"

다가와는 제 손끝을 뚫어져라 바라보았다. 진열장 안쪽에 붙은 사진 속 인물은 아까 만난 마스부치였다. 파란 작업복에 수건을 두른 모습 그대로였다.

5

호텔로 돌아온 다가와는 수첩을 펼쳤다. 이케모토도 어깨

너머로 수첩을 들여다보았다.

목격자 증언에 따르면, 머리부터 발끝까지 검은색으로 도배한 범인은 나카노도리에 정차해 있던 벤츠 쿠페를 타고 달아났다. 벤츠의 소유주는 무라카미 사에코, 즉 아베 사나에였고, 차량 구입 자금을 댄 이는 옥스마트의 슈퍼 사업본부장 가시와기 노부토모였다.

다가와와 만났을 때, 노부토모는 사건 당일 현장에서 그리 멀지 않은 신주쿠 가부키 정에 있었던 사실을 시인했다. 또한 도주에 이용되었을 것으로 짐작되는 차량은 부자연스러운 모양새로 폐차되었다.

"가시와기 노부토모가 범인이네요."

이케모토가 침을 튀기며 말했다. 다가와는 수첩에 새로운 수사 결과를 적어 넣었다.

옥스 노부토모, 정육 매장 → 축산업자 마스부치 → 수의사 아카마

마스부치라는 축산업자의 존재가 드러남으로써 지금까지 아무 연결 고리도 없었던 노부토모와 아카마 사이에 접점이 생겼다.

"노부토모가 실행범이라면, 아카마는 왜 죽인 거지?"

"뭔가 갈등이 있었겠죠."

"그게 뭔데? 그리고 니시노는 왜 죽인 거고."

"모르겠습니다. 하지만 진전이 있네요."

"맞아. 연결 고리를 하나 밝혀냈지. 하지만 '역수'와 '곱창조림', '고급 여관'이 어떻게 연결되는지는 아직 수수께끼고. 또 왜 추적이 쉬운 벤츠를 범행에 사용했는지도 모르겠군."

남은 수수께끼를 풀지 않으면 가시와기 노부토모에게 접근할 수 없다. 다가와는 수첩을 노려보았다.

"이케모토, 형사총무과에 연락해서 통신 회사에 수사 요청을 해. 휴대전화 통화와 메시지 이력을 샅샅이 조사해야겠어."

"누구 기록 말입니까?"

"아카마 유야."

"아카마와 노부토모를 잇는 확실한 증거를 찾아내겠군요."

"하나 더 있어. 아카마가 동생에게 말했던 애인인 가와즈라는 인물도 찾아내야 해. 할 수 있겠어?"

"당연하죠."

다가와는 다시 수첩을 보았다. 어느샌가 제법 두툼해져 있었다. 처음에 비해 세 배는 되어 보였다.

"일단 건배나 하죠."

"그럴까?"

이케모토가 비닐봉지에서 무알코올 맥주를 꺼내 다가와에

게 건넨 뒤 드라이 맥주를 꺼냈다. 김빠진 음료를 마시며 다가와가 말문을 열었다.

"보안을 최우선시해줘. 수집한 정보는 미야타에게 모두 몰아주고. 번거롭겠지만 형사총무과에도 미야타를 거쳐서 의뢰해."

"알겠습니다."

"야지마 씨나 기자들에게 정보가 새어 나가면 옥스마트를 자극하게 될 테니 말이야."

다가와는 비닐봉지에서 사 온 음식과 도시락을 꺼내 협탁에 놓았다. 이케모토가 냉큼 소고기조림과 스키야키 도시락 뚜껑을 열었다.

"도쿄로 돌아가면 느긋하게 도시락을 먹을 시간도 없겠군."

다가와가 스스로 다짐하듯 나지막한 소리로 말했다.

제6장 추적

1

이튿날 아침, 가장 빠른 열차로 도쿄로 돌아온 다가와는 아라이야쿠시마에의 자택으로 돌아와 샤워를 했다. 욕실을 나가자 사토미가 부루퉁한 얼굴로 서 있었다.

"그렇게 조심하라고 말했는데."

사토미가 세탁기에 올려져 있는 양복의 왼쪽 가슴을 가리키며 말했다.

"미안해."

두꺼운 수첩을 계속 넣었다 빼다 보니 양복 안주머니 모양이 완전히 변형되어버린 것이다.

"옷은 새로 사면 되지만, 당신은 하나밖에 없으니까."

부루퉁한 표정 그대로 사토미가 밖으로 나갔다.

옷을 갈아입은 다가와는 부엌으로 갔다. 샌드위치가 담긴 접시에 랩이 씌워져 있었다. 야채와 햄 샌드위치를 봉투에 넣어 집을 나왔다.

붐비기 시작한 출근길 열차를 갈아타고 고지마치의 경시청 분실에 도착했다. 오전 11시 45분이었다.

샌드위치를 먹고 있는데 이케모토가 황급히 들어왔다. 대충 인사를 건네더니 서류를 펼쳤다. 의뢰했던 자료였다.

"과장님이 도와주셔서, 하루 만에 통신 회사에서 자료를 받았습니다."

"뭐 좀 알아냈어?"

"먼저 아카마의 애인입니다. 가와즈라는 여자의 정체입니다."

이케모토가 서류 윗부분을 가리켰다. '가와즈 가오루'라는 이름이었다. 그 아래로 휴대전화번호 열한 자리 숫자가 적혀 있었다. 서류 맨 끝에 붙은 노란색 메모지에는 이케모토의 각진 글씨로 주소가 적혀 있었다.

"현 주소는 세타가야 구 오쿠자와 2가, 직장은 신주쿠 구 오쿠보 사립 세이조 학원, 중학교 국어 교사입니다."

다가와는 수첩을 펼쳐 가와즈 가오루의 정보를 적었다.

"동성동명인 사람이 두 명 더 있었지만, 한 사람은 예순여덟 살의 할머니였고, 다른 한 명은 남자더군요. 아마 이 사람이 틀림없을 겁니다."

"만나보고 올게."

"잠깐만요. 아직 안 끝났습니다."

"빨리빨리 해."

이케모토가 다른 자료를 펼쳤다. 엑셀로 작성된 방대한 양의 숫자 일람표였다.

"먼저 이걸 보시죠. 표 왼쪽은 아카마의 사망일로부터 일 년간의 통화 기록입니다. 오른쪽은 니시노 마모루의 통화 기록이고요."

"니시노?"

"니시노의 기록도 형사총무과를 경유해서 통신 회사에 조회를 요청했습니다."

"센스가 있군."

"형광펜으로 표시한 부분을 보시죠."

이케모토는 마디가 굵은 손가락으로 일람표 오른쪽을 가리켰다.

03 아래로 일반전화번호가 보였다. 그 밖에도 휴대전화번호를 나타내는 090이나 080 번호도 여러 개 보였다.

"아카마 기록도 보시죠."

다가와는 표 왼쪽을 보았다. 역시 도쿄의 지역 번호인 03으로 시작되는 번호가 있었다.

"설마……."

"맞습니다. 이 번호가 두 사람의 접점입니다. 장소는 미나토 구 히가시아자부, 회원제로 운영되는 고깃집입니다."

"잘했어!"

다가와가 양복 상의를 집으며 두 주먹을 불끈 쥐었다.

"아카마의 애인은 나중에 만나보기로 하고, 먼저 이 가게에 가보죠."

"두 사람이 만난 적이 있을지도 몰라."

"수사1과의 차량을 가져왔습니다. 그 가게에 점심 메뉴가 있으면 밥 한 끼 사주셔야 합니다."

"특상 갈비든 설로인 정식이든 자네 좋아하는 걸로 먹어."

말을 마친 다가와가 곧바로 빌딩 계단을 내려갔다.

2

주오 구 핫초보리에 있는 기계 회사 회의실. 다키자와가 핫타와 함께 담당 부장과 마주 앉아 있었다.

"핫타 사장님, 일단 300대를 제작하겠습니다. 감사합니다."

"감사 인사는 다키자와 실장님께 하셔야죠. 옥스에서 기계를 도입하시기로 결단을 내려주신 덕이니까요. 그렇죠?"

"말씀대로네요."

흡족한 미소를 짓는 핫타와 제작 담당 부장 옆에서, 다키자와는 가계약서를 보았다.

'미트박스 슈퍼매직블렌더2 견적서'. 이 거창한 서류에 옥스마트와 차기 회장인 가시와기 노부토모의 미래가 달려 있었다.

갑자기 목이 메는 걸 느끼며 다키자와는 역류한 위액을 다시 삼켰다.

예전에 미야기 지역 점포에서 고객의 항의가 들어온 적이 있었다. 미트박스에서 만든 소고기 백 피센드의 미트볼에서 이물질이 나왔다고 했다.

조사를 해보자 이물질의 정체는 상한 닭 모래주머니의 일부였다. 역한 냄새가 코를 찔렀다. 블렌더의 날에 문제가 생겨서, 모래주머니가 완전히 다져지지 않고 형태가 남아 있었던 탓에 첨가물이 배지 않아 맛이 이상해진 것이다. 앞으로도 이런 항의는 늘어날 것이다. 그래도 회사가 없어지는 것보다는 낫다.

앞으로는 고객 항의 처리 매뉴얼이나 매체 대책도 다시 세워야 한다. 항의가 들어올 게 분명한 상품은 애초부터 매장에 들여서는 안 된다. 그걸 모르는 게 아니다. 하지만 회사가 무너지면 모든 게 물거품이 된다.

"부장님, 납기일은 언제가 되겠습니까?"

"일단 두 달 뒤에 100대를 납품하고, 나머지는 반년에 걸쳐 납품하는 것으로 하면 어떻겠습니까?"

"그건 좀 곤란한데요. 두 달 뒤까지 200대를 준비해주십시오."

"핫타 사장님, 그건 어렵습니다."

"불가능을 가능하게 하는 게 프로 아니겠습니까. 실장님도 그렇게 생각하시죠?"

"하시는 데까지 하시면 됩니다. 저는 오후에 회의가 있어서 그만 일어나야겠군요. 오늘은 여기까지 하죠."

다키자와가 일어나자 핫타와 부장도 황급히 일어났다.

"실장님, 저녁 일정은 어떻게 되십니까?"

"공교롭게도 오늘은 선약이 있군요."

다키자와는 가방을 들고 서둘러 회의실 문을 열었다. 더이상 이 자리에 있고 싶지 않았다. 잰걸음으로 복도를 지나 엘리베이터를 탔다. 뒤따라온 핫타가 같이 올라탔다.

"너무 매정하시군요."

"나쁘게 생각 마십시오."

"서로 잘되자고 하는 일 아닙니까."

"이렇게까지 편의를 봐드리는 건 미트박스뿐입니다. 그 점을 부디 알아주셨으면 합니다."

"그걸 왜 모르겠습니까."

엘리베이터가 1층에 도착했다. 다키자와는 현관 앞에 세워 둔 차로 걸어갔다.

"이 일이 일단락되면 중국에서도 같이 일해보죠."

"여기까지만 하십시오."

"당황스럽군요, 꼭 제가 귀사를 협박하는 것처럼 들리는데요?"

"아닙니까?"

"뭔가 오해가 있으신 것 같은데, 저는 어디까지나 옥스마트와의 거래 관계를 비밀에 부치고 싶을 따름입니다."

다키자와는 얼굴을 찌푸렸다. 운전기사가 의아스러운 표정으로 차 문을 열었다. 다키자와는 뒷좌석에 올라타 힘껏 문을 닫았다.

"출발하게."

아직 안전벨트도 매지 않은 기사에게 다키자와가 큰 소리로 지시했다.

3

낡은 프리메라 조수석에서 다가와가 이케모토에게 길을 알려줬다.

"이케모토, 법무국 뒤에서 우회전이야. 인도 음식점 옆의 옆이 우리가 찾는 가게고."

미나토 구 히가시아자부 2가, 롯폰기와 아자부주반에 가까운 주택가 한 모퉁이에 두 형사가 찾는 회원제 고깃집 '도모에'가 있었다. 다가와는 손에 든 메모를 뚫어져라 보았다. 빨라지는 심장박동이 손에 잡힐 듯 느껴졌다.

"저 집인가?"

인도 음식점 옆을 지나쳤을 때 다가와가 앞 유리창을 가리키며 말했다. 도로 오른쪽에 콘크리트로 지은 건물이 나타났다. 그 앞에는 냉동 컨테이너가 딸린 소형 트럭이 서 있었다. 이케모토가 트럭에서 조금 떨어진 곳에 차를 세웠다.

"가지."

이케모토가 사이드브레이크를 당기기도 전에 다가와가 문을 열고 뛰쳐나갔다. 트럭에 가려 잘 보이지 않았지만, 콘크리트 벽에 "도모에"라고 적힌 간판이 달려 있었다. 이케모토가 문 옆 초인종을 눌렀다.

"저녁부터 영업합니다."

얼빠진 목소리가 대꾸했다. 이케모토가 뜸 들이지 않고 경시청 수사1과에서 나왔다고 대답했다. 곧바로 문이 열렸다.

다가와와 이케모토가 가게 안으로 들어섰다. 내부는 원목으로 꾸며져 있었다. 통로 양쪽에 각각 여섯 명쯤 앉을 수 있는 룸이 있었고, 통로 안쪽의 커다란 유리 칸막이 너머로 불켜진 조리실이 보였다.

"무슨 일이십니까?"

조리실에서 대머리 남자가 나왔다. 다가와와 이케모토는 신분을 밝힌 뒤 이 년 전 사건을 수사하는 중이라고 설명했다.

대머리 남자가 스위치를 누르자 옅은 오렌지빛 조명이 들어왔다. 남자의 뒤쪽 벽에 토실토실한 흑우의 사진이 걸려 있었다.

"저 소는 뭡니까?"

"올해 품평회에서 챔피언으로 뽑힌 암소입니다."

봉긋 솟은 어깨나 허리에서 엉덩이까지 난 털에 윤기가 흘렀다.

"이건 뭐죠?"

이케모토가 사진 옆 액자를 보며 물었다. 먹으로 뭔가의 자국을 찍어낸 것이었다.

"혈통서와 비문鼻紋입니다. 부모의 혈통 특징이 송아지에게 그대로 나타나는 게 와규의 세계입니다. 인간의 지문과 마찬가지로, 소의 비문은 세상에 하나밖에 없죠."

잡아먹을 듯 혈통서를 들여다보던 다가와가 축산 농가의 이름을 보고 놀라서 입을 떡 벌렸다. 마스부치 농장을 찾은 뒤에 방문했던 사토 목장과 R고원의 이름이 인쇄되어 있었다.

"R고원은 우수한 산지인가 보군요."

"자부심이 대단한 축산 농가들이 정성을 다 하고 있죠."

다가와는 조리실을 보았다. 커다란 유리창 옆에 굵은 붓글씨로 쓴 글자가 보였다.

저희 가게에서는 소 한 마리를 통째로 구입합니다. 뼈를 제거하지 않은 상태에서 고기를 숙성시킵니다.

"숙성이 뭡니까?"

"닭고기나 돼지고기와 달리, 소는 도축한 뒤 14일에서 20일 정도 숙성시키면, 고기 본연의 맛을 끌어낼 수 있습니다. 뼈를 제거하지 않으면 손질하는 데 품이 들지만, 맛의 차이는 확연하죠."

대머리 남자의 표정이 누그러진 걸 보고 다가와가 양복 안주머니에서 아카마의 사진을 꺼냈다.

"가게에 이 사람이 찾아온 적이 있습니까?"

다가와가 사진을 건네자, 남자가 유심히 들여다봤다.

"수의사입니다."

이케모토의 말에 남자가 고개를 갸웃하다 마침내 반응을 보였다.

"아, 기억이 납니다. 정확한 시기는 잊어버렸지만, 전화를 한 뒤에 갑자기 찾아온 사람입니다."

"언제였는지 기억나지 않으십니까?"

남자가 팔짱을 끼더니 챔피언 소의 사진을 보았다.

"분명…… 기요미와 같은 시기였는데."

"기요미?"

다가와와 이케모토가 동시에 되물었다.

"소 이름입니다. 기요미와 같은 시기였으니, 아마 이 년쯤 전이었겠죠."

아카마가 틀림없었다. 다가와가 입을 열었다.

"가게에 와서 뭐라고 했습니까?"

"난데없이 냉장고의 고기를 보여달라고 하는 겁니다."

"보여줬습니까?"

"알지도 못하는 사람에게 보여줬을 리가요."

"왜 찾아왔는지 이유를 말했습니까?"

"다짜고짜 고기를 보여달라고만 하더군요. 뭔가 말하기 힘든 사정이 있는 것 같았습니다. 영 찝찝해서 반강제로 내보냈습니다."

"짚이는 게 있으십니까?"

"전혀 없습니다."

"그 뒤로 연락이 온 적도 없었고요?"

"없었습니다."

다가와는 수첩에 아카마의 이해할 수 없는 행동을 적었다.

그리고 니시노의 사진을 꺼내 남자에게 내밀었다.

"이 사람은 아십니까?"

대머리 남자의 표정이 확 바뀌었다.

"니시노 씨 아닙니까."

다가와가 이케모토와 마주 보았다.

"아십니까?"

"물론이죠. 저희 가게에 도움을 주신 분인데."

"구체적으로 어떤 관계이십니까?"

이케모토가 흥분한 목소리로 캐물었다.

"관계고 뭐고, 니시노 씨 덕분에 오쿠보의 코리아타운에서 끝내주는 김치를 들여올 수 있었습니다."

"김치요?"

"처음에 가게 개업 준비를 하던 때에 사장님이 니시노 씨와 함께 오셨습니다. 니시노 씨는 불고기와 김치는 떼놓을 수 없다고 하셨죠."

다가와가 다시 이케모토와 마주 보며 고개를 끄덕였다.

"니시노 씨는 살해됐다고 들었는데, 왜 이제 와서 경찰이 수사하는 겁니까?"

"사인에 불분명한 점이 밝혀졌습니다. 그래서 재수사에 들어간 거고요."

"그러시군요. 본업이 무엇인지는 모르지만, 오쿠보에 사무실이 있다면서 한국인이 직접 만든 김치나 막걸리를 추천해 줬습니다."

"니시노 씨 관련해서 뭔가 이상한 일은 없었습니까?"

다가와의 물음에 남자가 다시 고개를 갸웃하더니 가게 안쪽으로 들어갔다. 일 분 뒤 장부를 들고 다시 나온 남자가 말했다.

"생각났습니다. 수의사가 찾아온 다음 날이었을 겁니다. 평소에는 뒷문으로 출입했는데, 그날은 얼굴이 파랗게 변해서 현관으로 뛰어들어왔습니다."

"그날 일이 특별히 기억에 남은 이유라도 있습니까?"

남자가 장부를 돌려 다가와에게 내밀었다. 영업일지의 9월 11일 자 비고란에 "니시노 씨 방문"이라고 적혀 있었다.

"기요미에 대해 물으시는 겁니다."

"그래서요?"

"산지가 어디냐며 집요하게 물으셨습니다."

"산지?"

"네."

"참고로 그즈음 어떤 소고기를 납품받았는지 기억하십니까?"

"잠시만 기다리십시오."

남자가 그렇게 말하더니 장부를 뒤졌다.

"여기 적혀 있네요."

남자가 오른쪽 페이지의 '상세 설명' 자리를 가리켰다. 순간 다가와는 숨이 턱 막히는 걸 느꼈다.

"마스부치 농장에서 들여온 소였습니다."

"아카마와 니시노는 마스부치 농장의 소라는 걸 알고 있었을까요?"

"아는 것 같았습니다. 뭔가 문제라도 있습니까?"

"아닙니다. 수사에 도움이 많이 됐습니다. 마지막으로 사진을 한 장 봐주시겠습니까? 이 사람을 아십니까?"

다가와가 수첩에서 가시와기 노부토모의 사진을 꺼내 남자에게 내밀었다. 남자가 아카마와 니시노 때와는 전혀 다른 반응을 보였다.

"알다마다요. 저희 사장님 중 한 분이신데요."

"사장님요?"

"노부토모 사장님과 사장님의 친구인 청년 실업가 네 분이 함께 창업한 가게가 이곳입니다."

"혹시 사장님들 사진이 있습니까?"

"잠깐만요."

대머리 남자가 다시 가게 안쪽으로 들어갔다.

"선배님, 이번에는 제대로 짚은 것 같은데요?"

이케모토가 흥분한 목소리로 말했다. 다가와는 집게손가락을 입술에 대며 생각에 잠겨 있었다.

"기다리시게 해서 죄송합니다."

잡지를 들고 온 남자가 점착식 메모지가 붙은 페이지를 펼쳐 다가와에게 건넸다.

"막 개업했을 때 미식 잡지에 실린 기사입니다."

다가와는 컬러로 실린 기사를 유심히 들여다보았다.

하이칼라의 와이셔츠를 입은 노부토모 옆에 수염이 삐죽삐죽 난 남자, 화려한 색의 안경을 낀 남자가 보였다.

"시간이 나면 사장님이 직접 고기 손질도 하십니다. 회사 일로 스트레스가 많으신지, 여기서는 어깨에 힘을 빼고 즐겁게 일하시죠."

"사진 좀 찍어도 되겠습니까?"

이케모토가 휴대전화 카메라로 잡지 기사를 찍었다. 다가와는 페이지를 넘겼다. 가게에서 자부심을 가지고 소개하는 소고기와 맛있게 고기를 먹는 손님들의 사진이 실려 있었다.

"이케모토, 여기도 찍어줘."

다가와가 고깃덩어리 사진 밑에 실린, 와인잔을 기울이고 있는 여성 고객의 사진을 가리켰다.

"아."

이케모토가 반사적으로 소리쳤다.

"이 여자분도 회원입니까?"

"사에코 마담은 저희 단골이죠. 노부토모 사장님의 중요한 친구니까요."

"상류층 손님 전용 가게군요. 고기는 가시와기 씨가 직접 들여옵니까?"

"물론이죠. 옥스마트의 거래처 중에 이거다 싶은 고기를 들여옵니다. 마스부치 농장과 사토 목장 등 R고원에서 키운 소고기를 특히 좋아하시죠."

"미안하지만 이 영업일지 좀 복사해줄 수 있습니까?"

"지금 복사해 오겠습니다."

남자의 뒷모습이 사라지자 다가와와 이케모토가 말없이 하이파이브를 했다.

4

차에 올라탄 두 형사는 수첩을 사이에 놓고 머리를 맞댔다.

도모에 고깃집과 마스부치 농장을 기점으로 아카마와 니시노 그리고 가시와기 노부토모와 사에코 마담의 연결 고리가 밝혀졌다. 아카마는 고지식할 정도로 성실한 수의사였다. R고원의 축산 농가는 모두 아카마를 신뢰했고 그의 됨됨이를 높게 평가했다. 생각에 잠긴 다가와를 향해 이케모토가 말했다.

"니시노는 그 가게에 왜 갔을까요? 산지는 왜 캐물은 거죠? 산업폐기물 업자가 축산 농가와 무슨 상관이 있다고요?"

"열쇠는 소가 쥐고 있어. 결국 소가 관건이야."

다가와는 수첩을 대시보드에 내려놓았다. 그리고 연필로 종이 한가운데에 "소"라고 적었다. '소' 아래쪽에 화살표를 그어 아카마, 니시노 두 피해자의 이름을 적었다. '소' 오른쪽에는 "마스부치 농장", "가시와기 노부토모", "도모에"라고 적었다.

"아카마는 축산 수의사였으니 접점이 없지는 않죠. 그리고 이 여자가 드디어 등장했군요."

이케모토가 휴대전화 화면에 표시된 사에코의 사진을 가리켰다.

"사에코는 노부토모와 아주 가까운 사이지."

운전석에서 팔을 뻗은 이케모토가 빨간 볼펜으로 '아카마'와 '소', '가시와기 노부토모'를 잇고 새롭게 '사에코'를 적어 선으로 연결했다.

다가와는 강도범에게 살해당했다는 노부토모의 누나 마키코의 신문 기사를 다시 떠올렸다. 동시에 사에코의 사진을 보았다. 생김새나 분위기는 달랐지만, 주변 사람을 잘 챙겨주는 누님 스타일이라는 공통점이 있었다. 하지만 니시노와 소를 잇는 연결 고리는 없었다.

"도모에의 직원이 니시노를 사장의 지인이라고 했죠?"

"그래. 니시노가 조직폭력배라는 걸 노부토모도 알고 있었는지 알아볼 가치가 있겠어."

이케모토가 볼펜으로 '니시노'와 '가시와기 노부토모'를 점선으로 연결했다.

"마스부치 농장에서 출하된 소는 도모에와 옥스마트의 지역 점포에 납품됐어. 두 곳 모두 가시와기 노부토모와 관련이 있지. 거기 아카마가 관련되었다는 건 알겠어. 하지만 노부토모가 진범이라면 아카마를 죽여야 했던 이유는 뭘까?"

아래쪽에 적어놓은 '아카마'와 오른쪽의 '가시와기 노부토모' 항목을 빨간 선으로 연결한 이케모토가 중간 지점에 물음표를 그려 넣었다.

"니시노를 살해할 이유도 짐작이 가지 않네요."

이케모토가 아까 그린 빨간 점선 중간에도 물음표를 추가했다.

"그리고 풀리지 않은 큰 수수께끼가 남아 있지."

다가와가 그렇게 말하더니 '소' 왼쪽에 "역수", "곱창조림", "고급 여관"이라고 적고 '니시노'와 '곱창조림'을 선으로 연결한 뒤 팔짱을 꼈다.

"결정적인 동기를 모르겠어. 노부토모를 본격적으로 수사하는 건 시기상조야. 아까 직원을 통해서 우리가 왔었다는 얘기가 틀림없이 노부토모의 귀에 들어갈 테고."

"관계자들의 배후를 다시 철저하게 조사해보겠습니다."

시동을 걸며 이케모토가 말했다.

"나는 아카마의 애인 가와즈를 만나보지."

사건의 줄기가 하나둘 윤곽을 드러내고 있었다. 하지만 제일 중요한 몸통인 계획 살인의 동기는 오리무중이었다.

5

편집부에 나타난 고마쓰는 머리도 짧게 자르고, 삐죽삐죽한 수염도 민 모습이었다. 쓰루타가 편집부 옆의 작은 회의실로 고마쓰를 안내했다.

"덕분에 두 달 만에 제대로 씻고 푹 잤습니다."

"편집장님에게 말해서 예산을 따냈으니 마음 편히 계세요."

농담조로 말하자 고마쓰가 껄껄 웃었다. 그후 쓰루타는 고마쓰에게 센다이에 있는 그의 가족의 근황을 들으며 도시락을 먹었다.

가족 이야기가 나오자 고마쓰의 눈가가 촉촉해졌다. 그와 대조적으로 미트박스의 핫타 사장 이야기가 나오자 얼굴이 시뻘게졌다. 혼합육 생산을 멈춰야 한다고 주장하다가 핫타에게 발길질을 당한 적도 있다고 했다.

고마쓰가 지역 신문이나 방송국, 관계 기관을 드나들며 호소했지만, 모두 핫타의 압력으로 묵살되었다고 털어놓았다.

거기서 끝이 아니라 재취직 자리까지 막혀서, 결국 도쿄로 올 수밖에 없었다고 했다. 쓰루타는 녹음기를 틀어놓고 고마쓰의 이야기를 취재 수첩에 기록했다.

대충 이야기를 끝냈을 즈음에는 시곗바늘이 오후 1시를 가리키고 있었다.

"옥스마트가 어떻게 센다이 지역에 진출했는지, 자세한 얘기를 들을 수 있을까요?"

"원래 미야기 현은 미우라 집안의 텃밭이었습니다."

고마쓰는 시정촌의 수장, 의회, 상공회까지 미우라 집안의 일원이 장악하고 있다고 했다.

"사 년 전에 옥스마트가 미야기 현 의회의 일부 의원과 접촉한 적이 있었는데, 이 일이 즉시 외부에 알려졌죠. 보수적인 상공회를 중심으로 반대 서명 운동까지 일어났습니다."

"당시 핫타 사장은 어떤 입장을 취했습니까?"

"원래는 반대파였는데, 어느 날을 계기로 전향했습니다."

"어느 날요?"

"매직블렌더 1호기가 완성된 날이었죠. 수차례 성능 시험을 거쳐 품질이 안정되었을 때 핫타가 움직이기 시작했습니다."

"구체적으로 어떻게 했죠?"

"반대 운동의 선봉에 선 현 의회 거물 의원을 거꾸러뜨렸습니다. 어떤 경로로 옥스와 손을 잡은 건지는 모르지만, 나름대로 치밀하게 계산해서 행동했을 겁니다."

고마쓰의 이야기에 따르면, 핫타는 알고 지내던 현 의회 의원을 술자리에 초대해, 동석했던 고쿠분 정의 접대부에게 부적절한 접대를 하도록 지시했다.

"교활하게도 술자리의 시작부터 끝까지 모두 카메라로 몰래 촬영해놓았죠."

고마쓰가 가방에서 여러 개의 파일을 꺼냈다.

"재직중에 몰래 모아놓은 자료입니다."

그리고 몰래 찍은 사진과 지장이 찍힌 각서를 펼쳤다.

"그 뒤로도 반대파 의원을 차례차례 함정에 빠뜨렸습니다. 감언이설로 행정 쪽도 꾀었고요. 고정자산세가 비약적으로 늘어난다며, 달콤한 미끼를 흔들어댔죠."

고마쓰에 의하면 옥스마트의 진출 예정 지역은 대부분 휴경지가 포함된 농지였다. 못 쓰게 된 농지를 개발함으로써 고정자산세가 증가된다, 나아가 신규 고용을 창출할 수 있다는 말로 관련 공무원을 설득한 것이다.

"핫타는 분명히 도카이 지방의 빈농 출신이죠? 그런 사람이 어떻게 지역 유지들과 연이 닿은 거죠?"

"그 점을 역이용한 겁니다."

빈농의 자식으로 태어나 어릴 적부터 상점의 사환으로 일했던 핫타는 관리직을 거쳐 독립했다. 그동안 주인집의 거래

처인 식료품 가게 딸과 결혼해 아들을 보았다고 했다.

"장남, 차남 모두 우수한 성적으로 센다이 제일가는 명문고인 센다이 주오 고등학교에 진학해 도호쿠 대학에 들어갔습니다. 우수한 아들의 부모로서 지역 정계와 재계에 서서히 뿌리를 내린 거죠."

"서두르지 않고 천천히 일을 진행시킨 거군요."

"뿐만 아니라 뒷세계에도 손을 뻗쳤죠."

"뒷세계?"

"사업을 하다 보면 이런저런 일을 겪게 마련이죠. 특히 축산물가공 공장을 지역 여기저기에 세우는 과정에서 지역 주민과 마찰을 빚기도 했습니다. 그런 일을 처리하다 조직폭력배와도 안면을 트게 된 겁니다."

쓰루타는 손을 멈추고 이야기에 귀를 기울였다.

"현 의회의 거물을 제거할 때도 조폭의 도움을 받았습니다. 빛과 어둠을 교묘하게 이용한다고 할까요. 현 의회까지 장악한 핫타는 이내 지역의 거물인 미우라 의원과 연을 맺어, 신흥 정치 상인 자리에 올랐습니다."

쓰루타는 "정치 상인"이라는 말을 수첩에 적었다.

"센다이나 주변 도시의 슈퍼나 식품 회사를 대상으로 매직블렌더가 조금씩 이익을 내기 시작했을 즈음, 핫타는 미우라 의원과 거리를 두면서 제 이익과 직접적으로 관련된 옥스마트 쪽에 붙었습니다."

"그렇게 된 일이군요."

"하지만 옥스마트에서 왜 그런 위험을 감수했는지 모르겠습니다. 핫타가 얼마나 교활한 인간인지 모르는 걸까요."

"그게 무슨 말씀이시죠?"

"옥스마트는 정육점에서 시작한 기업입니다. 육류에 자부심이 있죠. 미트박스의 매직블렌더 같은 혼합육 전용 기기는 거들떠도 안 볼 텐데요."

"그래서 저를 찾아오신 거군요?"

"묻지마식 출점으로 세를 넓히는 옥스마트 같은 대기업은 딱 질색입니다. 무엇보다 옥스마트의 네트워크를 통해 매직블렌더가 전국으로 퍼져, 수상한 식품이 소비자의 식탁에 오르는 일을 막고 싶다. 그게 첫 번째 목적입니다."

고마쓰가 단숨에 말을 쏟아내더니 입술을 깨물었다. 눈에 시뻘건 핏발이 서 있었다.

"그 블렌더로 만든 식품을 아이에게 먹일 수는 없습니다."

"이야기를 들려주셔서 감사합니다."

쓰루타는 그렇게 말한 뒤 회의실에서 나왔다. 종종걸음으로 원고와 자료가 어지럽게 널린 책상 사이를 지나 자리로 돌아왔다. 그리고 서랍에서 작은 액자를 꺼내 다시 회의실로 달려 들어갔다.

고마쓰가 어안이 벙벙한 표정으로 쓰루타를 올려다봤다.

"이걸 봐주시겠습니까?"

"여고생?"

"제 동생인 마미입니다."

"몇 살입니까?"

"살아 있었다면 스물다섯 살이겠죠. 사 년 전에 세상을 떠났습니다."

"네?"

"동생이 제 등을 밀어주고 있어요."

교복 차림으로 브이 사인을 하는 동생을 보며 쓰루타는 그렇게 말했다.

6

히가시아자부의 도모에에서 나온 다가와는 신주쿠 구 오쿠보에서 이케모토와 헤어졌다. 신오쿠보 역 앞에서 사립 세이조 학원에 전화를 걸어 교무실에 있던 가와즈 가오루와 통화를 한 뒤 야마노테선을 따라 오쿠보 뒷골목을 지나 세이조 학원의 교문에 도착했다.

교문 앞에 짧은 머리의 헌칠한 여성이 서 있었다. 거의 민낯에 가까웠지만 큰 눈이 인상적인 아름다운 여성이었다.

"가와즈라고 합니다."

"잠깐 얘기 좀 할 수 있겠습니까."

"다음 수업까지 한 시간쯤 시간이 있어요. 저기, 학교 근처는 좀 그렇고 저쪽으로 가시죠."

다가와는 가와즈와 함께 하쿠닌 정 방향으로 가서, 종합병원 근처의 낡은 카페에 들어갔다. 다가와가 이 년 전 사건을 재수사하고 있다고 말하자 가와즈의 얼굴이 단숨에 굳었다.

"이제 와서 뭘 하려는 건가요?"

다가와는 당혹감을 감출 수 없었다. 가와즈가 분노에 찬 목소리로 말했다.

"노가타 경찰서에 두 번이나 찾아갔어요. 이걸 들고요."

가와즈는 손가방에서 휴대전화를 꺼내 작은 화면을 다가와에게 내밀었다.

—나카노에 급한 볼일이 생겼어. 하루 일찍 도쿄로 출발할 거야.

다가와는 휴대전화를 받아 들고 화면을 들여다보았다.

발신자는 아카마 유야, 착신은 사건 발생 하루 전인 9월 15일 오후 7시 50분이었다. 메시지의 내용과 날짜를 수첩에 기록했다. 역시 누군가가 아카마를 나카노로 불러낸 것이다.

당시 수사본부의 분위기가 어땠는지 쉬이 짐작이 갔다.

수사1과장을 정점으로, 현장 책임자였던 야지마 관리관은

군 복무 경험이 있는 외국인의 범행이라 여기고 수사를 진행했다. 가와즈가 만난 수사관이 누구인지는 모르지만, 수사본부의 핵심 인사들의 예측과 다른 증언을 하는 가와즈를 모른 척했을 가능성이 컸다.

엉성하게 진행된 탐문 수사에 이어, 여기서도 초동수사의 허점이 함정처럼 도사리고 있었다. 다가와가 인계받은 수사 자료에 가와즈의 존재나 증언은 언급조차 되어 있지 않았다.

다가와는 두 손으로 테이블을 짚으며 고개를 숙였다. 수사 실수, 불성실한 대응 그리고 이 년이라는 세월이 지난 뒤에야 겨우 그녀를 찾아온 무례를 정중히 사과했다.

"처음부터 다가와 형사님 같은 분이 수사하셨으면 얼마나 좋았을까요."

가와즈의 눈가에 눈물이 고였다.

"아카마 씨 유족과 만나보신 적은 있습니까?"

"그의 뜻에 따라 만나지 않았어요. 아마 제 의사를 확인한 뒤에 소개하려던 거겠죠. 저도 괴로워서, 그 일이 있은 뒤로는 센다이에 한 번도 가지 않았어요."

다가와는 입술을 깨물었다. 처음에 수사관들이 가와즈의 말에 귀를 기울였다면, 수사 방침뿐 아니라 그녀의 정신적인 면도 돌볼 수 있었을 것이다.

"그와 저는 장거리 연애를 했어요."

가와즈가 띄엄띄엄 말을 하기 시작했다. 현장 학습 답사로 R고원을 찾았을 때 마을에서 운영하는 펜션에서 만났다고 했다.

"그의 소박한 인품에 반했어요. 터울 많이 지는 오빠와 왠지 분위기가 비슷했죠. 첫눈에 반했어요."

"아카마 씨를 나쁘게 말하는 사람은 없더군요."

다가와의 말에 가와즈가 고개를 끄덕였다.

"펜션에서 제가 우겨서 명함을 교환한 뒤에 사귀기 시작했어요. 삼 년 전 일이죠."

그 뒤로도 가와즈는 두세 달에 한 번꼴로 센다이를 찾았고, 아카마도 두 번쯤 도쿄에 왔다고 했다.

"아까 보여주신 메시지는 언제 받으신 겁니까?"

"9월 16일이 제 생일이에요. 직접 만나 할 얘기가 있다고 했어요."

"무슨 얘기였을까요?"

"프러포즈였을 거예요. 속마음을 숨기지 못하는 사람이었거든요. 여름부터 잔뜩 긴장하고 있었어요."

가와즈가 손수건으로 눈가를 훔치며 대답했다.

다가와는 아무 말도 할 수 없었다. 고즈에에게 남자친구가 생겨서 진지하게 결혼을 생각한다면? 그런 상황에서 갑자기 남자친구를 잃는다면 고즈에는 과연 견딜 수 있을까. 딸의 심정을 생각하니 순간 미칠 것 같았다.

다가와는 어금니를 꽉 깨물었다.

가와즈의 가슴속에 아카마는 아직 살아 있다. 그의 죽음을 현실로 받아들이지 않으면, 가와즈는 앞으로 나아갈 수 없다. 남겨진 가와즈를 위해서라도 반드시 범인을 잡아야 한다.

"아카마 씨에게는 처음부터 도쿄에 와야만 하는 목적이 분명하게 있었습니다. 하지만 누군가가 그를 불러냈고 일정을 앞당겼죠. 제 말이 맞습니까?"

"원래는 16일과 17일 이틀간 휴가를 내려고 했어요. 16일 점심에 도쿄에 도착해서, 저녁 식사를 하며 제 생일을 함께 보낼 예정이었죠."

다가와는 수첩에 "9월 16일 생일 프러포즈"라고 적었다.

아카마는 애인에게 청혼하기 위해 미리 일정을 잡아놓았다. 그런데 왜 하루 일찍 상경해 나카노를 찾았을까. 프러포즈를 한 뒤에 가도 늦지 않았을 것이다. 일생일대의 이벤트보다 서둘러야 할 필요가 있었기 때문일까. 아카마를 불러낼 만한 이유를 가진 사람이 있던 것이다.

"누가 불러냈는지는 모르십니까?"

"몰라요. '아직 밝힐 수 없다'라고만 했어요."

"친구였습니까?"

"도쿄에 아는 사람은 저밖에 없었어요. 눈코 뜰 새 없이 바뻐다고 했죠. 일 때문에 왔을지도 몰라요."

"무슨 볼일인지는 말하지 않았습니까?"

"전혀 못 들었어요. 그리고 도움이 될지는 모르겠습니다만……."

가와즈가 손가방에서 파란 표지의 작은 수첩을 꺼냈다.

"그 사람 유품이에요. 세상을 떠나기 직전에 저희 집에 깜빡하고 간 물건이죠."

"자세히 말씀해주시겠습니까?"

"10일 저녁에 갑자기 찾아왔어요. 구체적으로 말하지는 않았지만, 일 때문에 왔다고 했어요. 그래서 무척 바쁜가 보다 했죠."

다가와는 수첩을 뒤졌다. 히가시아자부 도모에의 직원 말에 따르면, 아카마가 가게로 들이닥친 날이 9월 10일이었다. 가와즈의 증언과 일치했다.

"내려가는 차편을 못 구했다면서 저희 집에서 자고 갔어요. 이튿날 아침에 사무실에서 급히 알아볼 일이 있다며 첫차로 서둘러 돌아갔고요. 그 바람에 수첩을 두고 간 거예요."

문제의 수첩은 의료 기기 회사에서 홍보용으로 돌린 흔해 빠진 물건이었다.

다가와는 주간 일정표를 살펴보았다.

9월 16일에 이중으로 동그라미가 쳐져 있었다. 가와즈의 생일이자 프러포즈를 할 중요한 날이다. 그 옆에 가와즈의 이니셜인 KK를 자그맣게 써놓았다. 10일을 보자 도모에의 상호와 주소, 전화번호가 빼곡하게 적혀 있었다.

원래 아카마는 16일과 17일 이틀을 가와즈와 함께 보낼 예정이었다. 하지만 10일과 15일에 두 번이나 상경했다. 뭔가 일에 관련된 급하고 중요한 용건이 생긴 게 틀림없었다. 그러나 수첩에는 그 내용이 무엇인지 한마디도 언급되어 있지 않았다.

페이지를 넘겼다. 아카마가 찾았던 도호쿠 각지의 농가 이름이 적혀 있었다. 한 장을 더 넘겼다. 사건이 일어나기 두 달 전부터 마스부치 농장이 있는 R고원을 수차례 찾았던 걸 알 수 있었다.

"이 마스부치 농장에 대해 들은 얘기가 없으십니까?"

가와즈가 고개를 저었다.

"이게 무엇을 뜻하는지 혹시 아십니까?"

다가와가 페이지를 펼쳐 가와즈에게 내밀었다. 하지만 가와즈는 이번에도 고개를 저었다.

다가와의 시선 끝에 휘갈겨 쓴 "M105", "M108"이라는 글자가 보였다.

"아카마 씨 글씨가 맞습니까?"

"틀림없어요."

가와즈가 단호하게 말했다.

다가와가 다시 기호를 보았다. 무슨 뜻인지 도무지 알 수 없었다.

"이게 뭐지……."

"그 수첩, 이번에는 꼭 수사에 활용해주세요."

경시청에는 전문가가 있다. 그들을 동원하면 아카마의 한을 풀어줄 수 있을 것이다.

"아카마 씨 주변 사람 중에 나이프의 달인 혹은 곱창조림을 좋아하는 사람은 없었습니까?"

가와즈는 없다고 대답했다. 다가와가 수첩에서 니시노의 사진을 꺼냈다.

"같은 곳에서 살해된 분이네요."

"아카마 씨와 이 사람이 전부터 알고 지냈을 가능성은 없습니까?"

"없을 겁니다."

가와즈가 딱 잘라 대답했다. 다가와가 다시 가시와기 노부토모의 사진을 꺼냈다. 니시노의 사진을 꺼냈을 때와 마찬가지로 가와즈는 아무 반응을 보이지 않았다.

"귀한 시간 내주셔서 감사합니다. 다시 연락드리겠습니다."

다가와는 자리에서 일어나 가와즈를 배웅했다.

역으로 돌아오는 길에 연신 아카마의 수첩을 들여다보았

다. 애인에게도 알리지 않고 도쿄에 왔던 이유와 기호의 내용이 도통 짐작이 가지 않았다. 다만 아카마가 업무에 관련된 일로 불려 나가 살해되었을 것이라는 사실은 확실해졌다.

7

"남자의 존재와 각성제에 대해 모르셨던 겁니까?"

"당시에는 정말 눈코 뜰 새 없이 바빠서 고향에 거의 내려가지도 못했어요."

쓰루타가 담담한 어조로 동생 마미의 이야기를 풀어놓았다.

"아버지가 암으로 일찍 돌아가신 뒤에 어머니가 가업인 문구점을 꾸려나가며 생계를 이었고, 동생도 가게 일을 도왔어요."

쓰루타의 뇌리에 '쓰루타 문구점'이라는 상호가 적힌 간판이 떠올랐다. 돌아가신 아버지까지 삼대째 경영해온 문구점이었다. 지역 유치원이나 공립 학교의 매점, 관청 등이 주요 거래처였다.

"제가 대학생일 때 옥스마트 진출을 계기로 폐업했어요."

"어쩌다 그렇게 됐죠?"

"처음에는 입점을 권유받았는데, 임대료가 너무 비쌌어요."

"그랬군요."

"쇼핑센터에 막대한 자금력을 앞세운 대형 문구점이 진출하면서, 반년 만에 매출이 반토막 났어요. 일 년 뒤에는 5분의 1로 줄었고요. 엎친 데 덮친 격으로 주변에 100엔숍까지 생겨서, 어머니 혼자서는 도저히 당해낼 재간이 없었죠."

가게 문을 닫기로 한 날, 취직 준비중이었던 쓰루타는 오타로 돌아왔다. 가게 뒤 창고에 도매상의 이름이 들어간 상자가 겹겹이 쌓여 있었다.

가족과 함께 팔고 남은 펜이며 노트를 상자에 담는 동안 눈물이 멈추지 않았다. 어머니는 돌아가신 아버지를 뵐 낯이 없다며 연신 자책했다.

"같은 상점가에 있던 스포츠용품점과 작은 식당도 연이어 폐업했어요."

"전국 곳곳에서 같은 일이 벌어지고 있죠."

고마쓰가 제 일처럼 어두운 표정으로 말했다.

"폐업한 지 일 년 후에 어머니는 친척의 소개로 자동차 부품 공장에서 근무하는 분과 재혼하셨어요. 하지만 동생은 새아버지와의 관계가 좋지 않아서 집을 나갔죠."

말을 마친 쓰루타의 뇌리에 마미의 목소리가 메아리처럼 울려 퍼졌다.

—엄마는 이제 우리 엄마가 아니야.

통화했을 때, 마미가 남긴 그 말이 이변의 징후였다.

—엄마는 그 사람 부인일 뿐이야.

고등학교 2학년, 한창 민감할 나이였다. 신참 기자였던 쓰루타는 일을 배우는 것만도 벅차서, 동생이 보낸 SOS 신호를 알아채지 못했다.

"학교를 그만두고 집을 나간 동생은 주유소에서 아르바이트를 하며, 같은 학교 친구와 다세대주택에서 같이 살기 시작했어요."

"그러다 나쁜 남자한테 걸린 겁니까?"

"상대는 가족을 두고 오타에 홀로 부임한 옥스마트의 부점장이었어요. 서른다섯 살의 유부남이었죠."

"불륜이었군요. 그 남자와 떼어놓으려고 한 적은 없습니까?"

"저는 출장이 잦아서 연락이 잘 안 됐어요. 어머니가 알았을 때에는 이미 남자의 집에서 동거중이었고요."

"그랬군요."

"격무에 시달리던 부점장은 도박에 손을 댔어요. 어둠의 경로로 돈을 끌어다 썼고, 그러다 동생에게 돈을 가져오라며 협박했죠."

쓰루타의 뇌리에 고등학교 입학식 날 환한 미소를 짓던 마미의 모습이 떠올랐다. 동생의 학비를 대기 위해 취직한 뒤에 집으로 꼬박꼬박 돈을 보냈던 그녀였다.

"돈이 궁해진 동생은 수상한 윤락업소에서 일하기 시작했어요. 돌아갈 집이 없었으니까요. 형편없는 남자였지만 같이 있어줄 사람이 필요했던 거죠."

"오타에 그런 업소가 있습니까?"

"한창 재개발 붐이 일어났을 때였어요. 땅 주인들이 전국에 체인망을 갖춘 기업에 땅을 팔면서 마을이 망가졌죠."

지역 상점가는 하나둘 유령 골목으로 바뀌었고, 그 자리에는 수상쩍은 윤락업소가 들어섰다.

"일차적인 책임은 동생에게 있고, 저도 언니로서 잘 살피지 못했죠. 하지만 마을이 그렇게 되지 않았다면 마미는 그런 업소에서 일하지 않았을 거예요."

어머니에게 연락받은 날의 기억이 떠올랐다. 병원 주차장에서 걸려 온 전화였다.

밤낮 가리지 않고 일했던 동생은 어느새가 각성제에 중독되어 있었다. 피로가 정점에 달한 어느 오후, 마미는 각성제 과다 복용으로 즉사했다.

옥스마트에 몇 번이나 항의했지만, 그들은 모르는 일이라며 시치미를 뗐다. 《일본실업신문》 사회부 데스크에 동생의 사건을 가져갔다. 취재를 시작하려던 즈음, 본사 사업국에서 중지하라는 명령이 내려왔다. 동생을 죽음으로 몰아넣은 남자는 홋카이도로 발령받았고, 사건은 그렇게 흐지부지되었다. 다키자와의 지시가 틀림없었다.

"몇 번이나 기획 기사나 특집 기사를 써보자고 제안했어요. 마을을 망치는 재개발을 막아야 한다고요."

쓰루타가 낡은 파일을 테이블에 올려놓았다. 옥스전자에서는 오타에 진출했던 당시, 지역 체육관을 빌려 최대 90퍼센트의 특가 세일 행사를 열었다. 일반 고객뿐 아니라, 전자 상점 사장들까지 혈안이 되어 상품을 쓸어 담는 사진이 자세한 메모와 함께 실려 있었다. 고마쓰가 얼굴을 찌푸리며 물었다.

"이게 뭡니까?"

쓰루타는 고향 오타를 망친 옥스식 상술의 단적인 예를 설명했다. 페이지를 넘기자, 긴자에서 토지 소유자들에게 호화 접대를 하는 다키자와의 모습을 몰래 찍은 사진이 나왔다. 다키자와는 토지를 사들일 때, 시세보다 훨씬 높은 가격을 제시하는 한편, 매각을 망설이는 이에게는 폭력배를 보냈다. 다음 페이지에는 농지에 투기된 산업폐기물 사진이 붙어 있었다. 고마쓰의 표정이 단번에 어두워졌다.

"실제로 나간 기사입니까?"

"죄다 기각됐어요. 원래 《일본실업신문》은 업계 친화적인 매체거든요. 하지만 사장실이며 홍보부에서 그렇게 노골적으로 훼방을 놓을 줄은 몰랐습니다. 당시 유통경제부장이며 데스크…… 누구 하나 제 편을 들어주는 사람이 없었죠."

"그래서 인터넷 매체로 이직하셨군요."

"원하는 기사를 얼마든지 쓸 수 있으니까요."

"그래서 제가 메일을 보낼 결심을 하게 된 그 자극적인 기사도 실을 수 있었군요."

"개인적인 원한이 주축이 되었다는 건 부정하지 않겠습니다. 별다른 고민 없이 토지를 매각한 토지 소유자에게도, 자구책을 마련하지 않은 상점가에도 책임이 있겠죠. 하지만 마을이 급격히 무너진 건 사실입니다. 대기업의 이기주의가 지역민의 유대와 제 동생의 목숨을 빼앗아 갔어요. 전국에서 얼마나 많은 사람이 이런 일을 겪을까 생각하면, 옥스마트를 절대로 용서할 수 없어요."

"저도 돕겠습니다. 어차피 인터넷 카페에서 먹고 자는 신세인데 무서울 게 뭐가 있겠습니까."

고마쓰가 웃으며 말했다. 그리고 쓰루타가 내민 손을 힘껏 맞잡았다.

8

가와즈와 헤어진 다가와는 택시를 타고 경시청 본부로 돌아왔다. 정면 현관을 지나 6층으로 올라간 그는 미야타 1과장의 사무실로 향했다. 전화로 진행 상황을 보고할 수도 있었지만, 새로 밝혀진 사실만큼은 직접 상사의 눈을 보며 말하고 싶었다.

수사1과를 가로지르며 다가와는 뒤통수를 향해 날아오는 여러 시선을 느꼈다. 분실을 전용 사무실로 사용한 일이 수많은 억측을 낳은 모양이었다.

특명수사대책실의 야지마 이사관이 이곳저곳에서 정보를 수집하고 있다는 건 알고 있었다. 다가와가 직접 미야타를 찾아왔다는 정보도 즉시 야지마의 귀에 들어가겠지. 간부가 자리에 있는지 알려주는 전광판을 보았다. 다행히 미야타는 방에 있었다.

"연락도 없이 찾아와 죄송합니다."

미야타는 책상 앞에 앉아 뭔가를 적고 있었다. 기자 간담회의 초고 같았다.

"뭔가 알아낸 게 있나?"

펜을 내려놓으며 미야타가 물었다. 다가와가 안주머니에서 수첩을 꺼내자, 미야타가 휘익 휘파람을 불었다.

"표정을 보아 하니 뭔가 재미있는 건수를 잡았나 보군."

"여러 가지가 있습니다."

먼저 다가와는 니가타 출장으로 알아낸 니시노 모친의 증언을 보고했다. 니시노는 죽기 직전, '곱창조림'이라는 키워드

말고도 조만간 큰돈이 들어올 거란 이야기를 남겼다. 그리고 하코네의 고급 여관에 묵을 계획도 세우고 있었다.

"금전에 관련된 원한이나 돈을 강탈하기 위한 살인일 가능성을 염두에 뒀습니다. 하지만 아카마의 주변을 조사했더니 사건의 또 다른 면이 모습을 드러냈습니다."

다가와는 센다이 출장에서 알아낸 새로운 정보를 보고했다. 아카마가 살해된 뒤, 그가 살던 집에 누군가가 침입하여 업무용으로 쓰던 노트북 컴퓨터를 훔쳐 갔다는 사실과 애인인 가와즈를 만나서 들은 이야기를 전달했다.

"애인이 중요한 증언을 했습니다."

다가와는 누군가가 아카마를 나카노로 불러냈다는 이야기를 했다.

"아카마는 애인에게 프러포즈를 하려고 원래 도쿄에 올 계획이 있었습니다. 하지만 그 직전에 황급히 두 번이나 상경했죠."

다가와가 말을 이었다.

아카마가 수차례 드나들었던 축산 농가와 가시와기 노부토모 사이에 연결 고리가 있다는 점과 도모에라는 고급 고깃집에 아카마와 니시노가 찾아왔다는 사실도 빼놓지 않았다. 니시노는 노부토모와 아는 사이였다. 다가와의 설명이 대략 끝났을 즈음, 미야타는 눈을 감고 팔짱을 낀 채 생각에 잠겨 있었다.

"계속하게."

"동기는 아직 밝혀내지 못했지만, 당초에 우발적 강도 사건으로 살해된 것으로 보인 두 피해자와 가시와기 노부토모 사이에는 분명한 연결 고리가 있었습니다. 계획적인 살인이 확실합니다."

"수고했네. 하지만 동기를 밝혀내기 전까지 가시와기는 건드리지 마."

미야타가 눈을 뜨며 말했다. 수사가 막바지로 치달을 때 보이는 날카로운 눈빛이었다.

"'역수'에 '곱창조림', '고급 여관'이라고 했지? 그 키워드의 의미는 알아냈나?"

"아직입니다. 그리고 추적이 용이한 자가용을 범행에 사용한 이유도 밝혀내지 못했습니다."

"야지마가 일을 엉망으로 처리했군."

미야타가 천장을 올려다보며 한숨을 내쉬었다. 다가와는 가와즈가 건넨 아카마의 수첩을 내밀었다.

"유류품인가?"

"이걸 보십시오."

다가와가 기호가 빼곡하게 적힌 페이지를 펼쳐 미야타에게 건넸다. 축산에 관련된 데이터일 가능성이 크다는 말도 덧붙였다. 미야타의 눈이 번득였다. 관리관 시절에 자주 보았던 현장 형사의 표정이었다.

“과학수사연구소에 분석 의뢰를 하겠네.”

미야타가 내선 전화로 비서를 불렀다. 곧 경관이 올라와 수첩을 가지고 내려갔다.

“과장님, 저는 지금부터 가시와기 노부토모의 신변을 재조사할 작정입니다.”

“이케모토는 잘 활용하고 있나?”

“또 다른 피해자 니시노의 신변을 조사하고 있습니다.”

“계속 진행하게.”

복도로 나온 다가와는 수첩에 끼워둔 기사를 꺼냈다. 그리고 휴대전화를 꺼내 눈을 가늘게 뜨며 기사에 적힌 번호로 전화를 걸었다.

9

편집국이 한눈에 들어오는 응접실에서 다가와가 벽에 걸린 《비즈투데이》의 붉은 로고를 바라보고 있는데 등 뒤로 문이 열리는 소리가 났다.

돌아보니 보브컷의 여성 기자가 서 있었다. 이리저리 쉴 새 없이 움직이는 눈동자가 인상적이었다. 사이트에서 본 사진보다 훨씬 아담한 체구였다.

"수사1과의 빨간 배지를 보는 건 처음이네요."

"일단 1과에 몸담고 있기는 합니다만……."

"다가와 경위님, 무슨 일로 오셨죠?"

다가와는 옥스마트에 관한 쓰루타의 기사를 꺼내 테이블에 올려놓았다.

"옥스마트에 대해 조사하는 중입니다. 기자님이 잘 아시는 것 같아서 조언을 구하러 왔습니다."

"아무래도 대기업이니 이런저런 게 있죠."

기자는 기자였다. 형사와 마찬가지로 수사의 기본을 알고 있었다. 상대와의 거리를 가늠하며, 쓰루타는 역으로 다가와의 속내를 알아내려 하고 있었다.

"저는 옛날 사람이라 그런지 옥스마트의 대형 쇼핑센터는 영 성미에 안 맞더군요."

지난 며칠 동안 찾았던 니가타점, 도호쿠의 중형 점포, 그리고 그와 연계되어 전국에 퍼져 있는 점포가 지역 고유의 특색을 앗아 가고 있다는 내용의 이야기를 했다.

"알고 싶으신 게 뭐죠?"

"옥스마트를 협박하는 자가 있다는 소문을 들어보신 적 있습니까?"

"문제야 있겠죠. 고객의 항의도 늘어나는 추세고요. 하지만 경찰이 직접 나설 일이 생긴 거라면, 기업 공갈 담당인 1과 특수범죄수사계 형사님이 찾아오셨을 텐데요."

"슈퍼 사업본부장인 가시와기 노부토모의 교우 관계를 조사할 일이 생겼다고만 말해두죠."

"회원제 고깃집이나 고급 외제 차 동호회에 얽힌 일인가요?"

"질 나쁜 작자들에게 약점을 잡혀서 돈을 뜯겼다는 얘기는 못 들으셨습니까?"

"구체적으로 무슨 일이 일어난 거죠?"

"그런 건 아니고. 평소 품행은 어떤지 좀 아십니까?"

"옛날부터 가시와기 집안을 모셔온 다키자와라는 임원이 있는데, 노부토모가 어릴 때부터 뒤를 봐줬다고 들었고, 그래서인지 눈에 띄는 사건을 저지른 적은 없다고 알고 있어요."

"다키자와라."

다가와는 처음 등장한 이름을 수첩에 적었다.

"엄청난 양이네요."

"타고난 머리가 나빠서 이렇게 뭐든 적어놓지 않으면 마음이 놓이지 않습니다."

다가와가 쓰루타를 마주 보았다. 방금 전까지의 작위적인 웃음은 온데간데없었다.

"옥스마트의 2세에 대해 제가 아는 걸 말씀드리죠."

"감사합니다."

"유학을 마치고 돌아온 뒤에 영상 기획 회사를 차렸다가 일 년 만에 말아먹었어요."

"전형적인 부잣집 도련님이군요."

"그 무렵에 후계자로 낙점되었던 누나가 세상을 떠나는 불운을 겪었죠. 아버지인 도모히사 회장에게 혼쭐이 난 뒤에, 옥스의 여러 부서를 거치며 경험을 쌓고 지금 자리에 올랐어요."

"옥스의 출발점은 정육점이었죠. 노부토모도 정육 부문에서 일한 적이 있습니까?"

"고깃집을 공동 경영할 정도니 분명 애착이 있겠죠."

"그렇군요. 도움이 되었습니다."

"정육 부문"이라 적은 뒤 다가와는 수첩을 덮었다. 이대로 여기에 있다가는 수사 정보가 새어 나갈 위험이 컸다.

"단순한 신변 조사가 아닌 것 같은데요?"

"계속수사반이라는 한직에 있기는 합니다만, 일단 이것도 수사의 일환입니다. 기자님에게 정보를 흘릴 수는 없습니다."

자리에서 일어나는 다가와를 보고 쓰루타가 문으로 다가가 그 앞을 막아섰다.

"도움이 될지는 모르겠지만, 현재 옥스마트를 협박하는 기업이 있는 것 같아요."

"정말입니까?"

되묻는 다가와를 향해 쓰루타가 고개를 끄덕였다.

10

오전 중에 예정되었던 점포 시찰을 마친 다키자와가 회장실로 향했다.

"회장님, 중요한 사안입니다. 서둘러 결재를 부탁드립니다."

다키자와는 미트박스의 슈퍼매직블렌더2의 견적서를 내밀었다. 돋보기를 쓰고 서류를 들여다본 가시와기의 얼굴이 구겨졌다.

"이 건은 미야기에서만 진행하기로 하지 않았나? 이런 기계에 너무 의존하면 고객이 멀어지는 건 시간문제야."

가시와기 회장은 삼 년 전의 약속을 정확히 기억하고 있었다.

"실은 속사정이 있습니다."

다키자와가 서류철에서 이 년 전 신문 사회면에 실린 기사 스크랩을 꺼내 책상에 올려놓았다.

"강도 살인 사건 기사는 왜?"

가시와기 회장이 노골적으로 언짢은 표정을 지으며 물었

다. 하지만 여기서 물러설 수는 없었다. 다키자와는 두 손으로 책상을 짚으며 숨죽여 말했다.

"노부토모가 이 사건의 범인입니다."

난데없이 튀어나온 아들의 이름에 가시와기 회장은 말문이 막힌 듯 입을 떡 벌렸다.

"이게 그 증거고요."

다키자와는 책상에 놓인 슈퍼매직블랜더2의 견적서를 가리켰다.

"노부토모 일로 약점을 잡힌 건가?"

"틀림없습니다. 나카노에서 살해된 두 사람은 노부토모와 연결되어 있었습니다. 핫타는 사건의 전모를 파악하고 있고요."

"이 년 전 사건을 왜 이제 와서……."

"경시청의 베테랑 형사가 노부토모의 주변을 훑고 있습니다. 미야기까지 와서 핫타를 찾아가기도 했고요. 핫타는 그때 진상을 알아챈 것 같습니다."

다키자와가 피해자인 아카마와 니시노의 배후 관계를 설명했다. 가시와기 회장의 손이 부들부들 떨리기 시작했다.

"대체 왜 사람을 해친 거지?"

"자기 나름대로 회사를 지키려 한 것 같습니다."

"회사를 지킨다고? 사람을 죽여서?"

"절벽 끝에 서 있는 심정이었을 겁니다. 회사나 회장님 때문에요."

"나 때문이라는 건가?"

"괴로우시겠지만, 간접 원인 중 하나임은 분명합니다."

가시와기 회장이 팔꿈치로 책상을 짚으며 머리를 싸안았다.

"노부토모는 오랫동안 괴로워했습니다. 마키코처럼 강하지 못했으니까요."

"이제 체포되는 건가."

가시와기 회장이 머리를 쥐어뜯었을 때였다. 다키자와의 양복 안주머니에 든 휴대전화가 진동했다. 착신 화면을 본 다키자와가 즉시 통화 버튼을 눌렀다.

"상황이 좀 안 좋게 돌아가고 있습니다."

"사실입니까?"

"어떻게 할 겁니까?"

"최대한 막아주십시오. 사례는 원하시는 만큼 하겠습니다."

"다시 연락하겠습니다."

전화를 끊은 다키자와는 식은땀이 등줄기를 타고 흘러내리는 걸 느꼈다.

"경찰인가?"

"네. 회장님은 평소처럼 계십시오. 제가 알아서 처리하겠습니다."

다키자와가 힘 주어 말했다.

노부토모를 설득하고, 회장에게 사정을 설명한 뒤에 자수하게 하는 방법을 줄곧 생각해왔다. 하지만 사건이 일어난 지 벌써 이 년이라는 시간이 흘렀다. 이제 와서 자수한들 사회적인 지탄은 피할 수 없다. 회사의 존립과 직결된 사안이다. 협력자에게 모든 걸 맡기는 수밖에 없다.

"분명 괜찮을 겁니다."

다키자와는 다시 한번 그렇게 말했다.

11

쓰루타는 다가와를 회의실로 안내했다. 고마쓰라는 남자가 앉아 있었다.

"미야기의 관청이나 현경에서는 고마쓰 씨의 이야기에 귀 기울이지 않은 겁니까?"

"핫타는 온갖 곳에 돈을 뿌렸습니다. 현경도 마찬가지고요."

책상에 놓인 축산물가공품 제조기의 사진을 힐끗 보며 다가와는 한숨을 내쉬었다.

R고원 다음으로 찾은 옥스마트의 반찬 코너와 그 옆의 정육 코너에서 있었던 일이 떠올랐다. 정육 담당자에게 꺼림칙

한 표정을 짓게 한 건 이 기계가 만들어낸 끔찍한 식품이었다.

옥스마트 전국 점포에 이런 기계가 도입되면, 막대한 수의 소비자가 저질 식품을 섭취하게 될 게 불 보듯 뻔했다.

이케모토는 저렴한 가격의 반찬에 반색했다. 그와 마찬가지로 전국의 소비자도 저렴한 식품을 장바구니에 넣을 것이다. 하지만 저렴한 가격에는 다 이유가 있었다. 다가와가 질색하는 자극적인 맛에는 정육 코너 담당자의 표정을 어둡게 한 비밀이 숨어 있었던 것이다.

다만 쓰루타는 정육점에서 시작한 옥스마트가 이런 기계를 이유도 없이 도입할 리가 없다고 주장했다.

"이 기계의 도입을 둘러싸고 옥스마트는 협박을 당한 게 틀림없다. 두 분은 그렇게 생각하시는 겁니까?"

쓰루타와 고마쓰가 동시에 고개를 끄덕였다.

다가와는 팔짱을 꼈다. 생각지도 못했던 연결 고리가 드러났다.

센다이 출장을 갔을 때, 별생각 없이 참고인으로 찾아갔던 핫타라는 인물이 옥스마트와 깊은 관계를 맺고 있을 줄이야.

속내를 떠보는 듯한 핫타의 눈빛은 갑작스러운 방문에 놀랐기 때문이 아니라, 경찰이 움직인 걸 보고 노부토모 범행설의 증거를 제 나름대로 찾고 있었기 때문이 아닐까.

현 시점에서 확증은 없지만, 니시노의 노모가 핫타에게 경시청 수사에 관한 연락을 했거나, 핫타가 먼저 연락해서 다가와의 수사 내용을 알아냈을지도 모른다.

다가와는 센다이에서 아카마의 신변 조사를 했을 때를 떠올렸다.

아카마가 살던 아파트를 나온 직후 미야기 현경의 형사부장이 강제로 몬마 경위를 수사에서 제외시켰다.

옥스마트에서 다가와의 수사를 방해하려고 전직 형사인 구스미와 야지마 이사관을 통해 현경에 압력을 가했다고만 생각했는데, 여기에도 미야기의 정치 상인인 핫타가 관련된 게 분명했다. 커리어와 지역 유지가 한뜻으로 움직이면, 지역 출신 형사부장을 조종하는 건 일도 아니다.

"그랬군요. 지금 수사중인 사건의 전모를 이제야 알겠습니다."

다가와는 신음을 흘렸다.

노부토모의 범행이 세상에 알려지면, 옥스마트의 이미지는 땅에 떨어질 뿐 아니라 기업의 존속 자체가 위태로워진다. 범행 전모를 아는 핫타가 옥스를 협박하고 있다 해도 이상할 건 없었다.

다가와는 수첩에 기계의 이름과 간략한 구조도를 적어 넣었다. 미트박스에게 휘둘리면서까지 옥스마트는 노부토모와 기업 전체를 지킬 태세를 취하고 있다. 그러나 범행의 동기가 무엇인지는 아직도 짐작이 가지 않았다.

"미트박스에서 만든 제품은 도쿄의 프랜차이즈 주점에도 납품되고 있습니다. 구라타야라는 대규모 체인점의 육류 제품은 대부분 혼합육입니다. 품질이 떨어지는 고기에 대량의 첨가물을 넣어 그럴싸한 맛을 만들어낸 거죠. 여러 첨가물이 혼합되어 인간의 미각을 서서히 마비시킵니다. 어린아이나 젊은이 사이에서 미각 장애를 겪는 이가 늘어나는 것도 이런 가공식품과 관련이 있습니다."

쓰루타가 말한 구라타야라는 이름에 다가와는 내심 쾌재를 불렀다. 미트박스라는 센다이의 기업과 옥스마트는 떼려야 뗄 수 없는 관계였다. 미트박스에서 제품을 납품하는 구라타야에 대해서도 노부토모는 알고 있었을 것이다.

진공포장된 식재료를 사용한다고 했던 구라타야 점장의 이야기가 생각지도 못한 곳에서 사건과 연결됐다.

"지금 수사중인 사건이 마무리되는 대로 저도 돕겠습니다. 그쪽으로 아는 형사가 있거든요. 보아하니 이 핫타라는 인물이 수사를 방해한 분위기가 역력하군요. 빚을 졌으니 갚아줘야죠."

"확실히 입건할 수 있는 건가요?"

쓰루타의 얼굴의 얼굴에 살며시 홍조가 돌았다.

"말단 형사인 저 혼자만의 힘으로는 어려울 겁니다. 그렇지만 두 분의 용기를 헛되게 하지 않겠습니다."

다가와는 그렇게 말하고 자리에서 일어났다.

제7장 포위

1

고지마치의 분실로 돌아온 다가와는 서랍에서 칼을 꺼내 연필을 깎았다. 한 자루를 다 깎고 다음 연필을 집어 들었을 때, 쿵쾅거리며 복도를 달려오는 발소리가 울려 퍼졌다.

"선배님, 연결 고리를 찾았습니다!"

문을 벌컥 열고 이케모토가 큰 소리로 외쳤다. 오쿠보에서 헤어진 뒤에 이케모토는 본부로 돌아갔을 텐데, 어디서 두 사람의 관계를 알아냈다는 걸까.

"조직범죄대책4과에서 알려줬습니다. 저한테 빚이 있는 후배가 거기 있는데, 니시노에 대해 낱낱이 조사해달라고 부탁했죠."

"뭘 알아냈어?"

“니시노의 사업 말인데, 낡은 건축 자재나 의료 기기를 처리하는 일반적인 산업폐기물 처리업자가 아니었답니다.”

“그럼 산속이나 채석장 구멍에 몰래 버렸던 건가?”

“그런 건 누구나 하는 일이죠! 니시노는 가축을 처리했답니다.”

“소하고 관련이 있어?”

“바로 그겁니다. 소로 떼돈을 벌었던 시기가 있다고 합니다.”

“아는 사람만 아는 정육점이라도 차렸던 건가?”

“그게 아니라, 화제장化製場이라고 아십니까?”

“그게 뭔데?”

이케모토가 책상에 놓인 메모지를 집어 소 그림을 그렸다.

“여기가 설로인, 여기가 허벅지입니다.”

소고기 부위를 그림으로 그린 뒤, 이케모토는 삼각 지붕의 공장을 그렸다. 그는 가축을 도축한 뒤, 식용으로 쓸 수 없는 부위를 가축 사료나 공업 제품용으로 가공하는 시설을 화제장이라 부른다고 했다.

“이런 시설을 운영하려면 도도부현 지사의 허가가 필요하고, 출입하는 운송업자도 따로 영업 허가를 받아야 합니다.”

“그게 니시노와 무슨 관계가 있나?”

“니시노가 산업폐기물 업계에서 사업을 확장할 수 있었던 건 화제장에서 취급할 수 없는 가축, 특히 소를 전문으로 처리했기 때문이라고 합니다."

다가와가 얼굴을 찌푸렸다. 모래를 씹은 듯 입안에 불쾌한 감각이 퍼졌다.

"그런 종류의 영업 허가를 따내기는 쉽지 않지. 엄격한 심사와 절차를 거쳐야 하니까."

"그래서 조직폭력배가 몰래 처리한 거죠."

다가와는 소 그림을 들어 자세히 보았다. 그리고 수첩을 뒤져 관계자들의 관계도를 펼쳤다.

'소' 바로 아래에는 아카마와 니시노의 이름이 있었다. 소 오른쪽에는 마스부치 농장, 가시와기 노부토모, 도모에가 있었다. 소와 아카마는 빨간 선으로 연결되어 있었지만, 니시노와 소를 잇는 선은 없었다.

"마스부치 농장의 소를 니시노가 몰래 운반한 건가?"

다가와가 인물들을 잇는 화살표를 노려보며 말했다. 뒷골목 출신이 업계에서 성공하는 지름길은 법망을 피해 실적을 올리는 것밖에 없다. 도모에의 직원은 니시노의 본업이 무엇인지 몰랐다. 하지만 노부토모는 알고 있었을 공산이 크다.

"왜 비밀리에 소를 처리했지?"

"절대로 알려져서는 안 될 사정이 있었겠죠."

"마스부치의 소는 최고 등급을 받았고, 옥스마트나 도모에에서도 대대적으로 선전하는 상품이었지. 그런 상황에서 뭔가 사정이 생겼다면…….”

“고지식한 수의사가 하루가 멀다 하고 농장에 드나든 것도 모자라, 히가시아자부의 도모에까지 찾아간 걸 보면 답이 딱 나오죠.”

“BSE인가.”

입 밖으로 튀어나온 말에 다가와는 어깨를 움찔했다.

십 수 년 전 유럽에서 발생하여 전 세계에 혼란을 가져온 가축병이었다. 일본에서도 이런저런 소문이 돌면서 소고기덮밥집이나 고깃집이 피해를 입기도 했다.

“니시노는 마스부치 농장에서 BSE가 발생한 사실을 알고, 막연히 위험하다는 생각에 고향의 어머니에게 곱창조림을 먹지 말라고 한 거야. 그렇게 생각되지 않아?”

순식간에 ‘곱창조림’의 수수께끼가 눈 녹듯 풀렸다. 다가와는 분실의 컴퓨터를 켜서 인터넷으로 BSE를 검색했다. 수많은 검색 결과와 설명을 읽은 뒤, 다가와가 손뼉을 쳤다.

“국내에서 BSE가 발병하면, 관계 기관이나 지자체에서 즉시 대책을 세우게 되어 있어. 도축 단계에서 적절한 처리를 하면 위험 부위가 아닌 내장은 먹어도 안전하고. 하지만 니시노는 그걸 몰랐어.”

“니시노뿐 아닙니다. 십 년 전 광우병 파동 때처럼 대다수의 소비자는 불안에 떨 겁니다."

"주력 상품을 생산하는 농장에서 광우병이 발생했다는 소문이 퍼지면, 옥스마트뿐 아니라 R고원의 모든 축산 농가도 엄청난 타격을 입을 게 뻔하지."

두 형사는 마주 보며 생각에 잠겼다. 니시노의 배후에는 엄청난 사실이 숨어 있었다.

"감염됐을지 모르는 소, 혹은 감염된 소를 특별 요금을 받고 폐기한 건가?"

"특별 요금을 뜯어낸 데서 만족하지 않고, 조직폭력배의 본모습을 드러내 옥스마트까지 협박했다면요?"

"어머니를 고급 여관에 모시고도 돈이 남겠지."

수첩을 훑어보던 다가와가 연신 고개를 끄덕였다.

"수의사인 아카마는 BSE 발생에 관한 정보나 검사 데이터를 얻었어. 한편 니시노는 폐기 처분 의뢰를 받은 소를 협박의 소재로 삼았지."

수첩을 뒤져 가와즈와 만났을 때의 기록을 살펴보았다. 아카마는 일생일대의 이벤트인 프러포즈를 앞두고 있으면서도 급한 볼일이 있다며 두 번이나 상경했다. 애인조차도 몰랐던 갑작스러운 도쿄 방문에는 이런 급박한 사정이 숨겨져 있던 것일까.

"아카마가 노부토모와 만났거나, 그의 부름을 받았다고 가정하면 앞뒤가 맞지."

이케모토가 눈을 부릅뜨며 고개를 끄덕였다.

"고지식한 아카마는 사실을 공표하라고 압박했고, 니시노는 협박을 가했어."

"옥스마트의 노부토모는 둘 사이에 끼어서 진퇴양난이었겠군요."

아카마의 애인 가와즈가 다가와에게 건넨 수첩에 적혀 있던 건 BSE에 관한 기술이 아니었을까. 마스부치 농장에 드나들며 데이터를 수집한 아카마는 관련 기관에 신고하라고 강하게 압박했다. 하지만 마스부치 또는 노부토모는 이에 난색을 표했다. 아니면 아카마를 회유하려고 했을지도 모른다.

수첩을 앞에 두고 다가와는 다시 수첩을 뒤졌다.

M105, M108.

아카마가 남긴 기호였다. 소의 질병에 관한 데이터일 공산이 크다. 수첩을 뚫어져라 바라보는 다가와에게 이케모토가 말했다.

"니시노는 조직에서도 몸이 아니라 머리를 쓰는 쪽이었다고 합니다. 그래서 4과의 데이터에 특기할 만한 사항이 없었던 거죠."

"그게 무슨 말이야?"

"산업폐기물 처리업자는 일의 특성상 다양한 기업과 접점을 가질 수밖에 없습니다. 니시노는 기업의 치부를 찾아내는 데 능했다고 하더군요. 한마디로 더러운 일을 맡아 하는 과정에서 상대의 상처를 후벼, 탐욕스럽게 이익을 취한 겁니다. 빨아낼 수 있는 건 다 빨아낸 거죠."

"옥스에서도 그 능력을 발휘한 거군."

"니시노는 조직에 몸담고 있었습니다. 소를 비밀리에 처리하는 게 무엇을 뜻하는지 잘 알고 있었을 겁니다."

"노부토모는 죽고 싶은 심정이었겠군. 한쪽에서는 공표해라, 한쪽에서는 은폐해야 한다는 압력이 들어오니 말이야. 둘 사이에 낀 노부토모는 무리수를 두면서까지 상황을 타개하려 했어."

BSE의 존재를 감추기 위해 두 사람을 동시에 처리한다. 이것이 나카노 술집 강도 살인 사건의 진상이었다.

다가와는 수첩을 여러 번 뒤적였다. 발로 뛰어 알아낸 수사 정보는 거짓을 말하지 않는다.

연결 고리라고는 찾아볼 수 없었던 수의사와 산업폐기물 처리업자가 동시에 살해된 배경에는 소문으로 입을 타격을 미연에 방지하겠다는 의지와 대기업의 체면을 지켜야 한다는 엄청난 동기가 숨어 있었다.

센다이의 헛타는 니시노의 죽음이 석연치 않다고 생각했지만, 다가와가 수사를 시작할 때까지 확실한 증거가 없었다. 하지만 경시청의 재수사를 접하고 옥스마트를 흔들어 전국의 옥스마트에 그 끔찍한 기계를 도입하라고 협박한 것이다.

다가와는 다시 수첩을 보았다.

옥스마트의 슈퍼 사업본부장인 노부토모에게, BSE 발생은 엄청난 타격이었다. 그는 친구들과 공동 출자해 회원제 고깃집을 운영할 정도다. 최고급 소고기를 향한 애착은 타의 추종을 불허하리라. 자신의 일과 존재 그 자체를 위협하는 사태에 직면한 그는 아카마와 니시노를 없애야 한다는 결단을 잇달아 내렸다.

다가와는 마른침을 삼켰다. 호흡을 가다듬은 뒤에 수화기를 들어 미야타의 번호를 눌렀다.

2

보고를 올린 지 한 시간 반이 지났을 때였다. 사회부 기자의 추적을 피하기 위해 전용 차량과 택시를 번갈아 타고 미야타 수사1과장이 분실로 급히 들어왔다.

"야지마가 엄청난 기세로 움직이고 있어. 정보는 새어 나가지 않았겠지?"

"걱정 마십시오. 바로 설명하겠습니다."

다가와가 백지를 꺼내 소를 중심으로 관계자의 이름을 적어 관계도를 만들었다.

"수의사인 아카마는 BSE 발생을 공표하라고 마스부치나 옥스마트의 정육 부문을 총괄하는 노부토모를 강하게 압박했으리라 추측합니다. 한편 니시노는 옥스에서 돈을 뜯어내기 위해 협박을 시작했습니다. 양자 사이에 낀 가시와기 노부토모는 이들을 동시에 살해할 마음을 굳혔죠. 이것이 지금까지 수사를 통해 알아낸 사건의 대략적인 구도입니다."

다가와가 미야타를 보았다. 역전의 베테랑 형사는 눈을 감고 팔짱을 끼고 있었다.

"휘발유 가격이 폭등하면서 옥스마트의 대형 쇼핑센터를 찾는 고객도 많이 줄었습니다. 이 상황에서 주력 사업인 정육 부문에 부정적인 요소가 더해지면 경영에 직격타를 입을 건 분명하죠."

쐐기를 박듯 다가와는 쓰루타가 쓴 기사를 수첩에서 꺼내 미야타의 앞에 내려놓았다. 미야타의 미간이 깊이 패었다.

"중요 참고인으로 가시와기 노부토모를 소환하죠."

지금까지 침묵을 지키던 이케모토가 흥분한 목소리로 말했다. 하지만 미야타는 단호하게 고개를 저었다.

"애인이 보관하고 있던 수첩이 아카마의 것이란 사실이 판명된다 하더라도, 거기 적힌 데이터가 옥스마트나 마스부치 농장의 것이라 단정할 수 없다고 주장하면 그만이야. 수첩에 옥스마트나 마스부치라고 적혀 있는 건 아니지 않나. 이것만으로 공판 유지는 어려워."

미야타의 눈이 냉정하게 다가와와 이케모토를 번갈아 보았다. 더욱 구체적인 증거를 찾아야 한다. 뭔가 실마리가 될 만한 것이 있을까. 다가와는 수첩을 뒤졌다.

"벤츠의 주행 이력은 어떨까요?"

간선도로나 고속도로에는 자동차 번호 자동판독장치, 이른바 N시스템이 있다. 이 기록을 조회하면, 아카마와 니시노가 살해된 당일의 행적, 그리고 센다이 오마치에 있는 아카마의 자취집에 도둑이 들었을 때 노부토모의 행적을 추적할 수 있을지도 모른다.

"다른 증거들과 조합해서 활용할 수 있는 증거니까요. N시스템의 주행 이력이 있으면 임의동행은 가능하지 않을까요?"

"그래도 안 돼. 이번 사건은 평범한 사건이 아냐. 상대는 현직 장관을 배출한 일본 제일의 유통업 가문 가시와기 집안이라고. 더 확실한 증거를 가져오지 않으면 지검에서도 오케이 사인을 보내지 않을 걸세."

미야타가 물병에 담긴 녹차를 마신 뒤 말을 이었다.

"옥스마트의 경비 부문에는 경시청뿐 아니라 경찰청의 인재도 다수 포진해 있고, 방범협회도 거액의 기부금을 받고 있어. 나 하나 옷 벗는 정도라면 괜찮지만 자칫하다간 총감, 나아가 경찰청 장관까지 모가지야."

미야타가 제 목에 손을 대고 긋는 시늉을 했다. 진지한 눈빛을 보니 농담으로 하는 말이 아니었다.

"자네들은 최선을 다했어. N시스템을 조회하면 의혹은 더욱 확실해지겠지. 하지만 이번 일에는 만전을 기하고 싶어. 그리고 왜 도난 차량을 이용하지 않았는지, '역수'라는 군대식의 특수한 나이프 잡는 법은 어떻게 관련되어 있는지도 아직 밝혀지지 않았잖나."

수사 과정에서 중요한 증거가 나오면 담당 형사는 머리에 피가 오르기 마련이다. 다가와와 이케모토가 그랬다. 미야타는 냉정하게 수사 결과와 문제점을 하나씩 지적했다.

"다가와, 노부토모가 자위대에 몸담았던 전력이 있나?"

"없습니다. 물론 해외 용병 부대에 있던 적도 없고요."

"핵심인 살해 방법에 대한 자백을 못 받아내면 우리가 지는 거야. 살해까지 이르는 확실한 증거를 잡아내야만 수갑을 채울 수 있는 범인이야. 그 점 명심해. 이케모토는 N시스템 이력을 조회해봐. 다가와는 '역수'를 밝혀내고 BSE에 대해서도 더 알아보도록 해."

미야타가 지시를 내린 뒤 양복 안주머니에 손을 넣었다.

"선물이 하나 있어."

미야타가 갈색 봉투에 든 종이를 책상에 펼쳐놓았다.

"자네들, 흥분해서 이건 잊고 있었지?"

펼쳐놓은 서류를 다가와가 뚫어져라 들여다보았다.

"이런 연결 고리도 있었습니까?"

"노부토모가 물러나지 못했던 데는 이런 이유도 있었어."

R고원의 마스부치의 호적이었다. 서류 아래쪽에 마스부치의 여동생 이름이 적혀 있었다.

"마스부치 기미요가 아베 집안에 시집을 가서 낳은 딸의 이름이 사나에……."

이케모토가 큰 소리로 서류 속 이름을 읽었다.

"이케모토가 통신 기록을 조회해달라며 나에게 지시를 하더군. 아니꼬워서 한번 알아봤어."

다가와가 이케모토와 마주 봤다.

"둘 다 아직 멀었어. 관계자의 신변 조사에 허점이 있잖아."

말을 마친 미야타가 손목시계를 보았다. 왼쪽 손목에 은색 시계가 빛나고 있었다.

"윗선에 이 일을 보고해야 해. 지검 쪽하고도 상의를 해봐야지. 서둘러야 해."

미야타는 그렇게 말하더니 잰걸음으로 분실을 나섰다.

"과장님 실력은 아직 건재하군요."

어깨를 으쓱하며 이케모토가 말했다.

둘밖에 없는 수사본부였지만 미야타의 지적은 옳았다.

원칙적으로는 아베 사나에가 수사선상에 올랐을 때 호적을 확인해야 했다. 핀잔을 주기는 했지만, 미야타는 본인이 할 수 있는 범위 안에서 도움을 준 것이다. 미야타가 사라진 방향으로 머리를 조아리고 싶은 심정이었다.

살해 동기에도 차곡차곡 살이 붙고 있었다. 옥스마트의 체면을 지키기 위해서라는 이유 말고도, 애인의 친척이자 우수한 축산 농가를 지키기 위해 노부토모는 넘지 말아야 할 선을 넘었다.

다가와는 이케모토와 의논해 다시 수사 내용을 분담했다. N시스템 영상 분석을 위해 이케모토는 분실을 나갔다.

컴퓨터 앞에 앉은 다가와는 검색창에 "BSE"라고 입력했다. 그러자 BSE에 대해 상세한 설명이 적힌 인터넷 사전이 떴고, 그 아래로 담당 관청인 농림수산성 사이트가 나타났다. 다가와가 손에 익지 않은 마우스를 움직여 간신히 페이지를 클릭했다.

BSE의 개요, 국가적 대응 방침, 관계 기관의 링크, 지자체의 신고 접수 창구 등 상세한 항목이 늘어서 있었다. 화면을 내리자 아래쪽에 담당자의 연락처가 나와 있었다. 다가와는 농림수산성 소비·안전국 동물위생과 담당 과장의 직통 번호로 즉시 전화를 걸었다.

"네, 하야미입니다."

다행히 담당 과장이 직접 전화를 받았다. 만나서 이야기를 듣고 싶다고 하자, 하야미가 곧바로 그러겠노라고 답했다.

다가와는 양복 상의를 걸치고 수첩을 주머니에 넣었다. 사토미의 말대로 왼쪽 가슴이 꼴사납게 불룩 튀어나와 있었다.

3

택시를 타고 다가와는 가스미가세키의 농림수산성 청사로 향했다. 수속을 마치고 지정된 5층 응접실로 향했다.

히비야 공원의 나무들을 바라보고 있는데, 이마에 땀방울이 맺힌 건장한 남자가 들어왔다. 180센티미터가 훌쩍 넘는 키에, 체중도 100킬로그램은 더 나가는 것 같았다. 대학 스모부 고문 같은 사내였다.

"수사1과 분이 찾아오신 적은 처음입니다."

덩치에 어울리지 않는 새된 목소리로 하야미가 그렇게 말했다. 명함을 교환한 뒤, 다가와가 단도직입적으로 물었다.

"스키야키를 좋아해서 동네 정육점에서 특선 흑우를 떼어다가 먹고 있는데, 안심하고 먹어도 되는 겁니까?"

"안심하고 드셔도 됩니다. BSE의 위험성은 없고, 대지진 후 방사능 문제도 전수 검사를 통과한 상품만 시장에 내보내고 있습니다."

하야미가 가져온 파란 서류철을 펼쳐 '검사와 안전성'이라는 페이지를 가리켰다. 그는 BSE가 변형 프리온 단백질이라는 병원체에 의해 발생한다고 지적했다. 그리고 이 단백질이 뇌나 척수에 축적되기 쉽다는 연구 결과를 설명한 뒤, 도축 과정에서 위험 부위를 엄격하고 완전하게 제거한다고 강조했다.

"BSE에 오염된 육류가 시장에 유통될 일은 절대로 없습니다."

"영국에서는 햄버거를 먹은 사람들도 피해를 봤다는 이야기를 들었습니다."

"변이형 크로이츠펠트-야코프병 말씀이시죠? BSE가 발생한 당초에는 피해 사례가 나오면서 전 세계를 혼란에 빠뜨렸습니다. 하지만 사료로 사용되던 육골분肉骨粉, 요컨대 죽은 소를 원료로 한 영양가 높은 이 사료의 사용을 전면적으로 금지한 뒤로 BSE 발생은 거의 종식되었습니다."

하야미는 위험 부위인 뇌를 혼합한 사료가 시중에 유통되었던 게 BSE의 근원이라고 설명했다.

세계적인 규모의 패스트푸드나 슈퍼 업계에 저렴한 육류의 수요가 높아졌고, 그 결과 해외 농가에서는 단기간에 육우를 성장시킬 수 있는 사료를 필요로 하게 되었다. 그 최종 도달점이 초식동물에게 육골분을 급여하는 금단의 수법이었다. 하야미는 그렇게 말했다.

"우생학적인 견지에서 육골분의 사료화에 이의를 제기하는 학자가 있었다고 합니다. 하지만 거대하고 강력한 상업주의의 압력을 이기지 못했고, 귀중한 경고는 흔적도 없이 사라졌죠."

거대한 상업주의라는 말에 다가와는 노란 간판을 떠올렸다.

"일본에서 발생할 위험성이 전혀 없다고 잘라 말할 수 있습니까?"

"네. 육골분 사용은 물론, 수입도 전면적으로 금지되어 있습니다. 아까 말씀하신 영국의 경우 말입니다만, 일본에서는 있을 수 없는 일입니다."

"어째서죠?"

"일본의 경우, 도축장에 들어온 가축은 식용으로 쓰는 지육枝肉, 내장 전반, 피혁, 이렇게 셋으로 나뉩니다. 그걸 저마다 거래 자격을 갖춘 업자가 엄격하게 각각의 유통 경로를 통해 취급하죠."

"그것과 햄버거가 무슨 상관이 있습니까?"

"영국은 일본처럼 시스템이 세세하게 나뉘어 있지 않습니다. 쉽게 말하면, 지육과 내장을 같은 업자가 취급하는 겁니다. 특히 영국산 소의 지육에는 살코기가 많아서, 가공 시에 뇌를 섞어 점성과 감칠맛을 더하려 했죠."

"일본에서는 있을 수 없는 일이란 말씀이시군요."

다가와는 수첩을 꺼내 소를 중심에 놓은 관계도를 힐끗 보았다. 여기서부터가 진짜다.

"앞으로 일본에서는 BSE가 절대로 발병하지 않을 거란 말씀이시죠?"

"'절대'라는 말을 어떻게 정의할지가 문제죠. 유통 단계에서는 있을 수 없는 일이라고 말씀드리겠습니다."

"무슨 말씀이십니까?"

"위험 부위는 완전히 제거합니다. 그리고 일본의 검역 체계는 세계에서도 최첨단을 달리고 있고요. 예를 들면, BSE 특유의 증상이 나타난 소가 발견되었을 경우에는 수의사가 지역 보건소나 식육 위생 검사 기관에 즉시 신고하도록 되어 있습니다."

'수의사'라는 말에 다가와는 움찔했다. 하야미의 말대로, 아카마는 마스부치 농장에서 BSE 증상이 의심되는 소를 발견하고 R고원을 수차례 드나들며 신중하게 조사했을 것이다.

수첩을 내려다보던 다가와가 고개를 들며 물었다.

"유통 단계라고 한정 지으신 이유가 뭡니까?"

하야미는 두툼한 서류철을 넘겼다. 새로 펼친 페이지에는 "국내 BSE 발생 상황"이라는 제목이 붙어 있었다.

그 밑에는 일람표가 있었는데, 왼쪽에서 오른쪽으로 발생

번호, 확인된 날짜(도축 또는 사망일), 월령, 생산지, 검사 실시 기관 등 항목이 차례대로 적혀 있었다.

제1호는 "2001년 9월(같은 해 8월), 월령 64, 홋카이도, 지바 현"이라고 되어 있었다. 일람표에는 제36호까지 있었다.

"마지막으로 확인된 게 2009년 1월 홋카이도입니다."

하야미의 설명에 귀를 기울이며 다가와는 일람표의 수치를 들여다봤다. 순간, 시선을 잡아끄는 항목이 있었다. 수첩을 훑어본 순간 머릿속에서 무언가가 번득였다.

"실례지만 이 표는 어디서 구할 수 있습니까?"

"농림수산성 홈페이지에 있습니다. 필요하시면 이걸 가져가십시오."

하야미가 서류철에서 해당 표를 꺼내 다가와에게 건넸다.

수첩을 든 손에 진땀이 배었다. 당장이라도 자리를 박차고 일어나고 싶은 충동을 억누르며 다가와는 하야미를 보았다. 이야기는 아직 끝나지 않았다. 안간힘을 다해 말을 짜냈다.

"서른여섯 건의 사례, 게다가 2009년이면 최근 아닙니까. 이런데 위험하지 않다는 겁니까?"

"이 소들은 대부분 씨수소입니다. 그리고 BSE는 소에서 소로 직접 감염되지 않는다는 사실이 확인됐습니다. 육골분 사료가 전면 금지된 뒤에 태어난 소에서 BSE가 발병했다는 보고는 아직 없습니다."

"그럼 씨수소는 시장에 나가지 않는 겁니까?"

"형사님이 좋아한다고 하신 고급 와규는 대부분 암소입니다. 게다가 처녀우의 비율이 높죠."

다가와는 수첩을 보았다. 역시 아카마가 남긴 메모는 범인에게 이어지는 중대한 실마리였다. 아무 말 없는 다가와를 보고 하야미가 말을 이었다.

"앞서도 말씀드렸다시피, 뇌, 척수, 눈, 회장원위부回腸遠位部 등 특정 위험 부위가 제거된 소고기는 안전합니다. 우유나 유제품도 마찬가지고요. 일본은 미국, 유럽연합과 비교해도 뒤지지 않는 엄격한 검사를 실시하고 있습니다. 반대로 말하자면, 과거에 육골분을 섭취해 감염된 소가 나온 건 우리로서는 환영할 일입니다."

"환영할 일이라고요?"

"바꿔 말하면 검사가 철저히 이루어진다는 증거니까요."

하야미가 열띤 어조로 말했다. 아카마가 이 자리에 있었다면, 그와 마찬가지로 뜨겁게 지론을 펼쳤을지도 모른다.

"감사합니다. 덕분에 많이 배웠습니다."

"저희도 홍보에 최선을 다하고 있지만, 소비자의 이해도는 아직 부족한 실정입니다. 얼마 전에 구제역이 돌았을 때나 방사능 문제가 불거졌을 때도, 근거 없는 유언비어가 횡행했으니까요. 지난 몇 년 동안 인터넷을 통해 그런 소문이 눈 깜짝

할 사이에 확산되는 측면이 있습니다."

유언비어라는 말에 다가와가 하야미를 보았다. 고뇌에 찬 표정이었다.

다가와는 입술을 깨물었다. 머릿속에 소박한 미소를 짓는 아카마의 얼굴이 떠올랐다. 역시 그 고지식한 수의사는 BSE의 데이터를 얻은 것이다. 수첩에 추가된 새로운 자료가 그것을 말해주고 있었다.

"지난 몇 년 동안 축산업계에는 악재가 계속되고 있습니다. BSE도 그렇고, 원자력 발전소 사고도 그렇고요."

하야미가 한숨을 내쉬었다. 그는 윗사람이나 정치가와 다르게 농가에 성심을 다하고 있다. 그의 진심이 느껴졌다.

"수사의 일환으로 축산 농가를 방문했습니다만, 경영 상태가 생각보다 좋지 않은 것 같더군요."

"제 담당 분야는 아니지만 사실입니다."

다가와의 뇌리에 마스부치의 말이 떠올랐다.

소 한 마리를 출하해도 실제로 손에 쥐는 건 수십만 엔 정도라고 말하던 마스부치도 하야미와 마찬가지로 씁쓸한 표정을 짓고 있었다. 앞으로 수사 과정에서 마스부치와 다시 만날 것은 분명했다. 대인 관계에 서툰 축산가를 일방적으로 비난할 수만은 없다.

"루머로 인한 피해를 두려워한 당사자가 BSE 증세를 보인 소를 불법으로 투기하거나 유기할 가능성은 없을까요?"

하야미가 괴로운 듯 얼굴을 찌푸렸다. 넓적한 얼굴에 진땀이 흐르고 있었다.

"그런 사례를 수사하시는 중입니까?"

"어디까지나 가정입니다. 솔직한 의견을 듣고 싶습니다."

"저희 일은 성선설을 기반으로 합니다. 이렇게만 말씀드리겠습니다."

"관계 기관이나 수의사가 알아채지 못하게 몰래 처리하거나, 또는 직업 윤리가 없는 수의사가 있다면 숨길 수도 있단 말씀이십니까?"

"그런 이가 없다고 믿습니다."

"반사회적 세력 중에 병든 가축을 불법으로 처리해주고 이익을 얻는 자들이 있습니다. 소문으로 인한 타격을 두려워한 당사자가 이런 작자들과 손을 잡았을 가능성은 없을까요?"

"없다고 믿고 싶습니다. 만일 그런 일이 실제로 일어났다면, 경찰에서 철저하게 수사해주시길 부탁드립니다. 그렇지 않으면 성실하게 소를 키워온 축산 농가의 노력이 물거품으로 돌아갈 테니까요."

하야미가 맑은 눈동자로 말했다.

다가와는 정중히 감사 인사를 한 뒤 자리에서 일어났다.

4

면담 요청을 한 지 고작 한 시간밖에 지나지 않았다. 쓰루타는 처음으로 하마마쓰 정의 옥스마트 본사 빌딩에 있는 다키자와의 사무실에 발을 들였다.

"앉으시죠."

의자에서 일어난 다키자와가 더블슈트 단추를 잠그며 쓰루타에게 앉으라고 권했다.

"공격의 고삐를 늦춰주겠다는 뜻으로 받아들이면 되려나?"

다키자와가 껄껄 웃으며 말했다. 쓰루타는 가방에서 클리어 파일을 꺼냈다.

"수도권 중소형 매장에 대해 좀 여쭙고 싶은 게 있어서 찾아뵈었습니다. 앞으로의 주력 매장이라고 들었습니다만."

"그 얘기라면 담당자를 부르겠네."

"나중에 소개시켜주십시오. 이번에 취재하고 싶은 건 새로운 전략과 동시에 대량으로 도입되는 이 기계니까요. 취재 내용은 곧바로 기사로 작성할 생각입니다."

쓰루타가 클리어 파일에서 고마쓰가 준 미트박스의 육가공품 제조기 매직블렌더의 사진을 꺼냈다.

"이 기계를 몇 대나 들이실 예정입니까? 정확한 수량을 알고 싶은데요."

쓰루타가 마주 앉은 다키자와를 보았다. 그는 사진에 시선을 고정한 채 돌처럼 굳어 있었다.

"실장님, 듣고 계십니까?"

"어디서 이 얘기를 들었나?"

"정보원을 밝힐 수는 없죠."

다키자와의 두 눈에 핏발이 서 있었다. 소파 손잡이에 올려놓은 두 손도 가늘게 떨리고 있었다.

"다키자와 경영기획실장은 취재를 거부했다. 평소처럼 그렇게 쓰겠습니다."

"잠깐만, 아직 임원 회의에서 결정된 사안이 아니야."

"어차피 형식적인 절차 아닌가요? 그런 게 궁금한 게 아닙니다."

다키자와는 새파랗게 질려 있었다. 쓰루타는 지금이 기회임을 직감했다.

"미야기에 시범적으로 도입된 초저가 상품의 사업 모델을 전국으로 확대할 계획이시군요?"

다키자와의 얼굴을 보았다. 사진을 들여다보는 상태로 꿈쩍도 하지 않았다.

"실장님, 저는 옥스의 정육 매장을 좋아했습니다. 우수한 농가를 육성하고, 질 좋은 고기를 소비자에게 제공하겠다는 마음가짐이 훌륭했죠. 선대 회장님의 공헌이 없었다면, 와규

시장은 지금처럼 성장하지 못했을 겁니다."

"정식으로 결정된 사안이 아니라고 하지 않나!"

다키자와가 고개를 숙인 채 고함을 질렀다. 쓰루타가 날린 총알이 정중앙에 명중했다. 남은 건 공격뿐이다.

"실장님, 누군가가 옥스를 협박하고 있는 거죠? 형사들이 옥스를 조사하고 있다는 얘기를 들었습니다."

"향후 오 년 동안 광고를 넣겠네. 주요 일간지 3사 분량의 예산을 확보하지. 이 건을 기사로 내는 건 기다려주게."

예상했던 반응이었다. 미트박스의 기계 도입은 거의 결정된 사안이다. 그리고 배후에는 복잡한 속사정이 숨어 있다. 쓰루타가 아직 파악하지 못한 사실을 밝혀내기 위해, 경시청의 다가와 경위가 수사하고 있는 것이다.

그는 평범하기 그지없는 외모와 달리, 집요하고 끈질기게 수사하는 타입이다. 사무실로 찾아왔을 때부터 쓰루타는 그 사실을 직감했다. 평소 어지간한 일에는 꿈쩍도 하지 않는 다키자와가 이만큼 동요하는 것이 사안의 심각성을 말해주고 있었다.

"사실대로 말씀해주시면 기사는 당분간 보류하겠습니다. 다만 이 기계 도입을 중단하고 수상한 재료로 만든 반찬을 매장에서 철수시킨다는 조건입니다."

쓰루타가 단호하게 거래 조건을 제시했다. 눈앞의 다키자와는 여전히 고개를 떨구고 있었다.

“사업 확장을 위해 창업자의 큰 뜻을 저버리시는 겁니까? 걸레라고 불리는 저급육으로 만든 반찬을 판매하면 이익이야 눈덩이처럼 불어나겠죠. 소비자가 항의해도 돈으로 해결하면 되고요. 쇼핑센터 사업을 무리하게 확장한 방식을 그대로 답습하면 되니까요. 기가 찰 얘기죠.”

미간 아래를 흐르는 혈관이 꿈틀거리는 게 느껴졌다. 지금까지 취재 과정에서 얻은 수많은 데이터가 분노로 탈바꿈하고 있었다.

“대량의 식품첨가물과 화학조미료에 절인 저급육. 식재료가 상하는 데서 그치면 다행이죠. 장차 첨가물 부작용으로 어마어마한 피해를 불러올 수도 있습니다. ‘늘 고객 곁에’라는 슬로건을 내건 옥스마트는 곧 아이나 노인의 건강을 해치는 기업으로 전락하겠죠.”

단숨에 말을 쏟아낸 쓰루타가 다키자와를 보았다.

평소 같았으면 으름장을 놓으며 협박부터 했을 위인이 웬일로 입을 꾹 다물고 있었다. 역시 옥스마트는 핫타에게 협박을 당하고 있다. 쓰루타는 확신했다.

“경시청에서 수사중인 사건과 이 기계 사이에 어떤 인과관계가 존재하는 겁니까?”

“반드시 연락하겠네. 그러니 이삼일만 말미를 주게.”

"그럼 연락 기다리겠습니다."

쓰루타는 자리에서 일어났다. 다키자와의 사무실에서 나와 엘리베이터로 걸어가며 정기 승차권 지갑에 넣어둔 사진을 보았다.

"마미, 조금만 기다려."

작은 소리로 중얼거린 뒤, 서둘러 엘리베이터를 탔다.

5

잰걸음으로 복도를 지나며 다키자와는 열심히 머리를 굴렸다.

미트박스 건이 어쩌다 새어 나간 거지? 게다가 상대는 쓰루타였다. 중국 진출 계약을 서두르려는 핫타가 일부러 유출한 것일까?

하지만 쓰루타가 내민 사진은 도호쿠 남부의 일부 매장에서 사용하는 매직블렌더로, 최신형의 슈퍼매직블렌더2가 아니었다. 쓰루타에게 정보를 유출한 건 핫타가 아니다. 그 기계에 문제가 많은 건 핫타 자신이 제일 잘 알고 있다. 자수성가해 키운 회사를 위험에 빠뜨릴 수도 있는 정보를 굳이 유출할 이유가 없다.

다키자와가 회장실 문을 두드렸다. 주요 매장의 매출 데이터를 훑어보던 가시와기 회장에게 쓰루타가 미트박스와 옥스마트의 관계를 조사하고 있다는 이야기를 보고했다.

“그 여자는 절대로 기사를 포기하지 않을 겁니다.”

다키자와는 사흘의 말미를 얻었다는 이야기도 했다.

“노부토모의 주변을 조사하는 형사는 베테랑입니다. 쓰루타와 접촉했을 가능성도 있습니다.”

“형사가 정보를 흘린 건가?”

“아뇨, 그런 것 같지는 않습니다. 하지만 쓰루타는 경찰의 움직임도 파악하고 있었습니다. 앞으로 경찰과 쓰루타가 노부토모를 철저히 감시할 가능성이 큽니다.”

“본업인 슈퍼 사업에서도 이제 반격을 개시하려는 참이고, 경제동우회 선거도 있어. 이 중요한 시기에 경찰의 감시하에 있다는 소문이 퍼지면 다른 매체도 가만히 있지 않을 테지.”

“저에게 생각이 있습니다. 회장님께서는 결단만 내리시면 됩니다.”

다키자와가 서류를 꺼내 책상에 내려놓았다.

“이건 미트박스의 기계 아닌가? 이걸로 뭘 어쩌려고?”

“핫타의 협박을 중단시키고, 동시에 노부토모와 회사 전체를 지키기 위한 마지막 카드로 이걸 이용하는 겁니다.”

“구체적으로 말해보게.”

“경찰의 감시와 추적 그리고 매체로부터 사업본부장을 지키기 위한 방책이 있습니다. 거기에 이 기계가 필요합니다."

다키자와가 책상에 놓인 메모지를 집어 도면 하나를 그렸다. 대략적인 내용을 설명하자 가시와기 회장이 대번에 얼굴을 찡그렸다.

"고객들의 항의가 밀려들 거야. 그리고 핫타는 뱀처럼 교활한 사내야. 한번 맛을 보면 더 큰 걸 요구하겠지."

"노부토모와 옥스마트를 지키기 위해서입니다. 결단을 내리셔야 합니다."

다키자와가 가시와기 회장의 얼굴을 뚫어져라 바라보았다. 눈가에 파르르 경련이 일고 있었다.

"회장님!"

다키자와의 독촉에 가시와기 회장이 말없이 고개를 끄덕였다.

6

고지마치의 분실로 돌아온 다가와는 이케모토와 연락해 N 시스템 영상의 분석 상황을 물었다. 그러나 한 시간 전에 발생한 강도 사건의 범인이 현재 도주중이라, 다른 강력계에서 단말기를 모조리 차지한 탓에 작업이 중단되었다고 했다.

짜증을 감추려 하지 않는 이케모토에게 다가와는 일단 휴식을 선언하고 딱딱한 의자에 몸을 기댔다. 눈두덩을 세게 문질렀다. 수첩을 보았지만 눈의 초점이 나갔는지 깨알 같은 글씨를 알아볼 수가 없었다. 눈을 게슴츠레 뜨고 훑어보는데 "……?"라고 적은 부분이 보였다. 다시 눈두덩을 세게 누른 뒤에 메모를 보았다.

"도난 차량?"이라고 적혀 있었다. 하나둘 쌓여가는 정보에 파묻혀 간과했던 중대한 의문점이었다. 다가와는 뒷장을 넘겨 수사 기록을 훑어보았다.

—나카노에 급한 볼일이 생겼어. 하루 일찍 도쿄로 출발할 거야.

아카마가 애인인 가와즈에게 보낸 메시지가 눈에 밟혔다.

일생일대의 프러포즈를 앞두고 아카마는 업무상 중대한 사안과 맞닥뜨렸다.

다름 아닌 BSE였다. 마스부치 농장에서 출하된 소의 족적을 따라, 아카마는 먼저 9월 10일에 아자부의 고깃집 도모에를 찾았다.

연락도 없이 불쑥 나타나 캐묻는 아카마를 수상쩍게 여긴 가게 측에서는 소에 대해 알려주지 않았다. 수첩 뒤쪽에 가와즈와 만났을 때 들었던 이야기가 적혀 있었다.

—이튿날 아침에 사무실에서 급히 알아볼 일이 있다며 첫차로 서둘러 돌아갔고요.

중요한 수첩을 가와즈의 집에 깜빡할 정도로 아카마는 마음이 조급했다. BSE의 징후가 나타난 소 또는 발병이 확실한 소가 시장에 유통되는지, 그 사실을 확인하기 위해 직접 상경한 건 분명했다.

센다이로 돌아간 아카마는 다음 상경일인 16일까지 열심히 자료를 조사했다. 아니면 마스부치나 가시와기 노부토모와 접촉해, 소의 행방과 검사 결과를 공표하라고 설득했던 게 아닐까. 그동안 도모에의 직원이 노부토모에게 아카마가 가게로 찾아왔었다는 보고를 했고, 노부토모의 위기감은 극도로 높아졌을 것이다.

다가와는 다시 수첩을 보았다.

—나카노에 급한 볼일이 생겼어.

—'아직 밝힐 수 없다'라고만 했어요.

11일 오전에 센다이로 돌아와 15일 저녁에 가와즈에게 메시지를 보내기까지, 마스부치 혹은 노부토모가 어떠한 제안이나 타개책을 제시했을 가능성은 없을까. 고지식할 정도로 성실한 아카마는 그 말을 믿고 도쿄로 향했다. 그렇게 가시와기 노부토모에게는 아카마를 나카노로 불러낼 여유가 생긴 것이다.

"아!"

머릿속에서 컵 깨지는 소리가 울려 퍼졌다. 쯧 하고 혀를 차며 다가와가 수화기를 들었다.

"분실은 어때?"

계속수사반의 다치하라가 얼빠진 소리로 물었다.

"이번에도 부탁할 게 있는데."

"말해."

"일전에 도난 차량이라고 했지?"

"아, 그 사건? 그게 왜?"

"롯폰기와 가부키 정 주변에서 발견된 도난 차량 이력을 알아봐줄 수 있어?"

"일도 아니지."

"구체적으로는 이 년 전 9월 15일 저녁부터 16일 새벽까지."

"알았어. 하지만 찾는 데 시간이 좀 걸릴 거야. 알아내면 휴대전화로 연락할게."

다가와는 아무도 없는 작은 수사본부에서 고개를 절레절레 저었다. 맹점이었다. 연결 고리에 너무 집중한 나머지 중대한 사실을 간과하고 말았다.

고지식한 아카마를 불러낸 가시와기 노부토모는 사전에 치밀한 계획을 세워놓았다.

아카마와 함께 옥스마트 전체를 협박하려는 니시노를 해치워야겠다고 생각하고 실행에 옮겼을 것이다. 그사이 노부토모 자신이, 혹은 아베 사나에를 시켜 도난 차량을 구해놓지 않았을까. 그런데 막상 실행 직전에 도난 차량이 사라졌거나 경찰의 단속에 걸린 게 아닐까.

다시 수화기를 드는데 어깨와 목덜미에 심상치 않은 통증이 느껴졌다.

뭉친 근육을 풀려고 고개를 좌우로 꺾으며 어깨를 돌렸지만 돌아온 건 지독한 통증뿐이었다. 집중력도 떨어졌고 체력도 바닥에 가까웠다. 일선에서 물러난 지 벌써 일 년 구 개월이 지났다. 다가와는 자신이 나이를 먹었음을 뼈저리게 느꼈다.

다치하라가 도난 차량 조회에 시간이 걸릴 거라고 했다. 일단 머릿속을 정리하는 차원에서라도 휴식을 취해야 한다. 다가와는 수첩을 주머니에 넣고 이케모토에게 N시스템 기록 조회를 맡긴 뒤 자리에서 일어났다.

분실을 나온 다가와는 지하철을 타러 내려갔다. 회사원의 퇴근 시간과 겹쳐 한조몬 역은 북적거렸다. 열차를 갈아타고 약 삼십 분 만에 아라이야쿠시마에 역에 도착했다.

불과 여덟 시간 전에 반대편 승강장에서 열차에 올라탔다. 수사본부에서 한 달 동안 먹고 잤던 그 시절처럼 몸이 한없이 무거웠다.

손목시계를 보았다. 오후 7시까지 몇 분밖에 남지 않았다. 휴대전화를 꺼내 집에다 전화를 걸었다. 사토미가 직장에서 돌아올 시간이었다.

"이렇게 일찍 웬일이야?"

"상점가에서 뭣 좀 사 가려는데, 필요한 거 있어?"

"그럼 기구치 씨네 들러서 닭튀김거리 좀 사 와."

"스키야키는 좀더 기다려야 할 것 같아. 미안."

"괜찮아."

좁은 도로를 따라 걷다 보니 기구치 정육점의 주인이 보였다. 다가와가 다가가자 기구치가 밝은 목소리로 물었다.

"오늘은 뭘 드릴까?"

"튀김용 닭고기를 사 오라는데, 300그램만 줘."

"토종닭 다릿살 좋은 걸로 줘야겠군. 최고급 고기가 들어왔는데 구경 좀 할 테야?"

"소고기야?"

"전에 말했던 오슈와규인데, 도매상에서 좋은 고기가 있다며 좀 나눠줬어."

"맛있어 보이는군. 하지만 오늘은 사양할게."

"구경이라도 하고 가. 지난 십 년 동안 본 것 중에 최고야."

기구치가 전용 냉장고로 가서 하얀 무명천으로 싼 고기를 조리대에 올려놓았다. 그리고 신중히 천을 벗겨내고 고깃덩어리를 쓸었다. 다가와는 마지못해 그 뒤를 따랐다.

"윤기 흐르는 거 봐. 어때?"

기구치가 감탄을 흘렸다. 붉은 살코기 사이에 마블링이 촘촘하게 들어가 있었다. 다가와는 빨려들듯 고기를 보았다. 자연스레 입안에 침이 고였다.

"꽃등심에서 설로인 부근이야."

다가와는 고깃덩어리 표면에 규칙적으로 튀어나온 혹이 있는 걸 발견했다. 기구치가 고개를 끄덕이며 말했다.

"다른 정육점에서는 전문 업자에게 발골 해체 작업을 맡기지만, 우리는 달라."

기구치는 소고기에 숙성 과정이 꼭 필요하다고 말했다. 도축 직후에는 단맛이 우세한데, 이 맛은 일주일 전후에 최고조를 맞이한다고 한다. 그로부터 이 주에서 한 달 정도가 지나면 이번에는 감칠맛을 내는 아미노산이 증가하며 소고기 특유의 풍미가 강해진다고 역설했다.

"그러고 보니 오늘 갔던 고깃집에서도 그런 말을 하더군."

다가와는 히가시아자부의 고깃집 도모에의 포스터를 떠올렸다.

―저희 가게에서는 소 한 마리를 통째로 구입합니다. 뼈를 제거하지 않은 상태에서 고기를 숙성시킵니다.

"발골하지 않은 고기는 손질하는 데 시간이 걸려서 요새는 취급하지 않는 곳이 많지. 그래도 프로라면 수고를 마다하면 안 되지."

기구치가 기다란 육가공 전문 칼과 철로 된 샤프너를 꺼내 들었다.

"피곤해 보이니 특별 서비스로 한 점 떠줄게."

기구치가 리듬에 맞춰 칼을 샤프너로 갈자 작은 불꽃이 튀었다.

"신경 쓰게 해서 미안해."

기구치가 샤프너를 제자리에 꽂으며 말했다.

"갈비뼈를 하나 제거해야 하니까 잠깐만 기다려."

기구치는 왼손으로 고깃덩어리의 뼈 언저리를 만져본 뒤 기다란 칼을 집어 들었다. 그때 다가와가 들고 있던 가방을 정육점 바닥에 떨어뜨렸다.

"기구치 씨!"

다가와는 다시 기구치를 보았다.

"이거였어!"

기구치의 손을 바라보며 다가와가 외쳤다.

7

석간을 읽던 다키자와의 귀에 노크 소리가 들렸다. 고개를 돌리자 부루퉁한 표정의 노부토모가 서 있었다.

"거기 앉아."

"곧 기획 회의가 있는데요."

"중요한 일이다. 일단 앉아봐."

"내가 프레젠테이션하는 자리라 지각하면 안 된다고요."

"앉으라면 앉아!"

다키자와는 스스로 놀랄 정도로 버럭 고함을 질렀다.

그리고 책상에 놓은 파일을 들고 노부토모의 맞은편에 앉았다. 노부토모는 다키자와의 속내를 떠보려는 듯 그를 바라보고 있었다. 다키자와가 이 년 전의 신문 기사를 꺼내 테이블에 내려놓았다.

"형사가 찾아온 건 이 일 때문이지?"

"무슨 소리예요?"

노부토모의 얼굴이 서서히 굳었다. 정곡을 찔린 것이다. 생각하고 싶지 않았지만, 현실은 나쁜 방향으로 흘러가고 있었다.

"구스미 씨한테 보고를 받은 뒤에 개인적으로 알아봤다."

"나하고 상관없는 일이에요."

"시치미 떼지 마."

다키자와가 노부토모의 눈을 응시했다. 노부토모는 금세 시선을 돌려 천장을 올려다보았다.

"니시노를 소개한 건 센다이의 핫타 사장이었지. 나도 너하고 같이 명함을 교환했고."

노부토모는 다키자와의 어깨 너머로 창문을 바라보고 있었다. 어릴 적 그대로였다.

공사다망한 아버지의 관심을 끌려고 문구점에서 좀도둑질을 해댔다. 그러다 붙잡혀, 가게 사무실로 끌려가 점장에게 한바탕 설교를 들었을 때도 이런 표정이었다.

"사건 발생 당시 경찰은 강도 살인 사건으로 가닥을 잡았어. 불량외국인을 쫓았지만 범인의 꼬리를 잡을 수 없었지."

노부토모의 두 어깨가 가늘게 떨리기 시작했다. 다키자와는 눈을 떼지 않고 그를 노려보았다. 정적에 휩싸인 실내에서, 두 사람 사이에 무거운 공기가 가라앉았다.

"내 나름대로 사건의 전모를 파악했다. 어떻게 된 일인지 숨김없이 털어놔. 전력을 다해 널 보호해줄 테니까."

다키자와는 노부토모의 양 어깨를 잡았다. 미세한 떨림이 느껴졌다. 이 흔들림을 지금 다스리지 않으면, 노부토모 그리고 옥스마트는 흔적도 없이 사라지리라. 다키자와가 두 손에 힘을 주었다. 노부토모가 고개를 떨궜다.

"너무 무서웠어."

노부토모가 속삭이듯 말했다. 다키자와가 생각했던 최악의 상황이, 모두 현실이 되는 순간이었다.

"나한테 얘기를 했어야지."

"그럼 아버지도 다 아시게 될 테니까."

"어릴 적 좀도둑질하고는 차원이 달라."

말이 끝나기가 무섭게 굳어 있던 노부토모의 어깨에서 스르륵 힘이 빠져나갔다. 다키자와가 두 손을 놓으며 물었다.

"BSE 소는 어떻게 발견한 거냐?"

"마스부치 아저씨한테 연락이 왔어. 비틀거리는 소가 나왔다고."

노부토모가 넋 나간 사람처럼 말했다. 시선은 여전히 허공을 맴돌고 있었다.

다키자와는 연신 고개를 끄덕였다. 노부토모에게서 직접 사건의 경위를 알아내 대책을 강구해야 했다. 어렵게 연 노부토모의 마음이 다시 닫히게 둘 수는 없었다.

"비틀거린다고 해도 아주 살짝, 살짝이었어."

"그래서 뭐라고 하더냐?"

"마스부치 아저씨는 만에 하나 양성일 경우에 대비해 가장 먼저 나한테 연락한 거야."

"언제 일이냐?"

"이 년 전 8월 말이었을 거야."

"너는 뭐라고 대답했는데?"

"기다려달라고 했어."

다키자와가 캐묻자 노부토모가 힘없이 어깨를 떨궜다.

"나이 든 소는 쇠약해져서 그럴 수 있어. 덜떨어진 소는 어느 농가에나 있잖아. 그리고 씨수소였다면서."

"아냐, 아저씨가 쭉 키웠던 암소였어. 자식처럼 키웠다는."

"하지만 그 목장은 그런 나이 든 소는 시장에 절대 출하하지 않는데다 곧바로 살처분했으면 문제될 것도 없었을 텐데……."

"아카마가 처음 발견했어. 그래서 문제가 된 거고."

노부토모가 한층 더 떨리는 목소리로 말했다.

"아카마가 아저씨를 설득했어. 일본의 BSE에 종지부를 찍을 마지막 케이스가 될지도 모른다고. 경과를 관찰해서 공표해야 한다고. 아무리 말해도 물러서려 하지 않았어."

다키자와는 침을 삼켰다.

"난 수의사가 하는 말 같은 건 들을 필요 없다고 했어."

"뭐라고?"

"우리는 장사꾼이야. 멍청한 소비자와 엉터리 매체에서 생난리를 칠 게 뻔한데 그걸 그냥 두고 보고 있으라고?"

"나한테 얘기를 했어야지."

"말했잖아. 아버지가 아시게 될까 겁이 났다고."

"그렇다고 너 혼자……!"

다키자와가 입을 열자마자 노부토모가 벌떡 일어났다.

"기름값이 폭등하면서 매출도 하향 곡선을 그리던 때였어. 그 상황에서 이런 얘기를 아버지한테 하면 또 무능한 놈 소리나 들을 거 아냐."

노부토모의 두 눈에 벌겋게 핏발이 서 있었다.

"나도 내 힘으로 할 수 있어. 차려진 밥상을 떠먹는 게 아니라, 나 혼자 힘으로 해결했다고."

팽팽하게 당겨진 실이 끊어진 듯, 노부토모가 힘없이 자리에 앉아 소파 등받이에 몸을 기댔다.

"그래서 니시노에게 소를 처분해달라고 한 거냐. 왜 그 녀석을 부른 건데?"

"히가시아자부의 도모에에서 알게 됐어."

"네가 하는 회원제 고깃집 말이냐?"

"처음에 가게를 준비할 때 니시노가 연락했어. 오쿠보에 끝내주는 김치와 나물을 파는 집이 있는데, 연결해주겠다면서."

다키자와는 절레절레 고개를 저었다. 조직폭력배가 사냥감에게 접근할 때 쓰는 전형적인 수법이었다. 상대의 호감을 사기 위해 처음에는 선량한 가면을 쓰는 것이다. 부하들을 가게로 보내 뒤집어엎은 뒤에 시치미 뚝 떼고 다가와 문제를 해결해주겠다고 제안하는 수법과 마찬가지였다. 가게와 관련된 젊은 사업가나 연예인에게 접근해 돈 뜯어낼 거리를 찾고 있었는지도 모른다.

"니시노하고는 그후로 어떻게 지냈는데?"

"도모에나 재산 관리 회사 일로 도움을 받았어."

다키자와는 입술을 꽉 깨물었다. 도모에와 관리 회사는 완전한 개인 기업이었다. 실상은 페이퍼컴퍼니나 다름없었다. 옥스마트의 모든 것을 파악하고 있다고 생각했는데, 가시와기 집안에서 소유한 재산은 미처 계산에 넣지 못했다. 니시노는 교묘한 언변으로 노부토모와 가까워진 뒤에 단물을 빨아먹을 기회만 노리고 있던 것이다.

"그래서 소를 처리해달라고 부탁한 거냐?"

"아카마가 8월 말에 첫 데이터를 채취한 뒤에 밤중에 몰래 빼돌렸어."

다키자와는 힘없이 천장을 올려다보았다.

그 역시 노부토모의 입장이었다면 같은 결단을 내렸을지도 모른다. 학술적인 데이터보다 사업이 우선이다. 비틀거리는 소를 모두 BSE라고 단정 지을 수는 없다. 노화로 인한 기력 부족으로 다리에 힘이 풀린 것이 BSE 소와 비슷한 증상으로 보인 걸지도 모른다. 세세한 부분까지 모두 의심하면 소를 키워 파는 건 불가능하다. 밖으로 새어 나가지만 않는다면 아무에게도 피해를 주지 않고 끝낼 수 있다. 하지만 한 가지 놓친 게 있었다. 니시노의 본성을, 조직폭력단에 몸담은 인간의 실태를 간과한 것이다.

"나중에 니시노가 그걸로 공갈할 줄은 몰랐어."

초점 없는 눈으로 테이블을 바라보며 노부토모가 말했다.

다키자와는 입술을 깨물었다. 차라리 니시노가 처음 협박했을 때 죄다 털어놓았다면 반격할 여지가 있었다. 탐욕스러운 조직폭력배 출신의 하청업자를 그쪽 경험도 없는 노부토모가 어떻게 감당하겠는가.

"아카마도 널 협박한 거냐?"

노부토모가 힘없이 고개를 저었다.

"9월 초에 아카마가 갑자기 추가 데이터를 채취해야겠다고 찾아왔어. 그때 소가 없어졌다고 난리를 쳤지. 이 건을 발표하겠다, 지금까지 수집한 데이터라도 공개하겠다고 거품을 물었어."

조직폭력배와 고지식한 수의사가 노부토모를 절벽으로 몰아갔다. 회사와 제 자존심을 지켜야 한다는 압박에 노부토모는 혼란에 빠졌으리라.

"아카마에게 이렇게 말했어. BSE 건은 옥스마트에서 책임지고 경과 보고를 하겠다고. 마스부치 아저씨를 통해서 가짜 메시지를 보내 아카마를 불러냈어. 가게는 내가 미리 예약해뒀고."

"왜 나카노를 범행 장소로 골랐지?"

"도모에를 찾은 연예인하고 같이 가본 적이 있어. 그쪽 사람들이 남의 눈을 피해 자주 찾는 곳이라고. 조용히 계획을 실행하기에 안성맞춤이라 생각했지."

다키자와는 고개를 저었다. 치졸하다. 그리고 너무나도 유치한 계획이었다.

"그리고 예전에 니시노한테 핫타 사장네 제품이 구라타야에 납품된다는 얘기를 들었어. 물론 그런 쓰레기를 먹을 마음은 없었지만, 니시노를 불러낼 미끼로는 충분했지."

벌레처럼 질색하는 인간의 이름을 듣고 다키자와는 저도 모르게 인상을 찌푸렸다.

"니시노한테는 뭐라고 했는데?"

"입막음 조로 1억 엔 주겠다고 했어."

1억 엔이라는 금액을 들은 순간, 다키자와는 온몸의 피가 거꾸로 솟는 것을 느꼈다. 치졸한 계획과 이기적인 범행 동기. 게다가 미연에 방지할 수 있었던 문제에 거액의 입막음 비용을 들먹였다는 소리까지 들은 다키자와는 벌떡 일어나 노부토모를 내려다봤다.

"옥스마트 매장 하나에서 1억 엔의 매출을 내려면, 물건을 얼마나 팔아야 하는지 아는 거냐?"

"이제 와서 그런 소리를 한다고……."

"신선 식품이나 세제를 팔아서 얼마나 이윤이 나는지 알기는 하는 거냐? 네가 저지른 일은 일이억으로 해결될 문제가 아니야!"

다키자와는 힘껏 노부토모의 따귀를 때렸다. 노부토모를

이 꼴로 만든 데에는 틀림없이 그의 책임도 있었다. 옥스마트를 지킨다는 명목으로 마흔이 다 된 남자를 제구실도 못 하는 놈으로 키웠다.

"너도 마음고생이 심했겠지……. 하지만 사업은 애들 장난이 아니야. 왜 진작 말하지 않은 거냐……."

쳐들었던 두 손을 불끈 쥐고 테이블을 내리쳤다.

"그렇지만……."

노부토모가 두 손으로 얼굴을 감싸며 나지막한 목소리로 신음했다. 누나인 마키코가 죽었을 때도 이랬다. 다키자와가 두 손으로 머리카락을 쥐어뜯으며 말했다.

"무슨 일이 있어도 너와 회사를 끝까지 지킬 거다. 처음부터 끝까지 나한테 전부 말해."

다키자와가 두 손으로 노부토모의 어깨를 붙잡고 마른 몸을 흔들었다.

"흉기는 어떻게 했냐?"

"사건 일주일 뒤에 요트를 타고 하치조지마 섬 근처에 갔을 때, 바다 한가운데에 버렸어. 관련 데이터가 저장된 아카마의 컴퓨터와 가방, 지갑하고 휴대전화도 모조리."

노부토모가 기어들어가는 목소리로 말했다.

"지금부터 내가 시키는 걸 즉시 실행에 옮겨."

다키자와는 자리에서 일어나 책상에 놓인 서류를 노부토모에게 내밀었다.

8

다가와가 고지마치의 분실로 돌아왔을 때에는 이미 8시 반이었다. 분실의 작은 책상에 미야타와 이케모토가 대기하고 있었다.

"정말 알아낸 건가?"

"수수께끼는 모두 풀렸습니다!"

"그게 대체 뭔데요?"

N시스템으로 차량 검색을 하다 미야타에게 다짜고짜 끌려온 것이리라. 상황을 파악하지 못한 이케모토가 고개를 갸웃거리고 있었다.

"지금 사건 최대의 수수께끼의 진실을 보여주지."

다가와가 휴대전화의 비디오 재생 버튼을 눌렀다. 작은 액정 화면에 고깃덩어리가 등장했다.

"평소처럼 뼈를 발라내봐."

"이런 걸 찍어서 어디다 쓰려는 건데?"

의아해하는 기구치의 목소리가 들리더니 화면이 바뀌었다. 지금까지 고깃덩어리에 초점을 맞추던 카메라가 기구치의 손을 클로즈업했다.

"그대로 계속해. 평소 하던 것처럼."

"아!"

화면을 뚫어져라 바라보던 이케모토가 괴상한 소리를 냈다.

"이거였군."

미야타가 신음을 흘렸다. 세 남자의 눈앞에 발골 해체 작업에 쓰는 뾰족한 칼끝과 기구치의 오른손이 나타났다. 새끼손가락 끝, 주먹 아래쪽 방향으로 날카로운 칼날이 튀어나와 있었다.

"리버스 그립, 우리가 지금까지 쫓았던 '역수'입니다."

숨을 삼키는 두 사람을 향해 다가와가 흥분한 어조로 말했다. 다가와의 손안에서 영상은 계속 돌아가고 있었다.

"칼을 왜 그렇게 잡아?"

"뼈를 발라내는 작업이잖아. 칼에 힘을 실으려면 이렇게 쥐는 수밖에 없어."

"정육점에서는 다 이런 식으로 작업해?"

"아까 말했잖아. 요새는 정육 공장에다 발골 해체를 의뢰하는 업자가 대부분이라고."

"소 한 마리를 통째로 들이는 가게에는 칼을 이렇게 쥐는 사람이 있겠지?"

"당연하지. 이렇게 안 쥐면 뼈를 제거할 수가 없는걸. 기본 중의 기본이라고."

다가와가 책상의 수사 자료를 뒤적였다.

"가시와기 노부토모는 옥스마트에 입사한 뒤에 정육 부문에서 경험을 쌓았습니다. 히가시아자부의 도모에에서도 시간이 날 때면 본인이 직접 고기를 손질한다고 했습니다. 군대나 자위대의 특수부대 경험자는 아니었지만 일상적으로 칼을 거꾸로 쥐는 위치에 있던 겁니다."

"추가 인원을 세 명 더 붙여줄 테니 철저하게 수사해. 노부토모에게도 감시를 붙여서 동정을 살피고."

미야타의 지시에 이케모토가 수화기를 들었다.

"과장님, 부탁이 하나 있습니다. 옥스마트의 협력 업체 중에 노부토모의 범행을 알고 협박하는 이가 있습니다."

다가와가 쓰루타 기자와 미트박스의 전 직원인 고마쓰에게 들은 이야기를 전했다. 미야타의 표정이 순식간에 험악해졌다.

"옥스마트는 수도권을 중심으로 소형 매장을 늘려갈 계획입니다. 미트박스에서 만든 육가공 제품이나 반찬이 확산될 우려가 있죠. 손놓고 있다가는 훗날 수많은 피해자를 낳을지도 모릅니다."

"도호쿠에서는 그런 협잡이 통했을지 모르지만, 우리 관할에서는 어림도 없지. 경시청의 명예를 걸고 처넣어주겠어."

미야타가 수첩을 꺼내 요점만 간략하게 적었다.

"다가와는 가시와기 노부토모 체포에만 전념해. 미트 어쩌고 건은 생활안전부 생활환경과에 얘기해둘 테니까. 요새 사건다운 사건이 없다고 투덜거렸으니 바로 달려들 거야. 이 건도 대외비로 해. 야지마를 통해 옥스마트에 정보가 새어 나가면 증거를 없애려 할 테니까."

"감사합니다."

"좌우지간 비밀 엄수를 최우선으로 해. 상대는 일반인이 아니야. 일본 최대 유통업체의 후계자이자 현직 장관의 조카라고."

말을 마친 미야타가 출구로 향했다. 그리고 휴대전화를 꺼내 바쁘게 손을 움직이더니 입을 가리고 작은 소리로 이야기하기 시작했다. 윗선에 보고하는 건 미야타에게 맡겨두면 된다. 다가와는 산더미처럼 자료가 쌓인 책상 앞에 앉았다.

제8장 파열

1

미야타가 나간 뒤 제3강력계의 베테랑 경사 세 명이 분실에 모였다. 임시 지휘관으로서 다가와가 이케모토와 세 형사에게 역할을 분담했다.

첫째, 새롭게 합류한 두 명의 형사에게 범행에 사용된 벤츠 E클래스 쿠페의 행적을 N시스템의 막대한 기록 속에서 찾아내는 일을 맡겼다. 두 형사는 곧바로 본부로 돌아가 작업에 착수했다.

둘째, 이케모토와 또 한 명의 형사에게 니시노의 휴대전화 통화 내역을 철저하게 추적하라고 지시했다.

구라타야에서 살해되기 직전의 석 달 동안 휴대전화 전파가 잡힌 지점을 꼼꼼하게 확인하기 위해서였다.

일정한 행동 패턴을 파악하면, R고원에서 데려온 소를 유기한 장소도 알아낼 수 있을 거라는 게 다가와의 노림수였다. 조만간 가시와기 노부토모의 신병을 확보했을 때, '역수'라는 확실한 증거와 함께, 유기된 소의 뼈와 DNA를 물적증거로 삼을 작정이었다.

형사들이 각자 맡은 곳으로 흩어진 뒤, 다가와는 수첩을 펼쳤다. 수사 과정에서 만난 다양한 사람의 얼굴이 머릿속에 떠올랐다. 이제 곧 끝나. 어스름한 천장을 올려다보며 다가와가 홀로 중얼거렸다.

시계를 보니 오전 2시 반이었다. 차량 기록과 휴대전화 통화 기록, 분석 작업에 시간이 걸리는 건 알고 있었지만, 한시라도 빨리 가시와기 노부토모를 체포할 증거를 잡고 싶었다.

다가와가 다시 수첩을 펼쳤을 때였다. 책상에 둔 휴대전화가 울렸다.

"밤늦게 죄송합니다. 쓰루타인데 지금 통화 괜찮으세요?"

"말씀하시죠."

기자의 드센 목소리가 평소보다 더 상기된 듯했다. 다가와는 태연한 척 쓰루타의 말을 기다렸다.

"《일본실업신문》 온라인판에 옥스마트의 인사 기사가 실렸어요."

휴대전화를 쥔 손에 힘이 들어갔지만 다가와는 여전히 시치미를 떼며 물었다.

"기사 내용이 뭡니까?"

"가시와기 노부토모가 중국 담당 총본부장으로 인사 조치 됐어요."

저도 모르게 침을 삼켰다. 옥스마트에서 노부토모를 수사망이 닿지 않는 외국으로 도피시키려는 것이다. 야지마를 통해 정보가 새어 나간 걸까. 그렇지 않으면 구스미가 독자적으로 알아낸 걸까. 다가와가 애써 태연한 척 물었다.

"그 얘기를 왜 저한테 하시는 겁니까?"

"편집부에 오셨을 때 가시와기 노부토모에 대해 물으셨잖아요."

"그랬죠. 하지만 그때도 말씀드렸다시피 수사의 일환으로 물어본 것뿐입니다."

전화를 끊은 다가와는 즉시 이케모토에게 연락했다. 쓰루타에게 들은 정보를 말하자, 이케모토가 대답했다.

"지금 본부 컴퓨터로 확인중입니다……. 조금만 기다리세요."

수화기를 든 채 삼십 초쯤 기다렸을 무렵이었다.

"찾았습니다. '성장 시장 중국을 총괄하기 위해 가까운 시일 안에 중국에 부임할 예정이다. 신흥 시장을 중요시하는 옥스마트는 차기 총수로 유력한 가시와기 노부토모 씨를 파견하기로 했다'고 적혀 있네요."

다가와는 전화를 끊고 곧바로 미야타에게 전화를 걸었다. 다가와가 기사 이야기를 하자 미야타의 언성이 높아졌다.

"즉시 형사들을 보내겠네."

어떻게 해서든 중국으로 도주하기 전에 신병을 확보해 임의동행까지 끌고 가야 했다. 일단 출국하면 모든 게 수포로 돌아간다. 중국과는 아직 중요 참고인이나 범인에 대한 인도 협정을 체결하지 않았다. 다가와가 입술을 깨물었을 때였다. 바깥 복도에서 요란스러운 발소리가 울려 퍼지더니 벌컥 문이 열렸다.

"찾았습니다!"

N시스템을 조회하던 경사였다. 그가 갈색 봉투에서 A4 사이즈로 확대한 사진 열 장을 꺼내 책상에 펼쳐놓았다.

"사전에 받아본 사진과 여기 찍힌 인물은 동일 인물이 확실합니다."

경사가 흥분한 어조로 사진을 한 장씩 가리켰다.

"장소가 어딘가?"

"사건 이튿날 오후에 도호쿠 고속도로 하행선 방향 센다이 미야기 인터체인지 부근, 그리고 센다이 시내의 국도 48호선, 통칭 센다이 서쪽 도로입니다. 그 밖에도 도호쿠 고속도로의 상하행선 곳곳을 통과한 기록이 있습니다."

다가와는 사진을 보았다. 선글라스를 끼고 있었지만, E클래스 쿠페의 운전석에 앉은 이는 틀림없이 가시와기 노부토모였다. 감식과에서 쓰는 특수 분석 프로그램으로 해상도를 높이면 공판에 증거로 제출하기에 충분할 것이다.

사진을 유심히 들여다보고 있는데 전화가 울렸다. 이케모토였다.

"통신 회사에서 보낸 데이터를 봤는데, 생전에 니시노는 간토 지방 북부의 채석장에 갔던 것 같습니다."

"기동감식반에 출동 요청을 해야겠군."

다가와가 상사의 번호를 눌렀다. 미야타에게 차량 조회에 성공했으며, 문제의 소를 유기한 장소를 거의 찾아냈다는 소식을 전한 뒤에 허가를 구했다.

"중국으로 뜨기 전에 잡아야 합니다. 날이 밝자마자 집 앞에서 임의동행을 요청하겠습니다."

"자신 있나?"

"물론입니다. 잡아만 오면 불게 하는 건 시간문제입니다."

"정말이지? 다음 기회는 없어, 한 번에 끝내야 해."

"저한테 생각이 있습니다. 한 번에 자백을 받아내겠습니다."

다가와가 수첩을 보았다. 비장의 카드가 손안에 있었다. 다가와가 수첩을 덮었을 때, 눈앞의 전화가 울렸다. 다치하라였다.

"난데, 찾았어."

"어디서?"

"롯폰기의 하이유자 극장 뒤 주차장에서 관할서 순찰차가 발견했더군. 차종은 토요타 코롤라 왜건이고."

"그렇군."

"참고로 도난당한 일시는 9월 15일 오전, 장소는 니시오기쿠보 역 앞이야. 운전자가 시동을 켜놓고 오 분쯤 드러그스토어에 다녀왔는데 그때 없어졌다고 하네."

"니시오기쿠보면 애인네 집 근처로군."

"자세한 건 아직 모르지만, 지금 감식반한테 지문 보내달라고 요청했어. 주차장 방범 카메라 영상도 확보해놓을게."

"고마워. 마무리되면 제대로 한턱낼게."

"힘들 땐 도와야지."

수화기를 내려놓고 다가와는 주먹을 불끈 쥐었다. 비장의 카드가 하나 더 늘어났다. 이제 가시와기 노부토모가 빠져나갈 구멍은 없다.

2

다가와에게 전화한 뒤, 쓰루타는 집에서 후속 기사를 써서 편집부에 송고했다. 그리고 기사를 보내자마자 다키자와에게 전화를 걸었다.

“기사 봤습니다. 왜 이런 시기에 그런 인사를 단행하신 거죠?”

“나는 인사 쪽은 관여하지 않아.”

“농담이시죠? 실무는 전부 다키자와 실장님 소관이라는 걸 모르는 사람도 있나요? 이사회와 상의도 없이 대표이사를 갑자기 중국으로 보내버리다니, 이게 말이 됩니까?”

“현시점에서는 장기 출장을 간 거라고 생각하면 돼. 임원의 출장 스케줄까지 이사회에 올려야 하나?”

“체재 일정을 슬금슬금 늘리다가, 그동안 이사회에서 안건을 통과시키면 되겠죠. 대체 무슨 일입니까?”

“기사에 나온 그대로야. 중국을 총괄할 인재가 필요해졌어. 그뿐이네.”

“옥스에서 이미 국내 시장을 포기했다는 건 압니다. 전국 자영업자들을 문 닫게 해놓고 쇼핑센터라는 거대한 폐허를 만들더니 이번에는 중국을 쑥대밭으로 만들려는 건가요?”

“듣기 거북하군. 기업이 땅 파서 장사하나? 채산이 안 맞는 사업에서는 일찌감치 손을 떼야지.”

“겉으로는 무슨 소리를 못 하겠어요. 하지만 실상은 경찰의 수사망이 지근거리까지 좁혀 오니 본부장을 해외로 도피시키는 거잖아요. 아닌가요?”

"아무리 옥스가 미워도 그렇지, 그렇게까지 비약할 일인가?"

"끝까지 시치미를 떼시는군요. 그럼 저희 쪽에도 생각이 있습니다."

"다시 말하지만, 정말 다른 뜻은 없네."

"거짓말이에요. 미트박스 건은 기사를 내보내겠습니다."

"그 건과 이 건은 별개잖나. 조금만 기다려달라니까."

"편집권은 저한테 있습니다. 밤늦게 실례 많았습니다."

쓰루타는 일방적으로 전화를 끊었다. 컴퓨터 화면에 워드프로세서를 띄우는데 식탁에 놓아둔 휴대전화가 진동하는 소리가 들렸다. 전원을 끄고 키보드를 노려보았다.

디플레이션의 총아 옥스마트의 반찬에서 중대한 위장 의혹 제기돼—수사 당국도 예의 주시중

화면 첫 줄에 자극적인 제목을 달았다. 기사의 첫머리에는 매직블렌더와 정체불명의 플라스틱 양동이 사진도 실었다.

고발 기사의 핵심은 임팩트다. 설명문을 줄줄이 늘어놓기보다 독자의 뇌리에 꽂히는 증거를 들이대며 눈길을 사로잡아야 한다.

자극적인 기사라는 자각은 있었지만, 옥스마트와 미트박스

가 불량 식품을 사회 전체로 유통시키는 꼴을 더는 두고 볼 수 없었다. 그들을 막기 위해서는 최대한 많은 독자에게 이 기사를 전해야 했다.

일본 전국을 갈아엎은 사업 모델을, 옥스마트는 이제 중국에서 전개할 작정이다.

그때 미트박스의 기계가 최전선에서 활약할 것이다. 일본의 소비자와 중국의 고객을 속이기 위해 옥스마트는 넘어서는 안 될 선을 넘었다.

취재 수첩과 고마쓰에게 받은 매직블렌더 자료를 번갈아 보며, 쓰루타는 묵묵히 키보드를 두드렸다.

3

오전 4시 반이 지난 시간이었다. 니시노가 드나들었다는 채석장 위치를 거의 알아냈다는 연락을 받았다. 다가와는 N 시스템 기록 조회를 담당하던 두 형사를 현장에 급파했다.

그후 본부에서 나온 이케모토와 합류했다. 숨 돌릴 틈도 없이, 아타고의 고급 아파트 앞에서 노부토모를 감시하던 잠복 형사들과 연락을 취했다.

다가와가 적어놓은 스케줄을 보고 있는데, 갑자기 휴대전화가 울렸다. 쓰루타였다.

"이번 옥스마트 인사, 틀림없이 뭔가 있어요."

"저는 계속수사반의 뒷방 늙은이입니다. 기업에 관련된 제보는 수사 2과에 하시죠."

"형사님까지 모르는 척하시기예요? 가시와기 노부토모의 뭘 조사하는 거죠?"

"수사 과정에서 참고차 평판을 여쭤본 것뿐입니다. 침소봉대하는 건 기자들의 나쁜 버릇이죠."

"정보를 밝힐 수 없는 상황인 건 알겠어요. 하지만 제 취재 결과, 가시와기 노부토모를 중심으로 뭔가가 움직이고 있다고요."

"기자님에게 말씀드릴 만한 정보는 없습니다만, 저번에 말씀하신 식육가공 기계 건을 조만간 관계 부서에서 조사에 착수한다는 소식을 들었습니다. 이걸로 양해해주시죠."

다가와는 전화를 끊었다. 시계를 보니 새벽 5시였다.

"슬슬 잠복조와 합류하죠."

이케모토의 재촉에 다가와는 1층 주차장으로 내려갔다. 낡은 프리메라의 조수석에 올라타자 잠복조의 무선이 들렸다. 이케모토가 말없이 차를 출발시켰다.

"얼마 안 남았으니 묵묵히 처리하자고."

다가와는 그렇게 말하고 눈을 감았다.

가시와기 노부토모를 임의동행하고 나면 이삼일은 눈도 제대로 붙이지 못할 것이다. 다가와는 흔들리는 차에 몸을 맡기고 잠을 청했다.

신호에 걸려 몇 차례 정차하기는 했지만 프리메라는 순조롭게 도로를 달렸다. 서서히 멀어지는 의식 속에서 가시와기 노부토모에게 어떻게 첫마디를 건넬지, 다가와는 그것만 생각했다.

조수석 문에 기댄 채 꾸벅꾸벅 졸고 있는데 사이드브레이크를 올리는 소리가 들렸다. 눈을 뜬 다가와가 주변을 둘러보았다. 지하철 가미야 역 근처의 고층 상업 빌딩 옆으로 고급 타워 아파트가 보였다.

"여기군."

"월세 130만 엔의 방 다섯 개짜리 아파트 25층에 삽니다. 다른 사람들은 정면과 뒷문 옆, 주차장 출구 근처에서 대기중이고요. 녀석이 나오면 시작하겠습니다."

시계를 보았다. 오전 5시 20분이었다. 가시와기가 나타나면 깨워달라고 부탁한 뒤, 다가와는 눈을 감았다.

가시와기 노부토모는 오늘 안으로 중국으로 도피하려는 걸까. 이렇게 가까이 있는데도 볼 수가 없다니. 다가와는 초조해졌다. 눈을 감았지만 도저히 잠을 청할 상황이 아니었다.

"선배님."

이케모토가 작은 소리로 말했다. 눈을 뜨자, 프리메라의

20미터 전방으로 비상등을 켠 채 정차해 있는 검은 렉서스가 보였다.

"옥스마트 총무부의 차량이 들어왔습니다."

다가와가 안전벨트를 풀었다. 대시보드 옆에 있는 무선에서 쉴 새 없이 수사관들의 목소리가 흘러나왔다.

"엘리베이터 한 대가 내려오고 있습니다."

아파트 반대편에 세워둔 왜건 타입의 수사 차량에서 로비를 감시하던 수사관의 목소리가 울려 퍼졌다. 고개를 들자 렉서스의 문을 열고 양복 차림의 남자가 내렸다.

"준비해."

다가와가 조수석 문을 반쯤 열었다.

"엘리베이터 도착했습니다. 여행용 가방을 든 남자가 내렸습니다."

차 문을 연 다가와가 프리메라에서 내려 인도로 향했다. 이케모토가 뒤를 따랐다. 그는 귀에 꽂은 이어폰 소리에 온 신경을 기울이고 있었다.

"본인입니다."

"현관을 나오면 포위해. 임의동행 요청은 내가 할 테니."

다가와가 가슴께에 찬 마이크로 수사관들에게 지시를 내린 직후였다. 현관의 커다란 유리문이 열렸다. 가시와기 노부토모 본인이 틀림없었다. 화단 뒤에 숨어 있던 젊은 수사관 두 명이 빠른 걸음으로 노부토모의 양쪽으로 다가갔다. 인도에 있던 다가와와 이케모토가 두 수사관과 함께 노부토모의 주변을 포위했다.

"안녕하십니까, 가시와기 씨."

갑작스레 다가온 형사들을 보고 놀란 가시와기 노부토모가 흠칫하며 걸음을 멈췄다.

"전에 본사로 찾아오셨던 경시청 형사님이시죠?"

"이른 아침부터 죄송합니다만 드릴 말씀이 있습니다."

"도와드리고 싶지만 제가 지금 나리타 공항에 가봐야 해서요."

"중국 출장을 가신다고요?"

"어떻게 아셨습니까?"

"조사하는 게 저희 일이죠. 하지만 그전에 경시청 본부에 들르셔야 할 것 같습니다."

노부토모가 노골적으로 싫은 표정을 지었다. 다가와가 이케모토를 향해 눈짓을 하자 이케모토가 미리 준비해둔 봉투를 건넸다. 다가와가 봉투에서 N시스템의 사진을 꺼내 노부토모에게 들이밀었다.

"이 사진에 대해 물어볼 게 있습니다."

"이게 무슨 사진입니까?"

"이 년 전에 나카노의 술집 구라타야에서 수의사인 아카마 유야 씨와 산업폐기물 처리업자인 니시노 마모루 씨가 살해당한 사건이 있었습니다. 이튿날 오후, 미야기 현 센다이 시에서 찍힌 노부토모 씨 당신의 사진입니다. 이 사건의 중요 참고인으로 저희와 같이 가주셔야겠습니다."

"제가 비행기 시간 때문에……."

"출장은 연기하셔야겠습니다. 일단 타시죠."

다가와가 정중하지만 거부할 수 없는 단호한 목소리로 말했다. 노부토모가 주머니에서 휴대전화를 꺼냈다.

"전화 한 통만 하겠습니다."

입을 가리고 통화하기는 했지만, "실장님", "구스미"라는 단어가 간간이 들렸다. 통화를 마친 노부토모가 다가와를 보며 말했다.

"저희 고문 변호사가 경시청으로 온다고 합니다."

"그러시죠. 그럼 가실까요."

다가와는 노부토모를 프리메라로 데려갔다. 뒷문을 열고 노부토모를 한가운데에 앉힌 뒤, 다가와가 왼쪽에, 젊은 수사관이 오른쪽에 앉았다.

"출발해."

다가와의 지시에 이케모토가 고개를 끄덕였다. 다가와가 노부토모를 보며 말했다.

"저항해도 소용없습니다. 다 알고 왔으니까요."

"무슨 말인지 모르겠군요. 나와 상관도 없는 일이고."

"다 안다고 말하지 않았습니까. 그보다 아침은 드셨습니까?"

"아내가 아침을 차려줘서 먹고 왔는데 그건 왜 묻는 겁니까?"

"그거 다행이군요. 당분간 사모님 음식은 못 드실 테니."

말을 마친 다가와가 좁은 뒷좌석에서 눈을 감았다.

4

다키자와가 사무실에 도착했을 때, 홍보부장과 차장, 총무부장은 이미 모여 머리를 맞대고 있었다.

"상황은 어떤가?"

"사이토 고문변호사와 구스미 씨가 경시청으로 가고 있답니다."

"임의동행에 강제력은 없는 거 맞지?"

"구스미 씨 말로는 수사1과의 이사관이 직접 변호사와 이야기를 했는데, 요리조리 피해 가더랍니다."

과거에도 몇 차례의 불상사로 직원 중 체포된 이가 있었다. 다만 지점 경리 담당자의 횡령이나 운송 담당자의 과적재 등 경미한 사건이었다. 이번에는 차원이 달랐다. 대응을 조금만 잘못해도 옥스마트 전체의 생사와 직결될 것이다.

"사이토 선생님 말고도 형사사건에 강한 변호사를 두어 명 섭외하고, 도모쓰구 장관님께도 연락드리게. 여당 인맥을 이용해서 국가공안위원장과 접촉해야 해."

신속하게 총무부장에게 지시를 내린 뒤, 다키자와는 홍보부장을 보았다. 평소에는 매스컴에 강경하게 대응했던 홍보부장이 울상을 지으며 다키자와를 보고 있었다.

"실장님, 저희도 지금 난리가 났습니다. 각종 신문이며 방송에서 문의가 쇄도하고 있어요."

《비즈투데이》 로고가 들어간 기사를 들고 홍보부장이 울먹였다.

"사실관계를 파악중이라고만 해."

"그건 너무 약합니다. 지금 고객 센터에도 항의 전화가 쏟아지기 시작했어요. 얼마나 버틸 수 있을지 자신이 없습니다."

"이럴 때를 대비해서 외부 PR 회사를 고용한 거 아닌가. 그쪽에 연락해서 대책을 마련하라고 해."

다키자와가 일동을 둘러보았다. 모두 발만 동동 구르고 있었다.

"잘들 듣게. 현재 최우선순위는 사업본부장의 석방이야. 일단은 본부장을 온전한 상태로 경시청에서 빼내 와야 해."

총무부장이 연신 고개를 끄덕였다. 홍보부장은 정말로 울음을 터뜨릴 것 같았다.

"미트박스를 미끼로 던지게. 우리는 핫타 사장의 수작에 속았다, 우리도 피해자다. 그렇게 변명하는 태도를 보여. 관련 서류는 당장 폐기해. 매스컴의 관심을 미트박스로 돌려야 해."

"대형 일간지나 방송국에는 뭐라고 설명해야 합니까?"

"내가 미트박스의 악랄한 수법에 대해 운을 띄워놓겠네. 이럴 때를 대비해 매스컴 놈들한테 비싼 술 먹이고, 홍보비 쏟아부은 거니까."

쉴 새 없이 지시를 내리는 다키자와를 보며 두 부장이 열심히 내용을 받아 적고 있었다.

"핫타 사장한테는 내가 직접 얘기하겠네."

가시와기 회장에게는 노부토모를 중국으로 도피시키겠다고 말했다. 동시에 미트박스의 새 기계 구입 서류에 도장을 찍게 했다. 만에 하나라도 노부토모의 신병이 구속된다면 매스컴에 미트박스 건을 유출할 작정이었다. 물론 왜곡된 사실을 덧붙여서.

핫타가 기계 도입을 줄기차게 요구하는 동안 다키자와는 복수의 하청업자를 동원해 미트박스의 평판을 조사했다. 사설탐정을 고용해 공장에서 훈시하는 핫타의 모습을 몰래 영상으로 찍어두기도 했다. 옥스마트에서 기계를 도입하기 직전 내부감사에서 미트박스의 부정이 드러난 까닭에, 고객에게 상품을 제공하기 전에 정보 공시를 결심했다고 둘러대기 위해서였다.

"대형 매체 부장급에게서 연락이 오면 즉시 연결해."

다키자와가 그렇게 말한 순간이었다. 주머니 속 휴대전화가 진동했다. 화면에 익숙한 번호가 떴다. 다키자와가 일동을 둘러보며 조용히 하라는 시늉을 했다.

"사업본부장은 어떻게 됐습니까?"

"다른 건으로 연락했습니다."

"다른 건이라고요?"

"미트박스 건 말인데, 담당 부서에서 움직이기 시작했습니다."

"벌써요……? 그 기사는 오늘 새벽에 올라왔습니다."

"전부터 주시하고 있었다고 하더군요."

그 말을 끝으로 상대는 일방적으로 전화를 끊었다.

"누굽니까?"

총무부장이 관심을 보였다.

"협력자인데, 경찰이 미트박스 건으로 움직이기 시작했다는군."

"강제수사에 착수했다는 뜻입니까?"

"모르겠어."

다키자와의 대답이 끝나자마자, 노크도 없이 사무실 문이 열렸다. 일찍 출근하라고 연락을 넣은 중년의 비서였다.

"1층 출입구에 경시청 형사들이 몰려와 있습니다. 경비부에서도 보고가 올라왔습니다. 생활안전부 생활환경과 소속이라고 합니다."

부서명을 들은 순간, 다키자와는 눈앞이 핑 도는 걸 느꼈다. 흔들리는 시야 속에 쓰루타의 얼굴이 떠올랐다.

―실상은 경찰의 수사망이 지근거리까지 좁혀 오니 본부장을 해외로 도피시키는 거잖아요. 아닌가요?

쓰루타가 경시청과 손을 잡은 건가. 미트박스 건과 노부토모가 일으킨 사건에 대해 그녀는 어디까지 알고 있는 것일까. 미트박스를 미끼로 쓰겠다고 결심하고 있었지만, 상상했던 것보다 주변 상황은 빠르게 돌아가고 있었다.

"실장님!"

비서의 목소리에 현실로 돌아온 다키자와가 고개를 세게 저으며 자리에서 일어났다.

출입구에 몰려 있는 이들은 식품 위생 문제를 담당하는 보건위생계 수사관이 분명했다.

다키자와가 총무부장의 어깨를 잡아 일으켜 세웠다. 수사1과는 변호사들에게 맡겨야겠다. 발밑까지 닥쳐온 위기에 어떻게 대처할지는 이제 달리며 생각하는 수밖에 없다.

"강제수사가 분명해. 자네도 따라와."

다키자와가 사무실을 뛰쳐나갔다. 엘리베이터를 향해 달리는 동안 총무부장의 거친 숨소리를 들으며 다시 생각을 정리했다.

불과 하루 만에 차기 총수는 수사1과에 붙잡혔고, 회사는 생활안전부의 수색을 받기에 이르렀다. 최악의 시나리오를 예상하고는 있었지만, 이렇게 현실이 될 줄은 상상조차 못 했다. 진정 액이 끼었다고밖에 볼 수 없었다.

"옥스는 이제 어떻게 되는 걸까요?"

엘리베이터에 타자마자 총무부장이 입을 열었다.

"아까도 말했잖나. 일단 미트박스를 미끼로 삼아서 상황을 모면해야지. 그사이에 노부토모도 반드시 빼내 와야 하고."

"그쪽은 실장님 말씀대로 진행하겠습니다만, 미트박스 건으로 도호쿠 남부 매장의 실태가 밝혀지면 저희도 무사하지 못할 겁니다. 직원 중 누군가가 체포되기라도 하면 주가에도 영향을 미칠 게 분명하고요."

엘리베이터가 1층에 도착하자, 다키자와는 허리를 펴고 숨을 들이마셨다.

"정보는 모두 쥐고 있으니 침착하게 대응하게."

다키자와가 제 자신을 타이르듯 말했다. 하지만 오른쪽 주먹이 가늘게 떨리고 있었다. 손바닥 안에서 휴대전화가 다시 부르르 진동했다. 보기만 해도 끔찍한 이름이 화면에 나타났다. 핫타였다.

"대체 무슨 짓을 한 거야? 나를 경찰에 팔았어?"

"우리도 지금 압수수색중이야. 생트집은 그만 잡지."

"본부장 건을 감추려고 나를 제물로 바치려는 건가?"

"오해라니까. 우리도 피를 보게 생겼어."

"아니, 그건 아니지. 경시청 형사가 센다이까지 찾아온 건 분명 당신이 꾸민 짓이야."

"자기 멋대로 생각하는군. 지금 양쪽 다 피해를 보고 있잖아. 우리도 그쪽을 감싸줄 여유가 없어."

"경시청에 죄다 말하겠어. 애초에 형사가 센다이로 찾아왔을 때 현경에 손을 써서 당신들을 도와준 건 나라고."

"마음대로 해."

다키자와는 일방적으로 전화를 끊었다. 핫타가 죄다 자백한다고 해도 그 기계에 대한 정보가 새어 나간 이상 미트박스가 정상적으로 영업하는 건 이제 불가능하다.

디플레이션 사회의 그늘에 숨어, 사람의 입에 들어가는 식품을 더럽혔다. 핫타의 변명에 귀를 기울이는 사람은 아무도 없을 것이다. 남의 불행을 이용해 단물을 빨아먹으려던 작자다. 제물이 되어 경찰에 먹혀버려라.

"그 전화, 미트박스입니까?"

"이제 정치 상인도 끝이군. 마지막 가는 길에 우리 액막이가 되어줘야겠어."

이번 압수수색만 잘 넘기면 옥스마트를 구할 방법은 분명히 있다.

"경찰과 매스컴에는 최대한 저자세로 대응해."

다키자와가 총무부장에게 강한 어조로 지시를 내렸다.

5

다가와가 방음 처리된 매직미러 너머로 실내를 들여다보았다. 피의자 취조 과정의 투명화 요구를 받아들여 비디오카메라 다섯 대를 설치한 최신식 조사실이었다. 미야타는 팔짱을 낀 채 백여 개나 되는 본부의 조사실 중에서도 최신 설비를 갖춘 방을 보고 있었다.

창문이 없는 조사실 안에서, 가시와기 노부토모가 어깨를 움츠린 채 책상 앞에 앉아 있었다. 기록석에는 이케모토가 앉았다. 그의 앞에는 노부토모를 추궁할 각종 자료와 증거물이 쌓여 있었다.

"정말 한 번에 성공할 수 있겠나?"

"결정적 단서는 비디오입니다. 빠짐없이 녹화해주십시오. 그리고 아베 사나에도 언제든 데려올 수 있도록 준비해주시고요."

그 말을 남기고 다가와는 감시실에서 나왔다.

지금까지 몇 차례나 조사실에 드나들었지만 이번 사건은 그중에서도 역대급 안건이었다. 게다가 한 번에 모든 자백을 받아내야 했다.

감시실을 뒤로하고 조사실 앞에 서서 문손잡이를 보았다. 그 순간, 더운 바람이 등줄기를 쓸고 내려간 듯한 감각에 휩싸였다. 다가와는 무심코 뒤를 돌아봤다.

어두침침한 복도에는 아무도 없었다. 평소 같았으면 이 복도는 습하고 싸늘한 공기에 잠겨 있었을 것이다. 그 바람은 R 고원에서 느꼈던 감각과 비슷했다. 언덕을 가로지르는 바람은 다가와의 체력을 무자비하게 앗아 갔다.

경시청 2층에 고원의 바람이 불어올 리가 없다. 두 눈을 감으며 다가와는 두 손으로 뺨을 찰싹 때렸다. 꽉 감은 두 눈 너머로 아카마의 순박한 얼굴이 떠올랐다 사라졌다. 생전의 그와 만나본 적은 없었지만, 어둠 속에서 갑작스레 나타난 수의사는 쑥스러운 듯 웃고 있었다.

다시 뺨을 찰싹 두드렸다. 역시 주변에는 아무도 없었다. 볼썽사납게 튀어나온 왼쪽 가슴에 오른손을 올렸다. 아카마가 목숨을 빼앗겨야 했던 정당한 이유는 어디에도 없다. 노부토모와 옥스마트를 공갈했던 니시노 역시 마찬가지였다. 개인과 조직의 이기주의 앞에서 목숨을 구걸할 기회조차 주어지지 않았다.

싸구려 양복 안쪽에서 두툼한 수첩이 맥박처럼 뛰었다.

아카마의 유족과 가와즈 가오루 그리고 니시노의 노모의 한이 이 수첩에 새겨져 있다. 다가와는 문손잡이를 내려다보며 크게 심호흡을 한 뒤 조사실 문을 열었다.

민낯의 가시와기 노부토모는 어떤 인물일까. 조사실이라는 비일상적인 공간으로 끌려온 그는 어떤 반응을 보일까. 책상 맞은편을 보았다. 노부토모가 다가와를 힐끗 보더니 눈을 맞추려 했다. 하지만 이내 고개를 떨구며 눈을 돌렸다.

오랜 경험에 비추어 볼 때, 지금 반응은 범인이 보이는 반응이 틀림없다. 형사가 어떻게 대응할지 안절부절못하며 상황을 살피고 있다. 불안이 최고조에 이른 범인의 전형적인 반응이었다. 백 퍼센트 자백을 받아낼 수 있다.

다가와가 천천히 의자를 끌어 노부토모의 맞은편에 앉았다.

"다른 건 못 드리지만 차 한 잔쯤은 대접할 수 있는데 드시겠습니까?"

"됐습니다. 빨리 돌아가게나 해주시죠."

다가와가 주머니에서 원래 두께보다 갑절은 두꺼워진 수첩을 꺼내 천천히 책상에 내려놓았다. 필통과 애용하는 칼 히고노카미도 꺼내서 수첩 옆에 두었다.

"유감스럽지만 그럴 수는 없습니다. 번거로우시겠지만 다시 이 사진을 봐주시죠."

다가와가 조사실 구석에 대기하고 있던 이케모토를 보았다. 파트너가 재빨리 봉투를 내밀었다.

"이 사진 속 인물, 가시와기 씨가 맞지요? 차량은 무라카미 사에코, 그러니까 아베 사나에 씨 명의로 구입한 메르세데스 벤츠 E 클래스 쿠페고요."

"제가 맞습니다."

노부토모가 사진을 거들떠보지도 않고 부루퉁한 표정으로 대꾸했다.

"센다이에는 무슨 일로 가셨습니까?"

"아까도 말씀드렸다시피 친구를 만나러 다녀왔습니다."

"친구분이 수의사 아카마 유야 씨입니까?"

"아닙니다."

"하긴 그렇겠군요. 당신이 센다이에 갔을 때, 아카마 씨는 이미 사망한 뒤였으니까요."

아카마 이야기를 꺼낸 뒤 다가와는 슬쩍 노부토모를 보았다. 노부토모는 공허한 표정으로 책상의 얼룩만 물끄러미 바라보고 있었다.

"다시 묻겠습니다. 센다이에서 만나고 왔다는 친구가 누굽니까?"

"형사님께 말씀드릴 필요는 없습니다. 제 사생활이니까요. 임의조사니까 강제력도 없지 않습니까."

"알겠습니다. 다시 확인하겠습니다. 센다이에 갔다가 도쿄로 돌아오신 게 맞습니까?"

도호쿠 고속도로 상행선에서 촬영된 사진을 가리키자, 노부토모가 고개를 끄덕였다.

"센다이에 간 이유를 사실대로 말씀해주시죠."

"그러니까 친구를 만나러 다녀왔다고 하지 않습니까. 그게 답니다."

"이거참, 조사가 길어질 것 같군요."

다가와가 부러 말꼬리를 늘리며 말했다.

"이케모토, 미안한데 안 쓰는 종이 좀 주겠나?"

"여기 있습니다."

다가와는 잉크가 번진 종이를 책상에 올려놓고 연필과 칼을 집어 들었다.

"연필이나 깎으면서 기다리겠습니다. 사실대로 말씀해주실 때까지요."

"여기서 나가면 작은아버지에게 말씀드려야겠군요. 이건 부당한 신병 구속입니다. 옥스마트에 무슨 원한이 있는 건지는 모르겠지만 합당한 대응을 하겠습니다."

노부토모가 입을 이죽이며 항변했다. 하지만 잔뜩 쉰 목소리에서 묻어나는 초조함은 감출 수 없었다. 대기업 차기 총수이든 거물 정치가의 조카이든 상관없다. 조사실에서 권력 관계는 형사가 위고, 피의자가 아래다. 다가와가 노부토모를 노려보며 말했다.

"상관없습니다. 어차피 한직에 있는 몸이라서요. 가시와기 의원의 입김으로 어디로 좌천돼도 잃을 게 없습니다."

연필 한 자루를 다 깎은 다가와는 칼에 묻은 가루를 후 불었다. 다음 연필에 칼을 대며 그가 느긋하게 말을 이었다.

"가시와기 씨는 우수한 인재 아닙니까. 그런 큰 기업을 이끌고 계신 분이니까요. 하지만 거짓말은 안 됩니다."

"거짓말한 적 없다고 몇 번이나 말씀드렸잖습니까."

"센다이에는 아카마 수의사의 집에 침입하기 위해 간 거죠. 제 말이 틀립니까?"

"아니라고요."

"아카마 씨가 살던 센다이 시 아오바 구 오마치의 아파트에 어설픈 도둑이 문을 부수고 침입해서, 업무 데이터가 저장된 노트북 컴퓨터 두 대를 훔쳐 갔습니다. 제 생각에 그 도둑이 당신인 것 같은데, 아닙니까?"

"아니라고 했잖습니까."

"지금 니시노가 살던 오쿠보의 방범 카메라도 남김없이 확인중입니다. 분명 당신의 모습이 찍혀 있을 테죠."

"마음대로 하시죠."

"가시와기 씨, 본인은 완벽하게 처리했다고 생각하겠지만, 실수는 누구에게나 있는 법입니다. 아카마 씨 연구 데이터가 사라졌습니다. 특히 BSE 증상을 보인 마스부치 농장의 소에 관련된 데이터가요."

노부토모의 어깨가 움찔했다. 목울대를 움직이며 마른침을 삼켰다. 동요한 빛이 역력했다. 이제 끝이 보인다.

"당신은 탐정을 시켜 아카마의 본가를 감시했죠. 혹시라도 남은 데이터가 있을까 봐 걱정이 된 겁니다."

"난 모르는 일입니다. 탐정을 고용한 적도 없고요."

"알겠습니다. 부정하시는 거군요."

다가와는 일부러 뜸을 들인 뒤, 다시 칼을 들어 천천히 연필을 깎기 시작했다.

"맞다. 그 벤츠는 폐차하셨다고요? 폐차장에 직접 가서 고철이 되는 장면까지 확인하셨다고 들었습니다. 신중에 신중을 기했죠. 그러고 보니 네리마의 폐차장에 나타난 남자와 센다이의 아카마 씨 댁 주변을 어슬렁거리던 남자의 특징이 비슷하더군요. 둘 다 탐정이 아니라 가시와기 씨 본인 아닙니까?"

"무슨 말씀인지 모르겠군요."

"알겠습니다. 이번에도 시치미를 떼시는군요. 하지만 이것만은 알아두십시오. 당신은 증거를 완전히 은폐했다고 생각하겠지만, 누구에게나 실수는 있는 법이라는 걸."

다가와가 이케모토에게 "수첩" 하고 말했다. 다가와의 손에 파란 수첩이 놓였다.

"아카마 씨의 유품입니다. 당신이 그의 집에 침입했을 때 그곳에 없었던 물건이죠. 아카마 씨 애인이 반드시 범인을 잡아달라며 저한테 맡긴 귀한 유품입니다."

다가와는 수첩을 넘겼다. "M105", "M108"이라 적힌 메모를 노부토모에게 내밀며 낮은 목소리로 말을 이었다.

"아카마 씨가 마스부치 농장에서 소를 검사했을 때 기록한 데이터입니다. 이 수첩까지 처리했으면 완전범죄를 노려볼 수도 있었겠죠. 안타깝게도 이 수첩은 집에 없었습니다. 망자의 집념이라 해야 할까요."

흠칫거리던 노부토모의 어깨가 서서히 떨리기 시작했다.

"아카마 씨 집에 간 적 없다. 아직도 그렇게 주장하시는 겁니까?"

다가와는 그렇게 말한 뒤 수첩을 펼쳐 하야미 과장에게 받은 표를 책상에 올려놓았다.

"일본 국내에 보고된 BSE 사례입니다. 자세히 보시죠."

다가와가 제1호 "2001년 9월(같은 해 8월), 월령 64, 홋카이도, 지바 현"이라고 적힌 부분을 짚었다.

"자세히 보십시오."

힘주어 말했지만 노부토모는 고개를 들지 않았다. 다가와는 표 아래쪽을 가리키며 말했다.

"이 표에는 제36호까지 실려 있지만, 실상은 달랐죠."

다가와가 아카마의 파란 수첩을 표 위에 올려놓았다. 표에는 "M=월령"이라고 적혀 있었다.

"아카마 씨는 수첩에 'M105', 'M108'이라고 기록했습니다. 이 표에 따르면 월령 105개월, 108개월이란 뜻이죠. 국내에서 마지막으로 확인된 BSE는 제38호여야 했습니다."

말을 마친 다가와가 파란 수첩과 일람표를 노부토모의 눈앞에 들이댔다. 젊은 대기업 총수는 사시나무처럼 떨고 있었다.

"정부에서 조사한 바에 따르면, BSE가 발병한 소는 대부분 고령이었습니다. 마스부치 농장의 소들도 마찬가지였죠. 둘 다 노우였습니다. 시장에 내놓을 수도 없고, 소비자의 식탁에 오를 일도 없었죠. 아카마 씨 입장에서는 상부에 보고한 뒤에 모든 것을 명명백백히 밝히면 아무 문제도 없을 사안이었죠. 제 조사 내용에 뭔가 잘못된 게 있습니까?"

노부토모가 순간 고개를 들었다. 두 눈이 벌겋게 충혈되어 있었다. 사전에 계획했던 조사 과정대로 흘러가고 있다. 조금만 더 몰아붙이면 자백을 받아낼 수 있다. 책상에 올려놓은 수첩을 보았다. 배가 불룩해진 수첩이 다시 한번 고동치는 걸 느꼈다.

6

노부토모의 입가가 일그러지더니, 이내 나지막한 신음이 흘러나왔다.

"무슨 말씀을 하시는지 모르겠군요."

다가와가 한숨을 내쉬자, 이케모토가 다른 봉투를 내밀었다.

"그럼 미트박스의 핫타 사장에게 소개받은 산업폐기물 처리업자 니시노 마모루 씨에 대해 묻겠습니다."

"난 그런 사람 모릅니다."

"마스부치 농장에서 반출한 소를 니시노 씨가 유기한 장소도 이미 밝혀냈습니다. 여기죠."

다가와가 복사한 지도를 노부토모에게 건넸다. 중심에 빨간색으로 가위표가 표시되어 있었다.

"십오 년 전에 문을 닫은 채석장 터입니다. 경시청 기동감식반에서 소뼈도 회수했습니다."

"그러니까 난 니시노란 사람도 소도 아는 바 없고, 상관도 없다니까요."

대답하는 목소리가 쉬어 있었다. 다가와가 칼을 내려놓고 오른손으로 책상을 쾅 내리쳤다. 연필 가루가 책상에 흩날렸다. 노부토모가 흠칫하며 몸을 사렸다. 그리고 속내를 떠보는 듯한 눈빛으로 다가와를 보았다.

"가시와기 씨, 차를 좋아한다고 들었는데 지금 타시는 차는 뭡니까?"

"벤츠 AMG 쿠페 그리고 애스턴 마틴입니다."

"외제 차를 좋아하시는군요."

"그게 무슨 상관입니까?"

"지난 이 년 동안 국산 차를 운전하신 적이 있습니까?"

"없습니다."

"그것참 이상하군요."

다가와가 주머니에서 감식과에서 받은 자료를 꺼내 책상에 올려놓았다.

"이 년 전 9월 15일 오전 10시 30분, JR니시오기쿠보 역 앞에서 도난당한 코롤라 왜건입니다. 참고로 같은 날 오후 10시 이후 롯폰기 하이유자 극장 뒤쪽의 유료 주차장에서 아자부 경찰서 지역과의 순찰차가 발견했죠."

서류를 두드리며 다가와는 노부토모의 얼굴을 살폈다. 백지장처럼 창백했다. 핏발 선 두 눈과 푸르스름한 피부가 강렬한 대조를 이루었다. 노부토모는 눈을 치켜뜨고 허공을 바라보고 있었다.

"이 차를 운전한 적이 있으실 텐데요."

"없습니다."

노부토모는 서류에 눈길조차 주지 않았다. 그리고 이제는 팔짱을 끼고 눈을 꼭 감고 있었다. 다가와는 다시 히고노카미에 손을 뻗어 연필을 깎기 시작했다.

"한 대에 1000만 엔이 넘는 외제 차만 타시는 가시와기 씨가 왜 코롤라 왜건을 훔치려 했을까요."

"뭔가 착오가 있는 것 같군요."

"착오는요. 나카노에서 살인을 저지르기 전에 미리 이 차를 준비해두었죠. 하지만 롯폰기의 에스컬레이드에서 나와 중식당에 가려고 보니 도난 차량이 흔적도 없이 사라진 겁니다."

"말도 안 되는 소리 마십시오."

"말도 안 되는 소리가 아니죠. 순찰중이었던 아자부 경찰서 지역과의 경관이 도난 수배중인 코롤라 차량을 보고 회수한 겁니다. 얼마나 당황하셨을까요."

"정말 무슨 말씀을 하시는지 모르겠군요."

"동료 형사가 코롤라가 발견된 주차장의 방범 카메라 영상을 분석중입니다. 영상에서 당신이나 아베 씨의 모습이 나오면 뭐라고 변명하려고 그러십니까? 그냥 지금 털어놓으시죠? 차 안의 지문이 본인 지문과 일치하면 어떻게 하시려고요?"

"모른다고."

"훔친 차량이 사라졌다. 범죄 계획은 소리 없이 무너지기 시작했지만, 위험성을 인지했으면서도 아베 사나에의 벤츠를 도주에 이용했다. 이게 진상입니다. 아카마와 니시노를 이미 불러낸 상황이었기 때문에 돌이킬 수는 없었죠. 아닙니까? 초조했겠죠."

다가와는 노부토모의 눈을 보았다. 검은 눈동자가 핏발 선 흰자위 사이를 바삐 오가고 있었다.

"원래는 혼자 모든 걸 처리할 작정이었죠. 사랑하는 여자까지 끌어들일 생각은 없었던 거 아닙니까? 하지만 세상일이란 게 계획대로 움직이지 않죠. 하는 수 없이 차를 가져오라고 해서 범행에 사용한 겁니다."

노부토모는 쉼 없이 아랫입술을 핥았다. 뭐라 변명을 늘어놓을지 필사적으로 머리를 굴리는 것이다.

"사이토 변호사를 불러줘. 이건 불법 수사야."

기어들어가는 목소리로 노부토모가 항변했다.

"변호사는 언제든 부를 수 있죠. 그래도 조금만 더 저희 얘기를 들어주시죠."

느릿한 목소리로 말한 뒤, 다가와는 몸을 돌려 구석을 보았다.

"이케모토, 아베 사나에 씨도 중요 참고인으로 소환해. 마스부치 씨한테도 얘기를 들어봐야겠군. 두 사람 모두 살인 방조 혐의가 있으니까. 저항하면 공무집행방해로 현행범으로 체포해. 지금 당장."

"알겠습니다. 이미 잠복 수사관들이 감시중이니, 곧바로 신병을 확보하겠습니다."

이케모토가 자리에서 일어났다. 등 뒤로 문 닫히는 소리가 들렸다.

"어떻게 하시겠습니까? 아직도 변명거리를 궁리하고 계신 겁니까?"

다시 노부토모와 마주 본 다가와가 연필을 깎으며 물었다.

"정말 모른다고. 살인을 저지른 적도 없고, BSE와도 상관없어."

"아빠한테 혼날까 봐 무서웠나?"

다가와가 한껏 목소리를 깔며 노부토모와 거리를 좁혔다.

"어차피 네놈은 재벌가 도련님이야. 세상을 너무 우습게 보는군. 경시청에 수사관이 몇 명이나 된다고 생각하나? 하나부터 열까지 다 조사해서 증거를 찾았다고. 우리 좀 솔직해지지. 우수한 인재니까 기억력도 좋을 거 아냐."

다가와는 의도적으로 말투를 바꿨다. 압도적인 양의 정보를 쏟아부었다. 노부토모는 아랫입술을 피가 나올 정도로 꽉 깨물었다. 이제 마지막 조각만 맞추면 된다.

"몰라."

서서히 붉어지는 얼굴을 따라 어깨도 위아래로 들썩였다.

"본인이 원해서 슈퍼 사업본부장을 하는 것도 아니잖아. 원래는 마키코 씨 자리였지."

마키코의 이름이 나오자마자 노부토모가 두 손으로 책상을 내리치며 벌떡 일어났다. 미간에 깊은 주름이 패었다. 눈꼬리가 올라가는가 싶더니 호흡도 눈에 띄게 거칠어졌다. 다가와가 냉정하게 말을 이었다.

"이런 짓을 저질러놓고 하늘에 있는 마키코 씨를 볼 낯이 있나? 당신 마음을 알아주는 유일한 사람이었잖아."

"누나는 상관없어!"

"조사실에서 끝까지 거짓말을 하는 동생을 보고 마키코 씨는 뭐라고 생각할까."

노부토모를 쏘아보며 다가와가 다음 말을 입에 담았다.

"마키코 씨와 꼭 닮은 사나에 씨를 지키고 싶었던 건가? 그녀가 외삼촌의 농장을 도와달라고 부탁했나? 아니, 회사의 체면, 아니면 마키코 씨 못지않게 잘할 수 있다는 걸 아빠에게 보여주고 싶었나?"

"당신이 뭔데 누나 이름을 입에 올려!"

순간, 노부토모가 책상 위로 손을 뻗어 칼을 집더니, 벌게진 얼굴로 다가와에게 칼끝을 들이대며 팔을 휘둘렀다.

"하늘에서 마키코 씨가 지켜보고 있어. 사내로서 부끄럽지도 않나!"

다가와는 온 힘을 다해 호통을 쳤다. 노부토모의 관자놀이에 퍼렇게 튀어나온 혈관이 금방이라도 피를 뿜어낼 것처럼 거세게 뛰고 있었다.

"그런 걸 휘두른다고 있는 증거가 사라지나!"

다가와가 버럭 호통을 쳤을 때 조사실 문이 열렸다.

"정신 차려!"

조사실로 돌아온 이케모토가 뛰어들어와 노부토모의 겨드랑이 밑으로 손을 넣어 제압했다.

"이케모토, 손 보이게 들어!"

자리에서 일어난 다가와가 소리치자 이케모토가 고개를 끄덕였다.

"도발해서 미안하군. 이걸로 당신이 진범이라는 게 분명해졌어."

"웃기지 마! 누나가 무슨 상관이야!"

두 팔을 못 쓰게 뒤에서 조이고 있는데도 아랑곳하지 않고 노부토모가 절규했다. 다가와가 매직미러 쪽으로 고개를 돌리며 끄덕였다.

"어디서 그런 식으로 칼 쥐는 법을 배웠지?"

다가와의 말에 노부토모가 자신이 역수로 쥔 칼을 보았다.

"다급한 순간에 인간의 본성은 드러나는 법이지. 바로 이렇게 말이야."

"칼을 어떻게 쥐든 무슨 상관이야! 누나한테 사죄해!"

노부토모는 여전히 흥분해 날뛰고 있었다. 다가와는 혼신의 힘을 다해 노부토모의 오른 손목을 쥐었다.

"나카노의 범인은 칼을 이렇게 쥐고 사람을 해쳤어. 당신 자신이 무엇보다 확실한 증거라고."

다가와가 손아귀에 한층 힘을 주었다. 노부토모가 낮게 신음하더니 칼을 바닥에 떨어뜨렸다. 떨어진 칼을 주워 든 다가와가 버럭 소리쳤다.

"이래서는 죽은 사람들도 억울해서 편히 눈을 감지 못할 거다. 단 한순간만이라도 참된 인간이 되어야지!"

순간 노부토모가 힘없이 조사실 바닥에 무릎을 꿇었다. 지금까지 완강하게 부인을 거듭했던 젊은 중역이 말없이 고개를 끄덕였다. 끝났다. 모든 게 완전히.

"이제 도망치지 않아도 돼. 모두 사실대로 말해버려."

다가와의 말에 노부토모가 흐느꼈다. 감정이 극에 달한 어린애의 뱃속에서 끓어오르는 듯한 새된 목소리였다.

7

이케모토를 남겨두고 다가와는 일단 조사실에서 나왔다. 복도에서 숨을 가다듬은 뒤 감시실의 문을 열었다. 헤드폰을 쓴 수사관 옆에 미야타의 모습이 보였다.

"잘했어."

"체포영장 발부 부탁드립니다."

"이미 받았네."

다가와는 안도의 한숨을 내쉬었다. 동시에 니시노와 아카마의 유족 그리고 가와즈의 얼굴이 뇌리에 떠올랐다. 이것으로 유족을 볼 낯이 생겼다.

"생활환경과에서 옥스와 미트박스 본사를 압수수색했어. 생활안전부도 우리한테 빚이 하나 생긴 셈이니 기분 끝내주는군. 자네 덕이야."

미야타가 입가를 씰룩거리며 웃었다. 최고로 기분이 좋을 때 짓는 표정이었다.

"센다이의 미우라 의원이 가만있을까요?"

"어차피 야당 의원이잖나. 그래서 윗선에서도 큰마음 먹고 칼을 빼 든 거고."

옥스마트의 신뢰는 땅에 떨어졌다. 미트박스의 목숨 줄이 끊어지는 것도 시간문제겠지.

다가와는 매직미러 너머로 조사실을 보았다. 노부토모는 여전히 바닥에 무릎을 꿇은 채 웅크리고 있었다.

"앞으로가 더 중요합니다. 서류도 처음부터 다시 만들어야 하고, 노가타 경찰서의 특별수사본부 인원을 다시 모아서 재검증도 해야 하니까요."

"그렇지."

"야지마 이사관도 회의에 참석해야 합니다. 잘 좀 말씀해 주십시오."

"다가와, 정말 고생 많았어."

미야타의 시원스러운 두 눈이 다가와를 내려다보고 있었다. 입가에 걸려 있던 미소가 어느샌가 사라져 있었다.

"마지막으로 부탁이 하나 있네."

"뭡니까?"

"잠깐 밖으로 나가지."

미야타가 왼손을 들어 다가와의 어깨에 올렸다. 손목시계가 보였다. 전에 봤던 브라이틀링이 아니었다. 이삼일 전에 처음 본 그 시계의 문자판에는 'P'가 두 개 나란히 들어간 브랜드명 아래에 "GENEVE"라는 글자가 새겨져 있었다. 잡지 광고에서 본 적 있는 최고급 브랜드의 로고였다. 휑한 복도를 걸으며 미야타가 말했다.

"가시와기 노부토모에게 애인이 있지?"

"클럽에서는 무라카미 사에코란 이름을 쓰고, 본명은 아베 사나에입니다. 과장님이 알아보신 대로 마스부치의 조카딸이고요."

"노부토모가 아카마와 니시노를 동시에 살해한 동기 말인데, 그 여자를 둘러싼 치정 싸움이 발단이었다고 정리하지."

가늘고 긴 눈이 희미하게 빛났다. 다가와는 여우에게 홀린 듯 얼어붙었다.

"노부토모가 질투로 폭발했다. 아카마와 니시노가 롯폰기 클럽에 빈번하게 드나들다 사에코 마담을 둘러싸고 치정 싸움이 일어났다. 그런 흐름으로 정리하는 거야."

"무슨 말입니까. BSE가 발생했고, 노부토모는 그 일을 은폐했습니다. 애인의 가족과 기업의 체면을 지키기 위해서요. 아카마는 데이터 공표를 주장했고, 니시노는 그 사실을 가지고 공갈을 했죠. 궁지에 몰린 노부토모가 그 둘을 동시에 살해했습니다. 이게 진상입니다."

"그걸 누가 몰라서 이러나. 하지만 그 동기로는 위험해."

"뭐가 위험하단 겁니까?"

"과학수사연구소에서 보고가 들어왔네. 채석장 터에서 발견한 소뼈 말인데, 훼손이 심해서 BSE였는지 아닌지 데이터 추출이 불가능하다는군."

"그보다는 실제로 노부토모가 자백했다는 게 중요한 거 아닙니까? 자백을 넘어서는 증거는 없다고 가르쳐준 건 과장님입니다."

"그렇게 머리가 안 돌아가나? 그 소에서 BSE의 증거가 나오지 않으면 증거로 채택되기 어렵다고."

"지금 장난하십니까? 뼈에서 데이터 채취가 불가능하더라도 노부토모가 모두 인정했습니다. 이제부터 아베와 마스부치의 증언을 받아내면 충분히 승산이 있다고요."

다가와가 미야타와 거리를 좁히며 그를 쏘아봤다. 쯧 하고 혀를 차는 소리가 들렸다.

"국내에서 처음으로 BSE가 발생했을 때 어땠는지 떠올려 봐. 근거 없는 루머로 축산 농가는 엄청난 타격을 입었고, 고깃집은 우후죽순으로 문을 닫았지."

"그걸 누가 모릅니까? 그렇지만 이번 사건으로 둘이나 죽었습니다."

"그러니까 치정에 의한 살인으로 처리하라는 거야. BSE의 B 자라도 꺼내는 날엔 어떻게 되겠나? 방사능 문제가 터진 지 얼마 되지도 않았어. 멍청한 소비자는 또다시 들고 일어나겠지. 경시청이 사회를 혼란에 빠뜨리는 장본인이 되어서야 쓰겠나? 그럴 책임도 없어. 원래는 농림수산성과 후생노동성이 주관할 일이라고."

"그럼 이제껏 제가 수사한 건 다 뭐였단 말입니까!"

"자네는 미궁으로 빠질 뻔한 살인 사건의 진상을 밝혀냈어. 여자 때문에 두 사람이나 죽인 살인범을 검거했어. 총감상은 따놓은 당상이야. 내 장담하지."

다가와는 상사에게 달려들고 싶은 충동을 간신히 억눌렀다.

"사건의 진상을 밝히지 않으면 피해자들도 편히 눈감지 못

할 겁니다."

"그랬다가는 옥스마트는 경영에 막대한 타격을 입겠지. 지금 미트박스 건으로 압수수색중이야. 이번 살인 사건이 BSE를 조직적으로 은폐하려 했던 데서 비롯되었다는 게 알려져 봐. 고객은 즉시 발길을 끊을 테고, 이삼 주 동안은 자금 회전이 정지되겠지."

"그래도……."

"옥스마트가 잘못되면, 그렇지 않아도 바닥을 치는 지역 경제는 직격탄을 맞을 거야. 자네, 도호쿠 지방 실업률이 얼마나 되는지 아나? 전국 평균보다 훨씬 높다고. 대지진으로 입은 피해도 아직 완전히 복구하지 못했어. 옥스나 관련 기업에 근무하는 지역민을 길바닥에 나앉게 할 작정인가? 자네가 책임질 수 있겠어?"

니가타와 센다이 교외에서 보았던 풍경과 문 닫은 상점가의 잔상이 떠올랐다. 옥스마트의 경영이 악화되면 각지의 거대 쇼핑센터는 폐허로 바뀔 것이다. 무슨 말인지는 안다. 하지만 그 문제와 이 일은 별개의 문제다. 다가와가 입을 열자마자 미야타가 오른손을 뻗어 제지했다.

"잘 들어. 치정 살인으로 처리하라는 건 총리 관저의 지시기이도 해. 말단 공무원이 총리의 뜻을 거스를 참이야?"

그 순간, 다가와의 머릿속에 분실에서 미야타와 나눴던 대화가 떠올랐다.

—좌우지간 비밀 엄수를 최우선으로 해. 상대는 일반인이 아니야. 일본 최대 유통업체의 후계자이자 현직 장관의 조카라고.

그 말을 하고 난 뒤, 미야타는 어딘가로 연락을 넣었다. 윗선에 보고하는 줄로만 알았는데, 실상은 그보다 훨씬 복잡했다.

"다가와, 계속 자네가 취조할 건가?"

"전 못 하겠습니다. 다른 사람을 들여보내시죠."

"알았네. 오늘부터 사오일쯤 푹 쉬어. 많이 지쳐 보여."

미야타의 눈이 다시 번득였다.

"언제부터 이런 시나리오를 써놓은 겁니까?"

"자네는 몰라도 되는 일이야."

말을 마친 미야타가 시선을 돌렸다. 순간, 다가와는 가슴속에서 불쑥 솟아오르는 강한 분노를 느꼈다.

"이 사건, 과장님은 처음부터 범인이 누군지 알고 계셨던 겁니까?"

다가와는 미야타가 야지마를 배려해 자신에게 사건을 맡긴 거라고 줄곧 생각했다. 그러나 지금은 눈앞의 상사를 믿을 수가 없었다.

"처음부터 범인을 알았다면, 말귀를 더 잘 알아듣는 놈한테

일을 맡겼겠지."

미야타가 부루퉁하게 말했다.

'말귀를 알아듣는 놈'이라는 말이 다가와의 마음을 강하게 자극했다. 역시 미야타는 다가와의 수사가 진행되는 동안 합의점을 찾고 있었던 것이다.

"둘이나 죽였습니다. 운이 좋으면 무기징역, 아니면 사형 판결이 내려질 겁니다. 애매모호한 증언이나 증거로는 승산이 없습니다."

"총리 관저에서 알아서 처리하겠다고 장담했어. 나쁜 쪽으로 흘러가지는 않을 거야."

미야타가 내뱉은 말이 다가와의 가슴을 찔렀다. 심장에 싸늘한 대못이 박힌 심정이었다.

수사관을 격려하거나 질타할 때, 미야타는 종종 퉁명스러운 말을 내뱉기도 했다. 증거 수집이 불충분하거나 동기를 뒷받침할 만한 확증을 가져오지 못하면 미야타는 찬바람이 쌩쌩 부는 귀신으로 변했다. 부하들은 그런 미야타의 변화에 벌벌 떨면서 여기저기 뛰어다니며 열심히 증거를 모아 범인을 검거했다.

하지만 지금 미야타는 그와 다른 의미로 냉혹한 귀신이었다. 다가와가 지금까지 접한 적 없었던 경찰 간부의 얼굴만이 존재했다.

"알겠습니다. 말씀대로 휴가를 내겠습니다. 그리고 하루빨리 일선 경찰서로 내보내주십시오. 높으신 분들의 정치 놀음에 놀아나고 싶지 않군요."

다가와는 미야타에게 인사를 한 뒤, 감시실에 눈길도 주지 않고 곧장 엘리베이터를 향해 성큼성큼 걸음을 옮겼다. 1층으로 내려오자마자 본부 정면 현관으로 향했다.

머릿속에 유족들의 얼굴이 떠올랐다.

니시노의 늙은 어머니, 아카마의 가족과 가와즈, 그리고 그들이 비보를 접했을 때 흘렸을 오열이 머릿속을 날카롭게 자극했다.

사건의 진상을 어떻게 보고해야 할까. 치정 싸움이 원인이었다고 거짓으로 설명할 수는 없었다.

안내 데스크를 지나 큰길로 나왔다. 푸른 하늘과 강렬한 자외선이 밤을 꼬박 새운 다가와의 머리 위로 무자비하게 쏟아졌다. 다가와는 눈을 가늘게 뜨며 지하철역으로 걸음을 옮겼다.

"다가와 형사님."

소리를 따라 고개를 돌리자 자그마한 여자의 모습이 보였다.

"기자님, 여기까지 어쩐 일입니까?"

"전화를 안 받으시길래 이 앞에서 진을 치고 있었죠."

"꺼놓고 있었네요. 미안합니다."

쓰루타가 재빨리 다가와의 옆에 착 붙더니 나지막이 속삭였다.

"경시청에서 옥스마트의 가시와기 노부토모의 신병을 구속했다는 소문이 돌고 있어요."

"그래요? 저는 처음 듣는 소식이군요."

"사실일까요?"

"저는 그런 정보와 연이 없는 한직이라 하지 않았습니까."

"거짓말이에요. 분명히 뭔가 알고 계세요."

예리한 눈빛으로 쏘아보는 쓰루타를 향해 다가와가 고개를 저었다.

"그런 얘기는 홍보부에 물어보시죠."

"그럼 사실이에요?"

"오해하지 마십시오. 애당초 소문에 대해 이러쿵저러쿵 말할 수 있는 입장이 아닙니다."

쓰루타에게 모두 털어놓고 유족의 한을 풀어주고 싶다. 쓰루타라면 사실을 온전히 기사에 담아낼 것이다. 그녀가 소속된 인터넷 매체는 경시청의 기자 클럽에 가입되어 있지 않다. 상부의 압력에서도 비교적 자유롭다. 몇 번이나 발길이 멈추려 했는지 모른다. 다가와는 애써 발걸음을 옮겼다.

"형사님!"

등 뒤에서 날아온 쓰루타의 날카로운 목소리에 다가와가 반사적으로 걸음을 멈췄다.

"기자님에게는 여러모로 신세를 졌습니다. 고맙다는 말씀은 드려야겠군요."

길 한가운데에서 다가와가 정중히 고개를 숙였다.

8

압수수색에 관한 긴급 기자회견을 확인한 뒤, 다키자와는 회장실로 뛰어들어갔다. 옥스마트의 총수가 소파에 기댄 채 천장을 멍하니 바라보고 있었다.

"노부토모는?"

"삼십 분 전에 체포영장이 집행됐습니다. 살인 혐의로 체포됐습니다."

"뭐라고 자백했나?"

"아카마와 니시노를 살해한 사실을 자백했다고 합니다. 하지만 동기에 관한 건 도모쓰구 장관님과 경찰청, 경시청 상부에서 잘 조율해서 치정 살인으로 처리하기로 했습니다."

"도모쓰구가 나서줬다고? 빚이 생겼군."

가시와기 회장이 맥없는 목소리로 말했다.

"노부토모는 앞으로 어떻게 되는 건가?"

"어쨌든 두 명이나 해친 중죄인입니다. 운이 좋아도 무기징역일 겁니다."

거기까지 말해놓고 다키자와는 아차 싶었다. 지금 눈앞에 있는 건 옥스마트의 총수가 아니라 노부토모의 아버지였다. 천장을 올려다본 채 가시와기 회장이 입을 열었다.

"나는 어떤 아버지였을까."

"모두 제 감독 불찰입니다. 회장님을 뵐 낯이 없습니다."

다키자와가 소파에서 내려와 회장실 바닥에 무릎을 꿇었다.

"자네 탓이겠나. 마키코를 그렇게 보낸 것도 모자라서 이번에는 노부토모가 그런 짓을 저지르는 걸 보고만 있었어. 이제 한계야."

"무슨 말씀이십니까?"

이제껏 들어본 적 없는 힘없는 목소리였다. 다키자와가 고개를 들었다.

"아버지로서 실격이야. 인간으로서도 최악이란 뜻이지. 그런 놈이 어떻게 최고 경영자 자리에 계속 있을 수 있겠나."

"이번 일은 미트박스의 강압적인 요구를 이기지 못하고, 현장 담당자가 어쩔 수 없이 기계를 도입했다는 선에서 마무리하겠습니다. 우리는 피해자입니다. 책임은 구입 담당 이사가 지고 물러나야죠. 그리고 노부토모 건도, 치정 싸움 끝에 벌어진 사건이니 본사에는 큰 피해가 없도록 손을 써놓았습니다."

다키자와는 열심히 설득했다. 하지만 굳게 입을 다물고 있던 회장은 고개를 가로저을 뿐이었다.

"그래도 안 돼."

"옥스마트는 가시와기의 피를 이은 사람이 이끌어 가야 합니다."

"살인범의 아비가 대기업 총수 자리를 보전할 수 있을 것 같나? 도모쓰구가 도와주기는 했지만 그 녀석도 어차피 다음 선거를 염두에 두고 주판알을 튕긴 것뿐이야. 나는 그렇게까지 몰염치한 인간이 못 되네."

그렇게 말하고 가시와기 회장은 다키자와의 눈을 보았다.

"후임은 어떻게 하실 겁니까? 다른 이사도 할 일이 태산이고, 비상시국입니다. 은행이나 타 기업에서 인재를 물색하는 데도 시간이 걸립니다."

"자네가 맡게."

"네?"

"모든 걸 아는 이는 자네뿐이야. 옥스마트를 부탁하네."

가시와기 회장이 두 손으로 테이블을 짚으며 고개를 숙였다.

"그게 무슨 말씀이십니까!"

가시와기 회장은 고개를 들지 않았다.

"제가 어떻게 그런 중책을……."

가시와기 회장이 고개를 들었다. 경영자의 얼굴이었다.

"지금 당장 임시 이사회를 소집하게."

여느 때와 같은 단호한 목소리로 가시와기 회장이 말했다.

"제게는 분에 넘치는 자리입니다. 잠잠해질 때까지만 은행에서 인재를 영입하겠습니다. 사건이 잊힐 때쯤 복귀하시면 됩니다."

다키자와가 휴대전화를 꺼내 전화번호부를 뒤졌다. 주거래 은행의 은행장의 번호를 누르려던 순간 회장이 입을 열었다.

"나는 마키코뿐 아니라 노부토모까지 사회적으로 죽게 만들었어. 아버지로서, 아니 인간으로서 책임져야 하네. 쓸데없는 짓 말게."

회장이 다키자와를 쏘아보며 말했다.

"부탁이네. 자네밖에 믿을 사람이 없어."

목소리가 바뀌었다. 세상을 떠난 선대 회장의 목소리가 함께 귓가에 울려 퍼졌다.

고등학교를 졸업하기 직전, 가시와기 상점에 견학하러 갔을 때였다. 선대 회장이 삼륜 자동차의 짐칸에 노란 페인트를 칠하고 있었다. 젊은 가시와기 회장은 작은 정육점 점포로 지육을 나르고 있었다.

"구인 광고를 내고 첫 번째 지원자로군. 체격이 아주 좋아. 잘 부탁하네."

수염을 기른 선대 회장이 새하얀 이를 보이며 웃었다. 지금으로부터 서른여덟 해 전의 일이었다. 눈앞에 있는 남자는 선대 회장과 꼭 닮은 목소리를 가지고 있었다.

"성심을 다해 일하겠습니다."

다키자와는 고개를 숙인 뒤 회장실을 나왔다. 바깥에 대기하고 있던 비서에게 임시 이사회 소집을 알린 뒤, 자신의 방으로 향했다.

절반쯤 왔을 때 갑자기 휴대전화가 진동했다. 지난 며칠 동안 줄곧 연락을 주고받았던 번호가 깜빡이고 있었다.

"다키자와입니다. 이번에는 정말 신세 많이 졌습니다."

"별일 아닙니다. 그리고 생각했던 것보다 생활환경과에서 빠르게 움직였어요. 현재 옥스에 몸담은 구스미 씨에게 정보가 새어 나갈까 염려됐던 거겠죠. 그보다 회장님은 이번 사태를 어떻게 책임질 작정입니까? 원체 독불장군이니 계속 버티겠다는 건 아니겠죠?"

"가시와기 회장님은 퇴임 의사를 밝혔습니다. 지금부터 임시 이사회를 소집할 겁니다."

"차기 회장은 누구입니까?"

"제가 구원투수로 등판하게 됐습니다. 앞으로도 잘 부탁드립니다."

"역시 다키자와 씨밖에 없죠. 이런 상황에서 할 말은 아닐지도 모르지만 진심으로 축하드립니다."

"당분간 죽었다 생각하고 수습에 전념해야죠."

"다키자와 씨는 지금까지 몸 바쳐 회사를 지켜오지 않았습니까. 이제 보답을 받을 때도 됐죠. 이 소란이 좀 가라앉으면 오랜만에 한잔합시다. 우리 둘 다 바닥부터 시작해서 여기까지 왔잖습니까. 일개 경사와 가시와기 슈퍼 간토 지역 총괄실장 시절처럼 닭꼬치라도 먹으면서요."

"감사합니다. 미야타 과장님 덕에 옥스마트가 버틸 수 있었습니다. 제가 조만간 기회를 봐서 이 은혜는 반드시 갚겠습니다."

"왠지 생색내려고 전화한 것 같군요. 그럼 조만간 리스트를 보내겠습니다."

"알겠습니다. 그럼 들어가십시오."

다키자와는 전화를 끊었다. 옥스마트가 가시와기 슈퍼였던 삼십 년 전, 긴키와 도카이 지방 다음으로 상권을 넓힌 지역이 바로 간토였다.

도쿄에 1호점을 냈을 때, 지역 폭력배가 찾아와 보호비를 내놓으라고 협박했다. 그때 관심을 가지고 의논 상대가 되어 준 이가 바로 당시 관할서 형사과 폭력단 담당이었던 미야타 경사였다. 경찰과 맺은 인연을 중시하라는 선대 회장의 가르침이 그때도 빛을 발했다. 미야타와의 인연은 그 뒤로도 계속됐다. 미야타 말고도 열 명 이상의 형사와 접촉했지만, 논커리어로 가장 출세한 이는 그뿐이었다. 미야타가 수사1과의 관리관이 된 뒤로, 영수증 처리를 할 필요 없는 자금을 매일 은밀히 넘기며 정보를 건네받았다. 그렇게 들어둔 보험이 이제와 도움이 되었다.

주머니에 휴대전화를 다시 넣으며 다키자와는 자연스레 입가에 웃음이 머금어지는 걸 느꼈다.

9

다카다노바바 역에서 다가와는 집에 전화를 걸어 스키야키용 고기를 사가지고 가겠다고 전했다. 사토미는 순수하게 기뻐했다.

복잡한 심정이었다.

인간의 이기심과 이권이 얽힌 사건의 수수께끼는 전부 풀었다. 그러나 대외적으로 밝혀진 진상은 너무나도 달랐다. 세이부신주쿠선의 보통 열차를 탄 다가와는 차창 밖으로 눈을 돌렸다.

옥스마트의 마크를 단 4톤 냉동차가 달리고 있었다. 운전기사는 사건의 진상을 모른다. 아니, 영원히 알 수 없겠지. 과연 이것으로 사건이 종결되었다 말할 수 있을까. 아라이야쿠시마에 역의 승강장에 내린 다가와가 다시 집에다 전화를 했다.

"스키야키 파티 하자고 하긴 했는데, 사실 뒷맛이 썩 좋지 않아."

다가와는 앞으로 공표될 사실이 진상과 다르다고 개요만 집어 이야기했다. 형사로 일한 지 이십 년도 더 됐지만, 이런 속내를 토로하는 건 처음이었다.

지금까지 경시청이나 경찰청에서 사건의 진상이나 동기를 바꿔치기한다는 소문은 여러 번 들은 바 있었다. 정치적인 요인이나 외교적인 고려 때문이었다고, 동료 형사는 미심쩍은 표정을 지었다. 하지만 설마 자신이 그런 일을 겪게 될 줄은 꿈에도 몰랐다.

비좁은 승강장 구석에서 휴대전화를 들고 있는 동안, 가와즈 가오루의 얼굴이 떠올랐다. 아카마의 동생 모토미의 목소리도 되살아났다. 니시노 어머니의 낙담한 표정과 구라타야의 점장, 스낵 엔젤의 나쓰요……. 중요한 증언을 제공해준 이들의 목소리와 얼굴이 몇 번이고 머릿속을 오갔다.

"과장한테 일선 경찰서로 보내달라고 으름장을 놨어."

다가와가 결심을 굳히고 사토미에게 그렇게 말했다. 이내 수화기에서 건조한 웃음소리가 울려 퍼졌다.

"진지하게 하는 소리야."

"뭐, 집 근처로 떨어지면 다행이긴 한데, 지금까지 당신 마음대로 된 적이 한 번이라도 있었어? 자세한 사정을 묻지는 않겠지만, 당신이 수사에 만족한다면 스키야키 파티 해도 되지 않아?"

사토미의 말투는 양복 모양이 무너졌다며 잔소리를 할 때와 같았지만, 그 한마디는 믿었던 상사의 또 다른 얼굴을 접하고 실의에 빠진 다가와의 마음을 녹여주었다.

"고마워."

수화기 너머의 아내에게 감사 인사를 한 뒤, 익숙한 아라이야쿠시마에 북쪽 상점가를 향해 걸음을 내디뎠다.

데쓰가쿠도 공원으로 달려가는 학생들을 피해 다가와는 천천히 상점가를 돌아봤다.

청과물 가게 주인과 눈이 맞았다. 손을 들어 살며시 건넨 인사가 마음을 편안하게 만들었다. 방과 후의 초등학생들이 구멍가게로 몰려들었다.

그 뒷모습을 지켜보던 다가와는 버스 정류장 근처의 녹색 차양으로 걸음을 옮겼다. 한 걸음 내디딜 때마다 고소한 튀김 냄새가 코를 간질였다.

"어서 와! 방금 고즈에 엄마한테서 연락받았어."

"웬일이래."

다가와가 가게 안쪽을 들여다보았다.

"일전에 말한 그 소고기 말인데, 어제보다 더 숙성돼서 맛이 좋아."

"300그램 줘."

"100그램에 1500엔이야."

"경비 정산을 아직 못 받았는데, 1300엔에 주면 안 될까?"

"말했잖아. 이건 십 년에 한 마리 나올까 말까 한 소라고."

기구치와 흥정하던 다가와가 뒤에서 인기척을 느끼고 돌아봤다. 양복 차림의 거한이 서 있었다.

"이케모토, 조사는 어떻게 하고 여기 있는 거야."

"선배님도 없는데 저 혼자 하라고요? 그건 아니죠."

"그럼 스키야키 파티 같이 할래?"

"그러려고 빠져나온 겁니다."

이케모토가 비닐봉지를 들어 보였다. 무알코올 맥주와 이케모토가 즐겨 마시는 맥주가 보였다.

"미안한데 300그램 더 줘. 입이 하나 더 늘었네."

다가와가 큰 소리로 기구치에게 말했다.

"윗선의 누군가가 오래전부터 옥스마트와 막역한 사이였답니다."

이케모토의 말을 들은 순간, 머릿속에 GENEVE 각인이 들어간 스위스 고급 시계가 떠올랐다.

값비싼 고급 손목시계를 몇 개나 가지고 있는 미야타는 아베 사나에와 마스부치의 혈연관계를 조사하던 시점부터 옥스에 정보를 흘린 게 아닐까. 미야타도 처음에는 조직 전체의 조화를 고려해 다가와에게 사건을 맡겼다. 하지만 수사를 통해 결과를 제 잇속을 채우는 데 이용해야겠다고 생각을 바꿨다. 그리고 수고비 조로 새 시계를 선물받은 것이다.

수사의 진척 상황을 이리저리 살펴보며 '치정 살인'이라는 도달점을 유도해냈을지도 모른다.

전직 형사인 구스미와 야지마 이사관보다 교활하고 세상살이에 능한 그 사내의 낯짝을 다시는 보고 싶지 않았다.

"진절머리가 나. 이런 결과를 내자고 수사한 게 아니잖아. 다른 데로 보내달라고 말해뒀어."

"인정할 수 없어요. 그보다 사무실에 돌아가니 통신 회사에서 이걸 보냈더군요."

이케모토가 주머니에서 서류를 꺼냈다.

"메시지 착발신 기록입니다. 휴대전화와 일반전화의 통화 기록 말고도, 메시지 기록도 조회를 의뢰했거든요. 이제야 보내줬네요."

다가와는 이케모토가 내민 서류를 죽 훑어보았다.

아카마 유야 사용 기록/미발신 메시지

M105, M108 등 소의 월령을 기록한 표가 있었다.

전문 용어가 즐비한 서류에서 그 의미를 읽어내기란 불가능했지만, 이상 증세를 보인 소의 단백질 양을 비밀리에 계측한 데이터 같았다.

받는 사람은 가와즈 가오루였다. 아카마는 만일의 상황에 대비해 보험을 들어놓으려고 했던 걸지도 모른다. 그렇지만 데이터 용량이 무거워서 발신에 실패했고, 그 기록이 통신 회사에 남아 있었다고 한다.

"이렇게 자세한 분석 결과를 가지고 있던 건가."

두 번째 장에도 수치 정보와 꺾은선그래프가 가득했다. 다음 페이지를 넘긴 다가와의 시선이 한곳에 고정되었다.

> 지금까지 수차례 경제적인 이유가 국민 건강보다 우선되었다. 비밀주의가 정보 공개의 필요성보다 우선되었다. 그리고 정부 관료는 도덕이나 윤리적 의미뿐 아니라, 재정적 또는 관료적 정치적 의미를 가장 중요시해 행동했다.

미국 학자의 말을 아카마가 보고서에 인용한 부분이었다.

"이케모토, 이 서류 건, 누구한테 보고했나?"

"했습니다. 지금 선배님한테요."

이케모토가 장난스레 말했다. 하지만 눈에는 웃음기가 없었다.

"우리도 '관료적 정치적 의미를 가장 중요시해 행동했다'에 해당되겠군."

"경찰관으로서 부끄러울 따름입니다."

"우리는 아카마 씨의 뜻을 지켜주지 못했어."

"그런 말씀 마십시오. 선배님이 파헤치지 않았다면 그 뜻은 아무에게도 전해지지 못했을 겁니다. 그 수상한 식품도 결과적으로는 선배님 손으로 매장시킨 거라고요."

"고마워."

다가와가 휴대전화를 꺼내 통화 버튼을 눌렀다.

"쓰루타입니다."

"갑자기 연락드려 죄송합니다만, 식구들끼리 스키야키 파티를 하려는데 오시겠습니까?"

"스키야키요?"

"끝내주는 소고기를 사려고 지금 정육점에 왔습니다. 오실 거면 쓰루타 씨 드실 것도 사놓겠습니다."

"그런 자리에 제가 껴도 되나요?"

"다시 말씀드리지만, 식구들만 모이는 자리입니다. 그런 자리에서는 제 입도 가벼워질지 모르겠군요."

"바로 가겠습니다."

다가와가 가까운 역 이름을 말했다.

"옥스마트나 체인점은 찾아볼 수 없는, 예전 모습 그대로의 상점가입니다."
"알겠습니다."
주머니에 휴대전화를 넣는 다가와를 보며 이케모토가 고개를 갸웃거렸다.
"누구를 부르신 겁니까?"
"만나보면 알 거야. 역시 아카마 씨의 뜻은 널리 세상에 알려야 해. 그렇지 않아?"
다가와가 카운터 너머의 기구치에게 말을 건넸다.
"300그램 또 추가해줘."
"돈은 월말에 줘도 돼."
기구치가 장난스럽게 웃었다.
"그거 고맙군."
훤해진 이마를 쓸며 다가와는 큼지막한 고깃덩어리를 바라보았다.
"이케모토."
"네?"
"일본인은 이런 더불어 사는 정을 잊어버린 게 아닐까."
"맞아요. 차를 타고 나가 슈퍼나 편의점에서 장바구니에 빨리빨리 살 걸 넣고, 계산대에서 사무적으로 돈 내면 끝이니까요."
"대형 쇼핑몰에 갈 때면 마음이 풍족해진 듯한 착각에 빠져 있었어. 실상은 대기업에 좋을 대로 돈을 뜯기고, 연출된 환상에 사로잡혀 있던 건데도 말이야. 이 상점가처럼 제 분수에 맞게 이웃과 더불어 사는 게 제일 아닐까?"

다가와는 스스로에게 말하듯 그렇게 중얼거렸다.

본부로 계속 출근하게 될지, 아니면 변두리 경찰서로 좌천될지는 모른다. 하지만 어떻게 되든 이 마을에 평생 뼈를 묻고 살겠지. 다가와는 그런 생각을 했다.

에필로그

21세기의 특징은 과도한 기업 권력을 억제하기 위한 투쟁이리라. 극한까지 추진된 시장자유주의는 편협하고 근시안적이며 파괴적이다. 더욱 인간적인 사상으로 대체해야 할 필요가 있다.

아카마 유야는 흔들리는 신칸센 열차 안에서 손에 든 노트를 뚫어져라 보았다. 애독서에서 발췌한 구절이 자필로 적혀 있었다.

마스부치 농장의 늙은 소들이 비틀거리기 시작한 건 틀림없이 BSE 때문이다. 간이 검사로 얻은 데이터를 보건소에서 정밀 검사하면 분명히 양성 반응이 검출될 것이다. 마스부치는 소가 노화로 비틀거리는 것이라 강하게 주장했지만, 그건 노화가 아니었다. 대학 시절에 밤낮을 가리지 않고 연구했던 BSE의 초기 증상이었다.

그러나 두려워할 이유는 하나도 없다. 일본의 검사 체계는 전 세계를 통틀어 가장 엄격하다. 이번 건만 해도 엄정한 감시를 통해 사라져가는 질병을 놓치지 않고 밝혀내지 않았는가. 육골분에 오염된 소는 대부분 죽음을 맞이했다. 마스부치 농장에 그런 소가 남아 있던 건 지극히 희귀한 케이스였다. 게다가 시장에 상품으로 내놓는 소가 아니다. 소에게서 소로 감염된 사례도 보고되지 않았다. 대처 방법이 확립된 가축 질병, 그 이상도 이하도 아니다.

검사 데이터로 안전성을 알리는 일 자체가 장차 소비자, 생산자, 나아가서는 유통업자의 이익을 담보해줄 것이다.

과거, 육골분에 오염되었을 때와는 상황이 전혀 다르다. 하지만 마스부치나 가시와기는 이 사실을 은폐하려 했다. 두 번째 검사 데이터를 채취한 뒤, 확실한 실증 데이터를 도출하기 직전에 문제의 늙은 소 두 마리를 부당하게 폐기했다.

마스부치 농장을 수차례 찾아가 설득했고, 가시와기 노부토모에게도 전화로 사정을 설명했다. 소문으로 인한 피해는 있을 수가 없고, 기업 이미지 하락도 없을 것이다. 지역사회, 중앙정부와의 연계가 신속할수록 안전성에 대한 국민의 신뢰도는 높아질 것이다.

BSE는 이미 과거의 질병이다. 수의사와 축산 농가와 유통업자가 삼위일체가 되어 진실을 공표하고, 안전하게 대처했다는 사실을 적극 홍보하면 소고기 소비가 줄어들 일도 없다. 비밀리에 처리하려는 행위 그 자체가 과거의 잔재에 불과한 질병의 위험성을 상기시키는 역효과를 불러일으킬 것이다.

아카마는 다시 노트를 보았다.

과도한 기업 권력을 억제하기 위한 투쟁이리라.

직접 적어 넣은 글자를 아카마는 손끝으로 튕겼다.

미국 저널리스트가 발표한 글에서 가장 중요한 테마였다. 마스부치 같은 축산 농가는 약자일 수밖에 없다. 게다가 납품처는 일본 제일의 슈퍼 옥스마트다.

마스부치 본인의 판단으로 늙은 소를 폐기한 것인지, 아니면 옥스 측의 의향이 개입한 것인지는 아직 모른다. 하지만 전화로 설득을 거듭한 그의 노력은 헛되지 않았다. 과도한 권력을 가진 거대 슈퍼는 과실을 인정하고 정정하기로 약속했다.

애독서가 알려준 올바른 지식을, 그리고 적정한 공표라는 절차의 중요성을 오늘 밤 가시와기에게 직접 전할 수 있으리라. 가시와기는 그 의미를 이해했기 때문에 자신을 불러 옥스마트 차원에서 올바른 정보를 사회에 발표하겠노라 약조한 것이다.

아카마는 노트를 가방에 넣고 휴대전화를 꺼냈다.

내일은 가오루를 만나는 날이다. 옥스마트의 기자회견에 참석하게 된다면, 그녀와 한 약속에 늦을지도 모른다. 그렇지만 가오루라면 분명 이해해줄 것이다. 프러포즈가 늦어지는 것과 사회 전체의 시스템을 바꾸는 일의 중요성을 이해하지 못할 사람이 아니다. 프러포즈도 늦어져봤자 이삼일이다. 메시지 프로그램을 열어 가오루의 번호를 입력했을 때였다. 도쿄 역에 도착했음을 알리는 안내 방송이 차내에 울려 퍼졌다.

휴대전화 시계를 보았다. 오후 11시 43분이었다.

아카마는 당황했다. 가오루가 사는 세타가야 구 오쿠사와는 몇 번 가봤기 때문에 어렵지 않게 찾아갈 수 있었다. 하지만 나카노는 한 번도 가본 적이 없었다. 메시지 창을 닫고 환승 안내 사이트에 접속했을 때, 도호쿠 신칸센 야마비코 열차가 도쿄 역에 정차했다.

주변의 양복 차림 남자들이 하나둘 출구로 향하고 있었다. 아카마는 가방을 들고 승강장에 내렸다.

대도시의 더운 바람이 아카마의 뺨을 어루만졌다.

남자들의 뒤를 쫓아 신칸센 개찰구로 걸어갔다.

출장과 영업에 지친 회사원들이 무거운 몸을 이끌고 꾸역꾸역 개찰구로 몰려들었다.

그는 달랐다. 근거 없는 소문으로 괴로워하는 축산 농가를 구하기 위한 첫걸음을 떼고 있었다. 마스부치 농장이나 사토 목장처럼 성실한 축산 농가에서 루머로 인해 피해를 입는 일은 앞으로 없을 것이다.

구제역 등 가축 전염병이 발생하는 경우도 마찬가지다. 혼란을 일으킬까 두려워 증상을 숨기는 행위야말로 소비자의 불안 심리를 자극한다. 나아가 농가나 유통업자 그리고 정육점과 요식업자의 경영을 더욱 힘들게 할 뿐이다.

오늘 밤, 대형 슈퍼의 이사를 완전히 설득하고 말겠다고 다짐했다. 일본 제일의 유통업자가 모범을 보이면 중소 슈퍼나 전문점의 의식도 반드시 바뀔 것이다. 마스부치 농장에서 일어난 사건은 장차 일본의 축산업계에 변화를 일으킬 것이며, 궁극적으로는 소비자 안전에 대한 의식 향상에 이바지할 것이다.

자연스레 걸음이 빨라졌다. 뺨을 어루만지는 더운 바람보다 더한 열기가 그의 내면에서 솟아오르고 있었다.

아카마는 빠른 걸음으로 개찰구 옆 창구로 다가갔다.

"나카노에 가려면 어떤 열차를 타야 합니까?"

역무원의 얼굴을 보며, 아카마는 제 목소리가 들떠 있음을 느꼈다.

옮긴이 **최고은**

도쿄대학교 대학원 총합문화연구과에서 석사 학위를 받았고, 현재 동 대학원 박사 과정에서 일본 전후 문학을 중심으로 공부하면서 전문 번역가로도 활동하고 있다. 옮긴 책으로 노리즈키 린타로의 『노리즈키 린타로의 모험』, 『킹을 찾아라』, 무라타 사야카의 『소멸세계』, 기리노 나쓰오의 『천사에게 버림받은 밤』, 히가시노 게이고의 『옛날에 내가 죽은 집』, 요네자와 호노부의 『부러진 용골』, 미카미 엔의 『비블리아 고서당 사건수첩』, 요코야마 히데오의 『64』, 이사카 고타로의 『서브머린』 등 다수가 있다.

비틀거리는 소

초판 발행 2020년 10월 28일

지은이 아이바 히데오
옮긴이 최고은
펴낸이 염현숙

책임편집 지혜림 | **편집** 임지호 | **외주교정** 이경민
표지디자인 윤종윤 | **본문조판** 최미영
저작권 한문숙 김지영 이영은
마케팅 정민호 정진아 함유지 김혜연 김수현
홍보 김희숙 김상만 지문희 김현지
제작 강신은 김동욱 임현식 | **제작처** 한영문화사

펴낸곳 (주)문학동네
출판등록 1993년 10월 22일 제406-2003-000045호
임프린트 엘릭시르

주소 10881 경기도 파주시 회동길 210
문의 031-955-1901(편집) 031-955-8896(마케팅) 031-955-8855(팩스)
전자우편 editor@elmys.co.kr | **홈페이지** www.elmys.co.kr
ISBN 978-89-546-7538-3 03830

엘릭시르는 출판그룹 문학동네의 임프린트입니다.

잘못된 책은 구입하신 서점에서 교환해드립니다.
기타 교환 문의 031)955-2661, 3580